AN RÌOGHALACHD ÙR
NOBHAIL LITE AGUS DARKE
M L Russak

M.L.Ruscsak

An Rìoghalachd Ùr

A Lite agus Darke Novel

Le: *ML Ruscsak*

Dealbhadh còmhdach le: *ML Ruscsak*

Deasaichte le: *Chyenne Lyons*

Tha an leabhar seo na obair ficsean. Tha ainmean, caractaran, àiteachan agus tachartasan mar thoraidhean de mhac-meanmna an ùghdair agus cha bu chòir am faicinn mar fhìor. Tha coltas sam bith coltach ri tachartasan, sgìrean, buidhnean no daoine a tha beò no marbh gu tur co-thuiteamach.

COPYRIGHT

M.L.Ruscsak

A bharrachd air na stuthan stòiridh tùsail a sgrìobh an t-ùghdar, tha a h-uile òran, tiotal òran agus facal air a bheil iomradh san nobhailAn Rìoghalachd Ùr Tha an luchd-ealain, sgrìobhadairean òrain agus luchd-glèidhidh dlighe-sgrìobhaidh a-mhàin

Clò Trient

3375 S Rainbow Blvd.

81710, SMB 13135

Las Vegas, NV 89180

Fiosrachadh òrdachaidh:

Reic meud. Gheibhear lasachaidhean sònraichte air ceannach meud le corporaidean, comainn agus feadhainn eile. Airson mion-fhiosrachadh, cuir fios chun fhoillsichear aig an t-seòladh gu h-àrd.

Òrdughan le stòran leabhraichean malairt agus mòr-reic na SA. Cuir fios gu Trient Press: Fòn: (775) 996-3844; no tadhalwww.trientpress.com.

Clò-bhuailte anns na Stàitean Aonaichte

Dàta foillseachaidh foillsichear
foillsichear Ruscsak, ML

Tiotal leabhair: The New Reign

Còmhdach cruaidh ISBN:9781953975249

Pàipear-sgrìobhaidh: 9781953975256

Leabhar-d: 9781953975263

CASTLE OF FIRE
CASTLE OF WIND
CASTLE EARTH
CASTLE OF DAWN
SUN TEAR
Manscora Reserve
Captiol City of Light Fey
CASTLE GOLDEN SUN
Primitiva's Meadows
Healing River
SPIRE
Draken Capitol City
Mystic Woods
CASTLE OF NIGHT
City of Glass
(Last Human Village)
Captiol City of Dark Fey
(City of Night)
capitol City of the Eostre
Dark Marsh Lands
Marsh Lands
N
S
W
E
Star Pillars
Beacon for Falling Fey
and Draining Houses

M.L.Ruscsak

Dha mo nighean a tha air a bhith na neach-deasachaidh agam a h-uile ceum den t-slighe. Mo mhàthair a leugh a h-uile facal ro dhuine sam bith eile. Agus airson Pap air a bheil mi eòlach a 'gàire sìos orm. Agus airson mo theaghlach a thug dhomh na sgiathan airson itealaich.

A leughadair chSir,

Tapadh leibh airson ur Zidh ann an &The New Reign.& Mar a tha mi an dSchas gun cSrd a &chiad leabhar seo riut san t-sreath tha cuid de rudan a tha mi airson a chomharrachadh. Tron chiad leabhar seo tha grunn thuill cuilbheart, mearachdan litreachaidh agus faclan mM-chleachdadh.

Tha mi a &tuigsinn, mar leughadair, faodaidh seo a bhith caran duilich a leughadh, ach tha mi a& gealltainn gu bheil na mearachdan sin gu tur a dh'aona ghnothach. A &cur dragh air, ach tha adhbhar ann. Cuideachd, airson a h-uile rud a chaidh a sgrMobhadh, tha brMgh nas doimhne ann a thIid fhoillseachadh ann an leabhraichean nas fhaide air adhart.

Cuirear fAilte an-cSmhnaidh air ceistean, beachdan no IIirmheasan. Agus tha mi a &coimhead air adhart ri bhith gan leughadh.

Airson tuilleadh fiosrachaidh mun t-sreath, a &toirt a-steach mapa den rMoghachd tadhal orm aig

TrientPress.com

Leughadh sona,
M.L. Ruscsak

Prologue	
PAirt 1: Riaghailt	

An Rìoghalachd Ùr

M.L.Ruscsak

16

Prologue

Bha na coinnlearan dorcha dearga a 'dol taobh a-staigh an sgrùdadh aige gu domhainn fo chaisteal nan cnàmhan.Like uiread de dh' oidhcheannan mus dèan e sgrùdadh sgrùdadh air na thachair air saoghal nam beò. Rinn mi sgrùdadh air na bha a 'dol air adhart de na bailtean-mòra rionnag a' coimhead airson an fhàidheadaireachd a choileanadh. Le clach an fhiosaiche na laighe air a 'bhòrd roimhe, shuidh Karnack a chuilt air ais dhan incwell. Airson còrr air trì mìle bliadhna bha e air a bhith a 'dèanamh ann am bàs na rinn e na bheatha… a' coimhead eachdraidh gun fhosgladh agus a 'cumail cunntas mionaideach airson a bhanrigh.

Banrigh nach fhaca e eadhon bho àm a 'chogaidh mhòir. Cha robh, cha robh sin gu tur fìor. Chan fhaca e i ach dìreach beagan uairean agus dìreach airson cuideachadh fhaighinn. Eadhon an uairsin an ionnsaigh aice a bhith a 'cur dragh air…

Chlisg e. Cha robh dad ann a b 'urrainn dha a dhèanamh airson na banrigh. Leum nach eil fhathast.

Bidh a shùilean a 'dùnadh airson ach mionaid mus do choimhead e a-rithist air clach an fhiosaiche agus a-rithist feitheamh ris an leanabh a bhreith gu robh a bhanrigh air fhaicinn grunn bhliadhnaichean roimhe sin. Banrigh a bhiodh comasach air a 'chùis a dhèanamh air bagairt a bha fhathast fo sgàil nan Rionnagan Mòra.

Ach, bha e a 'coimhead agus a' feitheamh ris an leanabh a bhreith gu robh a bhanrigh air fhaicinn grunn bhliadhnaichean roimhe sin. Leanabh a rugadh mar neach-cruthachaidh. Banrigh a bhiodh comasach air a 'chùis a dhèanamh air bagairt a bha fhathast fo sgàil nan Rionnagan Mòra.

Bha an còrr den chiad Fey, a bha air am fearann   seo a rèiteachadh, air leigeil seachad mu thràth a 'lorg an leanaibh. Bha Nicco air ainm atharrachadh dhà no trì thursan anns na trì linntean a dh 'fhalbh. Mar a bha Ean. Agus Donny... ah an gaisgeach mòr... chuir e e fhèin air falbh bhon t-saoghal goirid às deidh dha Myrddin tuiteam bho na reultan.

A-mach às an ceathrar aca, cha robh gin a-riamh comasach air faighinn a-mach dè a thachair a-riamh don aon phàiste aig a 'bhanrigh aca. Leanabh ris an canar Ari a-mhàin. Bha athair air a bhith na adhbhar gun do tharraing a 'bhanrigh aca a-mach às na rìoghachdan.

Ach, chùm e a-mach dòchas gum faigheadh e aon latha a 'bhanrigh taghte seo agus gun toireadh e crùn nam marbh dhi. Crùn a bheireadh cumhachd dhi seasamh agus aghaidh a thoirt air bagairt nach fhaigheadh   i ach a 'chùis.

Tap air comharra air doras an sgrùdaidh nach do mhothaich e. An uairsin guth boireann socair, "Karnack? A bheil thu fhathast a 'coimhead na cloiche?"

Is gann gun tug e sùil thairis air a ghualainn gu boireannach a bha a cheart cho brèagha an-diugh 's a bha i a' chiad fhear a chuir e sùilean oirre.Agus fhathast a cheart cho marbhtach. A 'tionndadh beagan, choimhead e oirre a' leantainn air frèam an dorais. Chùm a shùil sìos agus e a 'cromadh, "Is mise sgrìobhadair na banrigh agus is mise an tè a chì a' bhanrigh a chaidh a thaghadh fada ro neach sam bith eile. " Nuair nach tuirt i dad a bharrachd thionndaidh e air ais chun leabhar-cunntais aige agus thòisich e a 'sgrìobhadh loidhne eile.

A 'tarraing sgian bhon chrios aice, lean i air a' bhalla ga choimhead a 'sgrìobhadh dribble gun inntinn nach leugh duine gu bràth. Bha gàire bog a 'suathadh a bilean dearga fala. "Nuair a lorgas tu i, innis dhomh. Nì mi cinnteach nach tig cron sam bith a-riamh. "

Aig an sin thionndaidh e agus shabaid e gu cruaidh gus a chuir an cuimhne dha fhèin gur e caraid a bh 'anns an fheòil a sheas roimhe. Bha e na bu duilghe a chuimhneachadh nach dèanadh i cron air. "Freya, a ghràidh, ma thig na tha fios agam gu fìrinneach gu bith, feumaidh tu eadhon cuideachadh gus a dìon."

Cliog i bòtannan air an làr cloiche agus i a 'tighinn nas fhaisge. Nuair a ràinig i an deasg obrach aige lean i a-steach agus thuirt i, "Leigidh tu dragh dhomh mu dheidhinn sin."

Pàirt 1

280 BLIADHNA AIR AIS

LARNA: BANA-PHRIONNSA FEYEN

"Thig latha nuair a dh' èireas duine gu cumhachd chan ann tro bhreith ach tro fhuil. Nuair a thig an latha sin, cha bhith ann ach toiseach ... "

- Scrollaichean àrsaidh Feyen

M.L.Ruscsak

22

Caibideil 1:
Larna

Chaidh an oidhche thairis air a 'chaisteal. B 'e na h-aon fhuaimean an fheadhainn a bha san uisge a' tuiteam thairis air na bearraidhean. Fo a casan chuairtich Memoks a casan a 'feitheamh ri bhith air am biathadh.

Bidh Larna a 'coimhead a-mach às an uinneig aice aig a' ghealach sgòthach. Cha bhiodh solas sam bith a 'sruthadh a-steach don chaisteal a-nochd Bha droch ghrèin a' ceangal a bilean ròs dearg fhad 's a bha i a' dùnadh a h-iris dùinte.

"Tha an t-àm ann."

A 'sruthadh bho na boltaichean seòmar aice bha ceò dubh a' sruthadh bho a corragan. Geàrdan a 'tuiteam mus deach e seachad orra. Na cuirp aca a 'sabaid ann an dreuchdan mì-nàdarrach mus do bhàsaich iad mu dheireadh.

Chaidh dorsan na cloinne rìoghail… a bràithrean is peathraichean fosgailte. Sheas a bràthair ab 'òige an sin le pairilis a' coimhead oirre. Bhuail cridhe nas fhaide agus chaidh a chorp a reubadh às a chèile.

Cha robh feum aice air a mharbhadh. Bhiodh geasag inntinn sìmplidh air obrachadh. Ach an uairsin a-rithist cò tha ag ràdh nach biodh cuideigin air fhaicinn? Nan dèanadh iad…

Cha b 'fhiach beatha aon bhratach bheag a shàbhaladh.

Sheall Larna a-steach do sheòmar-cadail bana-phrionnsa a 'chrùin. Bidh a h-anail bog bho chadal trom. Sgiathan dìon a tha a 'seirm na leapa deàrrsadh bog de ghorm a' toirt slighe don dorchadas.

Chaidh a dhòrn a-steach. Bhiodh an t-amadan air Feyen a thilgeil air falbh a 'toirt a' chrùn do neach eile. A 'leigeil le creutair bile a bhith a' riaghladh na bha aca le còir.

Bhris Rage am broinn na spreadhadh aice a 'toirt ionnsaigh air an sgiath a bu chòir a bhith air a piuthar ghràdhach a dhìon.

Fuil chan e fuil rìoghail fìor splattered thairis air an leabaidh agus an sgiath. Chaidh na plaideachan fhàgail ann an tac.

Gàire dorcha a dh 'fheuch i ri a cumail a-mach," Fear-sabaid a thig a-mach, a phiuthar ghràdhaich. "

Choimhead Larna air a druim. Na h-uimhir de dh'fheòil a chaidh a chaitheamh air a cùlaibh. Geàrdan nach do sheas cothrom a-riamh. Dh 'fhaodadh cuid a bhith feumail anns na làithean a tha romhainn.

Ge bith. Bha feadhainn eile ann. Cò a bhiodh a 'gabhail cùram nan tigeadh iad à Feyen no bho bhaile-mòr a caraid gaoil. Am biodh fios aig duine sam bith air an eadar-dhealachadh?

A 'tarraing a chleòca timcheall a h-aodainn thug e air doras seòmar-cadail na banrigh fhosgladh.

Ach stad i a 'feitheamh ris a' ghaisgeach Feyen mu dheireadh a choinneachadh.

Air a sgeadachadh ann an lèine na h-oidhche agus na pants sheas e deiseil airson sabaid. Bha claidheamh òir a bha ag ràdh gur e sin an rìgh Mòr Magmas a 'greimeachadh gu teann na làmhan. "Seall thu fhèin." dh'fhàs e.

Thug i ceum a-steach don t-solas a cleòc a 'cumail a dìomhaireachd airson mionaid nas fhaide.

"Seall d' aghaidh mar fhìor ghaisgeach. "

Thog a làmh agus thug i sìos a cochall. Bha coltas rage agus eagal a 'dol thairis air aghaidh a pàrantan. 'Athair iongnadh? Na bi. "

Gu sgiobalta thuit sgiath eatorra mar a thog i a claidheamh onyx dubh.

Leudaich sùilean Alista ann an eagal is dòcha airson a 'chiad uair. Ann an uisge-beatha neònach, ghlaodh i, "Claidheamh Obsidian... Ciamar?"

Mus do ghluais a h-athair teine   a 'lasadh sùilean Larna," Cha deach Obsidian gu lèir a sgrios "

Sheas i gu h-àrd os cionn corp a màthar.
Chaidh an claidheamh criostail dubh aice a-steach do
chridhe a 'bhoireannaich a thug seachad a beatha.
Chùm a sùilean sìos ann an sliotan beaga bìodach oir
chùm i a sgiathan dubha soilleir. Ag èisteachd ri
fuaim singilte a cridhe fhèin a 'bualadh an-aghaidh an
t-sàmhchair, thionndaidh a ceann gu slaodach gus
sùil a thoirt thairis air a gualainn, ceann gun bheatha
a h-athair air an làr ach beagan throighean air falbh
bhon àite a bha a chorp air tuiteam. B 'e an
gaisgeach Feyen mu dheireadh a thuit.

An tè mu dheireadh ro a màthair. Co-dhiù an
sin, bha i air nàmhaid airidh a lorg. Uill, co-dhiù gus
an do dh 'fhalbh i cuideachd agus bhàsaich i.

Thàinig gàire cruaidh air a bilean dorcha
crùbach mar a sheas i an sin gu sàmhach
a 'coimhead fuil a màthar a' tòiseachadh
a 'cruinneachadh timcheall a bodhaig gun bheatha.
Chan e an cuisle dearg a bha aig a 'mhòr-chuid de

Fey, ochuinneag agus dorchadas na h-oidhche. A h-uile dad fhathast. Cho sàmhach. Leis an latha bhiodh i na banrigh.cha mhòr do-dhèanta. "Feuch, feumaidh tu mo mhàthair a chuideachadh."

Dh 'fhàillig an greim làidir aige mu dheireadh oir b' e sin a h-uile dad a dh 'fheumadh e a chluinntinn. Cha robh Larna a 'coimhead ach gu ìre le iongnadh nuair a bha aon bholt dealanaich a' lasadh bho a chorragan a 'lasadh teine   nan comharran. Mionaid às deidh sin sheas còrr air dusan geàrd armaichte timcheall orra. Bidh an sùilean uile a 'sabaid deiseil agus a' sganadh airson an adhbhar airson an comharra a lasadh. Ach cha do ghluais gin aca airson mionaid a 'feitheamh ris a' chaiptean a thighinn còmhla riutha.

Bhuail cridhe an uairsin dithis agus an geàrd armaichte a bha ga cumail; a 'bhana-phrionnsa sobbing, ghabh e smachd. "Cuiridh sinn fios chun sgiobair nas fhaide air adhart. Thathas a' toirt ionnsaigh air an teaghlach rìoghail. Is e a 'Bhanrigh a' chiad phrìomhachas. " A 'glaodhadh sìos oirre lean e air," A 'Bhana-phrionnsa Larna feuch an tig thu còmhla rium. Bidh tùr nan geàrdan sàbhailte. Tha am facal agad agam."

Cha robh teagamh sam bith aice mu dheidhinn sin. Gu dearbh, ciamar a bhiodh fios aige a-riamh gur e ise a mharbh a teaghlach? Ach eadhon ged a fhuair e a-mach dòigh air choireigin, às deidh dhi a bhith air a crùnadh cha bhiodh anam gu bràth comasach air dad a dhèanamh mu dheidhinn.

Sheas i gu h-àrd os cionn corp a màthar.
Chaidh an claidheamh criostail dubh aice a-steach do
chridhe a 'bhoireannaich a thug seachad a beatha.
A 'cumail a sgiathan dubha gluasaid fhathast, sheall i
thairis air a gualainn, ceann gun bheatha a h-athair
air an làr ach beagan throighean air falbh bho far an
robh a chorp air tuiteam. B 'e an gaisgeach Feyen mu
dheireadh a thuit.

An tè mu dheireadh ro a màthair. Co-dhiù an sin, bha
i air nàmhaid airidh a lorg. Uill, co-dhiù gus an do
dh 'fhalbh i cuideachd agus bhàsaich i.

Thàinig gàire cruaidh air a bilean dorcha crùbach mar
a sheas i an sin gu sàmhach a 'coimhead fuil a
màthar a' tòiseachadh a 'cruinneachadh timcheall a
bodhaig gun bheatha. Chan e an cuan-beatha dearg
a bh 'aig a' mhòr-chuid de Fey, och 'cha robh beatha-
beatha a màthar gorm meadhan-oidhche. Rud
neònach dha fhèin. A 'coimhead na fala a' dòrtadh a-
mach às a corp, dh 'fhaodadh Larna a bhith air spat a
chuir air aodann a màthar airson toirt oirre an ceum
uamhasach seo a ghabhail. Ach, nan dèanadh i,

sgriosadh i na planaichean aice, agus nach dèanadh i ge bith dè a 'phrìs. "Bu chòir dhut a bhith air èisteachd rium, a mhàthair. A-nis thoir sùil air na tha air a thighinn bhuat. Cha bhith e comasach dhut èisteachd ri duine tuilleadh. Ceartas a tha gad fhrithealadh ceart gun a bhith a' cluinntinn na fìrinn a chaidh a chuir air beulaibh do shùilean. "

A 'tarraing a lann criostail dubh saor bho chridhe a màthar, chleachd i e gus aodach an gùn òir aice a ghearradh. Gu dòigheil rinn i cinnteach gu robh na gearraidhean air an aodach mar sgàthan air na gearraidhean air a craiceann fhèin. Bha aice ri dèanamh cinnteach gu robh na gearraidhean eu-domhainn gu leòr gun a bhith a 'cur bacadh air na gluasadan aice ach domhainn gu leòr airson a bhith a' coimhead mar gun robh i air teicheadh   bhon mharbhadh. A 'teicheadh   mar an t-oighre mu dheireadh a tha air fhàgail ... am fear mu dheireadh de loidhne-fala a màthar. Agus a 'teicheadh   mar an aon Fey Rìoghail beò ann am Feyen gu lèir.

Gu dearbh, bha duine sam bith a chunnaic dad mar-thà ceangailte rithe. Bha na cuimhneachain aca ge bith dè cho-dhùin i gum biodh iad. An-dràsta, anns a 'mhionaid seo, thagh i airson a h-uile duine aca a chreidsinn gu robh fear le cochall air stoirm a-steach don chaisteal a' tighinn a-mach à àite sam bith agus a 'marbhadh a h-uile càil a sheas na shlighe. Bha sgòth, ceò air a chuir am falach gus an dearbh mhionaid a mharbh e a 'chiad neach-fulang.

Tha, dhèanadh sin gu snog. Agus a thaobh an duine ... O uill, bha i air dealbhadh airson sin cuideachd. Bha Myrddin an dàrna cuid a 'dol a phòsadh no bhiodh a h-uile saoranach Feyen a' creidsinn gu robh e air cùl a 'mhuirt. Gu dearbh, cha robh aon neach beò nach robh eòlach air cho cumhachdach sa bha e no cho cunnartach. Agus cha bhiodh ceist sam bith aig a h-uile adhbhar. Cumhachd, sannt, dùrachd? Cha bhiodh e gu diofar dè a thagh iad a bhith a 'prothaideachadh, cha dèanadh na diùltadh e ach an dìteadh anns a' chiont aige.

Thàinig gàire cruaidh air a h-aodann fada tana. Ach bheireadh i fuasgladh eile dha. Bhiodh i a 'tabhann a làmh ann am pòsadh, às deidh a h-uile càil, bha e dìreach mar a dh' fheumadh i. Fear Feyen le comas nas nàdarra agus cumhachd dorcha an uairsin teaghlach rìoghail Feyen gu lèir. No bu chòir dhi an teaghlach rìoghail a tha a-nis marbh a ràdh.

Ach bhiodh amàireach luath gu leòr airson obair air sin ... A-nochd air an làimh eile ... Bha aice ri seo a chrìochnachadh. A 'sniffling gus an do thòisich na deòir a' ruith teth sìos a h-aodann ghabh i anail mhòr agus an uairsin dh 'fhalbh i ann an sprint eagallach sìos tallachan fuilteach a' chaisteil. An gùn sracte aice a 'tional fuil bho na geàrdan a thuit nuair a ruith i. Cha robh duine beò anns a 'phàirt seo den chaisteal no co-dhiù cha robh duine ann a bhiodh gu feum sam bith airson a' phlana aice a bhith ag obair. Mar sin, cha dèanadh sgreuchail airson cuideachadh feum sam bith dhi co-dhiù gus am faiceadh i an solas a 'tighinn bhon phrìomh gheata ... An uairsin ... agus dìreach an uairsin leig i a-mach sgread shrill," CUIDEACHADH! Cuidich mi! "

Chunnaic i aon gheàrd aig a 'phrìomh gheata agus bha fios aice cha mhòr sa bhad cò e. Ball de chan e a-mhàin an geàrd rìoghail ach cuideachd fear a bha cuideachd na ghaisgeach elite. Leis nach robh riamh còrr air dusan anns an sguad sin bha eòlas math aice air gach fear dhiubh. Ach, dh 'fhaodadh gum bi am fear seo na dhuilgheadas dhi.

Nuair a chaidh a crùnadh is dòcha gum feumadh i faicinn gu a bhàs cuideachd. Cha b 'fheàrr fhathast, gu a chur gu bàs. Chan e leum fada a th 'ann gur dòcha gu bheil rudeigin aige ris na murtan. Dh'fheumadh i dìreach na bha a 'cluich a-mach.

An uair a thionndaidh e thuice bha fios aice air dà rud. An toiseach, bha e a 'sganadh na sgìre airson trioblaid agus san dàrna àite, dh' aithnich e i mar bhall den teaghlach rìoghail. Anns an anail sin, ruith e gu ìre agus sgèith e gu ìre gus coinneachadh rithe letheach slighe a-steach don talla mhòr. Dìreach mar a rinn e rithe, thuit i na gàirdeanan a 'ruith sìos a h-aodann agus i a' gas airson èadhar, "Princess ... Dè ..." Dh 'fhaighnich e cha mhòr mu dheidhinn.

A 'glacadh a h-anail, chuir i a-mach i," Fear a bha a 'fighe a-steach ... Mo mhàthair, feumaidh tu ..." A 'glaodhaich air an èideadh geal is òr a dh' fheuch i ri putadh air falbh. Dh 'fheuch i ri teicheadh às a greim làidir gum biodh i cha mhòr do-dhèanta ged a bhiodh i air a bhith a' feuchainn. "Feuch, feumaidh tu mo mhàthair a chuideachadh."

Dh 'fhàillig an greim làidir aige mu dheireadh oir b' e sin a h-uile dad a dh 'fheumadh e a chluinntinn. Cha robh Larna a 'coimhead ach gu ìre le iongnadh nuair a bha aon bholt dealanaich a' lasadh bho a chorragan a 'lasadh teine   nan comharran. Mionaid às deidh sin sheas còrr air dusan geàrd armaichte timcheall

orra. Bidh an sùilean uile a 'sabaid deiseil agus a'
sganadh airson an adhbhar airson an comharra a
lasadh. Ach cha do ghluais gin aca airson mionaid
a 'feitheamh ris a' chaiptean a thighinn còmhla riutha.

Bhuail cridhe an uairsin dithis agus an geàrd
armaichte a bha ga cumail; a 'bhana-phrionnsa
sobbing, ghabh e smachd. "Cuiridh sinn fios chun
sgiobair nas fhaide air adhart. Thathas a' toirt
ionnsaigh air an teaghlach rìoghail. Is e a 'Bhanrigh a'
chiad phrìomhachas. " A 'glaodhadh sìos oirre lean e
air," A 'Bhana-phrionnsa Larna feuch an tig thu
còmhla rium. Bidh tùr nan geàrdan sàbhailte. Tha am
facal agad agam."

Cha robh teagamh sam bith aice mu dheidhinn sin.
Gu dearbh, ciamar a bhiodh fios aige a-riamh gur e
ise a mharbh a teaghlach? Ach eadhon ged a fhuair e
a-mach dòigh air choireigin, às deidh dhi a bhith air a
crùnadh cha bhiodh anam gu bràth comasach air dad
a dhèanamh mu dheidhinn.

34

Caibideil 2:
Galeron

Cha robh sgeul air trioblaid gus an do ràinig iad cridhe a 'chaisteil. Gun sgeul air strì ach na lorgan fuilteach a dh 'fhàg a' bhana-phrionnsa às a dèidh. An uairsin corp. Geàrd òg nach robh fios fhathast aig a h-uile duine a bha ag obair air fearann na lùchairt ... gheàrr a chorp faisg air leth. Ann an outcove, chan e ach beagan throighean air falbh geàrd eile, Gavan, a sgòrnan a 'sgoltadh bhon chùl. Feumaidh duine sam bith a rinn seo a dhol tron bhalla air a chùlaibh. Rud cronail gòrach ri dhèanamh mura biodh duine air a thrèanadh. Fiù 's an uairsin, cha robh mòran aig an robh sgil airson sin a dhèanamh gun a bhith glaiste sa chloich. Den fheadhainn sin, cha robh gin air a bhith faisg air a 'chaisteal o chionn ghoirid.

Cha robh sgeul air trioblaid gus an do ràinig iad cridhe a 'chaisteil. Gun sgeul air strì ach na lorgan fuilteach a dh 'fhàg a' bhana-phrionnsa às a dèidh. An uairsin corp. Geàrd òg nach robh fios fhathast aig a h-uile duine a bha ag obair air fearann na lùchairt ... gheàrr a chorp faisg air leth. Ann an outcove, chan e ach beagan throighean air falbh geàrd eile, Gavan, a sgòrnan a 'sgoltadh bhon chùl. Feumaidh duine sam bith a rinn seo a dhol tron

bhalla air a chùlaibh. Rud cronail gòrach ri
dhèanamh mura biodh duine air a thrèanadh. Fiù 's
an uairsin, cha robh mòran aig an robh sgil airson sin
a dhèanamh gun a bhith glaiste sa chloich. Den
fheadhainn sin, cha robh gin air a bhith faisg air
a 'chaisteal o chionn ghoirid. Agus bha sin a 'toirt a-
steach an duine a bha ga stèidheachadh airson a'
bhuaireadh seo.

Gu faiceallach le a sgiathan òir a-nis
a 'sruthadh aig làn astar shiubhail e sìos na
trannsaichean. A shùilean a 'faicinn cuirp nan
companaich a thuit. Cha robh dad mu na bàis aca
a 'dèanamh ciall. Mura biodh a h-uile duine nan
cadal ... rud a bha glè eu-coltach agus gu tur eu-
comasach ... bu chòir dha aon dhiubh a bhith air
cuideachadh iarraidh. Bu chòir aon a bhith air a
chomharrachadh airson daingneachadh no air cainnt-
inntinn a chleachdadh gus cuideachadh iarraidh. Ach
cha do rinn gin. Agus cha robh coltas gu robh gin
dhiubh a 'sabaid an neach-ionnsaigh neo-aithnichte.
Cha deach armachd a tharraing no tilgeadh
gheasaibh. Cha robh rud sam bith a thachair an seo
dìreach mar neach-ionnsaigh sìmplidh. Bha adhbhar
aca.

Sguir Galeron dìreach troighean bhon
daingneach rìoghail agus shabaid e gun a bhith tinn.
Chuir Kailen, am prionnsa as òige, pàirt dheth anns
an rùm aige agus ann am pàirt san talla. Chaidh an
fhuil purpaidh aige thairis air an doras aige. Chaidh
dà dhoras sìos an oighre a reubadh às a chèile san
leabaidh. Tha an sgiath dìon timcheall a leabaidh
agus a seòmar fhathast gu tur iomlan. Mharbh an
triùir chloinne rìoghail eile cho domhainn is nach robh
adhbhar ann an cur chun an Under Kingdom ... Chan

eil eadhon mar fhodar dhaibhsan a dh 'fhaodadh
fuireach ann fhathast.

Gu mall agus gu faiceallach, rinn e a shlighe
gu seòmar-cadail na banrigh. Bha corp gun cheann
an rìgh na laighe san doras. Bha a làmh fhathast
a 'lùbadh timcheall fèileadh a chlaidheimh òrail. Bhris
an claidheamh fhèin gu glan ann an leth. Ann an feat
do-dhèanta ... ach bha cuideigin air sin a dhèanamh.
Dè an neart a dh 'fheumar airson sin a dhèanamh?
Mar sin, cha robh mòran air a bhith comasach air sin
a dhèanamh. Agus bha an fheadhainn aig an robh an
sgil sin a-nis marbh.

A 'putadh an dorais dhùbailte fosgailte gu leòr
airson a dhol seachad gun a bhith a' cur dragh air
corp an rìgh, lorg a shùilean a 'bhanrigh. A corp gun
bheatha air an làr, a fuil ghorm a 'sruthadh timcheall
oirre a' faicinn bho lotan nach robh rim faicinn. An
fhuil fhèin a 'tarraing a dh'ionnsaigh ceann an rìgh.
An taisbeanadh mu dheireadh den bhòid fala a ghabh
iad.

Airson mionaid, ghluais e a-nis a 'tuigsinn gun
deach an teaghlach rìoghail a dhubhadh às. Ann an
rèis anail bha inntinn a 'cuimseachadh air an aon
dithis anns na Feyen gu lèir a dh' fhaodadh a bhith air
seo a choileanadh gun a bhith a 'seirm an rabhaidh ...
agus leis na diathan, cha b' e Myrddin a bh 'ann. A
dh 'aindeoin oidhirp gus toirt air coimhead mar a bha
e ... bha fios aige nas fheàrr. Bha uinneag na banrigh
fosgailte agus cha bhiodh ùine ann nuair a ruigeadh
madainn ... Cha robh ùine ann às deidh an aithisg
aige a dhèanamh no nuair a lorg feadhainn eile cuirp
an teaghlaich rìoghail. Mar sin, ghluais e bhon
uinneig agus sgèith e thairis air baile Golden Sun
agus gu dachaigh a charaid.

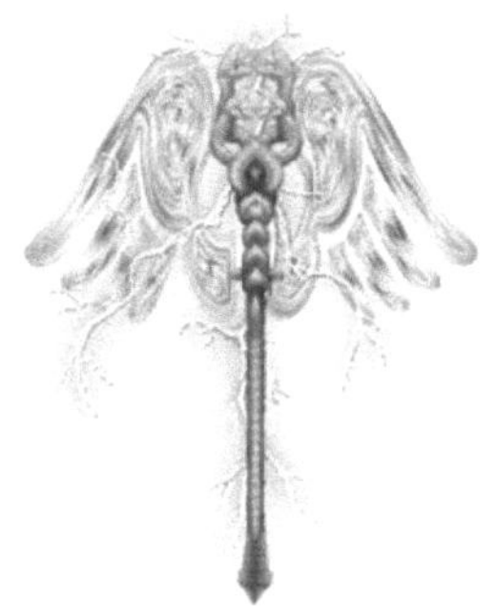

A 'tighinn air tìr ann an cabhlach cùil rinn Galeron
cabhag sìos grunn thursan is thionndaidhean a'
bhaile a-staigh gus an tàinig e gu doras a charaid.
A 'togail a dhòrn, bhuail e air an doras sìmplidh
fiodha," Fosglaidh Myrddin doras an dama. No brisidh
mi e. "

Nuair a dh 'fhosgail e mu dheireadh, cha b' e
Myrddin a bh 'ann ach a' Bhana-phrionnsa Adrianna
na sheasamh air a bheulaibh. Bha a falt fada dorcha
a 'tuiteam bho chadal. Chan eil a sùilean fhathast
fosgailte mar a dh 'fhaighnich i gu socair," Galeron,
dè ann an ainm Darke a th 'ann?"

"Feumaidh sinn bruidhinn." A 'putadh seachad
oirre, chunnaic e Myrddin dìreach a' ceangal a 'chrios
ris an eideadh dhubh aige. "Tha e air tòiseachadh."

Airson mionaid, sheas Myrddin an sin caol. Mu
dheireadh, thuirt e ris, "Dèan cron air. Bu chòir dhuinn

a bhith air barrachd ùine fhaighinn airson ullachadh."

A 'dùnadh an dorais bha Adrianna a' coimhead bhon rèiteach gu a caraid troimh-a-chèile. A 'frasadh a sùilean gus a làn dhùsgadh dh' fhaighnich i, "Dè a tha air tòiseachadh?"

Ghluais Myrddin a-null don leabaidh fhada dhorcha aige agus ghabh e anail domhainn, "Addy tha fios agad gu bheil thu a' cumail mo chridhe. "

A 'dol a-null gu suidhe còmhla ri Myrddin, ghlac Adrianna a làmh a-steach agus an uairsin thuirt e," Bidh, agus tha fios agam gum bi sinn pòsta ... Mar sin, dè ... "Sheall i gu domhainn a-steach do shùilean Galeron. Bha dragh an sin na ghuth ach a bharrachd air an sin, bha rage losgaidh anns na sùilean sin. "A' Bhanrigh Elista? "

"Chaidh a mhurt. Agus ge bith cò a rinn e rinn e cinnteach gu robh e a' coimhead coltach ri rudeigin a b 'urrainn dha Myrddin a dhèanamh. No co-dhiù, cuideigin aig an robh comas làidir làidir anns na h-ealain dhorcha."

Dh 'èirich Addy bhon chupa agus thionndaidh e air falbh. Cha robh i air tighinn an seo an-uiridh gus cuid ionnsachadh bhon Bhanrigh Feyen mar a bu chòir dhi fìor Fey a riaghladh. Agus bha i air. Ach bha i cuideachd air sgòran de charaidean a lorg agus am fear a chùm a cridhe. A bharrachd air an sin, bha i air a bhith ag obair air cùmhnant a bhiodh a 'ceangal an taighean ri chèile. Cùmhnant a thuiteadh às a chèile mura faiceadh duine sam bith a tha a-nis a 'riaghladh an gliocas ann. "Dè tha dol a thachairt a-nis?"

Shuidh Myrddin air ais agus rinn e snort, "Bidh a' Bhana-phrionnsa Larna gu bhith na Banrigh. Tha mi cinnteach gum bi na Feyen gu lèir air an reubadh thairis air ach chan eil gu leòr aca airson dad a dhèanamh mu dheidhinn. Co-dhiù chan ann le beagan brosnachaidh. "

A 'gabhail anail, bhruidhinn i mar an aon neach san t-seòmar le ùghdarras a bhith a' bruidhinn na fìrinn gun eagal peanas. "Mar Fey, tha na cumhachdan agus na comasan aice fhathast gun dearbhadh. Bidh grunn bhliadhnaichean aice fhathast mus tig i gu ìre gu leòr airson na tiodhlacan a tha i an-dràsta a leigeil seachad gun a bhith comasach air na daoine aice a làimhseachadh gun a bhith às an ciall."

A gàire curt an uairsin dh 'fhàs Myrddin," Is dòcha gu bheil i mu thràth? "

Thog Addy sùil ris a 'cheist," Myrddin? "

"Tha i air a bhith ag ionnsachadh na h-ealain dhorcha." A-nis bha an dà chuid Addy agus a charaid a 'coimhead ceart air.

"Dè?" Thuirt an dithis cha mhòr còmhla.

"Dh' fhaighnich Larna am b 'urrainn dhomh a teagasg. Mar aon de dìreach dithis anns na Feyen a bha comasach, rinn mi conaltradh ris a' Bhanrigh Elista. Às deidh còmhradh gu math mionaideach mu na bha mi, deònach am brat beag a theagasg agus èisteachd ris na bha an bha brat airson ionnsachadh Bha mi ag aontachadh. Mar phàirt den aonta thug a 'bhanrigh a beannachd don aonadh againn."

Airson ùine mhòr, cha do bhruidhinn duine. Gu mall, ghluais Addy air ais a-null gu a leannan, "Dh' fhaodadh sinn falbh a-nochd. "

"Chan eil." Airson mionaid, shuidh e an sin. A shùilean a 'cur fòcas air rudeigin fada nas fhaide na a dhachaigh. Mu dheireadh ag èirigh ghabh e am beagan cheumannan chun uinneig aige agus thuirt e, "Adrianna, feumaidh mi falbh. Rach gu Draken agus thoir mo phiuthar leat. "

A 'leum air ais le toiseach tòiseachaidh dh' fhàs i, "Mar ifrinn tha mi. Chan eil mi a' leigeil leatha faighinn air falbh le seo. Chan eil mi a 'leigeil leat tuiteam airson a leithid."

Ann am fàsach domhainn, shuain e. A ghuth a 'ruith sìos na h-uinneagan aige agus a' toirt air an dà chuid a charaid agus a leannan leum. "Adrianna chan eil seo suas airson deasbad." Gu mall thàinig e air ais thuice agus ghlac e a làmh. A 'gabhail anail dhomhainn, dh' fheumadh e reusanachadh rithe. Bha e dìreach an dòchas gun èist i, dìreach seo aon uair. "Is tu an ath bhanrigh aig Darke. Agus tha mi a' mionnachadh gum bi mi pòsta leat fada mus tachair sin a-riamh. Ach, feumaidh mi falbh. Tha Larna air a ceann, agus is mise an aon fhear làidir. gu leòr airson cùisean a chuir ceart. No co-dhiù, dèan cinnteach gu bheil i cuibhrichte air roghainnean. "

"Fine. Thèid mi agus bheir mi eadhon Tenanye agus Faerydae còmhla rium. Às deidh a h-uile càil, tha mi cinnteach gum bu mhath le Tenanye a bhith air fhaicinn a' rèiteach. Ach bidh mi air mo dhiteadh ma dh 'fhàgas mi an seo às aonais an dithis agaibh a bhith fuil ceangailte rium. "

"A-nis feitheamh aon diog ..."

"Nach tòisich thu còmhla rium Galeron. Chan eil fhios agam dè an geama a tha a' bhana-phrionnsa bheag a 'cluich. Agus gu fìrinneach, chan eil dragh orm. Ach cha leig mi leatha aon seach aon agaibh a chleachdadh airson pàganan. A bharrachd air an aon dòigh air sin chan urrainn dhi ceangal a dhèanamh gum biodh tu ceangailte ri cuideigin nas làidire. "

"Tha i ceart gu bheil fios agad."

"Dìreach air sgàth gu bheil do bhean san àm ri teachd ceart mu rudeigin chan eil sin a' ciallachadh gum feum mi a bhith dèidheil air. " Bidh Galeron a 'trachdadh fhad' s a bha e a 'pacadh cuibhreannan an t-seòmair suidhe.

A 'caolachadh a sùilean dath dorcha, bhruidhinn i," Chan eil, ach chan eil thu gòrach. Mar sin, dè a bhios ann a bhith Galeron ... Bi nad chaiptean mo gheàrdan agus a 'chiad chathraiche air mo chomhairle no seirbheis a thoirt dhi agus na bi beò fada gu leòr a bhith nad athair? "

Caibideil 3:
Myrddin

Mar a thòisich ciad ghathan na maidne a 'lasadh nan sràidean clach-mhuilinn òir, thòisich latha Myrddin le geàrdan caisteal armaichte a' brùthadh air an doras aige. Mura biodh e air rabhadh fhaighinn a-raoir bhiodh Adrianna an seo agus e gu nàdurrach fo chasaid murt. Gu dearbh, bha e air a shàbhaladh bho sin ... a-nis gus na b 'urrainn dha a dhèanamh agus an dòchas gu robh e gu leòr. Beag air bheag dh 'fhosgail e an doras agus choimhead e gu domhainn a-steach do shùilean uaine mara an geàrd. "Tha mi a' gabhail ris gu bheil adhbhar ann gu bheil thu a 'feuchainn ri mo dhoras a bhriseadh a-steach?"

Ruith an t-eagal tarsainn aodann an duine. Elf no sìthiche a 'breithneachadh le dìth sgiathan. "Uill, no am bu mhath leat mo latha gu lèir a chall?"

Chrath an geàrd e fhèin bhon stupor aige agus chuir e a-mach, "Tha mi ... tha thu ag iarraidh aig a 'chaisteal airson a cheasnachadh."

"Chì mi. An uairsin leigidh sinn seo a-null. Tha mi mu thràth fadalach airson ceangal cudromach eile." Chan eil gu dearbh, ach bha a bhith còmhla ri Addy air rud no dhà a theagasg dha. A leithid a bhith Feyen agus an aon rud dorcha taobh a-muigh Darke ... bha an t-ùghdarras aige a bhith curtach agus duilich. Barrachd air sin ... aon uair 's gun do phòs e a' bhanrigh san àm ri teachd dh 'fhaodadh e a h-uile duine a chuir agus a chuir oilbheum a thoirt don Under Kingdom ... is dòcha beò ... is dòcha nach eil. San dà dhòigh, bha e na thoileachas a bhith a 'coimhead an dorais fosgailte agus na mairbh nan seasamh fada fon fhosgladh a' feitheamh gus fàilte a chuir air an ath bhiadh aca no an uairsin na companaich as ùire.

A 'ceumadh a-mach an robh an dachaigh aige Myrddin a' coimhead timcheall air faisg air dà dhusan geàrd armaichte. Sìthiche. Elf. Luchd-giùlain aotrom. An uairsin ghluais a shùilean chun turas taghte don Chaisteal. Chan e deagh charbad a th 'ann ach trolley airson trolls. Mus do ghabh e ceum eile, cha do chleachd e ach beagan de chiùird shìmplidh ... uill sìmplidh ma bha thu nad mhaighstir air grunn sheòrsaichean ciùird ... Ceò dubh an uairsin poof bog mus do sheas brag àrd agus carbad ceart roimhe. "Ma tha mi a' dol don chaisteal thèid mi ann an stoidhle a 'freagairt air mo chliù. Ach gu cinnteach chan ann ann an trolley troll air a dhroch dhèanamh."

"Càite a bheil..."

A 'caolachadh a shùilean dorcha gun anam, thionndaidh Myrddin gu slaodach chun an elf òg a bha a-rithist air a ghuth a lorg. "Càit a bheil cò?"

"Bana-phrionnsa Darke. Chaidh innse dhuinn ..."

"Hmp. Bha coinneamhan eile aig a' Bhean Uasal. Tha mi a 'creidsinn gun do dh' fhàg i meadhan-latha an-dè. " Bu chòir sin a bhith gu leòr gus Addy a chumail a-mach à trioblaid. An uairsin a-rithist, còmhla rithe, cha b 'urrainn dha a bhith ro chinnteach. Às deidh a h-uile càil, bha coltas ann gun robh trioblaid a 'leantainn Addy ge bith càite an robh i ag iarraidh siubhal. Bha e na rudeigin a bha an càraid aice deiseil airson a chomharrachadh grunn thursan sa bhliadhna a dh 'fhalbh.

Co-dhiù cha robh aige ri dragh a ghabhail mu Celeste anns a h-uile càil. Gu fortanach, bha i air falbh airson an Spire beagan làithean air ais gus droch shùp a thoirt a-steach dha màthair. Uair eile dh 'fhaodadh gum biodh an suidheachadh gnàthach aig Blake èibhinn nam biodh e air tuiteam sa mhadainn às deidh bàs a charaid ghràdhaich.

A 'coimhead suas bhon leabhar aige far an robh e a' feuchainn ri dad feumail a lorg chrath am Morair Eros an leabhar aige a-rithist agus chlisg e. Uiread de laghan agus traidiseanan ach chan eil gin airson a bhith a 'crùnadh leanabh às deidh an teaghlach aice a chall. Ach bha na trannsaichean tiodhlacaidh gu math soilleir agus feumar a bhith faiceallach sa bhad. "Bana-phrionnsa feumaidh sinn fhaicinn gu tiodhlacaidhean ..."

B 'fheudar dhi a bhith a' cluich an nighean draghail a chaill a pàrantan. Is e an duilgheadas a bh 'ann gu robh i air a leamh. Agus cha robh dragh aice mu na rinn iad leis na cuirp. Loisg iad, adhlaic iad. Cuir na bha air fhàgail chun an Under Kingdom. Cha do rinn e mòran eadar-dhealachadh dhi an dàrna cuid. Gu dearbh, cha b 'urrainn dhi sin a ràdh. Ach, dh 'fhaodadh i sniffle aon uair agus sabaid air ais deòir meallta. "Oh, an urrainn don chomhairle a bhith toilichte ...." Chrath i agus thionndaidh i a ceann, "Is urrainn dhomh ... chan urrainn dhomh."

Le bhith a 'toirt a cheàrnag pòcaid sìoda dubh dhi chuir e air ais i gu socair. "Gu dearbh, a ghràidh. Bu chòir dhomh a bhith air beachdachadh ... Is dòcha gum bu chòir don chomhairle bruidhinn ris a' Mhorair Devros. "

"Chan eil ..." Bhris Larna. An uairsin a 'tuigsinn a mearachd, thòisich i a-rithist," Chan e, bu mhath leam an fheadhainn a dh 'fhaodadh a bhith air seo a dhèanamh dha m-theaghlach."

Shèid dorsan mòra òrail seòmar na rìgh-chathair fosgailte agus thuit iad a-steach do na ballachan air an cùlaibh. Shìn Myrddin anns an trusgan dubh a bha ga chomharrachadh mar àrd-bhreith a 'còmhdach a' mhòr-chuid de na fèithean nàdarra agus an fhìor mheud. Cha do rinn iad dad airson a bhith a 'falach a' chumhachd dhorcha a dh 'fhaodadh a bhith air a faireachdainn bhon bhuaireadh aige. "Tha mi a' gabhail ris gu bheil adhbhar ann a thug geàrd a 'chaisteil mi an seo."

"Cumaidh tu do theanga, a Thighearna Devros."

A 'caolachadh a shùilean dathte an fhithich, choimhead Myrddin air a' chiad chathair de

chomhairle Feyen, "Leis gur mise tosgaire Darke
agus tha mi ag iarraidh freagairtean don Mhorair Eros.
Agus bidh na freagairtean sin agam no faodaidh tu an
toirt don bhanrigh agam."

"A dhaoine uaisle mas e do thoil e, is e latha
math a tha seo." Nuair nach do rinn sin dad gus am
faigheadh   aon fhear air ais sìos Larna a 'sniffled.
"Feuch, bu mhath leam bruidhinn ris a' Mhorair
Devros gu prìobhaideach. "

"Cha bu chòir dhomh smaoineachadh -" rinn
am Morair Eros gearan.

"Is e seo mo thoil, a Mhorair Eros. A-nis,
feuch ... bhithinn a' smaoineachadh gum bu mhath le
m-mo phàrantan a bhith air an cur sìos. "

"Mar a phrionnsaicheas tu." A 'tionndadh air
ais gu Myrddin, thuirt e agus e ag ràdh," Chì mi gun
deach do chuir don Under Kingdom airson na h-
eucoirean agad. "

Nuair a bha e na aonar chuairtich Myrddin an
neòinean. "Dè an geama a th 'ann, Larna?"

Bha a bilean bàn a 'lùbadh gu gàire sinistr. "Oh
no geama Myrddin. Dìreach moladh."

"Oh?" Gu mall thàinig e gu seasamh mu
choinneimh. "Inns dhomh, dè a tha thu a' dùileachadh?
Dh 'innis an àm ri teachd agad is dòcha?"

"Oh, thig a-nis. Tha fios againn le chèile nach
e ealain dorcha Myrddin a th' ann. "

Shrug e. "Is dòcha nach eil. Mar sin, leig dhuinn a dhol air adhart leis. Dè a bha cho cudromach dhut do theaghlach a mhurt agus feuchainn ris a' choire a chuir orm? "

"Rinn thu a-mach e, an robh? Bu chòir fios a bhith agad gum biodh neach-brathaidh agad anns na geàrdan." Shuidh i air ais air a 'chathair rìoghail. "Ge bith, bidh fios agam cò luath gu leòr."

A 'cur aon chois air an neòinean lean e thuice. "A bheil thu a' dol a dh 'innse dhomh carson a tha mi an seo no am bu chòir dhomh tomhas?"

"Oh, tha mi creidsinn gun innis mi dhut. Tha thu a' dol a phòsadh mi. "

Mar ifrinn tha mi. Loisg e na amhach, ach chaidh aige air a ràdh gur e òran eala a th 'ann an cò," A bheil mi? A-nis, carson a phòsadh mi leanabh aig nach eil mòran ann an dòigh comas nàdurrach? "

Mura biodh e ag èirigh os a cionn bhiodh i air cromadh bhon rìgh-chathair, ach bho nach b 'urrainn dhi, chaidh i thairis air a gàirdeanan. "Chan e leanabh a th' annam. Tha mi faisg air dà cheud bliadhna a dh'aois. Agus tha comas nàdarra gu leòr agam. "

A 'tionndadh air falbh bhuaipe thòisich e chun an dorais. "Cha do fhreagair thu mo cheist Larna. Agus tha an geama agad a' tòiseachadh a 'tolladh orm."

"An dàrna cuid pòs mi no bidh thusa agus a' Bhana-phrionnsa Adrianna cunntachail airson murt an teaghlaich rìoghail. Agus a thug rabhadh a-riamh gun tig thu còmhla riut airson do bhàs. "

Às deidh dha eòlas fhaighinn air mar a chluicheadh   e a-mach, cha robh eagal sam bith air. "Pòsaidh mi thu air trì cùmhnantan. Mar as toil leam am fuaim a bhith pòsta aig banrigh." Ged nach robh an aon bhanrigh a phòsadh e san t-seòmar seo. No anns an rìoghachd seo airson a 'chùis sin.

Rinn Larna magadh, mar-thà ro mhòr leis a 'chumhachd a bhiodh aice nuair a phòsadh iad," Tha àrd-amas freagarrach dhut. A-nis, dè na teirmean a th 'agad?"

"Chan eil mòran. An toiseach, bu chòir don teaghlach rìoghail Draken a bhith an làthair. Leis gum bi mo phiuthar a' pòsadh prionnsa a 'chrùin an ath bhliadhna."

Las Greed a sùilean violet. "Dèanta."

"San dàrna àite, innsidh tu gum bi leanabh sam bith dhòmhsa na oighre dhut mura h-eil leanabh agad le cuideigin eile a chumas do chridhe."

"Gu dearbh, bhiodh do phàiste na oighre orm. Rud neònach a bhith ag iarraidh."

Uh ha. Chì sinn mu dheidhinn sin. "Agus mu dheireadh, mar a tha traidisean bheir thu dhomh do chridhe."

"A-rithist, Myrddin a bhiodh air a ràdh anns na bòidean ge bith. A-nis a bheil dad sam bith eile ann?"

"Chan eil." Thug e ceum suas air an neòinean agus thug e sùil oirre, "Bidh sinn pòsta ann an trì latha."

"Triùir ..." Gasped i mu thràth a 'dùsgadh a shùilean.

Le bhith a 'gàire mar a bha a sùilean glaiste leis, leig e leotha spreadhadh a-steach do adan gorm hypnotic. "Chan eil thu ag iarraidh do dhùthaich às aonais banrigh nas fhaide."

Bha sùilean Larna a 'deàrrsadh an aon dath ris an fheadhainn aige. "Chan eil ... tha mi creidsinn nach eil."

Caibideil 4:
Adrianna

"Addy, a bheil thu cinnteach gu bheil thu airson a bhith an seo? Tha mi a' ciallachadh mo bhràthair ... "

Thionndaidh Addy air falbh bho a caraid agus leig i fhaicinn taobh a-muigh an t-seòmair ... seachad air na chunnaic a 'mhòr-chuid. A 'coimhead fada nas fhaide na na flùraichean dathte uachdar agus sreathan de chathraichean cùil àrd. A 'coimhead fada seachad air ballachan geal-bainne. Leig i sùil a thoirt air ais thairis air na trì latha a dh 'fhalbh san t-seòmar seo. An uairsin a 'feadalaich," Tha fios aig Myrddin dè a tha e a 'dèanamh agus tha mi an dùil a bhith an seo gus faighinn a-mach dè dìreach ... Sin agus tha mi an dùil a chuir às dha an dearbh mhionaid as urrainn dhomh airson toirt orm a bhith a' faicinn seo an toiseach. "

Rinn Tenanye gàire nuair a choimhead i air a 'Phrionnsa Craykren, agus a bràthair, a' bruidhinn mu rudeigin a thug air an dithis fhireannach a bhith a 'crathadh a chèile. "Bha dùil agam ri seo airson latha na bainnse agad ach ..."

A 'soidhnigeadh Addy chrath a ceann," Bu chòir dhuinn a bhith gan dealachadh mus tionndaidh seo gu brawl. A bharrachd air an sin, bheir e dhomh na leisgeulan bruidhinn ris agus is dòcha faighinn a-mach rudeigin feumail. "

"Dìreach bi faiceallach Addy. Tha feadhainn an seo a tha den bheachd gur tusa an tè a mharbh a' Bhanrigh. "

"Aidh, tha fios agam. Is urrainn dhomh a bhith a' faireachdainn cho mì-thoilichte mar prickles air mo chraiceann. Ach tha e a 'cuideachadh gu bheil mo mhàthair agus mo phiuthar an seo. Cha leigeadh iad tarsainn air Mam. Tha i mu thràth ann an droch shunnd agus tha mi cho teagmhach gum bi i comasach air smachd a chumail oirre fhèin fada nas fhaide. "

A 'bualadh làmh a caraid Tenanye rinn e gàire. "Tha do mhàthair an-còmhnaidh ann an sunnd. Ach tha mi ag aontachadh rithe nam bu chòir dhi co-dhùnadh a' bhaoth-chluich seo a sgrios. Ach, cha leigeadh duine sam bith an seo a dhol tarsainn orm a-nis gu bheil Craykren air ainm a thoirt dhomh a tha a 'faireachdainn nas Draghail. Tha mi teagmhach gum biodh dad ann fhàgail de Feyen ma rinn iad sin. "

A 'toirt gàirdean Tenanye rinn i gàire. "Oh, chan eil thu air innse dhomh, feumaidh fios a bhith agam dè a cho-dhùin Cray airson bean na bainnse."

"Alyisope. B' e sin ainm a sheanmhair. Is toil leam e ach tha mi a 'smaoineachadh gun lean an fheadhainn a dh' aithnich mi fad mo bheatha le bhith a 'gairm Tenanye orm." A 'dol a-null chun a' gheallaidh aice thuirt i ag ràdh, "Craykren, tha mi a' mionnachadh ma bhios tu gad ghiùlan fhèin mar seo air latha na bainnse, diùlt mi do phòsadh. "

Shnìomh e timcheall le gràs cat a dh 'aindeoin cho mòr' s a bha e. Bha na lannan armaichte aige a 'coimhead mar gum buineadh e do rèis snàgairean ach na h-adharcan aige ... bha an fheadhainn sin na bu chruaidhe. An uairsin a-rithist, cha robh e a 'bodraigeadh a bhith a' cur geas glamour air na spuirean dubha a bh 'aige airson corragan no an earball fada a bha a' cumail grèim air puinnsean. "Tha e na chleachdadh airson sabaid mus pòs thu."

"Tha, agus bidh thu a' sabaid an oidhche ron bhanais againn. Chan e an latha a th 'ann. A bheil mi gam dhèanamh fhèin soilleir?"

Thionndaidh e gu Myrddin. "Bu chòir dhomh do ithe."

Chaidh Myrddin tarsainn air a ghàirdeanan rùisgte, a 'toirt ùine dha charaid a bhith a' beachdachadh air sabaid cheart a dhèanamh seach a bhith a 'crathadh playful. An uairsin thug e gàire toinnte. "Ma dh'itheas tu mi, cò a chumas ort a bhith a 'bruidhinn ceart?"

"Bu chòir dhomh do ithe airson mo thoirt a-steach gu ... gu ... piuthar."

A 'tarraing air gàirdean Craykren thuirt i ag ràdh," Thig a-nall an-seo mus cuir thu trioblaid ort. "

Rinn Addy gàire nuair a choimhead i air a caraid a 'coiseachd air falbh," A bheil rudeigin ann a bu chòir dhomh a bhith eòlach. "

"Adrianna mo leannan, tha fios agad mu thràth air a h-uile dad a dh' fheumas tu. Mar sin, tha mi ag iarraidh ort leigeil le seo cluich a-mach.

"Leis gu bheil earbsa agam annad nì mi mar a dh' iarras tu. Ach, na bi dùil gum fuirich do phiuthar catharra ris a 'Bhanrigh Larna às deidh dhi pòsadh Craykren."

"Is e seo mo phiuthar air a bheil sinn a' bruidhinn ... tha mi teagmhach gum fuiricheadh   i catharra le neach sam bith a roghnaicheas mi pòsadh. " Rinn e gàire an uairsin a 'suathadh a h-inntinn. A bharrachd ort.

A 'tilleadh an gàire, rinn i gàire. "Tha mi creidsinn gu bheil thu ceart. Chan eil i a-riamh sìobhalta do dhuine sam bith mura h-urrainn dhaibh a bhith nas fheàrr a' sabaid. "Bhuail chime bog gu socair a' comharrachadh gun robh an deas-ghnàth a 'tòiseachadh. A 'dol na laighe, dh' fhaighnich i, "Am bu chòir dhomh suidhe le mo theaghlach no leatsa?"

"Addy, is tu bana-phrionnsa Darke. Feumaidh tu suidhe an-còmhnaidh a rèir do inbhe. Tha Cray aig mo phiuthar gus a cumail bho bhith a' dèanamh broth sam bith. Co-dhiù airson an-dràsta. "

Chrath Adrianna gu sgiobalta aon uair. "Fine. Feuchaidh mi ri Celeste a chumail bho bhith a' tionndadh do 'bhean-bainnse' gu flùr sgeadaichte. Ach chan eil mi a 'gealltainn idir. Tha i fhèin agus a màthair ann an cruth ainneamh an-diugh."

Shuidh Adrianna gu gràsmhor ann an cathair àrd geal ri taobh a piuthar agus ghlac i a làmh. "Dè chuala tu?"

A 'tarraing iallan de fhalt buidhe air cùl a cluaise rinn i gàire. "Tha màthair ri a thaobh fhèin. Na bi dùil gum bi i air a giùlan as fheàrr ma thèid Myrddin troimhe leis a' bhaoth-chluich bainnse seo. "

A 'coimhead beagan air a cùlaibh, choimhead i mar a sheas a màthair gu cruaidh faisg air a' bhalla cùil. "Is ann ainneamh a bhios màthair air a giùlan as fheàrr nuair a bhios i air a cuairteachadh leis an fheadhainn a tha ag iarraidh cron air a teaghlach. Agus chan eil i a-riamh air a giùlan as fheàrr nuair nach eil Papa timcheall gus a sàrachadh."

"Fìor. Ach cha robh aice a-riamh ri dèiligeadh ri call caraid gaoil agus clann air an robh i eòlach bho rugadh i."

A 'ruighinn a-mach gu inntinn a piuthar, chuir i roimhpe an còrr den chòmhradh seo a chumail gu prìobhaideach. Agus a bheil fios aig màthair dè thachair an oidhche sin?

Tha fios agad cho math riumsa gu bheil i a 'dèanamh. Ach às aonais dearbhadh, chan eil i comasach air dad a dhèanamh mu dheidhinn. An uairsin a-rithist cha robh sin air stad a chuir oirre roimhe nuair a bha iad a 'dèiligeadh ri luchd-trioblaid.

A 'tionndadh air ais chun an dorais chum Adrianna a sùilean agus choimhead i am murtair gu slaodach a' dèanamh a slighe sìos an trannsa. An dreasa aice a 'coimhead nas coltaiche ri rudeigin a bu chòir dhi a chaitheamh airson oidhche na bainnse agus chan ann chun na bainnse fhèin. Tha teagamh agam gum faigh i air falbh le seo.

Rùisg Celeste a sròn a-mach às an dreasa. No dìth èideadh. A bheil i a 'tuigsinn gu bheil i a' coimhead gàire a 'pòsadh fear a tha dà uair na h-aois agus dà uair nas àirde? Gun a bhith a 'toirt iomradh air an rud sin a bu chòir a bhith na èideadh ... tha mi a' mionnachadh gun do dhìochuimhnich a h-earball tàillearachd barrachd air leth dheth.

Rolaich Addy a sùilean. Tha mi teagmhach gu bheil cùram aice mu rud sam bith ach an cumhachd a tha i den bheachd as urrainn dha a thoirt dhi.

Uill, bu chòir dha a bhith inntinneach a bhith ga coimhead ag ionnsachadh gur dòcha gun do cheannaich i a làmh ach cha bhi a cridhe no a cumhachd gu bràth aice.

Caibideil 5:
Larna

Thug Larna an dà cheum suas chun neòinean gun a bhith a 'toirt sùil air na h-aoighean a bha air sealltainn a bhith na Banrigh Feyen ... Ach bha e cho brèagha gun do thagh Banrigh Lite agus Darke a thighinn ach fuireach nas fhaide air falbh bho na fèillean. O uill ... fhad 's nach biodh an t-seann chailleach ag adhbhrachadh trioblaid sam bith cha bhiodh feum aice air Myrddin faighinn cuidhteas i. An uairsin a-rithist, nach biodh e spòrsail a bhith a 'riaghladh na dùthchannan uile aig an robh fuil Fey?

Am-màireach thòisicheadh   i a 'dealbhadh air mar a dhèanadh tu sin dìreach ... mar airson an-diugh ...

Lìon a guth le deòir meallta mar a thuirt i gu socair, "A Thighearna Eros, mus tòisich sinn bu mhath leam rudeigin a ràdh."

A 'cromadh a rèir sin, rinn e gàire. "Gu dearbh, do ghràs."

A-nis thionndaidh i chun an aoigh aice. "Tha fios agam nach e seo a bha thu uile a' smaoineachadh airson leantainneachd loidhne Feyen ach tha mi an dòchas mo mhàthair a dhèanamh moiteil. "

Dh 'fhosgail dorsan òrail seòmar a' chathair rìoghail agus mean air mhean rinn boireannach aosta a slighe chun neòinean. Fiù 's nas slaodaiche dh' ìslich i cochall a cape crùbach. "Leis nach do dh' fhàg thu roghainn sam bith dhuinn, a phàiste. Faigh air adhart leis. Cha tàinig mi fad na slighe seo gus do choimhead air blabber. "

Leudaich a sùilean ann an clisgeadh. "Seanmhair?!?"

Lean an t-seann bhanrigh gu mòr air a canan criostail oir ghabh i aon cheum a-steach don t-seòmar. "Dè a tha daor? An robh dùil agad gum biodh mi fada marbh?"

"Tha mi ..." Ghabh i anail mhòr. Chan fhacas a seanmhair airson faisg air ceud bliadhna. Chan ann bho dh 'fhàs i tinn le rudeigin nach robh e comasach dha Fey a-riamh a leigheas ... agus a dh' aindeoin sin bha i a-nis na seasamh roimhe. Airgid na falt gu cinnteach ach gun a bhith a 'coimhead beagan tinn. A 'toirt oirre fhèin a bhith socair ghabh i anail mhòr. "Tha mi toilichte gum faodadh tu a bhith an seo. Tapadh leibh."

"Uill, cum ort."

Cha robh i a-riamh air coinneachadh ri a seanmhair agus a-nis bha i taingeil gun a bhith a 'bruidhinn ris an t-seann ialtag searbh. "Mar a bha mi ag ràdh mus do ràinig a' bhanrigh dowager, a 'briseadh leis an traidisean a bhith pòsta mus deach a crùn iarraidh mi air a' chiad chathraiche agam de chomhairle Feyen an teagasg seo a chuir ris an ath-sgeul agam. " Ghairm i a-steach pìos parchment le

ainm sgrìobhte agus thug i seachad e don Mhorair
Eros.

A 'gabhail a' phàirce, thòisich e ga fhuasgladh.
Mar a bha e a 'leughadh, thuirt e," A bheil thu
cinnteach? "

"Is mise."

"Glè mhath, do ghràs. Mar an latha an-diugh,
thèid leanabh sam bith leis a' Mhorair Devros
ainmeachadh mar oighre Feyen ... Mura lorg
a 'Bhanrigh Larna fear eile as urrainn a cridhe a
chumail."

Shuidh Adrianna air ais agus dh 'fheuch i ri
gàire a dhèanamh. Bha i air eòlas fhaighinn air
Myrddin airson beagan a bharrachd air bliadhna agus
bha e air aon rud a theagasg dhi os cionn a h-uile càil
eile ... bi an-còmhnaidh mionaideach nuair a bhios tu
a 'dèiligeadh ris a' Fey. A bharrachd air an sin nuair a
bhios tu a 'dèiligeadh ri Fey Dorcha a bhiodh a'
cleachdadh a h-uile facal gu buannachd dhaibh fhèin.

M.L.Ruscsak

Caibideil 6:
Myrddin

Sheas Larna gu làn àirde a-nis gu robh i a 'caitheamh crùn airgid Feyen. Cearcall cho sìmplidh ach an cumhachd a b 'urrainn dhi a-nis a chleachdadh ... abair faireachdainn iongantach.

"Mo Bhanrigh, a bheil thu deiseil airson na bòidean pòsaidh?"

"Faodaidh tu a dhol air adhart, a Thighearna Eros."

"Glè mhath." Ghabh e anail mhòr agus dh 'fheuch e ri gàire. "A bheil thusa, a' Bhanrigh Larna, nighean Elista, a 'toirt a h-uile pàirt dhut gu saor, am Morair Myrddin Devros. Do làmh, do chridhe agus gach nì a nì thu còmhla?"

"Bheir mise, a' Bhanrigh Larna mo chridhe gu saor don Mhorair Devros a bhith agam fad na h-ùine. "

Bha Myrddin air a bhith na sheasamh an sin sàmhach agus gun a bhith a 'toirt aire dha dad gus an ìre seo .... ge-tà, a-nis gu robh i air na bha e an dùil a ràdh ... Rinn e gàire agus bhreug e a bhilean fìon-dhearg. "A bheil thu dha-rìribh a' toirt dhomh do chridhe Queen Larna? "

"Tha, bheir mi mo chridhe dhut." B 'ann an uairsin a thuig i a mearachd oir ràinig a làmh domhainn a-steach don bhroilleach aice a' tarraing a-mach a cridhe fhathast a 'bualadh.

Choimhead e sìos air an fhuil dhubh a 'còmhdach a làmh agus an uairsin ghairm e ann am bogsa airgid. "Cumaidh mi do chridhe fuar dubh. Bhon a thug thu dhomh e ann an earbsa. Agus mar dhuais, bidh thu beò gus an urrainn dha cuideigin as urrainn do chridhe a thoirt air ais dhut." A-nis thionndaidh e chun bhanrigh dowager. "A' Bhanrigh Alista, mar a tha thu air a bhith a 'riaghladh Feyen agus a bhith mar an tè as comasaiche feuch an dèan thu sin a-rithist. Tha e coltach nach eil do ogha ach slige de na bha i an dòchas."

Ghiorraich Alista a seann sùilean fiolet. "Glè mhath. Bidh an ogha agam a' riaghladh ann an ainm a-mhàin agus tha e toirmisgte dhaibhsan a tha san t-seòmar seo bruidhinn mu na bha air a bhith aice gu àm mo bhàis. "

"Tha mi a' smaoineachadh gun urrainn dhomh bruidhinn airson a h-uile càil an seo nuair a chanas mi nach bruidhinn duine facal. "

"An do dhealbhaich thu seo?"

A 'cuideachadh Adrianna a-steach do choidse dubh cha b' urrainn dha cuideachadh ach gàire a dhèanamh. "A ghràidh, am feum thu an-còmhnaidh rudan iarraidh a tha fios agad mu thràth air an fhreagairt?"

"Is dòcha gu bheil mi airson do chluinntinn ag ràdh na tha fios agam mu thràth."

A 'socrachadh a-steach ri a thaobh rinn e gàire. "Ma dh' fheumas fios a bhith agad, dh 'iarr mi air do mhàthair a' bhanrigh a chuir às nuair a bhiodh na bòidean deiseil. Ach le teachd na Banrigh Alista ... rinn mi suas gu sgiobalta. Às deidh a h-uile càil, chaill i an teaghlach gu lèir aice. Bhiodh e an-iochdmhor dha gun caill i an ceangal mu dheireadh ris an nighinn aice. Co-dhiù, gus an co-dhùin i dè a bu chòir a dhèanamh leatha. "

"Cho math dhut." A 'coimhead a-null chun bhogsa airgid a shuidh bhuaipe," Agus sin ... "

"Ann an linn no dhà, tillidh mi e." Thug Myrddin sùil air a 'bhogsa airgid agus an uairsin ath-bheachdachadh," Is dòcha gun till e. No faodaidh leanabh sam bith a thaghas sinn a thaghadh. Ach chan urrainn dha dad am bogsa a sgrios. " No an susbaint taobh a-staigh.

Bha a sùilean a 'coimhead air a' bhogsa cha mhòr gun iongnadh. "Enchanting."

"Tha, agus ma tha thu nad phreantas beag math ionnsaichidh mi dhut mar a tha e ag obair."

A 'suidhe air ais, chaidh i thairis air a gàirdeanan gu smugach. "Tha thu a' gabhail ris nach eil mi mu thràth. "

A 'toirt pòg dìoghrasach dhi, rinn e gàire.
"Gabhail a-steach, a ghràidh, chan e cumhachd.
Agus chan eil dad a tha faisg air na comasan
gnàthach agad."

Pàirt 2

O CHIONN OCHD BLIADHNA DEUG.

"Tha aimhreit a 'tuineachadh am measg mo dhaoine. Carson, chan urrainn dhomh a ràdh le cinnt. Thathas a 'bruidhinn air uisge-beatha ach eadhon chan urrainn dhomh a h-uile càil a thathas ag ràdh a chluinntinn. Tha mi dìreach an dòchas nas fhaide na a h-uile adhbhar nach nochd rud sam bith a tha ceàrr dhomh gus an tèid mo nighean a bhreith. Guidheam gum bi co-dhiù beagan ùine còmhla rium mus fheum mi a bhith nam Banrigh Darke.

Ach dòigh air choireigin tha mi teagmhach gum faigh mi a-riamh an cothrom mo nighean fhaicinn a 'fàs a-steach do na tiodhlacan aice."

- Iris prìobhaideach na Banrigh Adrianna. Banrigh Darke

M.L.Ruscsak

Caibideil 7:
Adrianna

Thug Adrianna sùil sìos air a pàisde ùr-bhreith agus rinn i gàire. Gu faiceallach thog i i bhon chreathail dhubh ceò. "Chan eil fhios agam dè a nì mi riut. Chan urrainn dhomh mo sweetie beag a ghairm dhut airson a' chòrr de do bheatha. " Stad i agus leig i gàire beag a-mach. "Uill, b' urrainn dhomh, ach chan e deagh ainm a th 'ann airson banrigh a bhios aon latha a' riaghladh Darke gu lèir. " Bha giggle aotrom a 'tionndadh chun an dorais.

"A phiuthar as fheàrr, an tug thu ainm dha mo nighean-peathar fhathast?"

A 'coimhead air a' bhoireannach a thàinig a-steach don t-seòmar cha b 'urrainn dha Adrianna cuideachadh ach gàire a dhèanamh. A càraid. Chan e càraid co-ionann a th 'innte ach an àite sin gu tur mu choinneamh. Far an robh falt buidhe buidhe air a càraid bha dath na h-oidhche oirre fhèin. Ged a bha an dà chuid àrd agus caol agus a rèir coltais a 'sruthadh nuair a choisich iad ach chuir Celeste a-steach gach nì soilleir agus òrail. "Chan urrainn dhomh dìreach smaoineachadh air fear a nì a ceartas" Bhrùth i a bilean còmhla gus nach robh iad dad nas motha na loidhne tana mus lean iad air adhart. "Chan eil ainm ann as urrainn dhomh smaoineachadh air sin a bheir a-steach an ath bhanrigh a bheir fois dha na nàimhdean."

"O ghràidh. Chan eil na nigheanan againn fhathast trì latha a dh' aois agus tha thu mu thràth a 'bruidhinn nàimhdean. Tha mi a' mionnachadh gum bu chòir dhomh an duine agad a thoirt leat a choimhead air an dùthaich dham buin e. Tha mi a 'smaoineachadh gu bheil dorchadas agus gruaim na rìoghachd agad fhèin air do dhèanamh mu dheireadh beag daft. "

A 'tionndadh air falbh bho a piuthar thuirt i gu h-aotrom rithe," Gu math èibhinn. Tha fios agad cho math riumsa nach urrainn dhomh dìreach tadhal air Rìoghachd Feyen. Tha thu air an làimh eile ... tha iad a 'cur fàilte oirbh."

Rolaich Celeste a sùilean agus chùm i a-mach a gàirdeanan bàn. "Tha gu math ... An seo thoir dhomh mo nighean-bhràthar bu chòir beagan ùine a bhith agam còmhla rithe mus fhalbh mi airson mo Rìoghachd fhìn."

Nuair a chuir i an nighean bheag phrìseil aice ann an gàirdeanan a peathar, stad Adrianna. Bha rudeigin anns an dorchadas ga uisgeachadh. Bha a h-uile duine a bha i a 'riaghladh a' bruidhinn mu dheidhinn ach dè am math a th 'ann an uisge-beatha anns an dorchadas nuair nach cluinneadh i a h-uile dad a bhathar ag ràdh? "Tha mi airson gun toir thu leat i."

"Dè?" Bidh Celeste a 'snìomh timcheall gus aghaidh a thoirt air a piuthar. Bha fios aice gu robh an sealladh sin na sùilean cuideigin ... no bha rudeigin ag innse rudeigin dhi. Is dòcha nach b 'urrainn dhi a bhith a' tomhas ach gu robh i ag adhbhrachadh dragh gu leòr gun robh a piuthar a 'coimhead nas coltaiche ri cuid de ghaisgeach sgeulachd-sìthe a bha deiseil airson sabaid a dhèanamh na màthair a bha dìreach air breith. "Dè a th 'ann, a phiuthar?"

Bha ceò dubh, swirling a 'falach a casan agus a' cromadh suas a druim; a 'caoidh a falt fada, fitheach. "Chan eil na ciabhagan soilleir. Ge bith, bidh rud sam bith agam a thèid a rèiteachadh a dh' aithghearr. No bidh an duine agam. Anns gach cùis, bu mhath leam gun toir thu a 'chlann againn gu Castle Sun-Tear. Thig mi nuair tha e sàbhailte. "

B 'e Sun-Tear am fear as fhaide air falbh de chaistealan Lite ach am fear as fhaisge air Rìoghachd Feyen. Mar sin carson a h-uile àite a bha Adrianna airson gun deidheadh   an nighean aice a thoirt ann? Sin ceist a dh 'fhaodadh i faighneachd. Co-dhiù chan ann fhad 's a bha a piuthar fhathast a' còmhradh nach b 'urrainn dhi ach i. Ach iarrtas air a sgrìobhadh mar ultimatum? Chan e a-mhàin gum b 'urrainn dhi ach cha b' e seo a 'chiad uair a rinn i sin. "Cha dèan mi ach dìreach ma dh' ainmicheas tu do nighean. No bidh mi a 'cur an dithis nighean againn còmhla ri ar màthair agus faodaidh tu mìneachadh dhi carson a tha mi a' dol còmhla riut. "

Thug Adrianna sùil air a piuthar tro shùilean cumhang agus an uairsin sìos gu a pàisde. "Tha am Fey ag ainmeachadh an cuid cloinne às deidh rudan ris am faod iad tionndadh. No, co-dhiù, is e sin a tha an duine as fheàrr agam ag ràdh." Dhùin i a sùilean agus leig i tendrils dorcha de cheò a-mach bhuaipe agus gu timcheall air an nighean aice. A 'tarraing air ais rinn i gàire. "Canar Nisha rithe, nighean na h-oidhche."

Sheas Adrianna air sràid a 'bhaile mhòir aice le uabhas air na chunnaic i. Bha togalaichean a 'tuiteam sìos timcheall oirre. Bha teine   an dà chuid nàdarra agus bha sin air a lìonadh gu draoidheil uinneagan a 'glacadh a saoranaich air cùl ballachan ceò.

Dha mòran a 'gairm airson cuideachadh. Cus cus a bhiodh na pharaiste mura dèanadh e dad.

A 'cur a làmh thairis air a cridhe thòisich i a' feuchainn ri ciall a dhèanamh de na bha i
a 'faicinn," ADRIANNA

"Dè ann an ainm Darke a bha air tachairt an seo? Chan eil baile-mòr mo ghràidh dìreach na theine ach ann an grunn àiteachan, tha comharran spreadhaidhean ann. Chan eil e a' dèanamh ciall sam bith mura robh saoranaich boglach air a thighinn cho fada gu tuath airson tòiseachadh a cogadh. Ach carson a-nis? "

Gu mall thàinig Myrddin thuice le Galeron agus a bhean nan seasamh dìreach beagan cheumannan air ais.

Gu sàmhach ag aideachadh gun do chrath an duine aice Adrianna a ceann. An-dràsta dh'fheumadh i a bhith na banrigh. An-dràsta bha feum aig na daoine aice air a ceann fionnar gus am faigh iad uile tro seo.

"Dea thu fhèin agus Galeron gabh taobh a deas a' bhaile, Myrddin agus gabhaidh mi gu tuath. Coinnichidh sinn suas sa chaisteal. Nì duine sam bith a tha a 'dèanamh cùisean nas miosa mar a chì thu iomchaidh."

Chuir Myrddin a làmh air a gàirdean a shùilean a 'faicinn seachad air an teine. "Addy, a bheil thu cinnteach mu dheidhinn seo?"

Chaidh a sùilean sìos gu sliotan beaga bìodach fhad 's a bha i a' cromadh "Tha dà roghainn againn. Aon nach bi sinn a 'dèanamh dad agus a' coimhead ar dachaigh a 'losgadh. No tha sinn a 'gabhail cùram mu dheidhinn seo agus a' toirt an nighean againn dhachaigh. "

Choisinn e mar a ghabh e anail, "No bidh sinn ag iarraidh cuideachadh air do phiuthar."

Cha do stad Adrianna ach mionaid agus chrath i a ceann, "Chan eil. Ge bith dè a tha seo ... chan eil mi ga iarraidh an seo. Tha rudeigin fhathast duilich dhomh agus gus am faigh mi a-mach dè a th 'ann... chan eil duine bho Lite a' ceumadh cas anns an rìoghachd agam.

Caibideil 8:
Celeste

Bha e gu math seachad air meadhan oidhche nuair a ràinig am facal an uairsin. Agus co-dhiù uair a thìde eile mus do chuir an clisgeadh dheth gu leòr airson na deòir a sùilean a lìonadh. Ach cha b 'urrainn dhi fuireach taobh a-staigh seòmar a rìgh-chathair. An àite sin dh'fheumadh i seo a mhìneachadh dha nighean a peathar. Ach ciamar a lorgadh i na faclan a chanainn rithe? Ciamar a mhìnicheadh   i do Nisha gu robh a màthair air bàsachadh? Chan e, chan e a-mhàin a màthair ach cuideachd a h-athair agus àireamh gun àireamh de dhaoine eile nach deach ainmeachadh fhathast.

Dìreach uair a thìde air ais, bha i air òrdachadh sgoil-àraich a chuir ri chèile airson nighean a bràthar. Dìreach uair a thìde air ais, bha i air a piuthar a phlugadh leis a h-uile duine a dh 'fhaodadh earbsa a bhith aice gum faiceadh i i ann an latha is dòcha dhà aig a' char as fhaide. Nam biodh fios aice ach gum b 'e seo an turas mu dheireadh…

… Ma…

Cha b 'urrainn dhi smaoineachadh mu" ma bha ". Bha cus ri dhèanamh ro mhadainn. Agus mòran a bharrachd ri dhèanamh às deidh briseadh an latha.

Mar sin, le cridhe trom shleamhnaich i a-steach do sgoil-àraich a nighinn a chaidh a phasgadh gu sgiobalta còmhla ri hodgepodge de dh 'àirneis le measgachadh. A 'leantainn thairis air a' chreathail fhiodh lom, dh 'fheòraich Celeste fhad' s a bha i a 'suathadh air aodann bàn bog a nighinn. Na deòir aice fhèin a-rithist gan toirt air ais. "Ciamar a dh' innseas mi dhut gu bheil do mhàthair air falbh? "

"Darling, stad."

A 'tarraing i fhèin gu làn àirde, thionndaidh i chun an fhir a ghoid a cridhe; an duine aice. "Blake?" Tha a fhalt fionn le pòg grèine fhathast gu grinn na àite a dh 'aindeoin a bhith air a dhùsgadh ann am meadhan na h-oidhche.

"Thig, a ghràidh, feumaidh tu bròn a dhèanamh agus feumaidh mi dèanamh cinnteach gu bheil an còrr den teaghlach bheag againn sàbhailte."

Gu dearbh, bhiodh e, mar chaiptean nan geàrdan; dh 'fheumadh e brace airson ionnsaigh agus lorg dè na freagairtean a lorgadh e. An uairsin bheireadh e cothrom dha fhèin a bhith na dhuine aice agus bheireadh e dhi a h-uile dubhan is fois-inntinn a b 'urrainn dha. Ach chan ann gus an robh e cinnteach gu robh an rìoghachd aca fhèin sàbhailte. "Tha thu a 'smaoineachadh ..."

Thug Blake làn cheum a-steach don t-seòmar agus dhùin e a ghàirdeanan timcheall air a bhean. "Tha mi air bruidhinn ri do mhàthair. Cha robh an teine   a thug do phiuthar agus an duine aice gun fhiosta. Airson a-nis, chan eil mi a' smaoineachadh gum biodh e glic Nisha a ghluasad nas fhaisge air Darke. Chan eil aon seach aon den bheachd gu bheil e glic dhutsa, an Banrigh Lite, gus ceum a chuir air chois anns an rìoghachd dhorcha. "

Bha barrachd na b 'urrainn dhi a chluinntinn ach cha b' urrainn dhi a bhrùthadh… chan ann a-nochd… chan ann nuair a bhiodh a cridhe a 'faireachdainn brònach. A 'gabhail beagan comhfhurtachd na bhroinn ghlac i sniffled. "Bha fios aig Addy. Damn i! Bha fios aice nach fhaiceadh i an nighean aice a' fàs. "

Chùm e i mar a leig i na deòir aice tuiteam. Chùm i oirre gus an robh e cinnteach nach cromadh i nuair a bhruidhneadh e. "Ah gaol, chan urrainn dhut a bhith cinnteach le sin."

Tharraing i air falbh dìreach gu leòr airson beachdachadh air a shùilean uaine mara. "Tha mi eòlach air mo phiuthar. Tha na h-eadar-dhealachaidhean againn air a bhith againn ach tha mi eòlach oirre. Chan urrainn dhomh co-dhùnadh an robh i airson gun tog mi an nighean aice an seo, no gus cuideachadh iarraidh air an Fhèis."

Chuir an smaoineachadh leis fhèin a bhith ag iarraidh air an Fey airson rud sam bith cuòt a chuir sìos a spine. "Tha na Fey nan daoine gu math duilich leis a bheil thu eòlach air seo."

"Tha mi a' dèanamh. Agus tha fios agam gu bheil mo neachd mar phàirt de Fey. Agus mus can thu e, tha fios agam gun cuir an cumhachd aice banrigh sam bith anns na rìoghachdan uile còmhla nuair a bhios i aois. "

Airson mionaid, cha do ghabh e anail. Cha do rinn thu dad. Gu ruige seo, cha b 'urrainn ach Celeste agus a piuthar a bhith ag ràdh gur iad an fheadhainn as cumhachdaiche agus as tàlantach anns na rìoghachdan aca fhèin. "A bheil thu cinnteach?"

"Tha mi cinnteach. Thàinig mi a-steach an seo gus innse dhi mu a màthair. Chan e gum biodh i a' tuigsinn agus ... Bha ... bha ... thug mo phiuthar orra faileas no ciabhagan. Bha iad ... It .. . chaidh mi às an t-sealladh nuair nach deach mi a-steach. An uairsin sheall i don duine aice am prìne beag prìne a bha falaichte air làmh bheag Nisha. Bha aon bhoinne de fhuil ghorm ag ath-leasachadh mar-thà. Ach cha robh an nighean aice air aon fhuaim a dhèanamh ach an fheadhainn aig pàisde glè thoilichte.

Pàirt 3

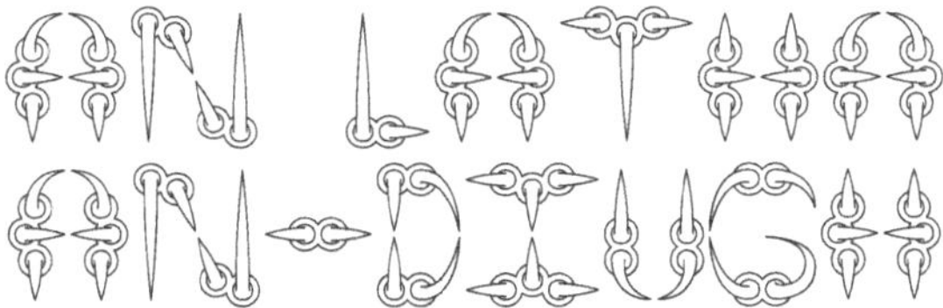

82

"Aon latha bidh banrigh ann a rugadh an dà chuid Lite agus Darke. Bidh i nas cumhachdaiche na gin roimhe. Thoir an aire gum bi an latha nuair a thèid a crùnadh mar bhanrigh ag atharrachadh. Thèid fìrinnean a dhìochuimhnich o chionn fhada a nochdadh a-rithist. Agus a-mach às na faileasan thig crìoch air a h-uile rud a tha sinn a 'smaoineachadh."

- Uirsgeul Darke agus an Cursed

Caibideil 9:
Nisha

A 'tarraing dhorsan a' phreas-aodaich òrail fosgailte, ghabh Nisha anail mhòr an-diugh an latha mu dheireadh aice ann an Lite. An latha mu dheireadh còmhla ri a teaghlach idir ... Uill, chan eil gu dearbh ach b 'e seo an turas mu dheireadh a thàinig i an seo mar bhana-phrionnsa. Chan e, an ath thuras a thigeadh i a-steach do Lite bhiodh i na banrigh de dhà rìoghachd.

Airson ochd bliadhna deug, bha i air fuireach an seo. Ag ionnsachadh gach cuid na cumhachdan aice fhèin agus cumhachdan a co-ogha Lilly. Bha iad le chèile air cuideam a chuir air a chèile gus a bhith nas motha ... airson a bhith na b 'fheàrr. Bha fios aig an dithis aca a bhith a 'cluich far a chèile. Bha fios aig an dithis gur e Queens a bhiodh annta. Agus tha an dithis a 'diùltadh èisteachd gu robh iad gu bhith nan nàimhdean. Às deidh a h-uile càil, ciamar a b 'urrainn dhi a-riamh tionndadh an aghaidh an aon neach a thuig i eadhon aig an ìre as miosa? Anail dhomhainn eile agus choimhead i air a 'phreas-aodaich a' crochadh gu grinn air na crochairean, "Dè a bhios duine a' caitheamh nuair a chì iad an dachaigh aca airson a 'chiad uair?" Chuir i a 'cheist barrachd oirre fhèin ach b' e guth sgìth às a dèidh a fhreagair.

"Tha dathan air an suaineadh ann an Darke. Is fheàrr dathan dorcha. Cuideachd, bidh do mhàthair a' cleachdadh a bhith a 'gearan mu dheidhinn fuachd agus dìth solas nàdarra."

"Mo sheacaid itean fitheach agus blouse dearg a th' ann. " Tharraing Nisha an seacaid far a 'chrochadair òir, an uairsin ghluais i. "Bha mi measail air seo nuair a rinn mi an toiseach e ach tha Lilly agus tha mi a-nis ag aontachadh gu bheil e a' toirt orm coimhead ... "

A 'cur crìoch air seantans a bràthar thuirt Celeste gun anail," Coltach ri Banrigh Darke. " A 'toirt a' bheagan cheuman a-null gu a nighean-peathar agus osnaich. "Chuir thu eagal orm a' chiad uair a chuir thu sin ort. Gu dearbh, às deidh dhut grunn fhithich fhaicinn às aonais an itean agus a bhith fhathast gu math beò thug sin rudeigin dhuinn a bhith a 'gàireachdainn."

Ghluais Nisha fhad 's a shleamhnaich i an seacaid air. "Cho-dhùin iad uile gum bithinn a' coimhead brèagha mar eun. Agus thug e adhbhar dhomh a bhith a 'fighe."

Bha Celeste a 'brùthadh. Bu chòir dhi cur an cuimhne a nighean nach bi eòin a 'bruidhinn ... gu dearbh, bhiodh deasbad aca a bhiodh mu dheidhinn a h-uile dad nach robh cudromach. Mar sin, a 'bìdeadh air ais am beachd, chaidh i a-steach don t-seòmar. "Tha fios agad, a-nis gu bheil mi a' coimhead air tha mi a 'smaoineachadh gu feum na guailnean rudeigin a bharrachd." Bha aon snaim de a corragan agus nighean òg le falt ruadh a 'ruith a-steach le bogsa geal soilleir le rioban dubh meileabhaid. "B' e seo taigh do sheanmhair. Tha mi a 'smaoineachadh gum biodh i toilichte nam biodh e agad."

Leig Nisha le ceò dorcha ruighinn a-mach a dh 'ionnsaigh a' bhogsa, "Am faod mi?"

"A ghràidh, feumaidh tu ionnsachadh gun a bhith ag iarraidh rudan. Is tu banrigh Darke, tha thu ag innse don fheadhainn a tha a' toirt seirbheis dhut na tha thu ag iarraidh. "

"Oh, chan eil mi a' smaoineachadh gum bu mhath leotha sin. Bidh Shadow a 'freagairt nas fheàrr nuair a dh' iarras mi seach a bhith ag innse dad dha. Agus tha na ciabhagan nas slaodaiche nuair a bhios mi a 'dèanamh còmhradh seach dìreach a bhith ag iarraidh fiosrachaidh. Chan urrainn dhomh eadhon cunntas a thoirt air dè a bhios na mairbh a 'dèanamh nuair a bheir mi òrdugh. Ach, tha iad glè thoilichte nuair a dh' iarras mi cuideachadh. "

"Na .... Marbh!?! Cuin a bha thu ...." A 'gabhail beagan anail ghoirid, fhuair i air a socair fhèin," Chan eil, na innis dhomh. Tha àite fhèin aig na mairbh nach eil iad gu bhith a 'gluasad air sràidean Lite." Chaidh i air ais dhan leabaidh gus suidhe mus falbhadh i. An dòchas, às deidh dha nighean a bràthar gum biodh na còmhraidhean beaga sin a 'stad ...

... Agus is dòcha gum fàs caoraich sgiathan a-màireach.

"Oh, cha bhith iad a' gluasad ... no co-dhiù chan eil iad an seo. Tha an Under Kingdom gu math dull. Bidh mi a 'toirt rudan dhaibh airson a bheò-ghlacadh beagan agus thug iad orm a' bhanrigh aca. Bha e aona-ghuthach ... tha mi a 'smaoineachadh.

Chan eil mi buileach cinnteach. Dhiùlt an fheadhainn a chrùnadh mi bruidhinn mu dheidhinn fhad 's a bha mi ann airson a dhol a-steach don chòmhradh."

Airson grunn diogan fada, dhìochuimhnich Celeste anail a tharraing. Gu fìrinneach, mura biodh a ceann air tòiseachadh a 'togail buidhe cha bhiodh cuimhne aice air rudeigin cho fliuch. "An ... their .... Chan eil mi airson cluinntinn mu dheidhinn seo. Gu fìrinneach, tha mi ag iarraidh gu h-iriosal nach toir thu iomradh air seo a-riamh do dhuine sam bith nach eil nan teaghlach."

A 'tarraing an rioban às a' bhogsa ghluais Nisha gun a bhith a 'toirt aire dha a h-antaidh nas fhaide. "A bheil e ceàrr?"

"Mo leanabh gràdhach, Chan eil duine air a bhith a' riaghladh an Under Kingdom airson faisg air millean bliadhna. Cho-dhùin an luchd-còmhnaidh nach robh iad ag iarraidh bàs ann an riaghladair nam beatha. " No co-dhiù, b 'e sin a chaidh innse anns a h-uile leabhar teacsa agus seòmar-sgoile anns a h-uile rìoghachd. Gu dearbh, b 'e seo aon de na glè bheag de rudan a dh' fhaodadh a h-uile duine aontachadh air.

"Oh. Uill, tha mi creidsinn gun do dh'atharraich iad an inntinn." Stad Nisha a-rithist. "Ach shaoil mi gu robh fios agad nach eil Freya beò? A' faicinn nach fheum i cadal no gu feum i biadh airson a bhith beò. "

"Tha Freya cuideachd na Fey a bharrachd air gaisgeach ionnsaichte. Cha robh mi a' dol a thionndadh cuideachadh air falbh gus do chumail fhèin agus do cho-ogha sàbhailte. " Cò aig an àm a bha coltach ri comhairle fìor mhath ... ge-tà ... a 'coimhead air ais ...? Bha leth-dhusan rud eile a dh 'fhaodadh i a bhith air feuchainn an toiseach. Bu chòir a bhith air feuchainn an toiseach. An dèidh gabhail ri Freya mar gheàrd, bha e mu thràth ro fhadalach rud sam bith fheuchainn a 'toirt a-steach Nisha a thoirt don Bhanrigh Alista airson cuideachadh.

"Oh. Uill, an uairsin bu chòir dhut fios a bhith agad gu bheil mòran de shaoranaich an Under Kingdom cuideachd nan gaisgich air an deagh thrèanadh agus nach leig iad le dad tachairt don teaghlach againn. Thug iad bòid dha sin."

Airson mionaid, bha beul Celeste crochte fosgailte. Na h-uimhir de cheistean a dh 'fhaodadh i faighneachd ... chuir na freagairtean a dh' fhaodadh eagal oirre. "Am bogsa. Tha, fosgail am bogsa."

"Oh tsk. Dè an spòrs a th' ann a bhith a 'faighinn nighean-peathar mura h-urrainn dhomh a bhith onarach leat?" A 'sleamhnachadh a' chòmhdaich fosgailte rinn i gàire air an dà spògan mòr iteach. "Dè an seòrsa eun a thàinig iad sin? Tha iad gu tur foirfe."

"Chan eil cuimhne agam, bho mheud nan itean chanainn eun caran mòr." No co-dhiù, rudeigin a bha coltach ri eun. Gu dearbh, tha beathaichean aig Darke nach cuala dùthaich sam bith eile a-riamh, gun luaidh air a-riamh. An uairsin a-rithist, dh 'fhaodadh a beathach a bhith air a mhealladh le a màthair dìreach airson na spuirean ... bha e comasach. Às deidh a h-uile càil bha a màthair air a bhith comasach air sin a dhèanamh.

A 'cur na padaichean gualainn air a seacaid rinn i gàire. "Saoil am faic mi gin?"

Oh mo, tha mi an dòchas nach eil. "Cha bhithinn eòlach air daor. A-nis thig nad shuidhe. Feumaidh sinn a dhol thairis air cuid de rudan mus fhalbh thu."

Bha tendrils bog a 'sruthadh timcheall oirre a' togail a falt gu diofar phàtranan ann an mionaid de mhionaid bha a falt ceangailte agus bha crùn beag de chlach dhubh-dhorcha na suidhe air a ceann. Bha trì puingean uile a 'gleusadh oir biorach. "Oh seall. Tha mi creidsinn gu bheil crùn agam ri chaitheamh air Darke. Bha dragh orm nach biodh fios aig duine cò mise."

Ann an guth làidir, thuirt Celeste a-rithist, "Nisha, suidh." Dh 'fheumadh iad an còmhradh seo a bhith aca eadhon ged a bhiodh aice ri Lilly a shlaodadh a-steach an seo gus a dhèanamh.

Bhuail a bilean gàire a bha na rud sam bith ach misneachail. "Tha, auntie."

"An toiseach, thathas a' deasachadh basgaid dhut airson a thoirt leat. Na bi ag ithe dad an sin gus am bi neach-obrach agad a tha fuil ceangailte riut. "

"Tha Marta a' tighinn mar mo chòcaire. Tha an nighean aice Marigold gu bhith na maighdeann pearsanta agam. Agus tha Emmett, Edgar, agus Shadow agam a tha nan geàrdan pearsanta dhomh. " Plus, Freya agus sgòran an undead. Chan e gum biodh i ag ràdh sin nuair a bha i air eagal a chuir air a h-antaidh mu aon latha.

"Glè mhath. Feuch an iarr thu air Shadow fuireach faisg air a' chrùnadh. Tha e ... tha e ... math fios a bhith agad cuin a tha thu ann an cunnart agus chan eil mòran cùraim agad cò am fear a tha gad chuir san t-suidheachadh sin. " Cha mhòr nach robh iad uile air ionnsachadh ro fhadalach nuair a bha e cha mhòr air Dàibhead a mharbhadh oir bha e a 'feuchainn ri Nisha a theagasg mar a dh' fhaodadh e i fhèin a dhìon agus fhuair e air falbh.

Chùm Nisha a sùilean violet agus chuir i uisge-beatha ann an tòn a bha tòrr nas dorcha na nighean a bu chòir a bhith aig an aois aice. "Tha sin agus tha fios aig a h-uile duine nach urrainnear faileas a mharbhadh ach faodaidh iad rud sam bith eile a mharbhadh a' toirt a-steach Drakens, trolls, agus feadhainn eile. "

Ciamar a dhìochuimhnich mi? "Tha, tha fios aig a h-uile duine sin. Agus tha feadhainn eile aig Darke an sin a tha duilich a mharbhadh cuideachd. A bheil cuimhne agad air na seòrsaichean shaoranaich a bhios tu a' riaghladh? "

"Gu dearbh." Thòisich i a 'cunntadh air a corragan." Tha na h-àrd-bhreith, anns a bheil Specters as urrainn tendrils dorcha a chruthachadh a-mach à faileas. Faodaidh iad a bhith fo-ghnèitheach no dìreach a 'ciallachadh dannsairean teine, a tha coltach ri saoranach sam bith eile de Darke , ach faodaidh iad an fheòil aca a thionndadh gu easgannan no teintean a chruthachadh ge bith càite a bheil iad a 'ceum no a' suathadh. Agus an uairsin na Telepaths, thathar ag innse dhomh gu bheil iad coltach ri saoranach de Feyen le cluasan biorach agus sùilean slanted. Ach eu-coltach ris an Fhèis chan urrainn dhaibh geasan glamour a chleachdadh gus iad fhèin a chleith . "

Nodding ag aontachadh dh 'fhaighnich Celeste," Agus an luchd-còmhnaidh eile? "

"Tha comasan beaga aig a h-uile duine eile. Leithid a bhith comasach air coiseachd tro bhallachan. Thoir air falbh rudan agus ath-nochdadh aig toil. Tha mi cinnteach gu bheil mòran eile ann ris am feum mi ionnsachadh fhathast." Ach cha deach a ràdh gu robh Fey sam bith a 'fuireach taobh a-staigh crìochan Darke. Chan eil gin air a dhol cho mòr ris an dùthaich bhon àm sin ron teine   mhòr a ghlac uimhir. Agus b 'e sin rudeigin eile a dh' fheumadh i a sgrùdadh oir bha Fey nan laghan dhaibh fhèin agus cha do fhreagair iad ach ri Banrigh Feyen no banrigh a thaghas iad a bhith deònach a bhith a 'frithealadh.

"Fìor fhìor. A-nis aon uair' s gun gabh thu ris an t-sreap Darke thèid na comasan agad uile fhuasgladh. " Agus gum bi an solas gam dhìon nuair a nì iad.

"Bidh comasan agam nach eil fios agam mu thràth? Dè cho brosnachail. Am bi Lilly a' faighinn comasan ùra cuideachd aig a crùnadh? "

Chuir Celeste brùthadh air an drochaid eadar a sròn mu thràth a 'faireachdainn ceann goirt a thàinig an-còmhnaidh bho na còmhraidhean sin a' tòiseachadh a 'tighinn air adhart. A 'faighinn eòlas mun àm a dh' fhalbh a nighean airson an Spire, bhiodh a ceann deiseil airson spreadhadh. "Tha, a ghràidh."

Chrath Nisha a làmhan le toileachas. "Feumaidh sinn coinneachadh a h-uile beagan sheachdainean gus obair còmhla. Aon uair an seo ann an Lite agus an ath thuras ann an Darke. Bidh e mìorbhuileach."

"Nisha, mas e do thoil e."

"Duilich, Aunt Celeste."

"Cho luath' s a thèid do chrùnadh mar bhanrigh, bidh e comasach dhut a h-uile comas cuspair agad a chleachdadh a bharrachd air an fheadhainn a th 'agad mu thràth. Agus leis a' chumhachd sin uile thig uallach. Bidh feadhainn ann a chuireas cuideam ort gus do thiodhlacan a chleachdadh airson na dòighean aca fhèin. Agus feadhainn eile air am bi eagal ort agus a dh 'fheuchas ri cron a dhèanamh ort."

Airson mionaid mhòr, shuidh Nisha an sin gu sàmhach. A h-uile uair a smaoinich i air mar a bhàsaich a màthair bha an rage a 'losgadh na broinn. Gu fuar, fhreagair i, "Na gabh dragh. Chan e mo mhàthair a th' annam. Chan eil earbsa agam anns an fheadhainn a tha beò gus mo dhìon. Na bi an urra ri mo chomasan a-mhàin. "

"Tha, is e sin a tha eagal orm. Is e sin as coireach mus do rugadh do mhàthair gun do thagh do chèile fear dhut. Bha e ceangailte riut air latha do bhreith. Bha do mhàthair agus do sheanmhair a' cumail sùil air a 'cheangal. Faodaidh tu a bhith cinnteach bha e ceart agus mionaideach anns na cumhachan. "

Leum Nisha suas bhon leabaidh. "Dè? Tha thu dìreach ag innse dhomh mu dheidhinn seo a-nis? Feumaidh Lilly an duine aice a thaghadh. Seòrsa de. Uill, co-dhiù, fhuair i taghadh cò am mac Draken a fhuair i airson pòsadh. Agus tha e air fuireach an seo còmhla rinn airson faisg air deich bliadhna! "

"Tha fios agam gu bheil e mì-chothromach. Agus tha mi air feuchainn ri a thoirt a-steach an seo grunn thursan. Gach uair a dhiùlt bràthair athar airson adhbharan nach urrainn dhomh a thuigsinn. Ach, bidh e a' coinneachadh riut aig an Spire. Gabh beagan ùine agus bruidhinn ris . Chaidh innse dhomh gun do thagh d 'athair e bho leanabh fireann sam bith eile a rugadh taobh a-staigh bliadhna bho rugadh tu."

Bha barrachd ris a 'chòmhradh seo. Rud a bha a-nis ga uisgeachadh gu domhainn taobh a-staigh na faileasan. Còmhraidhean muirt agus rabhadh airson coiseachd gu faiceallach. Cha robh earbsa aig na faileasan air a h-antaidh leis an fhìrinn. Ach, dh 'fhaodadh i an aon mhionaid seo a chleachdadh gus rudeigin eile iarraidh. "M 'athair?" Mar sin, cha deach mòran innse dhi mu dheidhinn. A-nis ...?

Am faigheadh   i freagairt onarach? No am feumadh i faighneachd don fheòrag mhòr o shean?

A 'faicinn nan ceistean air aodann a nighinn, lean Celeste," Bha e à Feyen. Agus chaidh a ràdh gu robh e na fiosaiche a bharrachd air daoine a bha comasach air tionndadh do-fhaicsinneach. " A 'toirt fois fhada, roghnaich i beagan a bharrachd a roinn mu dheidhinn cèile a peathar. "Cha do choinnich mi ris ach dà uair. Aon uair aig a' bhanais ri do mhàthair. Ghlac e mo làmh agus dh 'innis e dhomh gum biodh mo nighean cho brèagha ri Lite fhèin agus gum bi i pòsta gu toilichte le mac Draken." Bha barrachd ann a dh 'fhaodadh i innse dhi ach dh' fhaodadh e feitheamh gu às deidh a 'chrùnaidh.

Le osna leig Nisha dheth a dhreuchd gus coinneachadh ris an neach-lagha taghte seo, "Fine, coinnichidh mi ris ach mura h-eil e cho eireachdail ri Daibhidh diùlt mi a phòsadh. Agus ma nì e gearan tionndaidhidh mi gu losgann e."

"Tha fuil ceangailte riut. Ma dh' innseas tu dha nach eil thu gu bhith pòsta cha dèan e gearan. Is dòcha gu bheil bràthair athar air an làimh eile gu math. Agus bhon a tha e air a bhith a 'riaghladh mar neach-ionaid agad, air sgàth an aonaidh seo faodaidh e dèanamh nàmhaid cumhachdach. "

"Fine, tionndaidhidh mi bràthair athar gu biadh dha Daibhidh. Tha mi a' smaoineachadh gu bheil Drakens dèidheil air coineanach ùr. "

O, beannaich e. "Tha mi teagmhach gun lorgar coineanaich ann an Darke."

A 'sgiathalaich a guailnean shuidh Nisha air oir a leapa agus leig i a guth tòna fuar dorcha mar a thuirt i," Uill, bidh fear ann ma tha an neach-ionaid seo den bheachd gun urrainn dha òrdughan a thoirt dhomh. "

M.L.Ruscsak

Caibideil 10:
Ethan

Thuit uisge bhon mhullach gu h-àrd.

Plop.

Plop. Plop.

An fhuaim drone socair a dh 'ionnsaich e a chleachdadh gus fois a ghabhail a dh' aindeoin a 'phian na ghàirdeanan agus losgadh a dhruim. Bha e gu leòr airson beagan mhionaidean fois a ghabhail. Beagan mhionaidean prìseil gus a neart fhaighinn air ais airson rud sam bith a bha bràthair a mhàthar air a phlanadh airson an ath latha.

"Dùisg, cù." Ghluais guth domhainn tron   t-seilear fuar fliuch.

Gu mall, leig Ethan a shùilean atharrachadh gu dorchadas agus fuaim an guth domhainn fireann sin. Morair Edrich. Bràthair athar. Nam freagradh e bhiodh e air a slaodadh. Mura dèanadh e, rudeigin na bu mhiosa. A 'co-dhùnadh nach robh e ag iarraidh an dàrna cuid leig e leis na slabhraidhean a cheangail e ris a' mhullach mullach agus bha e an dòchas nach robh e mì-thoilichte gu leòr lash a chosnadh dha.

Thàinig deàrrsadh de sholas coinnle a-steach mar a rinn bràthair athar agus an taibhse a bha e a 'fastadh dìreach mar a thàinig iad sìos na ceumannan mu dheireadh. Bha an dithis a 'caitheamh an aodach aodaich as toinnte. Bha bràthair athar air pants èideadh dubh agus seacaid maidsidh le lèine dhearg bhrùite agus taidh dhubh. B 'e ceanglaichean lùban òir agus dotag òir air a' cheangal gus a chumail bho bhith a 'gluasad an aon dath. Am bòcan? Èideadh dearg fala a chaidh a-steach don cheò liath swirling a bha na casan. Cha robh coltas gu robh iad an seo gus a bhualadh gus an deach e seachad. An uairsin a-rithist ... còmhla riutha, cha b 'urrainn dha a bhith cinnteach a-riamh. Gu dearbh, is e a bhith ga chràdh an àm a b 'fheàrr leotha. No co-dhiù bha e coltach.

Sguir am Morair Edrich dìreach a-mach à ruigsinneachd a phrìosanach agus dh 'fhàs e làidir," Tha an t-àm ann dhut a bhith a 'cosnadh gun cùm thu, a chù gun fhiach."

Chan fhaca e dè a thachair ach ruith pian cha mhòr a 'ruith thairis air a dhruim. A 'tachdadh sgread air ais, dh' fheuch e ri shùilean a chumail air uncail. Dh 'fheuch e ri èisteachd ris na faclan a bha e ag ràdh fhad' s a bha am bòcan a 'feuchainn ri sgreuchail a sparradh. Rud a bha i air a bhith a 'feuchainn ri toradh airson na bliadhna a dh' fhalbh. Agus rudeigin a dhiùltadh e an-diugh.

A 'faighinn a-mach gun do ghlac Edrich a mheur boney fada Ethan le a smiogaid agus a shuain," An-diugh gheibh thu cothrom coinneachadh ris a 'bhana-phrionnsa bheag. Na gabh dragh. Tha mi cinnteach gum bi thu a' guidhe airson mo choibhneas fada ron bhanais. " Thàinig gàire cruaidh air a bilean agus e a 'teannadh nas fhaisge." Tha mi a 'cluinntinn gu bheil i buailteach a bhith an-iochdmhor na bha a màthair a-riamh a' bruadar. "

Banais? Coibhneas? Cha b 'urrainn dha Ethan bruidhinn. Bha fios aige na b 'fheàrr na bhith a' leigeil le aon fhacal sleamhnachadh seachad air a bhilean tioram. Cha robh e airidh air cainnt. Chan eil e airidh air dad. No co-dhiù, b 'e sin a chaidh a thogail gus creidsinn. Cha robh e a 'fuireach ach ann an taigh bràthair a mhàthar oir bhàsaich a phàrantan gun sgillinn agus bha fiachan mòra air. Agus esan mar an aon mhac beò a bh 'aca, b' fheudar dha na fiachan sin a phàigheadh. Searbhant tron latha agus post cuip air an oidhche, no nas miosa, bonn airgid airson bràthair athar na fiachan aige a phàigheadh.

"Thèid thu don Spire agus gheibh thu a' bhana-phrionnsa bheag air ais. An uairsin till air ais gu sgiobalta chun lùchairt. Na bi a 'fuireach aig an Spire no thèid do fheòil a thoirt às do bhodhaig ro mhadainn."

Chrath e. A chorp mu thràth air chrith bho phian.

Thuirt Edrich ris a 'ghearan," Leig e sìos. Feumaidh e seasamh gus an Spire a ruighinn. " An uairsin gu Ethan, "Agus ma chluinneas mi gun d' fhuair thu aon bhoinne de fhuil air a 'charbad agam nì mi cinnteach gur e seo an turas mu dheireadh a nì thu sin.

Bha fios aige air a 'chunnart. Cha tionndaidheadh bràthair athar a-mach e. Sgandal mòr ma rinn e sin. Chan eil uimhir ma mharbh e seirbheiseach aonaranach. Nas lugha nam biodh e ga bhiadhadh gu troll.

Bha an t-uisge fuar, air a leaghadh agus
a 'tionndadh gu caol liath bho na cnuimhean a bha a-
nis a' fuireach anns a 'bhobhla. Nan nigh e ann an
seo, aig a 'char as fheàrr bheireadh e oilbheum don
bhana-phrionnsa, aig a' char as miosa bhiodh na
lotan aige air an galar. Mura dèanadh e aodach
bhiodh e a 'cumail ris agus a' reubadh a 'chraicinn
tairgse nuair a bhiodh iad air an toirt air falbh.
A 'dùnadh a shùilean, shleamhnaich e air lèine gheal
gun a bhith a' feuchainn ri nighe. Bhon aghaidh, bha
e a 'coimhead air a dhèanamh le sìoda math, ach bha
an cùl agus na gàirdeanan de stuth a bha a'
sgrìobadh agus a 'tughadh. Às deidh trì bliadhna de
bhith ga chaitheamh, bha e air ionnsachadh mar a
dh 'aithnicheadh   e am faireachdainn.

Bha an seacaid, ge-tà, na iongnadh
tlachdmhor. Bha e de chàileachd sàr-mhath. Eadhon
air a lìnigeadh le sìoda. Dubh ... ach an uairsin bha a
h-uile dad dath dorcha no geal. Ach dubh is dearg sa
mhòr-chuid.

A 'dol seachad air sgàthan talla singilte ghoid e
sealladh sgiobalta. Bha a fhalt dubh guail
a 'tòiseachadh a' fàs a-mach. Dìreach leud corragan

a-nis. Bha a shùilean dath annasach bho shaoranach sam bith eile de Darke ... cho tearc is nach robh facal aige a bha e eòlach air. Chaidh a chraiceann a ghealachadh bho dath sam bith a dh 'fhaodadh a bhith air. Aon latha bha e an dòchas gum faiceadh e an craiceann uachdar porcelain air an robh cuimhne mhath aige.

An dòchas gum faiceadh e aon latha a shùilean gun an sealladh sgìth dhaibh. Ach a 'mhòr-chuid bha e an dòchas gum b' urrainn dha teicheadh uaireigin bho thaigh bràthair a mhàthar. Is dòcha gun ruig thu Lite no Draken agus guidhe ort comraich. Aon latha nuair a bha neart aige an àite seo fhàgail. Nuair a bha beachd aige air càite am bu chòir dha tionndadh airson cuideachadh.

Bha fios aige gur e bruadar mòr a bh 'ann. Bha a 'bhana-phrionnsa air tilleadh gu Darke agus ann an dà sheachdain bhiodh e marbh. Tiodhlac airson latha na bainnse aice. Iobairt gus na cumhachdan aice a neartachadh. No co-dhiù b 'e sin a dh' innis bràthair athar dha. Agus cha robh adhbhar aig bràthair athar a bhith a 'laighe ri seirbheiseach gun fhiach.

Choimhead Ethan air an Spire. Half ann an Lite agus leth ann an Darke. Bha an taobh a bha de Lite air a dhèanamh de chlach gheal a bha a 'deàrrsadh sa ghrèin. Far an robh an taobh a bha a 'fuireach ann an Darke de chlach lìomhach dhubh leth falaichte san dubhar. B 'e seo a' chrìoch eadar an dà dhùthaich. An t-àite nuair a bha dà ghinealach air ais bha aon Bhanrigh a 'riaghladh an dà chuid. Ghabh na nigheanan aice an uairsin smachd air aon no an tè eile. Bhathar ag ràdh gun deach Celeste a dhèanamh bhon ghrèin fhèin. Mar sin, fìor-ghlan nach b 'urrainn olc sam bith a bhith a' suathadh a craiceann. Ach bha Adrianna fìor olc. Mhìnich i a cumhachd agus bhàsaich i air a sgàth. A-nis tha an nighean aice a tha ag ràdh gu bheil i cho cumhachdach is gun deach a togail le sgàil is deamhan ann an tùr a bha air a beò-ghlacadh leis an Fhèis gus nach dèanadh i cron taobh a-muigh na bhiodh i a 'riaghladh.

Agus seo e ... am fear a bheireadh air ais i gu lùchairt Oidhche. Bheireadh e gu a banais agus a crùnadh. An uairsin bàsachadh le a làimh fhèin air beulaibh a h-uile duine a bha airson a bhith an làthair aig an t-seirbheis.

Choimhead Ethan thairis air a 'chrìch a-steach do Lite. B 'urrainn dha a dhol beagan throighean air feadh an Spire agus a-steach gu Lite. Dh 'fhaodadh e tòiseachadh a' Bhanrigh Celeste fhaicinn ...
Dh 'fhaodadh e ...

... Chan e, cha b 'urrainn dha. Bha tòrr rudan aige ach cha b 'e gealtaire fear dhiubh. Is dòcha gum faodadh e an ath dhà sheachdain a chaitheamh ann an seirbheis an ùine ghoirid gus a bhith na banrigh.

Nan dèanadh e, dh 'fhaodadh e a bhith air leth luachmhor dhi an uairsin nach marbhadh i e.

A 'gabhail anail dhomhainn, sheas e far cùl a' charbaid.

B 'e seo an aon dòchas a bhiodh aige. An aon chothrom a bh 'aige ... agus b' fheudar dha a dhèanamh gun bràthair athar a 'faighinn a-mach gun do rinn e seo gun chead.

Gu mall, rinn e a shlighe suas an staidhre mhòr a bheireadh e chun phrìomh dhoras. Bha na clachan a bha na staidhre a 'coimhead rèidh gu leòr airson a bhith sleamhainn agus fliuch ach ann an dòigh air choireigin chuir e stad air. Ràinig an doras dùbailte dà sgeulachd agus bha e air a dhèanamh le fiodh dorcha. Le bhith dìreach nan seasamh romhad dh 'fhaodadh tu a bhith a' faireachdainn sùilean a 'coimhead ort.
A 'faireachdainn anail air do mhuineal agus fios agad nan tionndaidheadh tu nach biodh duine na sheasamh an sin.

A 'slugadh gu cruaidh thog e a dhòrn agus bhuail e air an doras. Bha e air a dhèanamh cho socair ach cha do chuir e stad air a 'chnag bho bhith a' dol a-steach do rughadh mac-talla.

Bha e dìreach air a bhith a 'ruith sìos an staidhre agus a shlighe a dhèanamh timcheall an Spire agus chun an taobh a bha a' fuireach ann an Lite nuair a bha an doras fosgailte.

Airson mionaid, ghlas a shùilean air an Feyen Warrior a bha, gu taingeil, gun armachd. An dèidh dha a chridhe socrachadh a-rithist na bhroilleach, chrom e. "Tha mi an seo gus a' bhana-phrionnsa a thoirt a-mach. " Bha e a 'faireachdainn ceàrr bruidhinn ach dh'fheumadh e. Gu dearbh, bhiodh e air a pheanasachadh nas fhaide air adhart ... ach an-dràsta cha robh sin gu diofar. Cha robh e gu diofar. Bha aige ri innse carson a bha e ann no a bhith marbh gun a bhith a 'bruidhinn a-riamh.

Rinn an gaisgeach Feyen gàire nuair a tharraing i a sgiathan liath ceò gu a cliathaichean, "Lean mi. Bidh a' bhana-phrionnsa sìos a dh 'aithghearr."

Caibideil 11:
Nisha

Nam biodh iad a 'cleachdadh nan carbadan airson siubhal chun Spire bheireadh e uairean a-thìde. Ach bhiodh iad ann fada ron àm clàraichte. Ach, nam biodh i a 'cleachdadh geata nam marbh cha toireadh i ach beagan bhuillean cridhe. Agus bha sin a 'ciallachadh…

"Freya!" Leig Nisha a-mach squeal togarrach.

"Do ghràs?" Bha an tòn faiceallach sin a 'tighinn bhon ghaisgeach steeled seo gu leòr airson fios a bhith agad gu robh fios aig co-dhiù aon de na cuspairean aice nuair a bha i an impis rudeigin eagallach a dhèanamh.

"Feuch an innis thu dhaibhsan a tha a' tighinn còmhla rium ann an Darke nach bu chòir dhaibh dàil a chuir. Tha dreuchd eile agam a tha a 'toirt prìomhachas. Coinnichidh mi riut uile aig an Spire aig an àm ainmichte. "

Thug Freya a ceann sìos beagan. Às deidh a h-uile càil bha i air aon den bheagan dhaoine a bha a 'tuigsinn a dh' fheumadh coinneamh leis a 'Bhanrigh. "Feuch an toir thu mo aithreachas gun a bhith a' tighinn còmhla riut. "

Thàinig gàire aingidh air aodann òg Nisha. "Feuchaidh mi gun a bhith a' reubadh Uncle Magmas cus às aonais. "

Gu domhainn taobh a-staigh Cathair nam Marbh, shuidh Nisha ann an taigh-còmhnaidh beag a rinn i fhèin. Clàr mòr cruinn le grunn chathraichean dathte air fitheach àrd. Aon airson gach fear a rinn suas comhairle na feòla. Aon airson a seanmhair agus Alista. Agus dithis a dh 'fhuirich falamh air iarrtas a' chomhairle.

Bha Magmas air na tiodhlacan uile a bhuineadh do fheart rìoghail nam bailtean mòra a theagasg. Bha Donavan air a bhith na trèanair aice anns a h-uile càil a bha air a mheas mar chomasan dorcha no trèanadh airson sabaid. Bha an dà chuid Flint agus Karnack air uairean gun àireamh a chuir seachad a 'dol thairis air laghan gach cuid na prìomh-bhailtean agus Darke. Agus bha gach cuid a Seanmhair agus Alista air leasanan a thoirt dhi air mar a bhith nan deagh bhanrigh agus na fìor stiùiriche.

Ach cha do dh'innis duine aca dad mu a h-athair. Agus cha robh i air faighneachd, gu ruige seo.

Bha i na suidhe gu socair agus rinn i gàire nuair a chaidh Magmas a-steach a 'toirt a nighean a-steach don chathair aice. Flint agus Donnavan a 'slaodadh air an cùlaibh le a seanmhair a' tighinn a-steach mu dheireadh. Ach b 'e Appollo a dh' fhuirich san doras a 'cumail a sgiathan gu dòigheil fhad' s a bha e a 'tomhas a nàdar.

"Uncle Appollo, nach bi thu còmhla rinn aig a' bhòrd? "

Chùm a shùilean sìos ann an sliotan beaga bìodach. "Tha mi air a bhith eòlach ort airson dìreach beagan chuairtean aotrom ach nuair a nì thu gàire mar sin…" Chrath e a cheann agus thug e gàire uamhasach dhi. "Chan eil dad a bheir orm gluasad bhon àite seo."

"O, tsk. Dè an spòrs a th 'ann a bhith a' faighinn neachd urramach mura h-urrainn dhomh eagal a bhith ort bho àm gu àm? "

Leig maighstirean casadaich a bha faisg air gàire sìos seachad air a bhilean. "Glè mhath. Faodaidh Appollo an doras a dhìon. Ach, dh 'iarr thu air a h-uile duine againn tighinn agus tha sinn an seo. Mar sin carson a bu chòir dhut a bhith air do shlighe gus gabhail ris an dàn agad gum feumadh mionaid a bhith agad le dòrlach de sheann feòrag crom. "

Dh 'fhalbh a gàire. "Tha ceistean agam agus chan eil mi a' fàgail an t-seòmair seo gus am freagair iad. "

Chrath Flint aon uair. "Gun tuigse? A-nis dè na ceistean a dh 'fheumas tu a fhreagairt?"

"Feumaidh fios a bhith agam mu m' athair. Mo rèiteach. Agus tha fios gu bheil na cumhachdan aig gach cuid. "

A 'tilleadh don Spire, ghabh Nisha anail mhòr agus dh' atharraich i bhon sgiort fhada dhubh aice agus blobhsa dearg brùite. Dh 'fhalbh i às a seacaid reamhar fitheach agus leig i deise dhith fhèin a dhèanamh na corp caol. Geal is dubh mar sgàthan air coilltean nam marbh. Bha e foirfe airson suidheachadh na stìoball. Fìor mhath airson a faireachdainn a thogail.

Dh'fheumadh i faighinn a-mach fìrinn chan e a-mhàin an teaghlach aice ach an tè a bha fo ghealladh. Agus cha robh aice ach a-nis ceistean air a h-inntinn.

A 'gabhail anail dhomhainn, phut i a smuaintean gu aon taobh agus cho-dhùin i bòidhchead tearc an Spire a thoirt a-steach. Gabh a-steach gach rud nach fhaca i a-riamh roimhe. A-nis b 'e seo an aon chothrom a bh' aice an t-àite far an deach a màthair a thogail. An t-àite far an robh a seanmhair a 'riaghladh chan ann a-mhàin lite ach cuideachd Darke.

B 'e seo an cothrom aice sgrùdadh a dhèanamh air an cumhachd agus na dìomhaireachdan as motha anns a h-uile fearann a bha aithnichte.

A 'cromadh fhad' s a bha i a 'coiseachd tallachan an Spire. A 'faighinn iongnadh orm. Bha na tallachan a bha a 'càradh an dà leth air an ceangal ri chèile mar thòimhseachan mòr. Stuth de chlach dhubh is ghlas a 'dol a-steach do chlach gheal is uachdar. A 'tighinn còmhla ag obair ann an co-sheirm ach comasach air seasamh leotha fhèin.

"Bana-phrionnsa?"

Bha fios aig a 'bhoireannach a sheas roimhe seo fad bhliadhnaichean. Tall agus caol. Sùilean gorm-uaine a bha coltach ri aibhnichean beaga timcheall air marmor dubh beag ceòthach cruinn. Falt donn cocoa a thàinig gu crìch dìreach fo na guailnean. Bha na cluasan biorach aice a bha a 'coimhead nas motha de elf na de Fey a' tarraing a-mach à falt a bha i an-dràsta a 'caitheamh sìos. Bha claidheamh criostail a-nis crochte ri a taobh. Cha do rinn an claidheamh gaisgeach dhi ach b 'e astar agus sgil na b' urrainn dhi a dhèanamh gun dad a bharrachd air na làmhan a rinn i. "Freya."

A 'toirt seachad nod a b' àirde a leigeadh le Freya dhi fhèin a dhèanamh san dòigh air urram a nochdadh, bhruidhinn i gu socair, "Tha do rèiteach air ruighinn."

A 'brùthadh drochaid a sròine agus ag ullachadh airson na bu mhiosa bha Nisha a' feadalaich, "A bheil e dha-rìribh falaich? Inns dhomh nach e seilcheag grànda gruagach troll a th' ann "

Rinn Freya gàire bog. "Tha mi a 'smaoineachadh gun cuir e iongnadh ort."

Nach robh dùil aice, no is dòcha gu robh. "Oh, math. An uairsin feumaidh tu fios a chuir gu Lilly. Chan urrainn dhomh pòsadh às aonais mo cho-ogha gaoil agus Daibhidh cuideachd tha mi creidsinn."

"Gu dearbh, do mhòrachd. Iarraidh mi orra ruighinn am màireach. Agus ma dh' fhaodas mi? "

Tha iad air a bhith a 'còmhradh seo grunn thursan agus mar sin bha e na chleachdadh dha-rìribh nuair a chuir i a sùilean sìos agus thuirt i," Freya, cha leig thu a leas faighneachd. Is tu mo dheagh charaid. Bruidhinn gu saor. "

"Bu chòir dhut feuchainn ris a' phrionnsa a ghairm leis an fhìor ainm aige. Is dòcha gun toir e stad dha. Co-dhiù airson mionaid. Tha e, às deidh a h-uile càil, cabadaich airson Draken. "

"O tha. Chì sinn ainm slàn. Am Prionnsa Davkren mac Rìgh Craykren agus a' Bhanrigh Alyisope à Feyen. An treas fear a rèir crùn Draken. No an dàrna fear ma gheibh a phiuthar a slighe. "

"Tha, chì mi do phuing. Tha Daibhidh cho sìmplidh."

Dh 'fhalbh gàire beag seachad air a bilean.
"Tha fios agam. Tha mi cho toilichte gun tàinig Lilly
suas leis."

A 'stad meadhan-cheum choimhead Nisha air
an òganach àrd a sheas gu socair a' coimhead a-
mach air an uinneig a bha mu choinneimh Lite. Chuir
rudeigin mu dheidhinn an cuimhne sionnach gun robh
i fhèin agus Lilly air tachairt a 'dol tarsainn air
slighean o chionn ùine. Aig an àm, bha am madadh-
ruadh air a bhith a 'sleamhnachadh timcheall oir na
faiche ach fhathast a' coimhead orra mar gum biodh
e deiseil airson ionnsaigh. Bha an sionnach air a
ghoirteachadh agus feumach air cuideachadh. Bha
fios aice gun robh sin taobh a-staigh mionaid de bhith
a 'faicinn a' chreutair bhochd ... Ach b 'e Lilly a bha
comasach air a spòg a shlànachadh. Cò am fear òg?
Cha robh i den bheachd gur e spòg goirt a bha a 'cur
dragh air… cha robh. Nam biodh i ga leughadh gu
ceart, bha e a 'feuchainn gun a bhith a' sealltainn gu
robh e ann am pian ach fhathast an dùil fada nas
miosa.

A 'fuireach san doras, thug i air falbh a crùn cloiche agus leig i leis a' cheò dhorcha a dhol gu ge bith càite an toireadh iad rudan airson a stòradh. An-dràsta, bha i airson a bhith na Nisha na neach-slànachaidh òg ann an trèanadh. Chan e Nisha crùn Bana-phrionnsa Darke agus Banrigh na fo-rìoghachd. "Um ... Gabh mo leisgeul?" Dh 'èigh a guth dìreach beagan ... barrachd bho nerves ach bu chòir don fhuaim a bhith gu leòr airson nach biodh an duine òg a' smaoineachadh oirre mar bhagairt.

Aig fuaim a guth, thionndaidh e air a shàilean. Cnàmhan àrda agus dubhan chiseled. Bilean tana, bàn, le ribe ... ach b 'e a shùilean a chùm i. Thuirt an còrr dheth gu robh e gu math fhathast a 'feitheamh ri stiùireadh .... ach bha a shùilean a' sgriachail mun phian a bha e a 'falach.

Anail bheag agus dh 'fheuch e ri gàire ach cha do rinn e dad.

"A bheil thu a' feitheamh ri cuideigin? "

Bha a sùilean ga coimhead a 'toirt ceum a-steach don t-seòmar. Mu dheireadh, thuirt e, "Tha mi gus a' Bhana-phrionnsa Nisha a thoirt a-mach gu Caisteal na h-Oidhche. Tha am Morair Edrich a 'feitheamh rithe a thighinn."

"Tha mi a 'faicinn." Ghabh i ceum eile a dh 'ionnsaigh agus choimhead i an clàr eagal na shùilean. Fiù 's mura robh i ach na phreantas an seo aig an Spire bhiodh an t-aodach aice a' sgreuchail àrd-bhreith. A sheirbhiseach sgreamhail ge-tà agus gu cinnteach chan ann den fheadhainn a bu chòir dhi a bhith a 'caitheamh. Is dòcha gu robh Freya ceàrr mu cò a thàinig don Spire.

Chan e, bhiodh Freya cinnteach mus tàinig i ga lorg. A 'leigeil leatha fhèin a bhith a' faireachdainn gu robh i cuideachd a 'faireachdainn a' cheangal a bha a màthair air a chleachdadh. Ach, dh 'fhaodadh i innse gu robh rudeigin dheth mu dheidhinn. Chan eil ceàrr ... dìreach dheth. Cha mhòr mar gum biodh fios aige nach buineadh e dhi. No is dòcha ma rinn, cha robh e a 'tuigsinn dè a bha e a' faireachdainn a-nis. Is e dìreach aon dòigh air faighinn a-mach agus a bhith a 'cluich sin neach-slànachaidh nach fhaigheadh
i am freagairt sin a-riamh. "Shaoil   mi nach biodh feum oirnn aig a' chaisteal gu meadhan-latha amàireach aig a 'char as fheàrr."

Gu math luath thuit e gu aon ghlùin. "Bana-phrionnsa, tha mi ...."

Bhiodh tendrils dubha a 'cuairteachadh timcheall air, a' caoineadh a chraicinn gu socair. Mun àm a chuir iad dheth iad bha fios aice air a h-uile leòn a bh 'aige agus a h-uile comharra a bha mar-thà a' nochdadh comharran slànachaidh. An-diugh bhiodh i na neach-tadhail fulangach. Am-màireach bhiodh beachd nas fheàrr aice air mar a bha na laghan ann an Darke ag obair. Agus ron àm sin bhiodh Lilly aice an seo gus a cuideachadh le bhith a 'dèiligeadh ri cò a dh' adhbhraich na leòintean sin. "Is dòcha gum bu chòir dhuinn a dhol. Bu mhath leam bruidhinn ris a' Mhorair ... ed ... Edrich. "

Dh 'fhalbh an t-eagal airson a' mhionaid ach ghlac bròn a-nis. "Tha an carbad air a shlighe."

Thionndaidh i an uairsin stad aig an doras. "Mionaid, mas e do thoil e. Feumaidh mi innse don luchd-obrach pearsanta agam gu bheil sinn a' falbh. Cha chreideadh tu cho briste 's a gheibh iad mura tèid innse dhaibh ro làimh." Agus bheireadh e mionaid dhi mus dèanadh i co-dhùnadh mu mar a làimhsicheadh   i an rèiteach.

Cha robh e mar a bha i den bheachd a bhiodh e. Nam b 'urrainnear earbsa a chur anns na bha i a' togail bho na tendrils bha co-dhiù beagan fala Feyen ann. Gun leth cho mòr 's a rinn i ach gu leòr airson aithneachadh gu bheil cuid aige. Bha sin na thòimhseachan airson latha eile leis nach robh clàr sam bith de Fey beò ann an Darke gu lèir. Gu dearbh, cha robh fios aig na mairbh mu rud sam bith a bha eadhon mar phàirt Fey taobh a-staigh nan crìochan ... co-dhiù chan ann bhon teine.

Anail dhomhainn agus rinn i nota inntinn de rud eile a dh 'fheumadh i smaoineachadh. Feumaidh i feitheamh air…

… Agus cuir ris an liosta a tha a 'sìor fhàs de rudan a dh' fheumadh i freagairtean a lorg agus a chàradh.

Airson an-diugh, dh 'fheumadh i faighinn a-mach carson a bha an rèiteach aice sgeadaichte mar shearbhanta nuair a bhuineadh e do thaigh àrd-bhreith. Chan e a-mhàin sin, bha a mhàthair air a bhith na boireannach a 'feitheamh ri a màthair fhèin ach bha grunn ghnìomhachasan aice ann an Darke agus Lite. Gun a bhith ag innse gun robh athair air a bhith na chiad chathraiche air a 'chomhairle rìoghail. Fear a bha aig aon àm na chaiptean air geàrdan a màthar mus deach e gu aon taobh airson fear eile.

Bha a h-uile dad a dh 'ionnsaich i fhèin aon uair a' tighinn chun Spire agus ag iarraidh air an Seneschal fiosrachadh fhaighinn mu dheidhinn an rèiteach aice agus a theaghlach.

B 'e am Morair Edrich an aon phìos fiosrachaidh nach robh mòran cùraim aice. B 'e an aon inbheach beò bhon teine   a thug uimhir o chionn ochd bliadhna deug. Is e an aon inbheach àrd-inbheach a thàinig beò tro lasair a chuir às do faisg air leth de bhaile-mòr agus caisteal Darke.

An neònach. Ach a bharrachd air an sin dìreach ga leughadh … cha robh rudeigin a 'faireachdainn ceart agus a' togail a craiceann ann an rabhadh. Bha rudeigin eile air a bhith dheth leis na bha i air a leughadh … Bha a màthair air a bhith comasach air teine   a chruthachadh agus a làimhseachadh am measg rudan eile. Mar sin, nam biodh i air bàsachadh gu fìrinneach anns na lasraichean ...

... An uairsin carson a bha Ethan a 'faireachdainn de chumhachd nach b' urrainn ach banrigh Feyen a shealbhachadh? Bha e a 'faireachdainn de chumhachd a bu chòir a dhol à bith le a bàs.

Uiread de rudan troimh-chèile ... agus uimhir a bharrachd gum feumadh i dèanamh a-mach mus b 'urrainn dhi Ethan a phòsadh agus a h-àite a ghabhail mar Bhanrigh. Agus uimhir a bharrachd cheistean a dh 'fheumar a fhreagairt às deidh dhi a bhith air a crùnadh.

Rinn Nisha cabhag sìos na ceumannan cloiche dorcha agus stad i goirid dìreach stad air falbh bhon charbad a bheireadh i don chaisteal. Bha an carbad beag, gruamach agus air a leaghadh le grodadh. Mus do smaoinich i air na bu chòir dhi a ràdh, thàinig i a-mach, "Chan eil mi a' ceumadh cas anns an t-sìoladh pìos grodadh sin. "

Chuir Ethan stad air freagairt, "Is e seo an rud as fheàrr ..."

Cha robh dragh aice an robh i coltach ri leanabh beag bìodach no bana-phrionnsa pampered ... cha robh i na suidhe ann an sìoladh. "Mas e seo an rud as fheàrr a tha aig mo lùchairt, bidh mi a' dèanamh atharrachaidhean aig an dearbh àm seo. "

A 'gasadh gus faclan a chruthachadh, faclan sam bith mar sin airson a bhith cuideachail agus gun a bhith a' coimhead coltach ri leth-fhacal leanaban, dh 'fheuch Ethan ri ràdh," Chan e an lùchairt. M 'uncail ... E ... Seo e."

Uill, co-dhiù, cha robh pìos filme cho gràineil agus grod aice nach biodh fiù 's freagarrach airson trolley airson an dàn. "Chì mi. An uairsin tha am Morair Edrich na leisgeul bochd airson neach-ionaid." Thionndaidh i gu sgiobalta air ais gus aghaidh a thoirt air an Spire. "Freya?"

A-cheana na sheasamh ri taobh a banrigh rinn i gàire. "Do ghràs?"

Anail dhomhainn agus chuir i ceàrnag air a guailnean mar a choimhead i air a h-antaidh a 'dèanamh amannan gun àireamh roimhe seo nuair a bha i a' bruidhinn ri cuideigin airson obair chudromach. Postachd nach robh a-riamh airson a chleachdadh nuair a bha thu a 'bruidhinn ri Freya. "Feuch an cuir thu fios gu m' antaidh. Bidh feum agam air a cuideachadh às deidh a h-uile càil. Bidh amàireach luath gu leòr airson a thighinn. Feuch an cuir thu a 'chuireadh gu m' uncail Blake cuideachd. " Chan e nach tagadh e an cois cuireadh no nach d 'fhuair, ach dh' fhaodadh i toirt air coimhead mar a bha i ga iarraidh cuideachd. A bharrachd air an robh am Morair Edrich cho mòr de dh 'asal gun robh i an amharas gum feumadh i bràthair a h-athar dèiligeadh ris. No co-dhiù dèiligeadh ris fhad 's a bha i a' dèiligeadh ri staid a rìoghachd.

"Glè mhath. Bidh duilleag agam airson a lorg." Stad Freya agus choimhead i air ais air an Spire, "Thathas a' toirt carbad ceart agus Pegasi timcheall. Bhuineadh an dithis aca do sheanmhair. Tha iad den chàileachd as fheàrr. "

"Tapadh leibh, Freya. Am bi e mòr gu leòr airson an luchd-obrach cuideachd?"

"Leanaidh an luchd-obrach agad ann an dàrna carbad. Chan eil e iomchaidh dhaibh suidhe còmhla riut. Do Ghràs."

Shit, nam biodh i a 'cleachdadh an tiotal aice ... chan ann aon uair, ach dà uair… an uairsin bha i air sealladh gu leòr adhbhrachadh an-dràsta. "Oh, ceart gu leòr. Feuchaidh mi gun a bhith a' tòiseachadh sgainneal mòr a thaobh dè an carbad anns a bheil mo luchd-obrach pearsanta nan suidhe. Co-dhiù chan ann an-diugh. Chan eil mi a 'toirt geallaidhean sam bith mu dheidhinn a-màireach." B 'e an aon fhreagairt a bh' aice aodann Ethan a 'call a h-uile dath agus Freya a' roiligeadh a sùilean fhad 's a rinn i cabhag air ais a-steach don Spire.

Bha an coidse mòr gu leòr airson co-dhiù deichnear a chumail agus tha àite gu leòr aca fhathast airson a bhith a 'sìneadh a-steach. Bha suil mhòir a seanmhair aig na suidheachain dorcha gorm le deise òir ach bha iad fhathast a' coimhead cuibheasach am measg choidsichean eile airson saoranaich àrd-bhreith. Uill, bha sin gus an d 'fhuair thu faisg gu leòr airson ròn Darke fhaicinn air a ghràbhaladh a-steach do na dorsan. An uairsin agus a-mhàin an uairsin nach biodh mearachd sam bith ann a bhiodh a 'rothaireachd sa charbad seo.

… Agus bha e a-nis.

Airson ùine mhòr, cha do bhruidhinn Ethan. Mura biodh i air a bhith a 'coimhead ceart air cha bhiodh fios aice gu robh e eadhon na shuidhe an sin. "Mar sin, a bheil thu gu bhith ag innse dhomh mu na tha sinn a' dol seachad no a bheil mi gu bhith a 'toirt ainmean ùra dha na làraich agus ag iarraidh air a h-uile duine cuimhneachadh orra air mo shon?" Chan e gum biodh i ach thug an smuain leatha fhèin gàire.

An uairsin a-rithist, bha i a-riamh airson baile ainmeachadh. Is dòcha gum faodadh i fear a chruthachadh dìreach airson an eòlas? Nas fhaide air adhart b 'urrainn dhi smaoineachadh nas mionaidiche a dhèanamh air.

Thuit sealladh de fhìor uamhas air aodann Ethan fhad 's a bha e ag ràdh," Mo leisgeul, ach chaidh iarraidh orm gun a bhith a 'bruidhinn."

"Uill, is e sin an rud as neo-àbhaisteach a chuala mi a-riamh. Agus tha mi ag innse dhut gun cuala mi grunn rudan a tha dìreach adhartach. Nas motha mar sin às deidh dha na faclan a bhith air an ràdh gu làidir airson gun cluinn mi iad."

Thàinig an t-eagal air ais gu a shùilean ach bha e air a bhith a 'nochdadh socair air dhòigh eile. Anail ghoirid agus lean e gus am faiceadh e gu fìrinneach càite an robh iad. "Tha sinn deas air an Spire, Faisg air an loch gun bhonn. Tha baile Manticora chun iar. A dh 'aindeoin an ainm tha measgachadh math de mhuinntir ìosal agus chan eil mòran de Manticores ann am baile a' bhaile. Ged a lorg iad am baile agus, mar sin, dh 'ainmich iad e às deidh an dùthaich dham buin iad."

Chan fhaiceadh i am baile às an seo ach dh 'fhaodadh i a bhith ga faireachdainn. A 'glasadh a sùilean air àite fada leig i leatha fhèin faicinn dè nach b' urrainn dha a sùilean ... Bha am baile a 'coimhead ruith sìos, taighean a' tuiteam a-steach orra fhèin ro fhada air falbh gus a shàbhaladh ... bha cuid eile mar a bha duine a 'fuireach annta fada nas fhaide na a greim. ... Anail dhomhainn a chaidh a leigeil a-mach gu slaodach ... Chan e àite air choreigin a bu mhath leatha tadhal ach an àiteigin dh 'fheumadh i fhaicinn uaireigin gu math luath. "A bheil fios agad dè an fheadhainn a rugadh ìosal a tha a' fuireach ann? "

"Uh ..." Suathadh e a cheann beagan aig call airson faclan. "Le bhith cho faisg air an loch, tha mi a' smaoineachadh gum faigheadh   tu cuid de Sirens, Charons is dòcha. Tha na Charybdis a 'fuireach anns an loch fhèin. Beathach olc. Tha iad air a bhith a' dol thairis air a 'mhòr-chuid de na slighean-uisge airson ùine a-nis." Mura lorg cuideigin dòigh air an toirt air falbh. Rud a bha glè eu-coltach. "Tha Hippocampi buailteach fuireach faisg air an uisge mura h-eil e ann." Stad e. "Ann am Baile na h-Oidhche, b' urrainn dhomh innse dhut mun àrd-bhreith a tha a 'fuireach ann. Tha fios agam air mòran dhiubh."

A 'toirt nod, rinn i gàire mar a thuirt i," Feuch. Cha robh mi cinnteach an deach am baile ath-thogail no nach robh. Cha robh e comasach dha m 'antaidh faighinn a-mach mus do chuir mi an seo e."

"Chan eil e cho mòr' s a bha e ron teine. Ach chaidh a thogail a-rithist sa mhòr-chuid. Tha dachaighean faisg air a 'Chaisteal aig an àrd-bhreith. Tha iad buailteach a bhith a' sabaid mu cò a gheibh an dachaigh as fhaisge orra. Tha e gu math meirgeach ma smaoinicheas tu mu dheidhinn e. Leis gu bheil an inbhe aca air a chumail le bhith a 'fuireach gu math anns na gràsan math agad agus gun dad a bhith agad ris an uiread airgid a th' aca no dè na cumhachdan a tha aca. "

Ann am meall nas motha dhi fhèin na dha, leig i a-mach, "Cha do smaoinich mi mu dheidhinn sin."

A 'gabhail rud sam bith a chaidh a ràdh mar rudeigin a dh' fheumas freagairt lean Ethan, "Mar sheirbheiseach, tha mi a' faicinn rudan a bhiodh a 'mhòr-chuid a' leigeil orra gun a bhith a 'mothachadh."

Roghainn neònach airson faclan a 'faicinn gu bheil sinn geall. "Tha thu nad sheirbheiseach ach is e bràthair do mhàthar mo neach-ionaid? Ciamar a tha sin eadhon comasach?" Cha robh a guth a 'crathadh le iongnadh ach le fearg fo smachd gann.

"Bhàsaich mo phàrantan gun sgillinn a rèir m' uncail. Bidh mi a 'pàigheadh   am fiachan bho nach urrainn dhaibh."

Ghabh i anail mhòr airson cumail bho bhith a 'glaodhaich ris. Cha b 'e an coire a bh' ann gun deach breugan innse dha. Ach bhiodh i air a cronachadh nan leigeadh i leis a 'bhreug leantainn às deidh an-diugh. "Tha mi a 'faicinn."

A 'mothachadh gun robh e air eucoir a dhèanamh oirre ann an dòigh air choireigin thuirt e," Tha mi duilich. Bha thu airson faighinn a-mach cò bha a 'fuireach anns a' bhaile. " Leis an nod aice, dhùin e a shùilean, "Tha Empousa ann a bhios a' ruith an t-seirbheis maidsidh airson an Àrd-bhreith. Gu dearbh, mura h-urrainn dhut a phàigheadh   faodaidh i feuchainn ri dinnear a dhèanamh dhut. "

"Empousa?" Bha fios aice orra. Ach, bha na chaidh innse dhi a 'toirt orra a bhith coltach ri giùlan ìosal. Chan e cuideigin a bhios a 'ruith bùth. Mura pàigh an sealbhadair e airson sin a dhèanamh.

"Hibrid vampire. Tha am falt mar as trice dearg mar theine. Tha casan a' coimhead coltach ri ìomhaigh umha agus tha casan asail aca uile. Gu dearbh, tha iad uile a 'ciallachadh tempers a dhol còmhla riutha."

"Math fios a bhith agad. Mar sin, chan eil fìor chomas ann an uairsin?"

"Chan e, is toil leotha feòil is fuil ùr."

A 'roiligeadh a sùilean thuirt Nisha gu slaodach agus i a' suidhe air ais anns an t-cathair aice, "Sgoinneil."

"Tha teaghlach de Manticores ann. Feumaidh tu coimhead orra. Bidh iad a' losgadh spìcean bho na h-earbaill aca aig an fheadhainn a thèid iad seachad. Tha mi a 'smaoineachadh gur e am beachd a th' aca air fèisdeas. Chan eil mòran ann an dòigh eanchainn, ge-tà. Gu dearbh, chan eil am Minotaur nas motha. Tha na Telkhines a 'ruith nam bùthan meatailt. Tha dà Typhons a' suidhe air a 'chomhairle a-nis. Chan eil duine airson a dhol thairis orra. Ged nach eil fios agam carson a tha iad an seo seach ann am Boglach Swamp.

"Tha na Specters agad. Tha a 'mhòr-chuid dìreach a' ciallachadh an àite subservient. Bidh na dannsairean teine   a 'fuireach ann an taighean cloiche agus chan eil dragh aca cò a loisgeas iad nuair a bhios iad a-muigh. Is ann leis na Telepaths a tha a 'mhòr-chuid de na stòran. An uairsin tha bràthair mo mhàthar agad. Cho fad 's as aithne dhomh, is e an aon hybrid Wendigo a tha beò. Ach chan eil fhios agam cò leis a tha e na hybrid. "

Wow. Bha i a 'brùthadh air dìreach a bhith ag ionnsachadh barrachd ann am beagan mhionaidean bho Ethan, an uairsin na bha i air ionnsachadh anns na bliadhnaichean aice a' fuireach còmhla ri piuthar a màthar. "Le uimhir a tha beò air fuil ùr, tha e na iongnadh dhomh gum faod iad a bhith a' fuireach anns an aon bhaile mòr. "Agus dìreach beagan a bhiodh a' beachdachadh air àrd-bhreith. Rud neònach eile nach robh a 'dèanamh ciall. Cuir sin ris na Typhons a tha Chaidh casg a chuir air Darke o chionn còrr is ceud bliadhna ... Rud eile ri chur ris an liosta cheistean b 'e an àireamh fhìor de shaoranaich ìosal a bha nan seasamh mar àrd-bhreith… O, dh'fheumadh i bruidhinn ri Lilly nas luaithe na nas fhaide air adhart Ifrinn, aig an àm seo b 'urrainn dhi doras fhosgladh don Under Kingdom agus bruidhinn ris na banrighrean fada marbh agus is dòcha faighinn a-mach cuid de fhreagairtean. An uairsin a-rithist, dh' fhaodadh i feitheamh gus faicinn dè a bhiodh aig a h-antaidh ri ràdh. Cha dèanadh latha mòran de dh 'eadar-dhealachadh. Co-dhiù chan ann rithe.

"Tha, uill cha tuirt mi gum faigh iad air adhart. Ach tha mi cinnteach gun dèan iad a-mach gu bheil thu air tighinn dhachaigh." Bha measgachadh neònach de dhòchas na ghuth air a mheasgachadh le dìreach beagan bròin.

Caibideil 12:
Magmas

A 'lùbadh air ais anns a' chathair àrd chùil, thionndaidh Magmas glainne de neactar meala barrachd airson rudeigin a dhèanamh na bhith a 'coimhead fòirneart an t-sruthain a' bualadh an-aghaidh a 'ghlainne.

Dh 'fhaodadh e falbh às deidh don bhanrigh a thagh e falbh airson an Spire. Dh 'fhaodadh e a bhith air sleamhnachadh air ais gu na Star Cities agus thug e cunntas don Magnar Mòr air an adhbhar gu robh Nisha a' gairm a 'chomhairle ach an àite sin shuidh e anns an t-seòmar coinneimh a bha a-nis falamh falaichte ann an taigh cho sìmplidh' s gum b 'fheàrr leis a' bhanrigh.

"Rudeigin a' cur dragh ort, a Mhags? "

Bha e eòlach air a 'ghuth. Ciamar nach b 'urrainn dha? A 'togail a shùilean bhon ghlainne aige chunnaic e a bhràthair ab' òige a 'lùbadh taobh a-staigh an dorais. Chan ann san t-seòmar ach gun a bhith a 'feitheamh taobh a-muigh nas motha.

Gu h-àrd le togail sinewy, chaidh Flint a thogail airson an obair eagallach a bhith na chlàrc no air a lìonadh air falbh a 'caitheamh uairean gun àireamh a' leughadh. Ach bha fhathast feadhainn ann a chuimhnich fhathast gum faodadh coltas a bhith gu math meallta. Leis gur e Fey a bha seo a dh 'fhaodadh a bhith cho borb agus cho marbhtach ri gaisgeach steeled sam bith. B 'e seo Fey aig an robh an astar agus an cumhachd gus rud sam bith a bha e ag iarraidh a sgrios no rud sam bith a thogail a b' urrainn dha a bhith a 'bruadar. Chan e, cha robh Flint na Fey airson a ghabhail gu aotrom.

Mar sin, dh 'fhaodadh e a bhith na sheasamh san doras a' ciallachadh barrachd air feòrachas sìmplidh.

Airson mionaid, shuidh e an sin mus socraich e a shùilean dearga làbha air biodag criostail Flint a bha crochte ri a thaobh. Chan eil dad ceàrr air gaisgeach a 'caitheamh a bhall-airm gu fosgailte. Chan eil dad a 'sgriachail aimhreit. Ach…

Tha. an sin ann an sùilean Flint. Dragh. Thuig e cuideachd a 'bhanrigh aca agus na ceistean a bha i a-nis a' faighneachd.

"Dh' ullaich sinn Nisha cho math 's a b' urrainn dhuinn. Tha i làidir, tàlantach, tàlantach, agus chan eil earbsa aice anns na faclan a thig bhon fheadhainn a tha timcheall oirre. Ach, saoil am bu chòir dhuinn a bhith air sabaid nas cruaidhe gus am balach a thoirt an seo. Nam bu chòir dha a bhith air a thogail fo ar cùram. No co-dhiù fo chùram cuideigin anns an robh earbsa againn. "

Beag air bheag bhrùth Flint far frèam an dorais agus thug i ceum cunbhalach a-steach don t-seòmar chruinn. Dh 'aithnich e na ballachan snaighte bho chrèadh gus a bhith coltach ri cnàmh. Dìreach mar a thug e an aire don làbha a bha a 'sruthadh taobh a-staigh sgàinidhean an ùrlair a thug teas don t-seòmar seo.

Cha robh an latha an-diugh na latha airson beachdachadh air roghainn Nisha ann an décor. Cha b 'e latha a bh' ann airson faclan a chaitheamh no faireachdainnean a mheasgachadh ann an co-dhùnaidhean a chaidh a dhèanamh o chionn bhliadhnaichean. Ach b 'e latha math a bh' ann an-diugh gus fìrinnean a nochdadh nach robh eadhon Magmas air a bhith dìomhair dhaibh. "Oidhche an teine, chaidh faighneachd do Vasilissa mun bhalach. Ge bith dè a chunnaic i. Ge bith dè a tha fios aice ... tha na h-adhbharan aice airson a 'bhalach a chumail le uncail agus air falbh ann an Darke. Agus, an oidhche sin dh 'aontaich Magnar."

Bha barrachd ris an sgeulachd sin cha mhòr nach cluinneadh e ann an guth seasmhach Flint. Ach cha b 'urrainn dha an co-dhùnadh sin a cheasnachadh. Ach chuireadh e an cèill a dhragh. "An do ghabh aon seach aon dhiubh a-steach gum biodh am balach air a thilgeil a-steach do chumhachdan agus comasan nach biodh e air an trèanadh ann? Nach biodh eòlas sam bith aige gu bheil na cumhachdan a tha aige ... gum faod e eadhon a chaitheamh? "

A 'dòrtadh glainne de neactar dha fhèin ghabh Flint sip fialaidh mus do fhreagair e. "Bidh Nisha aige. Tha i na banrigh math agus bha i na deagh stiùiriche. "

"A bhanrigh mhath no dh' fhaodadh nach eil i deiseil airson na tha aig bastard Pallas ann an stòr. "

Chrath Flint gàire fuar cnàimh agus thug e a-mach a bhiodag a 'dèanamh deuchainn air cho geur sa bha an lann an aghaidh a chraicinn. "Chan eil, ach tha sinn. Agus cha bhith e a 'coinneachadh ri leanabh gun trèanadh air an raon-catha, bidh e a' coinneachadh ri arm sgileil. " Stad e agus lean e air adhart. "Agus bidh e a' coinneachadh ri banrigh an dràgon fhèin. "

Shuidh Magmas an cathair air ais sìos air a casan gu lèir. A shùilean a 'caolachadh dìreach beagan,' Agus mu dheireadh tha mi a 'faighinn an dìoghaltas a tha orm.”

Caibideil 13:
Ethan

Chaidh a chridhe a-steach don bhroilleach aige. Cha b 'urrainn dhi a bhith dha-rìribh duilich mu bhith ag ath-ainmeachadh a h-uile càil ... am b' urrainn dhi? Bha aige ri smaoineachadh agus sin a dhèanamh gu sgiobalta. Nam bruidhneadh e dh 'fhaodadh e earbsa a chosnadh dhi agus is dòcha gun cumadh i e san t-seirbheis aice ...

... a-rithist ma fhuair bràthair a mhàthar a-mach ... Chan e, chan ann ma... Cuin...

... Chan e, cha leigeadh e leas smaoineachadh mu dheidhinn sin. A 'cumail a ghuth ìosal... dìreach gann os cionn uisge-beatha fhreagair e," Mo leisgeul ach chaidh iarraidh orm gun a bhith a 'bruidhinn."

Bha aodann breagha aice. Cha mhòr coibhneil agus bha i a 'coimhead cha mhòr èibhinn nuair a bhruidhinn i. Is dòcha nach do chreid i e, cha robh i a 'creidsinn gur e searbhant a bh' ann. An uairsin a-rithist, is dòcha gun do chuir e spòrs oirre.

Dòchas air a dhol na bhroinn.

Bha e cho mòr air chall 's nach do mhothaich e cha mhòr gu robh i fhathast a' feitheamh ri freagairt.

Gu sgiobalta sheall e a-mach air an uinneig. Cha b 'urrainn dhaibh a bhith an seo mu thràth fhathast dòigh air choreigin, bha iad air astar luach dà uair a thìde a shiubhal ann am beagan mhionaidean? "Tha sinn deas air an Spire, faisg air an loch gun bhonn. Tha baile Manticora chun iar. A dh' aindeoin an ainm tha measgachadh math de dhaoine ìosal agus chan eil mòran de Manticora ann am baile a 'bhaile." A 'gabhail anail, ghabh e fois agus bha e an dòchas gur e sin deireadh a' chòmhraidh. Ann am buille cridhe, bha fios aige nach biodh.

"A bheil fios agad dè an fheadhainn a rugadh ìosal a tha a' fuireach ann? "

"Uh ..." Oh shit. Cò tha a 'fuireach an seo? Chan eil fios agam. Ach chan urrainn dhomh sin a ràdh. Anail sgiobalta eile agus dhùin e a shùilean agus suathadh e a cheann. "Le bhith cho faisg air an loch, tha mi a' smaoineachadh gum faigheadh   tu cuid de Sirens, Charons is dòcha. Tha an Charybdis a 'fuireach anns an loch fhèin. Beathach olc. Tha iad air a bhith a' dol thairis air a 'mhòr-chuid de na slighean-uisge airson ùine a-nis." Mura lorg cuideigin dòigh air an toirt air falbh. Rud a bha gu tur comasach, "tha Hippocampi buailteach fuireach faisg air an uisge mura h-eil e ann." Stad e, "Ann am baile-mòr na h-oidhche b' urrainn dhomh innse dhut mun àrd-bhreith a tha a 'fuireach ann. . Tha fios agam air mòran dhiubh. "Feuch an innis thu dhomh gu bheil mi nam mhaoin. Feuch.

Bha i a 'coimhead mar a bha i a' smaoineachadh. A 'tomhas na roghainnean aice, an uairsin ..." Feuch. Cha robh mi cinnteach an deach am baile ath-thogail no nach robh. Cha robh e comasach dha m 'antaidh faighinn a-mach mus do chuir mi an seo e."

Tapadh leat, "Chan eil e cho mòr 'sa bha e ron teine." No co-dhiù a rèir an fheadhainn a tha ga chuimhneachadh, cha robh. "Ach bha e air ath-thogail gu ìre mhòr. Tha dachaighean faisg air a' Chaisteal aig an Àrd-bhreith. Tha iad buailteach a bhith a 'sabaid mu cò a dh' fheumas an dachaigh aca a thoirt nas fhaisge. Tha e gu math meirgeach ma smaoinicheas tu mu dheidhinn. Leis gu bheil an inbhe aca air a chumail le bhith a 'fuireach a-staigh gu math na deagh ghràsan agad agus gun dad a bhith agad ris an uiread airgid a th 'aca no dè na cumhachdan a tha aca." O, dorchadas milis tha mi a 'creachadh.

"Cha do smaoinich mi mu dheidhinn sin."

"Mar sheirbheiseach, tha mi a' faicinn rudan a bhiodh a 'mhòr-chuid a' leigeil orra gun a bhith a 'mothachadh." Carson a thuirt mi sin? Bidh seirbheisich a 'faicinn a h-uile dad agus chan eil fios aca air dad. Tha fios aig a h-uile duine sin agus airson aideachadh air dhòigh eile ... Sìol ... Tha mi airson mo sheiche fhèin a shàbhaladh gun a bhith a 'lorg dòigh nas toinnte airson bàsachadh.

"Tha thu nad sheirbheiseach ach is e bràthair do mhàthar mo neach-ionaid? Ciamar a tha sin eadhon comasach?"

Bha i amharasach mu rudeigin. Nas miosa, bha i pissed. Feumaidh mi seo a chàradh ... Is dòcha mo phàrantan ... "Bhàsaich mo phàrantan gun sgillinn a rèir m' uncail. Bidh mi a 'pàigheadh   am fiachan bho nach urrainn dhaibh."

"Tha mi a 'faicinn."

Sìol. "Tha mi duilich. Bha thu airson faighinn a-mach cò bha a' fuireach anns a 'bhaile." Leis an nod aice, dhùin e a shùilean a-rithist. "Tha Empousa ann a tha a' ruith an t-seirbheis maidsidh airson an Àrd-bhreith. Gu dearbh, mura h-urrainn dhut a phàigheadh   faodaidh i feuchainn ri dinnear a dhèanamh dhut. "

"Empousa?"

"Hibrid vampire. Mar as trice tha am falt aca dearg mar theine. Tha casan coltach ri ìomhaigh umha agus tha casan asail aca uile. Gu dearbh, tha meanbh-chuileagan aca uile airson bròg."

"Math fios a bhith agad. Mar sin, chan eil fìor chomas ann an uairsin?"

"Chan e, is toil leotha feòil is fuil ùr."

"Sgoinneil." Cha robh an tòn aice toilichte. Ach cha robh i a 'faireachdainn às an ciall nas motha. Cha mhòr mar a bha i a 'smaoineachadh mu na bha i a' dol a dhèanamh leis a h-uile duine a dh 'fheumadh fuil ùr airson a bhith beò.

"Tha teaghlach de Manticores ann. Feumaidh tu coimhead orra. Bidh iad a' losgadh spìcean bho na h-earbaill aca aig an fheadhainn a thèid iad seachad. Tha mi a 'smaoineachadh gur e am beachd a th' aca air fèisdeas. Chan eil mòran ann an dòigh eanchainn, ge-tà. Gu dearbh, chan eil am Minotaur nas motha. Tha na Telkhines a 'ruith nam bùthan meatailt. Tha dà Typhon nan suidhe air a' chomhairle a-nis. Chan eil duine airson a dhol thairis orra. Ged nach eil fios agam carson a tha iad an seo seach ann am Boglach Swamp.

"Tha na Specters agad. Tha a 'mhòr-chuid dìreach a' ciallachadh an àite subservient. Bidh na dannsairean teine   a 'fuireach ann an taighean cloiche agus chan eil dragh aca cò a loisgeas iad nuair a bhios iad a-muigh. Is ann leis na telepaths a tha a 'mhòr-chuid de na stòran. An uairsin tha bràthair mo mhàthar agad. Cho fad 's as aithne dhomh, is e an aon hybrid Wendigo a tha beò. Ach chan eil fhios agam cò leis a tha e na hybrid. "

"Tha uimhir a' fuireach air fuil ùr tha e na iongnadh dhomh gum faod iad fuireach anns an aon bhaile mòr. " Bha, bha e air a bhith ceart. Bha i dìreach a 'feuchainn ri gnothaichean a dhèanamh a-mach. Mar sin is dòcha gu robh e feumail dhi às deidh a h-uile càil.

"Tha, uill cha tuirt mi gum faigh iad air adhart. Ach tha mi cinnteach gun dèan iad a-mach gu bheil thu air tighinn dhachaigh."

A 'coimhead oirre a' tionndadh a h-aire a-mach air an uinneig agus air falbh bhuaithe, ghabh e fois. No co-dhiù, socair gu leòr airson a chridhe socrachadh beagan. Bha e air a h-uile dad a bha e eòlach innse dha. A h-uile dad a bu chòir fios a bhith aig bana-phrionnsa. Ach, cha b 'urrainn dha innse dhi mar a bha na bùthan a' ruith. Mar a bha clas de shaoranaich ann a bha nas àirde na an fheadhainn a rugadh ìosal ach nach robh ann idir. Cha b 'urrainn dha innse dhi nach e dìreach searbhant a bh' ann ... ach nas lugha na tràill. Cha robh seasamh sòisealta aige. Cha b 'urrainn dha dad a ghairm. Chan e lèine, no leabaidh. Bhuineadh a h-uile dad a chleachd e do chuideigin eile. A-nochd, bhiodh fios aice agus bhiodh e air a pheanasachadh gu math nas miosa na rud sam bith a dh 'fhiosraich e a-riamh roimhe, oir airson cù a bhith a' bruidhinn no eadhon smaoineachadh air bruidhinn mus deach àrd-bhreith a pheanasachadh le tortadh gus am biodh an àrd-inbheach riaraichte gu robh an chaidh an eucoir a cheartachadh.

B 'urrainn dhi dad a dhèanamh dha ... no dad a dhèanamh dha fhad' s a bha i a 'coimhead ... agus cha bhiodh e comasach dha uimhir a bhith a' sgreuchail. Cha bhiodh e cho mòr ri bhith a 'smaoineachadh air sgreuchail no am peanas nas miosa. Gu math nas miosa na na bha i air a chruthachadh mar-thà.

Caibideil 14:

Nisha

Thàinig ballachan cloiche glas a 'bhaile gu sealladh fada ro luath. Bu chòir dhi a bhith air innse don charbad a dhol nas slaodaiche gus an robh an temper aice air tuiteam sìos gu leòr far nach canadh i a h-uile dad a bha i ag iarraidh. O, ach mar a bha i airson am Morair Edrich a thoirt gu aon taobh agus an fheòil a stialladh bho a chnàmhan an uairsin sàbhail am meall fuilteach iomlan airson Dàibhead. Chan e gum biodh a co-ogha a-riamh ag ithe dad nach do mharbh e fhèin ach gun dèanadh e rudeigin leis dìreach airson a bhith a 'sealltainn tàir air an asal a bha ciontach.

Is dòcha gum biodh Daibhidh a 'cleachdadh a' chlosach airson troll a dhèanamh airson athair. Bha, bha sin gu cinnteach na rud a dhèanadh Daibhidh. Air an dàrna smaoineachadh, b 'e rudeigin a b' urrainn dhi fhèin a dhèanamh.

Cha b 'urrainn. Co-dhiù chan eil, gus an deidh a 'chrùnaidh. Às deidh a h-uile càil, dh'fheumadh i leigeil oirre co-dhiù a bhith na bana-phrionnsa le deagh mhodhan eadhon ged nach robh ann ach latha no dhà. Agus aig an ìre seo cha bhiodh ann ach latha no dhà.

Anail dhomhainn eile agus choimhead i na bùthan a 'dol seachad. Chan eil dad a-mach air an àbhaist. Cha do ghlac i an aire gu mòr. Mura smaoinich thu air frith-rathaidean salach agus uinneagan còmhdaichte le muck a-mach às an àbhaist. An uairsin anns cha mhòr a h-uile uinneag cha robh mòran shoidhnichean làmh-sgrìobhte. Nas fhaide air adhart dh'fheumadh i faighinn a-mach dè a bha na soidhnichean beaga a bha ag ràdh "coin timcheall air ais" a 'ciallachadh ach airson an-dràsta, bha gu leòr aice airson smaoineachadh. Bha barrachd air gu leòr aice airson a cumail a 'dol gus an do ràinig Lilly.

A 'coimhead air ais gu Ethan, bha e a' coimhead nas eagallach agus nas draghail na bha e aig an Spire. An uairsin bha faireachdainn ann an sloc a stamag a bha a 'faireachdainn mar agus rabhadh ominous gum biodh rud sam bith a' dol a thachairt ... Dh 'fheumadh i obrachadh gu sgiobalta agus gu faiceallach. Gu dearbh, b 'urrainn dhi òrdachadh a thoirt dha na gaisgich aice a bhith a' fuireach anns a 'bhaile ... cheannaicheadh   e ùine airson a teaghlach a ruighinn.

Chlisg Nisha oirre fhèin. Dh'fheumadh dòigh eile a bhith ann. Aon nach robh a 'toirt a-steach an undead a' tighinn don bhaile-mòr seo. Aon a cheannaich a h-ùine gum feumadh i làimhseachadh a h-uile dad a bha i a 'faicinn. Agus fear nach toireadh i a 'sealltainn doimhneachd a fìor chumhachd...

... Cha robh aice ach a dhèanamh troimhe an-diugh.

A 'tarraing suas air beulaibh caisteal mòr cloiche dubh leum a cridhe chun amhach. Chan e a-mhàin gun robh an caisteal trì uiread nas motha na Caisteal Sun-Tear, an Spire, agus caisteal geamhraidh Draken còmhla ... bha creutairean mòra cloiche a 'coimhead sìos oirre. Sùilean dearga soilleir. Agus a dh 'aindeoin a bhith air a dhèanamh gu tur de chlach lìomhach chuireadh i geall a beatha bha na rudan beò ... agus chan eil aon rud càirdeil ...

.... Bha sin gu math. Bha i sàbhailte…

... Bha Shadow còmhla rithe. Cha b 'urrainn dha dad suathadh rithe gun a bhith air a mharbhadh leis an toiseach. Chan eil dad a 'toirt a-steach Draken. Chan e eadhon rìgh nan Drakens.

Mar a dh 'fhosgail doras a' charbaid, leig Nisha a sùilean a dhol suas chun staidhre   mhòr agus chun an dorais dhùbailte mhòr cloiche gus an do shuidhich i mu dheireadh air fear caol àrd ann an deise dhubh a 'lasadh sìos oirre bho mhullach na staidhre. Nuair a thuit an deàrrsadh aige mu dheireadh air Ethan, chaolaich a shùilean ach bha iad fhathast a 'sealltainn na feirge a bha fo smachd gann.

"Bana-phrionnsa." Bha fuaim a ghuth mar a chaidh a ràdh le beul làn chreagan.

*Asal gruamach.*Nach eil fios agad cò mise? Chan e gum biodh i ag ràdh sin, co-dhiù chan eil fhathast. Curt a 'cur fàilte, ge-tà ..." A Thighearna Edrich, tha mi a 'creidsinn."

Cha do rinn e nod, cha tug e an aire oirre agus bhruidhinn e ri Ethan na àite. "Bha dùil agam ris a' charbad agam o chionn uair a thìde. " Nuair a mhothaich e gu robh i air eucoir a dhèanamh chuir e ris nuair a chuir e a làmh bony thairis air a chridhe. "Bha dragh orm."

*Mar ifrinn a bha thu. Tha fios agam nas fheàrr, is fhiach thu pìos geir troll. Cha bhiodh an carbad rothaireachd agad air ùine nas fheàrr a dhèanamh na bha aig mo sheanmhair. Gu dearbh, tha mi teagmhach gum biodh e air a dhèanamh an seo idir.*Chan e gun canadh i sin ris, ach loisg na faclan na h-amhach.A 'dèanamh a slighe suas an staidhre agus a' seachnadh nach robh duine air tairgse a thoirt leatha, lean i ann an tòn a bhiodh air piuthar a mhàthar a dhèanamh, "Cha robh do charbad gu leòr. Ach, cha robh taigh mo sheanmhar. A-nis, a bheil sinn gu bhith a' dol a-steach mo caisteal no am bu mhath leat mo cho-dhùnadh a dheasbad air dè an carbad as fheàrr leam a bhith na shuidhe? "

Airson mionaid, rinn e glaodh rithe. Bha e air prìs mhòr a phàigheadh   gus dèanamh cinnteach gum biodh a 'bhana-phrionnsa neo-chomasach air an turas. Bha i air barrachd a phàigheadh   gus sampall den fhuil aice fhaighinn airson prionnsa na nathrach. Agus a-nis ... bha e cinnteach gu robh rudeigin aig a 'chù mharcaich flea ri seo. "Mo leisgeul bana-phrionnsa. Feuch an toir thu dhomh turas luath a thoirt dhut."

"Cha bhith feum air. Leis gur e seo an dachaigh agam, nì mi sgrùdadh air aig mo chur-seachad. A-nis tha mi a' creidsinn gu bheil thu air banquette ullachadh airson a-nochd. " Nuair nach do fhreagair e shleamhnaich i a-steach don phrìomh fhorhalla. Bha staidhre   mhòr eile romhpa le seata de dhorsan dùbailte mòra dearg aig a 'mhullach. Bha dorsan boghach a 'dol gu do làimh chlì is gu deas ag ath-sgrìobhadh grunn dhorsan is thallachan eile. Labyrinth. Cho iongantach. Mura biodh i air a sgiùrsadh mu thràth, bhiodh lorg a 'chuartan aice air a bhith na thoileachas dhi. Bhiodh amàireach luath gu leòr airson sgrùdadh ... Mar airson an-diugh ...

"Is e traidisean a th' anns an dìnnear airson ochdamh ceann-bliadhna rìoghail. "

Gun a bhith a 'tionndadh a dh' ionnsaigh Edrich fhathast, chum i a sùilean agus dh 'fheuch i gun a bhith a' sealltainn na feirge a bha a 'togail na broinn. Nam bruidhneadh tu rium san tòn sin air beulaibh mo theaghlaich, bhiodh tu dinnear airson Draken ron àm seo. Bha i ga smaoineachadh ach fhuair i air a ràdh, "Agus thathas ga chumail san t-seòmar aig mullach na staidhre. Tha, am Morair Edrich ... tha fios agam." A 'gabhail anail, lean i oirre," Ethan, bheir e mi a-steach don t-seòmar. Feuch an lorg thu rudeigin dha air sgàth na h-ìomhaigh aige. "

"Ethan? O, ach bana-phrionnsa ... nach b'
fheàrr leat ...? "

A-nis thionndaidh i gu sgiobalta gus aghaidh a
thoirt dha a sùilean a 'pronnadh ann am fìor fearg
agus a' suirghe rage. "Chan eil seo suas airson
deasbad, monsieur. Is e seo mo thoil. Agus leis gur e
mo ochdamh co-là-breith chan eil thu tuilleadh mar
mo neach-ionaid." A 'tionndadh air falbh a-rithist bha i
a' bleith a fiaclan agus a 'sgiamhail," Freya? "

"Do Ghràs?"

"Feuch an tig thu còmhla rium. Bu mhath leam
cuid den dachaigh agam fhaicinn mus bi a' chiad
sealladh poblach agam anns an rìoghachd agam. "

Rinn Freya gu socair cinnteach gu robh àite gu
leòr aice airson gluasad nam biodh Nisha a 'leigeil
leis a temper sleamhnachadh. An uairsin fhreagair gu
modhail, "Gu dearbh. An innis mi dha do
bhoireannaich càite an toir thu na gnothaichean
agad?"

"Gun fheum. Cuiridh mi fios thuca nuair a
bhios mi deiseil."

"Asal borb, pompous. Ciamar a b' urrainn dha a bhith na neach-ionaid agam a-riamh? Agus coimhead air seo? " Ruith i a meur dubh dubh thairis air oir obair-ghrèis, "Tha e cha mhòr air a mhilleadh. Dust, mites agus cò aig a tha fios dè a tha air tòiseachadh ag ithe air."

A 'coiseachd ceum air cùl a banrigh dh' fheuch Freya ri reusanachadh rithe, "Chaidh a chuir san t-suidheachadh air sgàth mac a pheathar, chan ann air sgàth gu robh e teisteanasach."

Ann an cnap, shnìomh Nisha a dh 'ionnsaigh a caraid agus spad e a-mach," Chan eil e uidheamaichte a bhith na neach-brathaidh cùirt gun ghuth air an neach-ionaid agam. "

Chrath Freya aon uair agus dh 'fheuch i ri gàire a dhèanamh air onair a' mheasaidh sin. "Gu fìor, ge-tà, bhiodh e an urra riut sin a chomharrachadh ro am màireach nuair a ruigeas do theaghlach."

Thug sin stad dhi. Sa mhadainn, bhiodh piuthar a màthar an seo agus dh 'fhaodadh i faighneachd dhi mar aon bhanrigh gu fear eile air mar a làimhsicheadh   i an asal. "Tha mi creidsinn gu bheil thu ceart." A 'tionndadh oisean agus cha mhòr gun deach e tro spiorad taighe. "Mo leisgeul …" Airson mionaid, stad i agus ghiorraich i a sùilean. Bha rudeigin dheth mu dheidhinn spiorad an taighe seo.

"Bu chòir dhut a bhith nas faiceallach far am bi thu a' ceum. " Chaidh spiorad seann Elf a theannadh.

Cha b 'e an sneer a bh' anns a 'ghuth ach an guth fhèin a dh' innis gu robh i ceart mu dheidhinn spiorad an taighe seo mar a bha i coltach. "Tha fios agad gu bheil e gu math glic a bhith a' falach air cùl geas glamour nuair a bhios tu a 'bruidhinn ri bana-phrionnsa a' chrùin? "

Cha robh an rabhadh a 'cur dragh air an spiorad. "Tha mi teagmhach gum bi thu a-riamh nas motha na bana-phrionnsa crùn."

Agus bha sin gu leòr de sin. Bha gluasad beag le a meur agus ceò geal a 'lìonadh an talla a' cuairteachadh an spiorad leis. Aon uair 's gun do chuir e às dha cha b' e elf a bh 'ann ach neach-coiseachd teine   na sheasamh roimhe. Craiceann liath a bha coltach ri luaithre le molaidhean de dh 'èiteagan gleansach. Sùilean a bha nan lasraichean seach sùilean. Agus cha robh san fhalt aice ach tendrils de cheò a 'sruthadh sìos dìreach seachad air a guailnean. Gu inntinneach, cha bu chòir dha neach-coiseachd teine   a thionndadh gu spiorad. Saoranach daingeann cinnteach ach chan e sin spiorad. Mura biodh saoranaich den Under Kingdom a bha fhathast nan saoranaich aig Darke. Agus b 'e sin rudeigin a chaidh a thoirmeasg às deidh don chiad Fey am fearann seo a thuineachadh. A 'caolachadh a sùilean gu sliotan beaga bìodach dh' fhaighnich i gu socair, "A-nis bu mhath leat innse dhomh carson nach tèid mo chrùnadh."

"Bhris thu mo ghlam!"

A 'leigeil a-mach yawn leamh fhreagair Nisha," Gu dearbh. "

Rinn i lunged aig Nisha agus rinn i sgriachail, "You bitch! I'll ..."

Gesture beag eile agus an turas seo chan e ceò geal ach dearg. Fhad 's a bha e a' stobadh an talla, dhùin Nisha a sùilean agus chrath i, "Coineanach." Nuair a ghlan an ceò, cha robh fios aice dè a bh 'ann ach bha fios aice nach e coineanach a bh' ann.

Airson mionaid, cha do bhruidhinn duine. Aon mhionaid nas fhaide agus ghlac Freya an creutair suas leis na cluasan fada a bhuineadh do sheòrsa coineanach a bha a 'fuireach ann am Feyen. "Tha mi a' faighneachd dè bha thu a 'feuchainn ri chruthachadh?"

"Oh uill, is toil le Daibhidh coineanach ùr." Shrug i. "Tha mi creidsinn nach eil coineanaich a' coimhead an aon rud an seo. "

A 'glaodhaich ris a' chreutair na làimh, rinn Freya sgrùdadh air. "Uill tha aghaidh is cluasan coineanach air. A bharrachd air a' mheud ... ge-tà ... tha na fiaclan ann an vampire? Tha na h-adharcan a 'coimhead nas fhaisge air fiaclan aoir. Agus chan eil mi eadhon cinnteach cò às a thàinig an talon airson òrdagan. "

"Tha, tha i a' coimhead beagan troimh-chèile. An dòchas gu bheil e blasad mar choineanach ... is dòcha? "

"Tha thu dha-rìribh a' dol a dhèanamh ... "Sheall Freya air an rud a bha sna sùilean. "... Cho fad' s nach innis thu don phrionnsa na tha e ag ithe tha mi cinnteach gun toir e dhut cunntas ceart air a bhiadh. "

"Oh, na bi gòrach, tha fios agad cho math riumsa nach ith Daibhidh sin a-riamh. Fiù' s tha riaghailtean aige airson biadh. A leithid nach ith e dad nach urrainn dha aithneachadh. Agus leis nach eil ainm air an rud sin air a shàbhaladh bhon bhòrd dìnnear. " A 'gabhail anail dhomhainn, leig i leatha fhèin a bhith a' faireachdainn timcheall oirre. "Dh' innis seanmhair dhomh aon uair gu robh ban-rìgh aice uaireigin. Tha mi a 'creidsinn gum bu chòir cèidse a bhith beag gu leòr airson an fhear seo. Am faic thu an urrainn dhut a lorg? Feumaidh mi beagan ùine airson smaoineachadh ron dinnear."

"Gu dearbh, do Ghràs. Fuirichidh an dubhar còmhla riut?" Chan eil uiread de cheist ach dearbhadh.

A 'leantainn sìos an talla ghairm Nisha thairis air a gualainn," Oh, cha mhòr gun do dhìochuimhnich mi. Chan e sgàil a th 'ann an sgàil. Tha e na sgàil. Bha e cuingealaichte air na b' urrainn dha a dhèanamh fhad 's a bha e ann an Lite. Tha mi a' coimhead air adhart ri barrachd ionnsachadh mu dheidhinn a-nis chan eil e air a chuingealachadh. "

Chaidh Freya air ais ceum air ais. A sgàil? Agus fìor sgàil? Bha iad gun ainm. Bhuail a h-anail. Cha do ghabh Shades òrdughan bho dhuine sam bith ... gu dearbh, cha do chuidich iad am beò no na mairbh. Nam b 'e seo a deagh charaid an uairsin agus a-mhàin an uairsin bhiodh Nisha sàbhailte…

Ach, mas e seo fear eile. Nam b 'e seo fear nach robh air a bhith ceangailte ris fada ron Chogadh Mhòr…

Fuirich oirre air ais sìos an talla a 'cumail sùil airson dubhar nach bu chòir a bhith ann. A flutter san adhar. Bha rud sam bith a chanadh Shade dlùth. Cha robh a sùilean a 'fàgail cùl Nisha gus an deach i à sealladh sìos talla eile.

Cha robh ach aon rèis a-riamh na Shade às deidh bàs. Bha iad nan sealgairean fiadhaich a bharrachd air gaisgich. Bha cuimhne aice orra gu soilleir bho mus do chaochail i fhèin. B 'urrainn dhi cuimhneachadh gu soilleir mar nach robh iad a-riamh fo smachd aon bhanrigh nam beatha. A 'chiad bhanrigh.

Bha uimhir de chunnart ann a-nis gu robh fear air roghnachadh càirdeas a dhèanamh ris a 'bhanrigh aice. A 'gabhail ris gur e dìreach aon a bha air a bhith càirdeil rithe. Mura b 'e… bhiodh e nas motha na trioblaid. Dh 'fhaodadh e a bhith a' ciallachadh cogadh.

Chan e, dh 'fhaodadh e a bhith a' ciallachadh gu robh an cogadh a bha dùil aig a banrigh o chionn fhada a-nis.

Caibideil 15:
Ethan

Cha mhòr nach do thuit e a-mach às a 'charbad Ethan. Bha am Morair Edrich a 'glaodhaich ris. Cha do chuir an deàrrsadh leis fhèin dragh air ... an rage anns na sùilean dorcha sin ... o tha ... bha e ann an trioblaid ... chan eil ... barrachd air trioblaid. Feuch nach fàg mi mi leis fhèin. Mas e do thoil e. Bha e gun fheum a bhith a 'miannachadh gun cluinneadh Nisha e ... gun fheum a bhith a' smaoineachadh gun tuigeadh i an cunnart a bha am Morair Edrich dha-rìribh ag adhbhrachadh. Ciamar a b 'urrainn dhi? Gu dearbh, bha i dìreach air ruighinn.

Air chall na bheachd fhèin is gann gun cuala e a 'bhana-phrionnsa ag ràdh," Cha robh do charbad gu leòr. Ach, cha robh càr mo sheanmhair. "

Sìol. Cha bu chòir dhut sin a ràdh ris. Sgriosaidh e thu. Panic air a chuir a-steach. Bu chòir dha grèim fhaighinn air a làmh agus ruith. Bu chòir dha innse don gheàrd aice. Cha bu chòir dha ... dad a dhèanamh. Nan suathadh e ris a 'bhana-phrionnsa, mharbhadh i e. Nan bhrath e bràthair a mhàthar, dhèanadh e mòran na bu mhiosa.

A 'toirt air e fhèin anail a ghabhail gu seasmhach, thàinig e gu slaodach suas an staidhre.

Bha e na iongnadh nach do rinn bràthair a mhàthar e
nuair a choisich e seachad cha mhòr gun tug e air
stad aig meadhan-cheum. Nam biodh e aige, bhiodh
e air a smocadh gu cinnteach. No nas miosa,
dh 'fhaodadh e a bhith air a phutadh sìos an staidhre
chas a' briseadh rudeigin nach dèanadh e ron
bhanais a 'cur casg air a bhith feumail don bhana-
phrionnsa.

Gu dearbh, cha robh ùine aige a bhith
a 'coimhead timcheall air an fhìor mhòr mus cluinn e
a' bhana-phrionnsa ag ràdh, "Ethan, bheir e mi a-
steach don t-seòmar. Feuch an lorg thu rudeigin dha
air sgàth na h-ìomhaigh aige."

Ethan? Cha robh an t-ainm a 'ciallachadh
mòran dha ged a bha e gu soilleir a' ciallachadh
rudeigin dha un ... cle ... Criomag de chuimhne.
Boireannach brèagha le falt radanta pòg teine
agus cluasan biorach ... a 'cumail ...
dh'fheumadh e a bhith ... dh'fheumadh e a bhith ...
chitheadh   e a làmhan beaga a' ruighinn airson
aodann a 'bhoireannaich. "Oh Ethan, mo bhalach
gòrach, gòrach."

"Thusa ... Dè a rinn thu?!?!" Bha Edrich air an
dàrna fear a bha a 'bhana-phrionnsa air a dhol à
sealladh sìos aon de na trannsaichean.

"Mise ..." Cha do ghluais bràthair a mhàthar
mus do bhuail a dhruim an aghaidh balla cloiche
a 'chùrsa a bha air a chùlaibh.

"Tha thu a' dol a mhilleadh a h-uile càil. "
Ghabh bràthair athar roimhe. A 'lùbadh faisg gu leòr
airson a bhith faisg air sròinean thuirt

Edrich," Bhithinn gad mharbhadh mura biodh e airson cho mì-ghoireasach a bhith ag innse dhi cho àrd sa tha thu a 'falbh ... Ach ..." Sheas e a-nis roimhe seo aon uair eile. "... na bi a' smaoineachadh airson aon mhionaid gum bi am pàrtaidh a 'còrdadh riut. No air an adhbhar sin na smaoinich eadhon mu bhith a' faighinn aon anail a dh 'fheumas tu a ghabhail."

Feumaidh gun robh a mhàthair na phàirt, Fey. Feyen ... Elf? ... Sìthiche? ... Saoranach eile de Feyen? ... Ach cha robh sin a 'dèanamh mòran ciall. Chaidh casg a chuir air Fey àrd-bhreith o chionn deicheadan. Nach robh? Cha robh e gu feum sam bith na freagairtean a lorg. Chan ann a-nis ... ach a dh'aithghearr. Dh'fheumadh e a bhith eòlach air an fhìrinn eadhon ged a mharbh e e.

Choimhead Ethan timcheall air na bha mun cuairt air agus dh 'fheuch e ri dòigh a lorg gun a bhith a' gluasad ceum eile. Cha robh e air tuigsinn gu robh e air smaoineachadh domhainn agus gun a bhith a 'toirt aire dha na bha air a bhith a' dol timcheall air. A-nis ... bha e ro fhadalach.

Bha e domhainn fo dhachaigh bràthair a mhàthar. Chan ann san t-seilear ach nas ìsle. Ann an seòmar beag, bha sin còmhdaichte anns an fhuil thioram aige. Bha na sgrìoban aige fhathast a 'crathadh anns a' pholl agus an fho-chreag. Bha Edrich air rudan borb a dhèanamh dha nuair a bha e shìos an seo mu dheireadh. Bha sin faisg air còig bliadhna air ais. Còig bliadhna agus gus an latha an-diugh b 'e seo an turas mu dheireadh a bhruidhinn e. Còig bliadhna agus b 'e seo an turas mu dheireadh a chuimhnich e air fìor dath a chraicinn no fhalt fhaicinn.

Bha sluasaid bhon chùl air tuiteam dha air a ghlùinean. Bha fuaim teine   a 'frasadh san adhar ach b' e an fhuachd a bh 'ann gu robh barrachd a' gluasad.

"Bu chòir a làmhan agus os cionn na guailnean fhàgail leis fhèin. Bi cruthachail mo ghràidh cha mhòr nach do chuir an cù às do na planaichean agam." Chan fhaca e bràthair athar ach cha robh e gu diofar gu robh e a 'tuigsinn na faclan gu leòr. Thuig e am fearg fuar ann am fàsach domhainn an duine.

Cha do leig e leis fhèin sealltainn suas gus faicinn grine an specter. Nach do sheall i comharran gu robh an t-eagal oirre ach cha do chuir sin stad air a 'chrith nuair a dh' fhaighnich i, "Am bi a mhòrachd feumach air fuil sam bith ron bhiadh?"

A Mhòrachd. An treas fear a rèir an nathair Throne. An creutair a bha gu bhith a 'pòsadh a' bhana-phrionnsa. Am fear a bha air fuil a ghabhail gach beagan oidhcheannan airson na trì bliadhna a dh 'fhalbh. Aig amannan ceart bhon bheing na h-amannan eile bho gob buidhe air a lìonadh gu làn. Bha iad air feuchainn ri a thiormachadh thairis air na bliadhnaichean sin. Dh 'fheuch mi ris an acras a bhàthadh ... bàthadh e. Loisg e beò. Bha iad air rudan borb a dhèanamh a bha e airson a dhìochuimhneachadh ... Ach a-nochd, bhiodh e cho cruaidh.

A-nochd, bhiodh e air a bhualadh, air a losgadh, air a chuipeadh ... cha robh e gu diofar ... ach air a sgeadachadh agus air a dhèanamh gus a bhith a 'toirt a-mach companach don bhana-phrionnsa agus an uairsin suidhe tron   dìnnear le bùird làn de bhiadh agus gun a bhith a' faighinn uimhir. mar suathadh e. Cha robh cead aige aon sip fìon òl a bha e cinnteach a bhiodh a 'blasad nas motha na mìorbhuileach ... Is e sin a bhiodh nas fhaide na a h-uile dad ...

... no mar sin smaoinich e.

A 'feuchainn gun a bhith a' gabhail anail dhùin
Ethan a shùilean agus dh 'fheuch e ri socair a
dhèanamh. Chaidh bonn a chasan a lasadh agus a
losgadh agus mar sin dìreach le faireachdainn anail
cuideigin thug e air a bhith ag iarraidh sgreuchail. Mar
sin, a 'seasamh an seo, agus a' coiseachd ... bha e
a 'toirt a h-uile tuiteam de lùth nach fheumadh e
tuiteam ... gun a bhith a' sgreuchail ... agus a
bharrachd air an sin gun a bhith a 'rùsgadh nan deòir
a dh' fheumadh e cromadh air ais.

Cha ghabhadh e innse do dhuine sam bith gu
robh e tinn no ann am pian. Gun a bhith a 'toirt a'
Bhana-phrionnsa ... fada nas miosa. Bha i air
òrdachadh a bhith an làthair agus mar sin cha robh
leisgeul iomchaidh ann gun a bhith ga toirt a-mach.

Anailean beaga bìodach. B 'e ceumannan
slaodach a dh' aona ghnothach air molaidhean
òrdagan ... a 'seasamh an aghaidh ìmpidh a bhith a'
rùsgadh nan sreathan de cheangal a bha a 'falach na

fala bho bhith a' dol troimhe chun lèine na b 'urrainn dha smaoineachadh ...

... A h-uile càil a leigeadh e leis fhèin smaoineachadh gus am faigheadh   e faochadh bhon trom-laighe seo agus gum faodadh e a bhith na aonar anns a 'chill beag cinder-block aige ris an canadh e an seòmar aige.

A 'fosgladh a shùilean, sheall e sìos an staidhre   agus chunnaic e i ...

... Chunnaic e sealladh a dh 'fheumadh a bhith na bhruadar dha nach fhaca e dad a-riamh nas bòidhche no nas cumhachdaiche.

Nuair a sheall i suas ris cha robh am pian a 'tighinn gu ìre tuilleadh. Dh 'fhaodadh gum biodh na daoine anns an rùm a bha air a chùlaibh millean mìle air falbh. Chan e, an-dràsta an aon rud ... an aon neach a bha cudromach gu robh an sealladh seo a 'tighinn suas an staidhre. Bha a h-uile dad a bha cudromach a-nis a 'lorg dòigh air a bhith san t-seirbheis aice cho fad' s a leigeadh i leis.

B 'e a h-uile rud a bha cudromach an togalach rage na sùilean. An rage fuar brùideil a chitheadh e a 'losgadh anns na sùilean gun stad sin.

M.L.Ruscsak

154

Caibideil 16:
Nisha

A 'stoirm a-steach don chiad rùm a bha a' coimhead faisg air seòmar-cadail chrath Nisha an doras air a cùlaibh. Cha robh na comasan aice ag obair an seo.

Cha robh, cha robh sin fìor. Bha iad ag obair ach chan ann mar a rinn iad ann an Lite. Bha na toraidhean an seo nas uamhasach an taca ris an dreach ath-leasaichte a bha i air fàs cleachdte rithe fhad 's a bha i a' fàs suas le a co-ogha.

Thàinig guth hesitant bhon doras. "Miss?"

A 'tionndadh gu sgiobalta chun an dorais a-nis fosgailte chunnaic i an elf goirid tana a bha i eòlach o chionn bhliadhnaichean. Rinn gàire slaodach a bilean. "Marigold?"

"Bu chòir dhut tòiseachadh ag ullachadh airson a' phàrtaidh. Cha bhiodh tu airson a bhith fadalach. "

Anmoch? Cha b 'urrainn dhaibh tòiseachadh às a h-aonais agus an-dràsta cha b' urrainn dhi cùram a ghabhail mu neach sam bith a bhiodh an làthair. An uairsin a-rithist, bheireadh e ùine dhi bruidhinn ri Ethan. Is dòcha eadhon barrachd fhaighinn a-mach mu na tha a 'dol air adhart sa bhaile bho shealladh.

Agus b 'e sin an aon adhbhar a bha aice airson a dhol gu gnìomh sam bith a bha Edrich air a phlanadh.

A 'coimhead air a caraid nach robh fhathast air a dhol a-steach don t-seòmar, ghabh i a-steach an dreasa aice. A gàire fìrinneach a-nis. Gu dearbh, lorgadh a caraid agus bean an taighe an aon dreasa le dath aotrom a bha a 'coimhead àrd-bhreith agus a bhiodh fhathast air a mheas mar aodach seirbheiseach. Ged a bha i dha-rìribh na searbhanta bu chòir dhi dèanamh air falbh leis an trim òir air bonn an dreasa. "Oh gu math, tha mi creidsinn gun urrainn dhomh a bhith nam aoigh gràsmhor airson aon oidhche."

A 'gabhail làn cheum a-steach don t-seòmar ghairm Marigold a-steach grunn stocan onyx le còmhdach òir. "Tha cuid de bhoireannaich agam a dh' fheumas m 'aire ach bidh mi air ais ann am beagan mhionaidean gus do chuideachadh le bhith deiseil. Agus Nisha, is dòcha gu bheil mi dìreach nam elf taighe ach chan eil sin a' ciallachadh gun còrd e rium a bhith a 'togail a h-uile pìos aodaich far an làr. Feuch an co-dhiù cuid dhiubh a chumail anns na stocan gus am faigh sinn an àite cheart dhaibh. " Dh 'fhaodadh i iarraidh oirre na stocan fhàgail leis fhèin ach cha dèanadh e mòran feum. B 'e an aon dòchas a bh' aice a bhith ag iarraidh air Nisha gun a bhith a 'dèanamh bùrach.

Nuair a bha Marigold faisg air an doras ghairm Nisha às a dèidh, "Hmm, agus shaoil   mi gum biodh tu gu bhith na mo mhaighdeann pearsanta." Cha robh i ach a 'magadh. Bha iad air fàs suas còmhla. No gu ìre mhòr còmhla bho bha Marigold co-dhiù deich bliadhna nas sine ach cha do choimhead e latha thairis air sia-deug.

"Amàireach bidh mi nam elf taigh pearsanta agad. An-diugh tha mi ag iarraidh air mo charaid gun a bhith a' toirt do shàrachadh a-mach air do phreas-aodaich. "

"Oh gu math. Lorgaidh mi asal eile airson tionndadh gu creutair ùr."

Air a thòiseachadh leis an smuain thòisich Marigold a 'bruidhinn," Chì thu ... Chan eil, chan eil, na innis dhomh. Tha mi gu math cinnteach nach eil mi airson faighinn a-mach. " Cha mhòr a-mach an doras, thionndaidh i air ais, "Cha bhith mi ach beagan mhionaidean."

"Falbh, bidh mi gu math gus an till thu."

A 'tilgeil a' chòmhdaich fosgailte air an stoc as fhaisge thòisich i a 'tarraing blàthan is sgiortaichean a-mach. "A-nis dè a bhios mi a' caitheamh air mo phàrtaidh? " A 'cumail suas blouse a bha a' freagairt gu teann aig a 'mhullach agus a' lasadh a-mach aig a 'bhonn rinn i suas a sròn," Too plain. " A 'tighinn tarsainn air dreasa fìon-dearg rinn i grèim," Oh yuck, carson a phacaich piuthar Celeste seo? "

"Nisha?!?!"

"Oh, Mari ..."

A 'glacadh blouse crùbach bho làmh Nisha, ghlaodh Marigold ann an dòigh nach leigeadh i a-steach," Cha robh mi air falbh dà mhionaid. A dhà ... "

Ghluais Nisha. "Shaoil   mi gum faighinn rudeigin a dh' fheumas mi ... Às deidh a h-uile càil, is e mo phàrtaidh a th 'ann."

"Is ann air sgàth sin a rinn mi rudeigin sònraichte dhut." A 'sgrùdadh na bùrach a bha roimhe, chrath i a ceann. "Co-dhiù tha beagan beachd agam air dè a bhios a' dol don teallach agus dè a dh 'fheumas a bhith air a chrochadh."

"Faic, tha mi math air cuideachadh."

"Tha thu math air teachdaireachdan a dhèanamh a-mach à aodach. Bu chòir dhomh faighneachd dha Daibhidh an urrainn dha rud pearsanta a lorg dhut a dh' fhaodadh a bhith a 'taghadh do chuid aodaich dhut gus nach fheum thu a-riamh a bhith a' beantainn ri clòsaid wardrobe. Gu fìrinneach, tha mi a 'cumail a-mach nach bi thu uair sam bith a' beantainn ri fear a-rithist cho fad 's a bhios mi a' cumail sùil air luchd-obrach an taighe agad. "

A 'roiligeadh a sùilean, rinn Nisha gàire. "Tha fios agad nach eil còir agad mo mhealladh tha mi nam banrigh."

"Tha thu ceart mar mhaighdeann chan eil mi. Ach, is e mo charaid a th' annad agus mar sin bidh mi gu math gad mhealladh uair sam bith a nì thu praiseach gun adhbhar. Nas motha mar sin nuair a dh 'fheumas mi a bhith mar an neach airson a ghlanadh."

A 'cromadh sìos air an leabaidh leig i oirre a bhith air a ceannsachadh airson mionaid ghoirid mus do dh' fhaighnich i gu tartmhor, "Oh gu math ... a charaid dè a rinn thu orm a chaitheamh?"

A 'caolachadh a sùilean dathte lilac, thuirt Marigold," Chan eil mi a 'smaoineachadh gu bheil thu airidh air." Airson mionaid mhòr, choimhead an dithis air a chèile gus an do rinn gàire blàth an dà shùil. "Ach bheir mi dhut e co-dhiù." Cuibhle de cheò geal agus ...

A 'leum air ais gu a casan ghabh Nisha an dreasa agus thionndaidh e mun cuairt leis ann an toileachas. "Tha e foirfe. Ciamar a bha fios agad?"

"Tha gu math, fhad' s a bha sinn aig an Spire dh 'fhaighnich mi den Seneschal dè an t-aodach a bhiodh air do mhàthair don phàrtaidh aice. Mar a thionndaidh e a-mach gun robh i air sgrìobhadh, iris de na bha i a' smaoineachadh a bhiodh tu a 'caitheamh don phàrtaidh aois agad agus bha liosta aice air an liosta cò bha i ag iarraidh an sin. Na rudan a bu chòir dhaibh a chaitheamh. Agus an uairsin bha an dealbh seo ... "Thug i seachad e dhi.

"Tharraing mo mhàthair seo?" Lìon mì-chreideas a guth. An robh fios aig Antaidh Celeste mu dheidhinn seo?

"Chan e an dreasa as fheàrr a th' ann agus mar sin thug mi beagan saorsa leis. Tha mi an dòchas nach eil cuimhne agad. "

A-nis thug i sùil mhòr air an dealbh agus an dreasa. An aon mhogal dhubh a tha a 'sruthadh air a' bhonn a bhiodh coltach ri ceò dubh math timcheall a casan is a casan. An aon chrios dearg meileabhaid gus na diofar chumaidhean de stuth dubh a bhriseadh suas. Trim òir timcheall air a 'cholair an àite an geal a bha san dealbh. Sash sìoda dubh traidiseanta gus prìnichean a coileanaidhean a chumail. Chuir deòir stad air a h-amhach, "Thug thu tiodhlac dhomh a tha a' ciallachadh uiread. Tapadh leibh. "

A 'tilgeil a gàirdeanan timcheall a caraid, thuirt Mari a' feadalaich, "Do fhàilte. Cha do choinnich mi ri do mhàthair ach aon uair is urrainn dhomh cuimhneachadh ach tha mi a' smaoineachadh gum biodh i toilichte gun roghnaich thu rudeigin a chaitheamh a mhol i. "

A 'frasadh a sùilean, cha b' urrainn dhi ach nodadh. "An d' fhuair thu a-mach cia mheud p-pin a bu chòir a bhith agam? "

"Bha sianar air do mhàthair agus do dh' Aunt. Bha a h-uile Banrigh air thoiseach orra dìreach ceithir. Mar sin, tha sinn air fhàgail leis, a bheil sinn ag ainmeachadh cho cumhachdach sa tha thu dha-rìribh no dìreach a 'taghadh dòrlach?"

Le bhith a 'mealladh na sash gu h-aotrom, leig i na tendrils dorchadas a-mach timcheall oirre. Airson mionaid, bha i dìreach ag èisteachd ris na ciabhagan. Nuair a dh 'fhosgail i a sùilean, agus a thionndaidh i gu a caraid, chuir i ceàrnag air a guailnean," Rinn mo mhàthair mearachd a 'leigeil fios don fheadhainn a bha timcheall oirre mu na cumhachdan aig a' phàrtaidh aice. Chan eil adhbhar sam bith dhomh an eisimpleir sin a leantainn. "

"Mar sin, tha sinn a' taghadh. "

"Chan e, taghaidh mi."

A 'gairm bogsa beag shuidh Marigold e air a' bhòrd bheag ri taobh leabaidh mhòr. Beag air bheag dh 'fhosgail i am mullach. Grunn phrìneachan beaga. Bha cuid de dh 'òr, cuid eile air an dèanamh le airgead no clachan gemst air an lìnigeadh aig a' bhonn. Chaidh gach fear a dhèanamh gus comas agus cumhachd eadar-dhealaichte a bha air a mhaighstireachd a riochdachadh. Mar as trice cha robh eadhon beagan aig an fheadhainn as sgileil leis an ochdamh bliadhna deug aca. Is ann ainneamh a bhiodh iad eadhon a 'maighstireachd barrachd air trì no ceithir a bharrachd anns na bliadhnachan às deidh sin. Bha Nisha mu thràth air fichead a thogail agus bha i faisg air a bhith a 'maighstireachd seachd a bharrachd. "Mo Bhanrigh."

"Feumaidh mi a bhith a' coimhead cumhachdach ach fhathast mì-chinnteach mu phrìomh chomas sam bith. "

"An uairsin is dòcha gu bheil mi a' moladh gun a bhith a 'caitheamh aodach sam bith nach urrainn ach a bhith air a mhaighstireachd leis an fheadhainn anns an Under Kingdom."

"Tha. Chan eil adhbhar sam bith ann gum bi fios aig saoranaich Darke mun rìoghachd eile agam. Co-dhiù chan ann às deidh a' chrùnaidh. " No gus an dèan mi deasbad air le Lilly.

A 'comharrachadh aig aon de na prìnichean criostail thuirt Marigold," Bha an dà chuid do mhàthair agus d 'athair nan fiosaichean; ge-tà, chan eil mi a' smaoineachadh gum biodh e glic sin a bhrosnachadh. "

"Fìor fhìor." Stad i, "Tha fios agad nach do smaoinich mi a-riamh roimhe, ach ... Mar fhiosaiche, bhiodh fios aig mo mhàthair no m' athair mun ionnsaigh. Mam, b 'urrainn dhi smachd a chumail air teine   sam bith an dà chuid nàdarra agus mì-nàdarrach ... mar sin ciamar a rinn i an sgrios thu ann an teine? " Prìne eile gun a bhith a 'caitheamh. Tha na prìnichean a 'riochdachadh teine   an dà chuid nàdarra agus mì-nàdarrach.

A 'tomhas na faclan aice fhreagair Marigold mu dheireadh," Aig amannan tha dà chiall aig rudan. A-nis dhòmhsa ... agus seo dìreach mi a 'bruidhinn oir chan eil dearbhadh agam ... ach ... thuirt a h-uile duine gun tug an teine   a' bhanrigh agus uiread eile. cha chuala mi duine a-riamh ag ràdh gu robh a 'bhanrigh marbh. Agus cha deach cuirp sam bith a lorg a-riamh."

Chaidh jolt troimhe mar a bha i a 'tarraing a-steach gu h-obann. "Mari, tha thu nad eòlaiche. Carson nach do smaoinich mi air?" Thionndaidh i an uairsin ceum no dhà. "Amàireach nuair a ruigeas Lilly, nì sinn sgrùdadh air a' chaisteal. Tha mi cinnteach gu bheil beagan sanas a chaidh a choimhead. "

"Anns a' chùis sin, bhithinn a 'tòiseachadh leis na h-àitean rìoghail. Bho na chluinneas mi, is ann an sin a thòisich an teine. Cuideachd, is e seo an aon rùm air nach do chuir duine sam bith fios bhon oidhche sin."

A 'seasamh air beulaibh sgàthan mòr rinn Nisha gàire is i a' cur iongnadh oirre cho iongantach sa bha i a 'coimhead anns an dreasa a bha a màthair air a dhealbhadh. Ach, cha b 'urrainn dhi an lionn-dubh a fhalach bhon guth aice mar a dh' iarr i, "Bu chòir neach-dìon a bhith agam gus an ruig mi am prìomh fhorhalla." Bu chòir dha m 'athair a bhith an seo gus mo thoirt a-mach.

Thug casadaich shocair bhon doras oirre tionndadh. Chan fhaca i e san sgàthan ... ach... O... mar a bha i airson sin a dhèanamh.

B 'e an duine a bu eireachdail a chunnaic i a-riamh. Uill ma fhuair thu seachad air gu robh e gu tur air a dhèanamh suas de cheò math. "Mo Bhanrigh." thug e bogha ìosal agus dh'fhuirich e gus an do dh'aithnich i e.

"Sgàil?"

A ghuth fiodh domhainn ach bog mar a 'ghaoth," Mmm. Is e sgàil mo ... rud ris an can thu rèis. Is gann gur e m 'ainm, a ghràidh."

O, mo. Bha i air a bhith a 'coimhead air adhart ri faighinn a-mach dè a bhiodh eadar-dhealaichte eadar dubhar agus dubhar ach cha robh dad air ullachadh dhi airson seo. Bha i a 'faicinn gu robh an deise aige mar sgàthan de chàileachd nas àirde. Dh 'fhaodadh dìreach a bhith a' dèanamh a-mach an t-àite far am biodh obair-ghrèis. An uairsin rinn e gàire, a 'nochdadh fiaclan cho geal is gun robh e coltach gu robh iad nan clachan lìomhach. Aon mhionaid nas fhaide gus an do mhothaich i na mullaich biorach a bha coltach ri ràsaran. Nuair a bhruidhinn e, chunnaic i barrachd ... chunnaic i trì sreathan de na fiaclan biorach sin. "Dh' fhaodadh tu dha-rìribh a bhith air Dàibhidh airson greim-bìdh ma bha thu ag iarraidh. "

"Nam bheachd-sa, tha Drakens, eadhon pàirt Drakens, fada ro bhitheach airson biadh ceart a dhèanamh. Ach tha blas tlachdmhor aca." Thug e rud a bha coltach ri ceum a-steach don t-seòmar. "Mas fheàrr leat is urrainn dhomh fuireach mar sgàil."

"Mar ifrinn a tha thu. Dìreach thoir sùil ort. Bu chòir dìreach rabhadh Shade a bhith na rabhadh gu leòr .... uill às deidh a-màireach. Mura h-eil suim agad." Airson mionaid, choimhead i air a 'gabhail beagan cheuman a dh' ionnsaigh. Gu sùil gun trèanadh, bha e a 'gabhail làn cheum ach chunnaic i an fhìrinn. Nuair a chaidh e a-mach, chaidh an ceò às a 'chas a bhiodh air a chùlaibh agus ath-chumadh air beulaibh e cha mhòr cho sgiobalta' s nach robh i cha mhòr air mothachadh a dhèanamh. "Tha sin iongantach."

Stad an sgàil, "Dè a th 'ann?"

Ghlan a guth thairis oirre. Mura biodh e air a bhith ceangailte ri fuil rithe bha fios aice gun tuiteadh i ann an trance ... bha fios aice gum biodh an fheadhainn a dhèanadh e mar an ath bhiadh aige. A 'gàire gu soilleir, fhreagair i," An dòigh anns am bi thu a 'gluasad. Tha e dha-rìribh a' cuimhneachadh. "

"Bu chòir dhomh a bhith an dòchas. Tha e nas fhasa an ath bhiadh agam a lorg."

"Tha am facal agam nach dèan thu biadh a-mach à saoranach sam bith mura h-eil mi ag ràdh a chaochladh."

"Cha do rinn mi biadh a-riamh a-mach à aoighean taighe. Ach, tha am facal agad agam nach ith mi asal ciontach sam bith mura h-eil thu ga iarraidh."

Gu soilleir, bha iad le chèile a 'smaoineachadh air a' Mhorair Edrich. Bha e gu leòr dhi gàire a dhèanamh.

A 'coiseachd le Shade, bha i comasach air rudan fhaicinn nach do mhothaich i le Freya. Chan e gun robh dad cudromach an-dràsta, ach rudan a bu mhath leatha a thighinn air ais thuca agus am bòidhchead tearc a ghabhail a-steach. "Mar sin, dè a bu mhath leat a bhith air do ghairm? No a bheil Shade ag obair?"

Airson mionaid mhòr, cha do fhreagair e, "Tha e air a bhith ro fhada bho chleachd mi ainm."

"A bheil cuimhne agad orm a bhith a' faighneachd dè cho fada? "

"Bheir faisg air dà mhìle bliadhna ceud bliadhna."

Bha dùil aice ri deichead no dhà, chan e dà mhìle bliadhna. "Oh, wow."

"Hmmm. Gu dearbh, chan e seo an fhìor fhoirm agam. Ach a-mhàin na fiaclan."

"An seall thu dhomh?"

"Nas fhaide air adhart mo ghràidh. Tha mòran agad ri thoirt a-steach a-nochd gus a bhith air mo tharraing le m' uireasbhuidh. "

"Tha thu nad fhiaclan. Tha iad coltach ri dealbhan an nathair ... fear ... a ... reub?"

"Tha fiaclan den aon seòrsa againn ach cha mhòr an aon rud. Is dòcha gum bu chòir dhuinn tòiseachadh le m 'ainm. Bha mi uaireigin air an ainmeachadh Gwydion. B 'e Eostre a bh' air na daoine agam uaireigin. "

"Iongantach."

Airson mionaid, stad Gwydion agus an uairsin dh 'fhaighnich e gu faiceallach," A bheil? "

"Oh tha. Bha Lilly agus mi a' deasbad aon uair mu dheidhinn an Eostre a bhith ann. Thuirt i gur e sgeulachdan sìthe a bh 'annta. Thuirt mi gum feumadh fìrinn a bhith anns na sgeulachdan oir bha iad ro mhionaideach airson a bhith air an dèanamh suas."

"Tha, tha mi cuideachd air na sgeulachdan a chluinntinn. Bidh mòran a' fàgail mòran a-mach. Latha air choireigin bruidhnidh sinn mun àm a dh 'fhalbh. Chan ann an-diugh."

A-rithist, thug i sùil air na rudan a roghnaich e a chaitheamh. Gu math gann bha i a 'faicinn fàinne no dubhar fàinne air a làimh dheis. "Bha thu nad àrd-bhreith."

A-rithist, stad e. "Chì thu barrachd air a' mhòr-chuid. "

"Tha, tha mi creidsinn gun dèan mi."

Às deidh dha a bhith ceangailte rithe cha mhòr bho rugadh e bha e air ionnsachadh aon chuid freagairt no bhiodh i tòrr nas mì-chofhurtail bruidhinn mu dheidhinn. Gu fortanach gu ruige seo cha robh e a-riamh air a bhith mar aon de na còmhraidhean sin. "Bha mi uaireigin na rìgh. An rìgh mu dheireadh de mo shluagh."

Lìon fìor dhragh agus bròn a guth mar a dh 'fhaighnich i," Oh. Am faod mi faighneachd dè thachras do na daoine agad? "

"Chaidh mo bhrath le cuideigin anns an robh earbsa agam. Na gabh dragh mo ghràidh nach do mhair an duine sin na bhrath. Tha mi duilich leis na beatha neo-chiontach a chaidh a chall an latha sin."

"A bheil dad ann as urrainn dhomh a dhèanamh? Tha càirdeas fìor mhath agam le mòran san Under Kingdom."

"Chan eil, a ghràidh. Tha a h-uile dad a dh' fheumas sinn. " A 'stad aon uair eile thionndaidh e thuice. "Bha mi an seo oidhche an teine. Cha do rinn mi dad airson cuideachadh an uairsin. Is dòcha, dh' fhaodadh mi a bhith. Ged nach eil fios agam dè. "

"Thàinig thu thugam an oidhche sin." Bha fios aice gun tàinig dubhar thuice an oidhche sin. Cha tug a h-antaidh iomradh ach o chionn beagan bhliadhnaichean.

"Tha."

"Roghnaich thu thu fhèin a cheangal rium agus mo dhìon. Rinn thu sin le neach sam bith a' faighneachd no ag iarraidh dad air ais. Mar sin, na cuir a 'choire ort fhèin airson na thachair san àm a dh' fhalbh. "

"Is e tiodhlac ainneamh a th' annad, mo bhanrigh. " Chrath e a làmh. "Tha aon rud air am bu chòir fios a bhith agad. Mar rìgh, tha mòran agam fhathast a tha ceangailte rium le fuil. Fiù' s ann am bàs, chan eil an ceangal sin a 'seargadh ... chan eil gu tur. Is dòcha nach toir iad òrdughan bhuam no eadhon gam mheas an rìgh aca ... ach tha iad ceangailte riut ... gu tur. Ma tha thu ann an cunnart a-riamh tha grunn sgòran de Eostre deiseil airson rud sam bith no neach sam bith a dh 'fhaodadh a bhith a' bagairt ort a dhìon agus a sgrios. Tha am miann fala a tha aca a-nis gan dèanamh. cunnartach don fheadhainn a chuireadh nad aghaidh. " Thug e aon cheum air ais agus chaidh e a-steach do sgàil a bha a 'creachadh air a' bhalla.

Dh'fhuirich Nisha gus an deach e a-mach à sealladh agus an uairsin chrath e, "Tapadh leibh Gwydion. Bidh cuimhne agam."

Airson grunn mhionaidean fada, mhallaich Nisha i fhèin airson a bhith a 'taghadh seòmar cho fada air falbh bhon phrìomh Foyer. Aig an àm, bha e coltach ri beachd ùr-ghnàthach ... Aig an àm dh'fheumadh i a bhith fada air falbh bhon t-seòmar-dannsa agus am Morair Edrich. Ach a-nis ... a bhith cho fada air falbh ... bha e seachad air a bhith duilich. Airson beagan mhionaidean na b 'fhaide, dh' fhàs i oirre fhèin agus bhòidich i cathair a litreachadh gus a cuir air bhog bho aon taobh den chaisteal chun taobh eile. Mu dheireadh, chunnaic i an doras boghach a bheireadh i chun phàrtaidh aice. Nam b 'urrainn dhi eadhon a' bhaoth-chluich seo a ghairm no pàrtaidh a chruinneachadh. Gu dearbh, bha pàrtaidh ann far am biodh tu a 'suirghe le caraidean gun a bhith a' suidhe agus a 'deàrrsadh le daoine nach robh a' gabhail cùram cò thu… ge bith an e do bhanrigh a th 'annad no nach eil. Daoine a chitheadh   i marbh mus leigeadh iad leatha an rìoghachd a chuir air ais gu còraichean.

A 'stad aig doras boghach eile sheall i suas an staidhre   mhòr gu far an robh Ethan na seasamh agus a' coimhead sìos oirre ... a 'feitheamh. An dàrna sealladh agus cha bu toil leatha na chunnaic i. Bha i air innse don Mhorair Edrich aodach ceart Ethan a lorg. An toiseach, sùil a bh 'aige. Ach bha sin air a bhith aig a 'chiad sealladh.

A 'cumail a ceumannan gu faiceallach agus a dh'aona ghnothach chaidh i gu cùramach suas an staidhre. Letheach slighe suas chitheadh   i oirean geasa eile. A 'gabhail beagan cheumannan eile bidh i a' reothadh a 'leigeil leatha fhèin faicinn seachad air an gheasaibh agus an fhìrinn fhaicinn. A 'leigeil leatha fhèin an seacaid tattered fhaicinn, an lèine èideadh filth ridden, agus na brògan còmhdaichte muck a bha fios aice cha mhòr sa bhad a bha, co-dhiù, meud ro bheag. An uairsin sheall i gu domhainn a-steach do shùilean gorm meadhan oidhche agus chunnaic i am pian a bha e a 'feuchainn ri falach. Nuair a chaidh i a-mach is i air a nàrachadh ruith i suas am beagan staidhrichean a bha air fhàgail. Gasping dh 'fhaighnich i" A bheil thu ceart gu leòr? Dè thachair? " Agus mar sin, cuidich mi nam biodh dad aig a 'Mhorair Edrich ris.

"Tha mi ..." A 'gabhail anail garbh stad Ethan. Bhiodh breug cho furasta. Bha e air a ràdh mìle uair ged nach do rinn e a-riamh air duine sam bith a chuidicheadh. Ach a laighe rithe? Cha b 'urrainn dha stad a chuir air fhèin bho anail, gun innse dha breug. Bha fios aige nach b 'urrainn dha. "Bidh mi gu math ann am beagan làithean."

Thachair seo roimhe agus chan eil e airson gum bi fios agam. "Edrich rinn seo. "Chan eil uimhir de cheist an uairsin dearbhadh.

Chrath e a cheann agus an uairsin chrath e gu socair, "Cha tug e ach an t-òrdugh. Bha a bhana-mhaighstir moiteil às a bhith a' coileanadh na bha e air iarraidh oirre a dhèanamh. "

A 'tionndadh gu sgiobalta, bha a h-uile rùn aice a bhith a' stoirm a-steach don t-seòmar-dannsa a 'toirt a h-uile unnsa de chumhachdan eagallach leatha. A 'gairm a-mach chun undead agus a' leigeil leotha rein an-asgaidh anns a h-uile Darke. Ifrinn, dh 'fhaodadh i gairm air an dealanach anns na speuran, no an teine   ag èirigh anns na cagailtean agus a h-uile duine san t-seòmar sin a thoirt a-steach mus smaoinich iad a-riamh mu na bha a' dol a thachairt. B 'e làmh bhlàth, chrith air a h-uilinn an aon rud a chuir stad oirre bho bhith a' dèanamh sin. Gu socair, bhruidhinn i ann an guth bàsmhor ciùin. Guth a chuireadh eagal air duine sam bith san teaghlach aice agus le deagh adhbhar. "Ethan, leig às."

Gu fìrinneach, cha mhòr nach do rinn e ach bha rudeigin domhainn na bhroinn fhèin ga chumail bho bhith a 'dèanamh sin. "Tha mi a' toirt taing dhut airson do dhragh, a 'Bhana-phrionnsa. Ach chan eil feum air."

Gun fheum? Mar ifrinn a bha e. Agus bhiodh Edrich, a bharrachd air a 'chòrr de Darke, ag ionnsachadh cho luath sin. Ach is dòcha nach ann a-nochd. Is dòcha a-nochd gun toireadh i seachad iarrtas Ethan an uairsin aon uair 's gu robh e air a ghlacadh ann an àite sàbhailte... an uairsin... agus dìreach an uairsin bheireadh i aire don fheadhainn a bha air cron a dhèanamh air. "Fine. Cha toir mi sealladh thairis air do choltas. Co-dhiù chan ann a-nochd." A-nis chuir i aghaidh ris. Bha i comasach air an eagal fhaicinn na shùilean. Gun eagal oirre, cho-dhùin i, ach de na dhèanadh i. Bha an dithis gu tur eadar-dhealaichte. "Ach, chan eil thu a-nis fo smachd bràthair do mhàthar. Tha thu nad bhall den taigh agam. Ma tha duilgheadas aige fhèin no aig duine sam bith eile bidh mi nas toilichte bruidhinn riutha."

"Ach .... ach ..."

A 'dèanamh cinnteach gu robh a h-ùghdarras gu lèir aig a guth a bu chòir a bhith aig banrigh, thuirt i gu socair," Chan eil seo an urra ri deasbad, Ethan. Is e seo mise ri dhèanamh. Agus is e rudeigin a bu chòir dhomh a bhith air a dhèanamh mus do dh 'fhàg sinn an Spire."

Gun dad eile ri ràdh, chrom e a cheann. Faochadh sgrìobhte air aodann cho soilleir ris an latha. "Tapadh leat."

Bha i air tighinn le aodach gus nach bòstadh na comasan aice. Cha robh i air co-dhùnadh dad a dhèanamh le Ethan gu às deidh a 'bhanais ... ach ... gu slaodach thug i suathadh air a h-inntinn le a cuid. Bha e cunnartach mura robh fios aig duine dè bha iad a 'dèanamh. Fiù 's an uairsin ... is e glè bheag a thaghas e. Bha eadhon nas lugha ga chleachdadh gus conaltradh seach smachd a chumail air an neach ris an robh iad ceangailte. Le bhith a 'faighinn eòlas air an seo leig i mionaid dhi fhèin a bhith ag aithneachadh gu robh eagal oirre mu na bha i a' dèanamh. Bha Knew an dùil gu robh cùisean gu math na bu mhiosa na a 'bhualadh a fhuair e mu thràth. Ethan

Cha tug e ach anail airson freagairt. B 'e seo rudeigin a bu chòir a bhith air a thoirt fada nas fhaide mura do ghiullaich e an comas tearc seo cuideachd. Pr-phrionnsa?

Chan eil adhbhar sam bith agad eagal a bhith orm.

Gun a bhith a 'tuigsinn dè bha a' tachairt no ciamar a dh 'fhaodadh e smachd a chumail air, chaidh inntinn Ethan air ais chun a h-uile dad a chaidh innse dha. Air ais chun a h-uile pìos de chràdh a bha e air a bhith beò troimhe. Thug a inntinn air ais a h-uile unnsa pian a dh 'fheumadh e a chumail suas. Bha inntinn a 'rèiseadh le ìomhaighean, cuimhneachain air a bhith na theine ... cha mhòr air a bhàthadh ... amannan nuair a bha bràthair athar agus feadhainn eile air feuchainn ri a thiormachadh. Leis a h-uile ìomhaigh, ghiorraich a rage gus an robh i deiseil airson spreadhadh.

A-nis bha i a 'tuigsinn an eagal. Nas fhaide air adhart bhiodh i a 'dèiligeadh ris an fheadhainn a rinn cron air. Agus mòran ... fada às deidh sin bheireadh i cothrom dha geall a thuigsinn gu fìrinneach an ceangal seo a bha i a 'cruthachadh dha. Ach chan ann an-diugh ... Gu math bog, chuir i a meur fada caol fon smiogaid aige, "Ethan?"

Cha do rinn e ach aon uair.

Dìreach os cionn uisge-beatha bhruidhinn i gu socair, "Am bi thu ceart gu leòr airson beagan mhionaidean san t-seòmar sin?" A 'nochdadh an doras dùbailte air an robh iad nan seasamh air beulaibh. Ma thuirt e nach cuireadh i dragh sam bith air a thoirt gu àite sàbhailte, sgrios gach neach san t-seòmar sin.

Ifrinn, eadhon ged a thuirt e tha, is dòcha gum bi i fhathast.

A 'slugadh gu cruaidh chuir e a-mach," Tha. "

Bha an t-eagal oirre ag ithe oirre ach dh'fheumadh i dèanamh cinnteach ge bith dè a rinn i, nach do rinn i an t-eagal sin nas miosa. Ann an dòigh air choreigin, dh'fheumadh i dèanamh cinnteach gu robh fios aige gu robh e sàbhailte còmhla rithe. "Tha am facal agad agad cha bhith sinn a' fuireach fada gu leòr gus beagan dragh a chuir air, an uairsin chì sinn dè a dh 'fheumas a bhith a' càradh a-nochd agus dè as urrainn feitheamh gus an ruig mo cho-ogha. "

Aon uair eile, rug e air a gàirdean. An turas seo gu dùrachdach, "Na ith dad. Chan urrainn dhut earbsa a bhith sa bhiadh. Na cuir earbsa a-riamh anns na rudan nach fhaca thu a rinn thu fhèin. Tha fios agam gu dearbh gu bheil cuid de na soithichean air am puinnseanachadh agus cuid eile ... bhiodh puinnsean ro chaoimhneil . "

A-nis leig i gàire tòiseachadh a 'lùbadh a bilean. "Mo ghràidh cha robh dùil sam bith agam dad ithe nach do rinn mo chòcaire pearsanta le a dà làimh fhèin. Ach tha mi a' toirt taing dhut airson do dhragh. " Chan eil feum sam bith ag innse dha nach dèanadh puinnsean cron dhi co-dhiù chan ann bho thàinig i gu bhith na Banrigh na Fo-Rìoghachd. Agus cha robh feum sam bith ann ag innse dha nach biodh ach glè bheag de bhuaidh aig cuir-ris eile oirre ... agus bha sin bho àm breith. Chan e, cha bhiodh e gu feum sam bith ... chan ann nuair nach biodh e comasach dha tuigsinn.

"Agus ..." Ghabh Ethan anail domhainn agus leig e a-mach e gu slaodach, "Tha am prionnsa nathair an seo. Tha e mu thràth air co-dhiù triùir de a pheathraichean a mharbhadh. Tha e an-dràsta san treas àite a rèir na rìgh-chathair. Feuch gum bi thu faiceallach gu bheil e cunnartach. Nas motha na gin eile bhon rìoghachd aige. Is e sin mura cunnt thu athair. "

Uill, dh'fheumadh i dìreach faicinn mu dheidhinn sin. Mionaid airson smaoineachadh dè dhèanadh i leis a 'phrionnsa a bha na eucoir. An uairsin smaoinich a lughdaich a temper ... bha i a 'faighneachd an robh blas nathair a' còrdadh ri bràthair a h-athar.

Nuair a dh 'fhosgail na dorsan don t-seòmar-dannsa chùm Nisha a h-anail. Bha an seòmar tòrr na bu mhotha na bha i air gabhail ris. Trì sgeulachdan àrd. Bidh gach làr a 'fosgladh sa mheadhan don t-seòmar gu h-ìosal. Agus tha colbhan mòra cloiche air gach làr gus an làr os a chionn agus geasag de sheòrsa air choreigin gus am biodh e coltach gu robh na daoine a 'dannsa san adhar ach fhathast a' leigeil leotha sealladh fhaighinn den phrìomh làr. Nas fhaide air adhart bhiodh i a 'sgrùdadh gach làr eile ach a-nochd ...

Ghlac i gàirdean Ethan. Cha b 'ann gus an do ghabh e anail gheur bho phian a thug i grèim air inntinn, Duilich.

Cha do fhreagair e ach a shùilean stèidhichte air a 'bhòrd fhada a bha na shuidhe air an àrd-ùrlar fhada a shuidh còrr is trì ceumannan nas àirde na am prìomh làr. A 'slaodadh an eagal, chuir Ethan air fhèin fuireach gu tur fulangach.

Le bhith ceangailte, chì i far an robh e a 'coimhead ach bha i fhathast a' leigeil leatha a bhith a 'leantainn a shealladh ged nach robh feum aice air. Bha am Morair Edrich a 'bruidhinn ri duine àrd tana a chitheadh   i eadhon bhon astar seo na lannan air cùl amhach a dh' aindeoin an droch rùn. "Nach eil duine a' caitheamh geas glamour? " Feumaidh a h-uile saoranach a bha air a bhith a 'seasamh air an staidhre   a ceist a chluinntinn bho thug iad aon sùil oirre agus sgròb iad air falbh mus b' urrainn dha Ethan freagairt.

"Chan eil." Chuir e stad agus ìsleachadh a ghuth mar a thuirt e, "Tha a h-uile duine cinnteach nach fhaic duine seachad orra. Gu dearbh, thèid duine sam bith a chanas dad mun deidhinn a pheanasachadh."

`" Chì mi. Uill, tha e a 'coimhead coltach gum bi am buaireadh beag agam beagan nas inntinniche aon uair' s gum bris mi iad. "

"Briseadh? O, feuch gum bi thu faiceallach, a Bhana-phrionnsa tha daoine gu math cunnartach san t-seòmar seo agus tha a h-uile gin dhiubh a' marbhadh. "

Gu mall gus nach toirt air Ethan gluasad nas luaithe na bha e comhfhurtail leis, rinn iad an slighe tro mhuir de dhaoine. Cha do ghluais gin den t-sluagh an cinn no cha do sheall iad ach aon spèis a bu chòir a bhith aca. Dh 'fhaodadh sin feitheamh gu madainn cuideachd. Gu dearbh, bha i mu thràth air faighinn a-mach dè na rudan air an robh feum aice air cuideachadh. Gu dearbh, bha e coltach gu robh an reuson aice gun a bhith a 'caitheamh ach còig de na prìnichean aice ag obair oir chluinneadh i grunn dhaoine a' feadaireachd air cho lag 's a bha i no gun robh a màthair a dhà uimhir cho tàlantach. Ged nach deach mothachadh a dhèanamh air na beachdan mu cho furasta 's a bhiodh e a marbhadh.

*Leig leotha smaoineachadh dè a nì iad.*Sguir Nisha dìreach a-mach à armachd a 'ruighinn bhon fhear a bhiodh mar a' chiad phàirt aice den bhuaireadh bheag, "am Morair Edrich." Bha a guth an dà chuid sgìth agus diombach. Cha deach dad a chuir bacadh air na fìor fhaireachdainnean aice fhoillseachadh anns an dà fhacal shìmplidh sin.

Cha b 'e am Morair Edrich a chuir i fàilte oirre ach thionndaidh am prionnsa," Ah, a Bhana-phrionnsa tha e math coinneachadh riut. "

Dh 'fhaodadh glamour math a bhith a' falach mòran ach cha b 'urrainn eadhon an fheadhainn as fheàrr a bhith a' falach teanga borb. "Am Prionnsa Ciron tha mi a' creidsinn. "

Bha a ghàire dad sam bith ach seunta. "Cha robh mi mothachail gu robh fios agad gu robh mi an làthair."

A 'gluasad seachad air, fhreagair Nisha," Cho gòrach dhut a bhith a 'smaoineachadh nach deach fios a chuir thugam. Ach," thionndaidh i air ais thuige às deidh dha ceum a ghabhail air an àrd-ùrlar. "Tha mi a' creidsinn gun do chuir mo mhàthair casg air do chàirdean bho Darke, mar sin tha mi fiosrach air mar a tha thu an seo? "

Bha an sluagh a 'tarraing timcheall gus èisteachd agus coimhead air an dràma bheag seo.

Cha robh coltas gu robh gin den bheachd gur i,
a 'bhana-phrionnsa, a bhiodh a' buannachadh.
A 'faicinn seo bha i a' faireachdainn gun do ghairm
Ethan a-mach thuice agus chuala i an rabhadh na
ghuth. Bana-phrionnsa.

Cur earbsa annam.

Chuir Ciron dheth a ceist le gusto mòr. "Oh,
dh' ath-sgrìobh an comhairliche an àm sin o chionn
fhada. "

"Chì mi. Anns a' chùis sin, bu mhath leam leth-
bhreac den cho-chòrdadh a chaidh a thoirt dhomh ro
mhadainn. Anns an eadar-ama, is urrainn dhuinn
suidhe agus tlachd fhaighinn bhon fhèis. " Stad i. Bha
e na chleachdadh aig ceannard an teaghlaich rìoghail
suidhe sa mheadhan. A cèile air an làimh dheis agus
an t-oighre air an taobh chlì. Bho dh 'fhalbh a màthair
agus a h-athair ... Ghabh i àite a màthar agus chrath i
an cathair air an taobh cheart aice," Ethan feuch an
tig thu còmhla rium. "

"Bana-phrionnsa, do chathair ..."

Gu socair, shuidh i gu dìreach. "A Mhorair
Edrich, Mar a mhìnich mi dhut mar-thà, leis gu bheil
mi ochd-deug chan eil thu nad neach-ionaid tuilleadh
agus chan eil gnìomh sam bith agad san t-seòmar
seo no aig mo bhòrd. Tha thu, a dhuine uasal, air do
leisgeul."

Thuirt Edrich, "Chan eil thu air do chrùnadh
fhathast mo ghràidh."

"Gu fìor, ge-tà, bidh piuthar mo mhàthar an seo a-màireach agus bidh e a' cumail sùil air rud sam bith ris am feumar aire a thoirt gus an crùnadh. "

Lean am Prionnsa Ciron air feadh a 'bhùird agus choimhead e gu domhainn na sùilean. "Tha mi a' smaoineachadh gum biodh sin mì-chinnteach. "

Bhiodh duine sam bith eile air tuiteam mar chobhartach don t-sealladh mharbhtach sin, ge-tà, leig i a-mach fèith leamh. Suathadh aotrom iteach air a pasgadh timcheall a h-adhbrann. A deagh charaid sgàil no is dòcha fear a bha fhathast ceangailte ris, mar a bha i nas motha na sàbhailte. "Cuir sgàil air mo charaid feuch an iarr thu air Freya neach-dìon a' Phrionnsa Ciron a thoirt don phrìosan gus an urrainn dhomh dèiligeadh ris gu ceart. " An uairsin chun a 'phrionnsa, a bha a' coimhead troimhe-chèile nach robh buaidh aig an trance aige oirre. "Cha bhith mi a' toirt gu h-aotrom do dhaoine a tha a 'feuchainn ri feachd a chleachdadh gus toirt orm rudeigin a dhèanamh nach bithinn mura biodh."

Shreap ceò math a 'chathair air a làimh chlì agus thòisich cumadh dorcha a' tighinn ri chèile. Chan e a deagh charaid ach dubhar eile. An tè seo boireann. Falt fada iteach agus spuirean biorach airson corragan, "Tha do gheàrd air a slighe. A bheil cuideachadh sam bith as urrainn dhomh a thabhann?" Shuidh i air ais agus stob i a corragan a 'dèanamh cinnteach gu robh a sùilean a-nis glaiste leis an nathair. Gun teagamh sam bith a 'meudachadh an ath bhiadh aice.

Lìon an seòmar le gasp cruinnichte. Chan eil Shades no Shadows a 'tighinn cho fada gu tuath. Gu dearbh, dh 'fhuirich a' mhòr-chuid ann an tobhta cnàmhan. Mura h-eil iad anns na Coilltean Mystic fhèin. Ach cha bhith faisg air a 'chaisteal a-riamh. Bha feum air rabhadh bho aon rabhadh. Bha an fhìrinn gu robh e ... i ... a 'tabhann taic don bhana-phrionnsa ... na adhbhar dragh mòr. A bharrachd air an sin nam b 'urrainn don bhana-phrionnsa bheag smachd a chumail air.

"Tha thu ... bu chòir dhut a bhith ..." stad Ciron fhad 'sa bha e a' feuchainn ri tilleadh air falbh bhon àrd-ùrlar.

"Chan eil mi air mo shàrachadh gu furasta le Ciron." A 'seasamh suas thog i a guth gus am biodh a h-uile duine air gach làr cinnteach a chluinntinn. "Bidh a h-uile duine a tha nan saoranaich de na Marshlands gu bhith a-mach à Darke ro mhadainn. Bidh neach sam bith nach toir an rabhadh agam marbh ro oidhche a-màireach. An fheadhainn agaibh le geasan mì-laghail de sheòrsa sam bith, innsidh mi seo dhut, chan eil iad obair air an fheadhainn aig taigh rìoghail Devros. Cha bhith a 'falach air an cùlaibh a' freagairt ort tuilleadh agus mar sin tha iad a-nis air an toirmeasg aig dorsan a 'chaisteil. Thèid neach sam bith a tha a' miannachadh a dhol tarsainn air an tart-aodach le fear a thoirt dha na Shades a tha a-nis a 'stalcaireachd nan tallachan sin. . Tha thu a-nis air do chur às a dhreuchd. " Nuair nach do ghluais duine thuirt i, "Mo charaid ghràdhaich Shade, feuch an dèan thu mar a thogras tu dhaibhsan san t-seòmar seo. Ethan, còmhla rium." Dh 'fhosgail doras a bha falaichte air a cùlaibh le Freya san doras aice a' coimhead dad ach toilichte.

Aon uair ann an talla eile, dhùin an doras air an cùlaibh agus gasped Ethan, "A shadow?"

"Oh, uill chan eil mi cinnteach dè an t-ainm a th' oirre ach tha mi nam charaidean le mòran dhiubh. Tha iad nan daoine inntinneach dha-rìribh. " Uill, co-dhiù, bha an rìgh ann an dòigh sam bith. Le ùine, is dòcha gum bi i comasach air barrachd ionnsachadh mu na cumaidhean. Chan e, bhiodh i ag ionnsachadh barrachd mun deidhinn. Bha Survival ag iarraidh gun dèanadh i sin.

M.L.Ruscsak

Caibideil 17: Adrianna

Ghabh Adrianna ris a 'phrìosan aice. Chan e gun robh e a 'coimhead coltach ri prìosan, ach cuid de shreath ghrinn airson tomhas diadhaidh ... uill, ma fhuair thu seachad air a' chuaich ghlainne a chaidh a chuir a-mach gus nach obraich gin de na geasan no na comasan aice. Agus leis gun robh a 'chuaich am broinn seòmar cloiche gun uinneagan gus am faiceadh e eadhon sealladh de sholas an latha dìreach rinn an ùine a chaidh a chaitheamh an seo a' dol. Ghabh i anail domhainn agus rinn i cearcall eile timcheall air an àite suidhe, cearcall eile timcheall air a 'chupa ghorm pastel le trim òir. An uairsin fear eile timcheall an t-seòmair fhada. Slighe a rinn i uaireannan airson làithean air dheireadh. Agus amannan eile dìreach airson gluasad. Ach an-diugh bha an pacadh aice bho lùth nearbhach. Bha Dae air slighe a-mach a lorg o chionn beagan làithean. Dòigh air teicheadh. Gu dearbh, bha aice ri tionndadh gu luchag gus an toll beag a lorg ... ach bha i air a lorg. Eadhon air ochd bliadhna deug a thoirt dhi ... bha i air a lorg mu dheireadh. Mar sin, airson a-nis, cha robh aice ri feitheamh ach an dòchas gun robh Dae air cuideachadh a lorg ... no co-dhiù cha deach a ghlacadh.

A-rithist cha robh gealltanas sam bith ann gum faodadh Dae atharrachadh air ais gu cruth feumail aon uair 's gun do dh' fhuadaich i a 'chuaich no an seòmar far an robh iad air an cumail a-steach. Stad a cridhe nuair a dh' fhosgail an doras cloiche a bha a 'dol seachad air a' chuaich-litreachaidh agus a ghlac an captor a-steach. Mar a bha e an-còmhnaidh, bha e air a chòmhdach ann an trusgan dorcha uaine a bha a 'falach a' mhòr-chuid de na lannan aige agus a chasan a bha coltach gu robh iad a 'buntainn ri cearc seach snàgaire. Dìreach an sealladh dha bha faclan a 'losgadh a h-amhach ach leig i leatha fhèin a ràdh," Apep. "

"A ghràidh, càit a bheil do mhaighdeann?"

Ruith mìle rud tro a h-inntinn ... an uairsin bhon t-seòmar-cadail, chuala i, "Innis don nathair bastard gun do chuir e stad air bruadar iongantach."
A 'tionndadh beagan, bha i a' coimhead fhad 's a bha a caraid a' gluasad a-mach às an t-seòmar a falt ruadh ruadh ann an leithid de bhreugan bha e duilich gun a bhith a 'tuigsinn nach b' e cadal a bu choireach.

A 'togail a beachd bho a caraid ghlac i," Uill chì thu i le do shùilean fhèin. A-nis carson a tha thu an seo? Thig gu gruaim a-rithist? Oh, tha fios agam, tha thu air tighinn a choimhead an do chuir mi romhpa do phòsadh. " Thionndaidh i air falbh bhuaithe agus spat i, "Mar a bhithinn a-riamh, a bhith còmhla ri cuideigin a tha dìreach a' coimhead orm gam fhàgail tinn. "
Gun a bhith ag innse gun robh i pòsta mu thràth. Cha robh e gu diofar an robh an duine aice beò no nach robh ... bha i ceangailte ris ... bha a cridhe aige. Mar a bhiodh e an-còmhnaidh eadhon ann am bàs. Dìreach mar a bhuineadh e dhi.

Chùm a shùilean buidhe ann an suidheachadh fearg. "Thig mi gu sssshare newssss. Ssssssoon bidh mo ssssson air a phòsadh ri do nighean. Sssso naive, an tè sin. Ssssso aibidh airson an toirt."

A 'gabhail anail dhomhainn, thionndaidh i air ais a dh' ionnsaigh. Cha dèanadh e feum sam bith argamaid a dhèanamh leis. Gun fheum a bhith a 'mallachadh no a' mionnachadh rudan nach robh cumhachd aice a-nis a dhèanamh. Co-dhiù gus an robh i saor bhon phrìosan damnaichte seo a chaidh a thrèigsinn. "Tha thu a' dìochuimhneachadh Apep. Thog mo mhàthair agus mo phiuthar mo nighean. " An uairsin thionndaidh i bhuaithe nach b 'urrainn dhi a h-uile faireachdainn a bha i a' faireachdainn fhalach. Bha miann aig a cridhe a nighean fhaicinn. A bharrachd air an sin, a-nis gun do dh 'aithnich i cò a thog a nighean bheag ghràdhach, an uairsin fad na bliadhnaichean a dh' fheumadh i a bhith glaiste sa phrìosan seo.

"Tha fios agam. Tha mo sssspyss air a bhith a' coimhead airson iomadh bliadhna. Chan eil, a ghràidh, tha fios agam air a h-uile dad a dh 'fheumas mi."

Damn nathair iriosal, cha robh aige ri fuaim cho smugach. Pìos air falbh, chluinneadh i slam doras na cloiche air a chùlaibh. Aon uair eile bha i leatha fhèin ... no gu ìre mhòr leatha fhèin. Bhris Adrianna aig an aon neach a dh 'fhàg i airson ruith aig. "Dae, thuirt mi riut falbh."

A 'ceumadh gu tur a-mach às an t-seòmar-cadail sheas Dae ach beagan throighean bhon bhanrigh agus a caraid. "Addy dha-rìribh. Chan eil mi air fhàgail anns na bliadhnaichean sin chan fhàg mi thu a-nis." A 'dol a-null chun an sgàthan a bha crochte os cionn an teallaich, chrath i a ceann. "Bidh mi cho toilichte nuair a bhios sinn saor bhon àite seo. Tha an t-àite seo uamhasach airson mo chraiceann. Agus gun luaidh air mo fhalt."

"An-asgaidh? An do rinn thu ..." Bha dòchas a 'blàthachadh a guth ann an dòigh nach robh mòran de rudan ainneamh a' dèanamh.

"Tha fios agam càite a bheil sinn. Ach an-dràsta, chan eil sin cudromach."

"Faerydae?" An dà chuid ceist agus àithne a h-uile dad innse dhi.

"Grunn rudan feumaidh mi innse dhut, ach an toiseach. Cuid de naidheachd mhath. Tha First off Apep gu math breugach agus cha bu chòir earbsa a bhith ann."

Bha fios aice air an sin. Ifrinn, bha fios aice sin mus deach a cumail am bruid. Sin as coireach gun do chuir i casg air a h-uile seòrsa bho Darke. Chan e gun do dh 'innis i do dhuine mu na h-amharas aice; och cha robh i air fiosrachadh eile a lorg i a lorg ... no barrachd chun na h-ìre a lorg an duine aice. Ach cha robh sin cudromach an-diugh. Chan e, dè bha cudromach ge bith dè a fhuair Dae a-mach. A 'cuir a-null chun na cùirte thug i sùil air an t-suidheachan ri a thaobh. Cha d 'fhuair a caraid a-riamh freagairtean. Ach bha i na Fey. Chaidh na naidheachdan aca innse nan ùine fhèin agus nan dòigh fhèin. Na bi a-riamh gu dìreach, agus cha tèid uair sam bith iarraidh gu tur. Mar sin, roghnaich i faighneachd, "A bheil thu cinnteach nach cluinn am bastard sinn?"

Thug Faerydae i fhèin gu làn àirde agus
a 'sgiamhail ann am buaireadh," An e Feyen a
th 'annam no an e treas ginealach a th' annam? "

Bha i eòlach air a caraid agus cha robh i
a 'faighneachd càite an do rugadh i ach na sreathan
fala aice. Bha grunn sheòrsaichean Fey ann. Is e na
sìthichean agus an elves am fear as cumanta de
Feyen. Ach, b 'e fìor Feyen an fheadhainn a bha le
aon phàrant Sìthiche agus am fear eile Elf. Agus
chan e dìreach Fey de mhion-chomasan ach
feadhainn a bha na bu làidire na a 'mhòr-chuid. Ann
an cùis Faerydae, bha a sean-phàrantan agus a
sean-phàrantan air gach taobh air a bhith Feyen. Bha
an dà phàrant aice nam buill àrd de chomhairle
Feyen agus daoine gu math duilich. Thar nam
bliadhnaichean, bha i air a bhith a 'smaoineachadh o
chionn fhada mu na h-adhbharan nach do phàigh iad
airgead-fuadain airson an nighean aca a thilleadh ...
an adhbhar a bha iad a' smaoineachadh a bha marbh.
"Tha mi duilich. Is dòcha gur mise a' bhanrigh an seo
ach an-dràsta is tusa an tè leis a 'chumhachd."

"Fìor fhìor. Fiù' s ma thug e bliadhnaichean
dhomh atharrachadh chun àite mallaichte seo. Ach
naidheachdan sona an toiseach. Chan eil ar fir-pòsda
marbh, mar a tha am bastard air a mholadh. Ach,
chan eil mi a 'smaoineachadh gu bheil cothrom aca
air na comasan aca aig an turas seo."

"Ma tha iad beò, is e a bhith air an gearradh air
falbh bho na cumhachdan aca an aon dòigh nach do
lorg aon no an dithis againn." Bha e cuideachd
a 'ciallachadh gu robh iad ann am barrachd trioblaid
agus nach b' urrainn dhaibh iad fhèin a dhìon.

"Tha, uill ... is urrainn dhomh a ràdh gu sàbhailte ma gheibh iad a-steach gu bheil sinn a' dol a dh 'fhaighinn dithis Feyen Men a tha ..."

"Doirbh smachd a chumail air eadhon nuair nach eil thu pissed dheth mu rudeigin?" Le bhith a 'cuimhneachadh air an duine mu dheireadh a chuir an duine aice air falbh thug e crathadh dhi. Gu fortanach, cha robh i a-riamh eòlach air a 'bhanrigh Feyen a th' ann an-dràsta agus cha robh i airson sin a dhèanamh às deidh dhi faicinn dè a thachair.

"Tha gu math. Tha fios gu bheil an duine agad marbhtach air latha math ach tha e nas aithnichte dhomhsa a bhith na phian anns an asal agam ... eadhon ged a bhiodh e an-còmhnaidh ceart."

Às deidh mionaid de bhith a 'cuimhneachadh air am beatha ron ar-a-mach, dh' fhaighnich Adrianna mu dheireadh, "Am faod mi faighneachd ciamar a fhuair thu a-mach?"

A-nis rinn Dae gàire. Bha an leithid de ghàire airson Fey a bhith aige cha mhòr eagallach. An uairsin chum i a-mach a làmh. Dà chearcall òir sìmplidh. "A bheil cuimhne agad air an gheasaibh a chuir mi ron bhanais agad?"

Gu mall, chrath i, "Tha mi."

"Cho fad' s a bhios an dithis a 'tarraing anail tha an dà chuid ceangailte ann am beatha agus bàs. Suidhich ann an aodach cloiche a bhios aithnichte." Nuair nach do ghabh Adrianna am fàinne, rug i air a làmh agus shìn i air a meur i. "Dha-rìribh, Addy bu chòir dhut barrachd aire a thoirt do na faclan agam.

Feumaidh tu an fhàinne a chaitheamh gus a thuigsinn."

A 'dùnadh a sùilean, leig i i fhèin a' faireachdainn. Airson mionaid, cha robh i a 'faireachdainn dad an uairsin na hum aotrom. Pulse bog. Buille cridhe a 'bualadh ann an tìm leatha fhèin ach chan ann leatha fhèin. "Myrddin." Dh 'fhosgail a sùilean ann an clisgeadh" Myrddin? "

"Mar a thuirt mi ... beò. Ach tha rudeigin ceàrr. Bha mi a' faireachdainn nuair a lorg mi an Galeron agam. Chan eil fhios agam dè a tha e a 'ciallachadh ... fhathast. Ach tha iad beò."

Bha deòir shona a 'brùthadh a h-amhach. "An uairsin tha dòchas ann."

Shuidh Dae suas gu dìreach agus rinn e gàire fìor dha-rìribh den toileachas fìor-ghlan. "Oh, a charaid ghràdhaich tha barrachd air dòchas againn airson gum bi fios agam air aon rud eile gu cinnteach."

"A bheil thu a' dol a dh 'innse dhomh, no am bu chòir dhomh stiùireadh?"

"Tha thu nad neach-tomhais uamhasach às aonais na ciabhagan agad, mar sin innsidh mi dhut. Tha a' bhana-phrionnsa air mo Ethan a lorg. "

Thug an toileachas thairis a breithneachadh nas fheàrr nuair a chuir i a gàirdeanan timcheall a caraid. "An uairsin tha barrachd air dòchas againn."

An uairsin theich an gàire aice. "Tha, ach bidh feum air a' chloinn againn gus ar saoradh. "

Cha robh sin coltach ri dòchas. Bha sin coltach ri bhith a 'toirt seachad. Bha sin mar gum biodh iad an seo gu bràth. "Dè nach eil thu ag innse dhomh?"

"Tha sinn anns na Coilltean Mystic. Chan eil cumhachdan ionnsaichte ag obair an seo ach feadhainn nàdarra. Ach nas miosa, tha sinn air ar càradh ann an dachaigh Eostre a bha uair. Tha eagal orm gur e an aon rud a tha gar cumail beò a-nis na luchd-glacaidh againn. Agus nas miosa fhathast, tha mi smaoineachadh gur e seo aon de na làraich tighinn air tìr airson a 'chiad Fey. Àite airson na cumhachdan aca a dhrèanadh a-steach don fhearann."

Sìol. Thathas air a bhith toirmisgte na Mystic Woods airson faisg air Millennia. Chan eil barrachd air sin ... Faisg air dhà. Bha e air a bhith mar sin bhon chogadh mhòr agus bha an fheadhainn a bha ag agairt a 'choille a' bagairt sgrios a dhèanamh air duine sam bith a bhiodh ag iarraidh a dhol a-steach. Mar sin ciamar no carson a fhuair na nathraichean cead a bhith an seo? An robh iad a-nis dòigh air choreigin ag obair còmhla? No an robh na nathraichean air fàs cho cumhachdach is gun robh eagal air an fheadhainn a bha a 'fuireach an seo. "Chan urrainn dhut teicheadh, an urrainn dhut?"

A 'toirt sùil gheur dha Addy, thuirt Dae," Chan fhàg mi thu às do dhèidh, a charaid ghràdhaich. "

Lìon an èiginn a guth. Dh'fheumadh fear dhiubh a bhith saor bhon àite seo. Bha aig fear dhiubh ri rabhadh a thoirt don chloinn. "Dae chan e sin a dh' iarr mi ort. Ma dh 'òrduich mi thu ..."

Chuir i meur air bilean a banrigh. "Bidh ar teicheadh   a' tachairt nuair a thachras e chan ann nuair a nì thu co-dhùnadh. "

Gu dearbh. Carson a bhiodh i a-riamh a 'smaoineachadh gun èisteadh Dae ri adhbhar? "An uairsin airson a-nochd, cha bhith sinn a' bruidhinn tuilleadh mun ghaiseadh againn ach le dòchas gu bheil na fir againn beò. "

"Tha, agus an dòchas gum bi barrachd comas nàdurrach aig do nighean na a màthair."

M.L.Ruscsak

Caibideil 18:
Ethan

An fhìor mhionaid a rug am balla cloiche liath air Ethan airson am balla a chumail bho bhith a 'tuiteam. Dh 'fhaodadh e a bhith a' faireachdainn an leaghan blàth steigeach a bha a 'lìonadh a bhrògan agus bha fios aige nach robh dòigh ann gum biodh e a' coiseachd mòran na b 'fhaide. Gu fìrinneach, mura stadadh an dùisg na cheann cha bhiodh e mothachail fada gu leòr feuchainn. B 'e seo plana bràthair athar. Chan e a-mhàin gum bi e a 'coimhead lag ach dèan cinnteach nach b' urrainn dha dad a dhèanamh gus a chumail a chosnadh. Cha b 'urrainn dhaibh dad a dhèanamh a bhiodh feumail don bhana-phrionnsa.

Mura biodh e air a ghoirteachadh cho mòr bhiodh e a 'gàireachdainn ris fhèin. A 'gàireachdainn leis cho feumail no nach robh e mar-thà na phàirt de thaigh a' bhana-phrionnsa. Cha robh dad a dh 'fhaodadh Edrich a dhèanamh dha a-nis airson sin atharrachadh. Ach, dìreach leis gu robh e na phàirt den taigh aice cha robh sin a 'ciallachadh gum b' urrainn dha a dhol às aonais a ghlèidhidh a chosnadh. Cha robh i a 'coimhead cho an-iochdmhor ri àrd-bhreith eile agus mar sin is dòcha dìreach is dòcha gun leigeadh i dha tòiseachadh a' cosnadh a ghlèidheadh   às deidh don t-sèid stad. Aon dòigh air faighinn a-mach. "Bana-phrionnsa."

Chunnaic e i a 'snìomh thuige ach chan fhaca e i a' gabhail an làn cheumannan a thug air ais i ri a thaobh. "Damn e, Ethan, carson nach do dh' innis thu dhomh nach b 'urrainn dhut coiseachd? Cha bhiodh sinn a-riamh air a dhol a-steach don bhaoth-chluich pàrtaidh sin."

"Tha mi ..." Dh 'fheuch e ri anail àbhaisteach a ghabhail agus is gann gun robh e comasach dha sin a dhèanamh gun a bhith a' caoineadh bhon dòigh anns an robh na h-asnaichean aige a 'gluasad fon chraiceann. A 'toirt mionaid dha fhèin airson a bhith seasmhach an uairsin bhruidhinn e gu socair. "... shaoil   mi gum b' urrainn dhomh. "

"Glè mhath, cha chuir mi eagal ort airson a bhith a' laighe rium; ge-tà, cha dèan thu sin a-rithist. "

Dè? Scold ... Yell? Nam biodh e air balla a ghlacadh ann an sealladh bràthair athar, bhiodh e air a bhualadh gus an rachadh e a-mach. An uairsin bhreab e airson a dhol seachad. Cha robh Yelling coltach ri peanas ach an uairsin a-rithist, cha robh e airson cuideam a chuir air a 'chuspair nas motha. "Tha am facal agad agad."

"Math." Stad Nisha airson mionaid agus an uairsin chlisg i. "Ma chuidicheas mi thu gu làr am bi thu ceart gu leòr airson mionaid?"

"Tha mi ... tha mi a 'smaoineachadh sin."

Bha ceò dubh a 'sruthadh timcheall air oir bha e air a chuideachadh gu socair gu làr. "A-nis tha mi a' dol a lorg cathair, feuchaidh mi gun a dhol agus ùine ro fhada ach cha robh mi air an taobh seo den chaisteal fhathast. "

"Tapadh leibh, ach ..."

A 'glùinean sìos air a beulaibh chuir i a meur fo smiogaid aon uair eile," Ethan, tha thu air do ghoirteachadh agus chan eil thu ann an staid sam bith a bhith a 'gluasad timcheall. A-nis is urrainn dhomh suidhe an seo agus deasbad a dhèanamh orm a' dol a lorg cathair as urrainn dhomh a chleachdadh gad thoirt gu far a bheil mi airson gum bi thu airson na h-oidhche. No faodaidh tu dìreach a dheasbad leat fhèin oir chan eil teagamh nach sàbhail sin ùine air an dà phàirt againn. "

Smaoinich e mu bhith a 'gearan ach cho-dhùin e na aghaidh. Às deidh a h-uile càil, cuin a bha e a-riamh air argamaid a dhèanamh airson dad agus air barrachd a chosnadh na am peanas a lean? "Tapadh leat, a phrionnsa."

"Oh, b' e sin rud eile. Is e Nisha an t-ainm a th 'orm. Is dòcha gu bheil thu gam ghairm leis an sin. Tha tiotalan foirmeil cho dòrainneach. Bidh mi a' dèanamh lorg air an fheadhainn anns an taigh agam gan cleachdadh dìreach airson còmhradh adhbharach. "

Airson mionaid, choimhead e fhad 's a bha i a' ruighinn a casan agus an uairsin dhùin e a shùilean, "Bu chòir gum biodh parlour nach eil fada bho seo. Chan e an àirneis as fheàrr ach bu chòir dha a bhith freagarrach airson rud sam bith a tha agad nad inntinn." Is dòcha gum bu chòir dha innse dhi gum b 'àbhaist dha a bhith a' dol a-steach don lùchairt gus falach bho uncail. Is dòcha gum bu chòir dha innse dhi càite an robh na seòmraichean as inntinniche. Is dòcha ... chan e, bhiodh e ag innse dhi cho luath 's a b' urrainn dha anail àbhaisteach a ghabhail.

"Faic a-nis, nach robh sin nas fhasa na bhith ag argamaid?"

Caibideil 19:

Nisha

Dh'fhuirich Nisha gus an robh i a-mach à sealladh Ethan mus tuirt i, "Gwydion?" Ghluais an ceò timcheall oirre cha mhòr gu spòrsail mus do thòisich i na caraid.

"Mo Bhanrigh?"

A 'coimhead dìreach air adhart, chum Nisha a sùilean. "Coisich còmhla rium, chan eil earbsa agam anns an fheadhainn a bhios a' laighe anns na tallachan. "

"Glè mhath. Cumaidh dithis de na daoine agam sùil air a' ghille ... Ethan. "

Stad i. "Tha thu air a bhith a 'coimhead?"

Cha do thionndaidh e thuice ach ghlas e a shùilean air rudeigin fada air falbh. "Mar sgàil, is urrainn dhomh grunn rudan fhaicinn aig an aon àm. A leithid a' phàrras a tha dìreach air thoiseach. Agus am prionnsa nathair a tha san lùchairt. "

"Aon latha bu mhath leam barrachd fhaighinn a-mach mu na comasan agad an dà chuid ron Chogadh Mhòr agus a-nis. Air dòigh air choreigin, tha mi a' smaoineachadh nach eil anns a 'mhòr-chuid de na tha fios againn ach prothaideachadh no le fìrinn bheag."

"Mar a thogras tu ach tha mi a' moladh feitheamh gu às deidh a 'chrùnaidh. Bidh tòrr a bharrachd ùine agad airson bruidhinn an uairsin. Oir tha mòran ann nach deach innse a-riamh taobh a-muigh na coille. Barrachd nach deach a uisgeachadh bhon Chogadh Mhòr."

Chrath i aon uair ag aontachadh. A 'stad aig beul an dorais dh' fhaighnich i, "A bheil prionnsa na nathrach air a chuir an àiteigin far nach urrainn dha teicheadh?"

"Tha am prionnsa nathair a' cur luach mòr air a bheatha gus feuchainn. Tha mi air gearastan de na sabaidean as fheàrr agad a dhìon gus an lùchairt seo a dhìon. Tha Freya air aontachadh gu bheil barrachd cunnart ann na bha i an dùil. "

Shàraich Nisha ceum a 'dol sìos aig a caraid. Is ann ainneamh a dh 'aontaich Freya ri rud sam bith nach b' e a beachd fhèin an toiseach. A 'cluinntinn seo cha b' urrainn dhi a chreidsinn. "Bhruidhinn an dithis agaibh ... agus dh'aontaich i gu dearbh?"

Bha Gwydion a 'coimhead fo imcheist leis an tòn aice ach fhreagair e ann an tòn a bha na bu chudromaiche na cas," Tha thu fada ro thrang an-dràsta gus beachdachadh air a h-uile duine a tha airson cron a dhèanamh ort. Ach, tha an dà chuid Freya agus mise an-asgaidh. a ghabhail a-steach don gheama aca. " Stad e agus cho-dhùin e beagan a bharrachd a roinn mu dheidhinn chan ann a-mhàin mu dheidhinn fhèin ach mu Freya cuideachd. "A bharrachd air a bhith eòlach air a' Bhean Uasal Freya bho fada mus do chaochail i. Agus bha sin grunn bhliadhnaichean ron chogadh. "

*A 'roghnachadh gun a bhith ag ràdh dad mu dheidhinn an leigeil a-steach mu cho fada' s a bha an dithis de na caraidean earbsach aice eòlach air a chèile leig i dhi smaoineachadh mu smuaintean nas cuideachail. Ones mu mar a dh 'fhaodadh i a cùirt fhèin a stèidheachadh. Saoil am b 'urrainn dhomh sgàil a dhèanamh air mo chaiptean nan geàrdan? No a bheil e air mo chomhairle? An uairsin a-rithist is e mo chomhairle agus tha mi a 'taghadh cò a bhios a' frithealadh air.*Ach bha sin na smaoineachadh airson latha eile. An-diugh ge-tà bha rudeigin aca ri dheasbad. "Chì mi. An uairsin taing, ach feuch san àm ri teachd bruidhinn rium mus toir mi grunn sgòran de shaoranaich an seo nach eil ... ciamar a chanas mi seo gu modhail ... làn beò air ais a-steach don Oidhche. Chan eil mi fhathast air co-dhùnadh a dhèanamh mu mar a nì mi bidh e a 'frithealadh an dà rìoghachd, ach chan eil teagamh agam nan leigeadh e le muinntir na Rìoghachd Aonaichte a bhith a' gluasad gu saor suidhe gu math le saoranaich Darke. "

"Gu dearbh, ge-tà, dhearbh thu gu bheil an fheadhainn a bhuineas do rìoghachd na nathrach a' fàgail an Darke seo madainn no a bhith marbh ro a-màireach aig tuiteam na h-oidhche. Nach do rinn thu sin? "

Bha i ga biathadh ... dh 'fhaodadh i a bhith ga faireachdainn," Tha ... "

"Cò tha thu an dùil an òrdugh sin a choileanadh? Tha iad sin am measg na tha beò agus a' feitheamh riut fàiligeadh. No an fheadhainn a bhuineas don Under Kingdom agus fios agad nach dèan thu sin? "

Dhùin i a sùilean, "Damn, tha thu dha-rìribh air a bhith a' toirt mòran a bharrachd aire don àite seo na tha agamsa. "

"Tha na buannachdan a th' ann a bhith nam rud a tha mi cho fada air falbh, a ghràidh. "

A 'roiligeadh a sùilean, ghabh i aon cheum a-steach don phàrras agus stad i goirid. Bha Ethan air a ràdh nach b 'e an àirneis a b' fheàrr ach bha i an dòchas gum biodh e a 'coimhead letheach slighe. Ach, bha coltas air a 'chathair le còmhdach àrd leis a' chùl àrd nach tuiteadh i às a chèile nan cuireadh i geasag flot oirre.

Beagan cheumannan nas fhaisge air a sgrùdadh agus sheall dà shùil bhuidhe air ais oirre. "Oh wow. Cha robh fios agam gu robh feadhainn ann a dh' fhaodadh a bhith nan àirneis. " Thuirt i le iongnadh.

A 'fuireach san doras chaidh Gwydion air a dhruim a' faicinn a 'chreutair a ghlac aire na banrigh bhig aige. "Tha mi teagmhach gun do rinn an creutair sin leis fhèin."

"Tha thu a 'ciallachadh..."

Gu mall, ghluais Gwydion a-steach don t-seòmar. "O chionn beagan bhliadhnaichean, grunn chreutairean, thoir mathanas dhomh gu bheil e air a bhith ro fhada a bhith a' cuimhneachadh mar a bha iad. " B 'e breug a bh' ann, ach cha b 'e an t-àite aige an fhìrinn innse.

"Dìreach innis dhomh na tha fios agad ... Feumaidh leabhar no rudeigin a bhith timcheall oirre a dh' fhaodas innse dhomh an còrr. "

Thug e nod de thuigse agus lean e air, "Chaidh an tionndadh gu rud ris an canar mar as trice Fury. Tha na creutairean air an cur ann an sgìrean coitcheann far am faod tuairmsean neo-chudromach no trioblaideach feitheamh. Thig fear a dh' ionnsaigh an Fury a 'faicinn gur e an aon chathair a tha a' coimhead a 'toirt cuireadh ... agus is e seo an ath bhiadh aige. Ach, faodaidh a' mhòr-chuid a bhith beò bliadhnaichean, eadhon beagan deicheadan gun a bhith feumach air biadh. "

"Dè cho inntinneach." A 'tighinn nas fhaisge air a' chathair ... Fury ... leag i sìos air a beulaibh. A corragan a 'caoineadh a ghàirdean. "Chan ith thu an fheadhainn a tha nan suidhe ort. Mar mhalairt, feuchaidh mi ris a' gheasaibh a thionndadh air ais cho luath 's a lorgas mi am fear ceart a chaidh a chleachdadh ort."

Bha an dà shùil bhuidhe a 'brùthadh le tuigse. No co-dhiù, bha i den bheachd gu robh e a 'tuigsinn. "Faic, bha sin sìmplidh. A-nis airson mo gheasaibh snàmh ... "Chaidh cnap de cheò dubh agus an cathair a thogail dìreach anail às an talamh." Sgoinneil. A-nis gus Ethan fhaighinn agus lorg .... àiteigin ... "

Choimhead Gwydion thairis air a ghualainn a 'lùbadh gu ceò glas a' tighinn suas faisg air an doras. "Tha elf an taighe agad air seòmar freagarrach

a lorg air an taobh seo den chaisteal. Gun teagamh
sam bith nas luaithe a ruighinn na am fear eile."

Caibideil 20:
Ethan

Dhùin Ethan a shùilean nuair a dh 'fhalbh Nisha sìos an talla. Chaidh a ghoirteachadh gu anail ach cha robh e mar sin roghainn. A 'feuchainn ri fòcas a chuir air rudeigin ... rud sam bith a leig e le inntinn iongnadh a dhèanamh den chriomag de chuimhne a bha e air a chuimhneachadh madainn an-diugh. Cha robh e cinnteach ciamar ach bha fios aige gu robh Nisha air a bhrosnachadh ... cha robh e ach an dòchas gum biodh cuimhne aige gu leòr air a-nis.

Gu mall thàinig aodann a 'bhoireannaich a-steach. Cnàmhan broilleach àrd. Sròn tana. bilean dearga fala. An e sin an dath nàdarra no an robh i air rudeigin a dhèanamh gus toirt orra nochdadh mar sin? Chan e rudeigin a bhiodh e a-riamh comasach air faighinn a-mach. Chan ann le a mairbh ...

A 'gabhail anail slaodach, chuir e fòcas a-steach air a falt ruadh teine   agus a cluasan biorach. Bha a leithid air a bhith mar sin aon uair ... gus an do cho-dhùin bràthair a mhàthar gum biodh e na b 'fheàrr dhaibh a bhith na adhbhar. Dh 'fhaodadh e, eadhon a-nis, a bhith a' faireachdainn an sgian dull a 'snaidheadh   na fheòil. Chluinneadh e na sgrìoban a theich às a bhilean air an latha sin, agus na deòir a bha air ruith teth sìos aodann fhad 's a bha e ceangailte agus a' toirt air a 'phian fhulang. Le èiginn a bhith a 'coimhead tron   sgàthan a bha air a sheasamh roimhe. Dh 'fheuch Ethan ri bhith a' crathadh dheth a 'chuimhne. Is fheàrr gun a bhith a 'smaoineachadh mu dheidhinn sin a-nis. Cha robh ... bha e dìreach airson smaoineachadh oirre ... a mhàthair agus an aon chuimhne a bh 'aige oirre.

Rinn gàire beag twitched air a bhilean mar a chunnaic e a sùilean. An aon dath ris an fheadhainn aige ... uill cha mhòr ... bha coltas glitter a 'deàrrsadh annta far an robh dath cruaidh air. No co-dhiù, bha e den bheachd gu robh iad.

"Ethan?"

An guth sunndach sin air an robh e eòlach. Bog mar ghaoth an t-samhraidh.

Suathadh bog air aodann. "Ethan." Faireachdainn meileabhaid fìor-ghlan air a chraiceann.

Beag air bheag dh 'fhosgail e a shùilean don ghuth boireann ... don bhana-phrionnsa. "Tha mi duilich ... tha mi ..." Bha a meur a 'brùthadh an aghaidh a bhilean gus a chumail bho bhith a' bruidhinn.

"Lorg mi cathair. Agus lorg mo charaid seòmar freagarrach nach robh fada bho seo."

Cathraiche? Seòmar? Bha inntinn na inntinn a bhith a 'tuigsinn na bha i ag innse dha. Feumaidh, feumaidh gur e sin am freagairt bhon a bha e cinnteach nach robh am fear a bha a-nis ga chuideachadh a-steach don chathair air a bhith ann mionaid roimhe. No carson a bha coltas gu robh an cathair a 'rùsgadh. Bha, dh'fheumadh sin a bhith mar adhbhar.

An uairsin a-rithist, chaidh an duine à sealladh gu ceò. A sgàil? Bha dubhar dìreach air a chuideachadh gu bhith na chathair a bha a 'glanadh? Bha, dh'fheumadh e a bhith a 'bàsachadh leis nach robh dad a' dèanamh ciall sam bith. No is dòcha gur ann mar seo a chaidh an fheadhainn a bha airidh air an Under Kingdom a thoirt… ann an cathair a bha a 'falbh le sgàil. Ro dhona cha b 'urrainn dha a shùilean a chumail fosgailte fada gu leòr airson faighinn a-mach.

Caibideil 21:

Lilly agus Daibhidh

Shuidh Lilly air an leabaidh ro bhog aice gu dian a 'leughadh thairis air laghan Darke. Laghan gun robh i cinnteach nach robh a co-ogha daor a-riamh air sùilean a chuir air. Leabhraichean air leabhraichean air an robh i eòlach nach coimheadadh Nisha a-chaoidh mura dèanadh cuideigin oirre an leughadh. Le osna dhomhainn, leig i seachad a dreuchd mar an tè a thug air a co-ogha na leabhraichean sin a leughadh.

A 'sleamhnachadh duilleag eile leig i a corragan a' dannsa tro bhian bog liath-ghlas Dhaibhidh. Gu dearbh, mura biodh e ann an cruth cait bhiodh i a 'deasbad laghan rìoghachd a co-ogha leis an àite a bhith a' toirt leisg dha. Am b 'fheàrr leatha notaichean inntinn a dhèanamh de na laghan a dh' fheumar a thilgeil a-mach air an uinneig agus dè an fheadhainn a dh 'fheumar atharrachadh gus ciall nas fheàrr a dhèanamh. Chan e gun do lorg i mòran a bu chòir a chumail ach bha i a 'cumail sùil orra ann an dòigh sam bith.

Le gnog bog air an doras dathte bàn thug i sùil suas bhon leabhar gnàthach aice, "Faodaidh tu a-steach."

Dh 'fhosgail an doras dìreach gu leòr airson neach-coise bhon Spire a dhol a-steach don t-seòmar. Bha an deise dorcha gorm aige gu leòr airson fios a bhith agad dè an taobh den Spire às an tàinig e. An craiceann ember ... uill, bhiodh dragh oirre carson a bha neach-coiseachd teine   air roghnachadh a bhith na neach-coise nas fhaide air adhart.

Nuair nach do bhruidhinn e, thuirt i, "Tha teachdaireachd agad dhomh?" Thàinig e a-mach na bu shocraiche na bhiodh i mar as àbhaist air a bhith a 'bruidhinn ach bha rudeigin mun dreuchd aige measgaichte leis a h-uile dad a bha i air a bhith a' leughadh .... an robh i air an oir ... a-nis nam b 'urrainn dhi ach adhbhar a lorg. Aon nach tigeadh gu crìch leis an teachdaire ga mharbhadh.

"Tha a' Bhana-phrionnsa Nisha ag iarraidh ort a bhith an làthair sa bhad. "

Bha an dòigh anns an robh a guth a 'faireachdainn mar gum biodh teine   a' sgàineadh anns an teallach a 'cur dragh oirre ... ach b' ann mar sin a bha e a 'coimhead mar gum biodh e deiseil airson ionnsaigh a thug air a bhogha a druim. Tha gluasad a thug oirre a bhith a 'sìneadh a-mach spògan a chait agus ag atharrachadh air ais don fhìor chruth aige. Bha eagal a 'gabhail fois ann an sùilean an fhir-coise agus e a' coimhead a Dhaibhidh. Bha e gu leòr gun a bhith fo eagal an neach seo tuilleadh agus mar sin fhuair i grèim air a dùsgadh. "Agus an tuirt mo cho-ogha carson a dh' fheumadh i mi a thighinn ron chrùnadh aice? "

Cha do dh 'fhàg a shùilean a-riamh an Draken a bha a-nis a' meudachadh an ath bhiadh. "Cha deach innse dha II."

Leig Dàibhidh a-mach le bhith a 'leigeil leis an earball fada lannach aige rabhadh a thoirt seachad," Leis nach eil stiùireadh sam bith eile agad faodaidh tu falbh. "

"Tha mi ..."

A 'leantainn air adhart rinn Dàibhidh gàire a' nochdadh a fhiaclan biorach ràsair. "Fàg no bi dinnear. Leig leam dèanamh cinnteach gu bheil blas tlachdmhor aig luchd-coiseachd teine." Thionndaidh e gu Lilly agus lean e, "A bheil thu a' smaoineachadh gum bi fear aig Nisha air a 'chlàr airson a' bhan-dia? "

Le bhith a 'gàire cho milis fhreagair i," Ma dh 'iarras tu tha mi cinnteach gum biodh i air leth toilichte fear a lorg a dh' fhaodadh Darke a dhèanamh às aonais ... às deidh a h-uile dad a dh 'iarr d' athair grunn ghrìtheidean dha fhèin mu thràth. " Nam biodh e fìor no nach robh e gu diofar. A 'toirt air an neach-coise a bhith a' creidsinn gu robh i ag innse na fìrinn ... uill ... bha sin na sgeulachd gu tur eadar-dhealaichte.

Cha tug aon seach aon dhiubh mòran aire don neach-coiseachd nuair a theich e bhon t-seòmar aca agus sìos an trannsa fhada. Ach, rinn Lilly cinnteach feitheamh beagan mhionaidean gus dèanamh cinnteach gu robh e dha-rìribh air fhàgail mus do dh 'èirich e agus an doras a dhùnadh. "A bheil thu a' smaoineachadh gu bheil rudeigin ceàrr ... tha mi a 'ciallachadh le Nisha ... tha fios agam gu robh rudeigin ceàrr air a' chluicheadair coise. "

A 'laighe air ais air an leabaidh mhòr bhog, choimhead Dàibhidh suas air an canopy pinc bàn," Nam biodh rudeigin ceàrr, bhiodh Freya air a thighinn i fhèin ... no air fear de na caraidean eile aig ar co-ogha a chuir. Thuirt sin nach eil mi a 'smaoineachadh gu bheil e glic fàg i na h-aonar ro fhada. Bhiodh gràin aig m 'athair a bhith a' lorg neach eile ... um ... duine? ... bhiodh sin deònach a chorragan a ghearradh. "

A 'tarraing a falt fada buidhe air ais gu ponytail sgaoilte, dh' fhaighnich i, "Carson a tha do mhàthair a' diùltadh ... thuirt i aon uair ach cha robh an cànan Feyen agam an uairsin. "

"A rèir coltais chan eil dragh aice faighinn a-mach cò no dè a tha air fhàgail anns na h-ìnean aige bho tha athair buailteach a bhith a' bòstadh às deidh a bhith a 'sealg. Is e seo cuideachd an adhbhar nach bi e a' sealg cho tric 's a thogras e." Airson mionaid, dhùin e a shùilean dearga labha, "Bha mi dìreach a' smaoineachadh ... "

"Oh, na dèan sin ... a h-uile uair a nì thu mama chan eil fios agad a bhith a' gàireachdainn, a 'caoineadh no a chuir air ais chun teaghlach agad. Agus gu fìrinneach cha bhith mise."

"Èibhinn, glè èibhinn." Dh'fhuirich e gus an robh i faisg gu leòr agus an uairsin phaisg e a h-earball timcheall oirre ga putadh chun leabaidh. Anail nas fhaide air adhart, bha e a 'cleachdadh a chorp gus a cumail an aghaidh a leabaidh fhèin. "Tha mi a' smaoineachadh gum feum mi fhathast a bhith ag obair air na sgilean dìon agad. "

"Tha thu dha-rìribh a' smaoineachadh nach urrainn dhomh faighinn air falbh bhuat ma bha mi dha-rìribh ag iarraidh? " Cha robh a gàire comhfhurtail.

"Cha leigeadh tu às. .... mura h-eil thu airson a bhith nad mhàthair a-riamh."

Gu socair, thug i a làmh suas agus chùm i na h-adharcan fada lùbte aice agus fios aice gun gluais e an àite a bhith a 'gabhail a-steach na bhiodh an caress a' leantainn nam biodh iad pòsta mu thràth. A 'mhionaid a bha e na sheasamh agus a' fàs rinn i gàire. "Faic, chan eil feum agam air trèanadh dìonach a bharrachd. A-nis, dè bha thu a' smaoineachadh a bheireadh an dithis againn ann an trioblaid? "

"Dìreach gus am bi fios agad nach obraich sin aon uair 's gum pòs sinn."

Dh 'èigh i," Smaoinichidh mi air rudeigin nuair a thig an ùine sin ... a bharrachd air nach eil thu ach leth Draken. "

Airson mionaid, shiubhail e timcheall an t-seòmair aice. Aon latha bhiodh e a 'cadal ann an seòmar nach robh uile soilleir agus òrail. Aon latha bhiodh leabaidh aige nach deach e fodha ... dòigh air choireigin, cha robh e den bheachd gum biodh e beò nuair a thàinig an latha sin. "A bheil thu deiseil gus na bha mi a' smaoineachadh a chluinntinn no am bu chòir dhomh tionndadh air ais gu cat agus cumail a 'dol le peata?"

A-cheana ag rummaging tron   closet
wardrobe aice Lilly gàire, "Oh dhol air adhart.
Faodaidh tu bruidhinn fhad' s a bhios mi a 'pacadh."

"Ma phacaicheas tu bidh na boireannaich agad
a' deàrrsadh ort. "

"Mura h-eil sinn an seo, chan urrainn dhaibh,"
thuirt Lilly.

Cha robh e gu feum argamaid a dhèanamh
leatha ... chan ann nuair nach b 'urrainn dha
buannachadh co-dhiù ... chan ann nuair nach robh e
a' gabhail dragh mu na bha iad ag argamaid an
toiseach. "A bheil fios agad air an sgeulachd air mar a
choinnich mo mhàthair agus m' athair? "

"Thuirt Mam gu robh rudeigin aig Uncle
Myrddin ris ach bho eadhon a' toirt iomradh air an
ainm thug i oirre smaoineachadh air a piuthar cha do
dh 'iarr mi a h-uile mion-fhiosrachadh a-riamh. Agus
tha fios agad nach iarrainn air do mhàthair a-riamh."

Gu mall rinn e a-null chun uinneig agus
choimhead e thairis air a 'ghàrradh aice. Eadhon bho
thrì sgeulachdan suas, chitheadh   e an
fheadhainn as lugha de na sìthichean a 'coimhead ris
na flùraichean. Bha fios aige gu robh a 'mhòr-chuid
gam faicinn mar sheilleanan no dealain-dè ... cha
bhiodh ach cuideigin a thuigeadh sìthichean gàrraidh
comasach air an fhìor chruth aca fhaicinn ... cha
bhiodh ach cuideigin a bha le fuil Feyen comasach air
bruidhinn riutha ... an-dràsta cha robh sin comasach 't
diofar. "Is e Myrddin ... bràthair mo mhàthar."

"Dè?!?" Leum Lilly air ais bho a clòsaid wardrobe. "Agus tha thu dìreach a-nis ag innse dhomh!"

"Cha robh màthair airson gum biodh fios agad mus robh Nisha deiseil airson riaghladh."

Cha robh e air tionndadh rithe agus an diùltadh coinneachadh ri a h-aodann ... o seadh, bha e a 'falach rudeigin," Davkren look at me. "

Nam biodh i a 'cleachdadh an fhìor ainm aige bha e ann an trioblaid. Smuainich e ris fhèin. Co-dhiù cha robh i a 'cleachdadh an làn ainm aige no dh' fheumadh e a bhith na chat dìreach airson cumail a-mach à sealladh. "Feumaidh mi rudeigin innse dhut agus chan eil mi airson gun dèan thu cus."

Sìol. Cha b 'urrainn seo a bhith math. Nach math idir. "Am bu chòir dhut feitheamh gus am bi Nisha faisg air làimh gus a chluinntinn cuideachd?"

A-nis thionndaidh e thuice. Ann an deich bliadhna, cha robh e a-riamh a 'faireachdainn cho iomagaineach," Chan eil. Tha mi a 'smaoineachadh ... tha mi airson gum bi fios agad an toiseach ma tha thu den bheachd gu bheil e ceart gu leòr innsidh sinn dhi. Cò aig a tha fios dè a nì i leis an fhiosrachadh."

A 'cur a làmh air a hip Lorted snorted," Tha fios agad dè a nì i ... Gheibh i an sealladh sin na sùilean ... tha fios agad air an fhear a tha ag ràdh gum bi sinn ann an trioblaid. An uairsin nì i gàire Chan e an gàire càirdeil a th 'aice ach am fear eagallach sin a tha ag ràdh gum bi thu air do shàrachadh aig ... an uairsin canaidh i gu bheil beachd iongantach agam. An uairsin bidh sinn mar an fheadhainn a tha ann an trioblaid nach eil fios agam le cò. "

"Tha, is e sin a tha eagal orm." Sin agus dè a dhèanadh Nisha às deidh dhi a bhith leatha fhèin leis an fhiosrachadh ... leatha fhèin gun duine a chuir stad oirre bho bhith a 'dèanamh rudeigin cho do-chreidsinneach gun toireadh e bliadhnaichean làn bhuil a' cho-dhùnaidh sin a thuigsinn.

"Mar sin carson nach innis thu dhomh air an t-slighe gus a faicinn. An uairsin ma dh'fheumas fios a bhith againn faodaidh sinn innse dhi anns a 'chaisteal aice agus air falbh bhon dithis phàrant againn."

Stad Dàibhidh fada gu leòr airson an ùine a ghabhail a-steach mus cuir e gu faiceallach, "Ma dh' fhàgas sinn a-nis bidh sinn ann ro mhadainn. "

A 'gabhail a h-aodann eadar a làmhan, rinn i gàire," Darling, ma dh 'fhàgas sinn a-nis bidh sinn ann fada ro mhadainn."

Nan suidhe gu faiceallach anns a 'choidse prìobhaideach aice dh' fhaighnich Lilly gu milis, "Ceart gu leòr, leis gum bi e beagan uairean a thìde mus ruig sinn an Spire, dè a dh' fheumas mi a chluinntinn agus co-dhùnadh am feum fios a bhith aig ar co-ogha? "

Ghabh Daibhidh anail domhainn. "Ceart gu leòr. Feuch an cuir thu crìoch orm mus cuir thu stad air." Nuair a chrath i e, thòisich e a-rithist, "O chionn ceud bliadhna, is dòcha nas fhaide bhon a tha màthair glè fhaisg air an fhìor aois aice. Bha ainm eadar-dhealaichte air mo mhàthair ... tha mi a' smaoineachadh gur e Tenanye a bh 'ann. Co-dhiù, bha i na preantas ann an cùirt banrigh Feyen. Is e ainm na banrigh a tha mi a 'smaoineachadh a bha Elista. Mun àm sin, thàinig a bràthair air ais bho na Mystic Woods. Cha tuirt Mam a-riamh carson a bha e ann ach thàinig e air ais a' faighinn eòlas air na h-ealain dhorcha am measg rudan eile. Thuirt e rithe bha e air a pòsadh a chuir air dòigh. Leis gur e am fear as sine agus an dà phàrant tha mi a 'gabhail ris nach robh i beò tuilleadh, bha a' chòir aige ged nach robh i glè thoilichte leis bho bha i cho òg. "

Thog Lilly a làmh beagan gus stad a chuir air ged a tha i air gealltainn gun a bhith, "Nas sine na ochd bliadhna deug ach nas òige na dà linn?"

A 'roiligeadh a shùilean dearga làbha lean Dàibhidh," Rudeigin mar sin. A rèir màthair, shlaod brute bràthair i chun na crìche airson Darken agus chuir i sìos i air stump craoibhe lofa. Tha mi cinnteach gun do chuir i beagan ris ach tha mi air chan eil duine eile ri faighneachd. Agus chan eil athair ag ràdh ach gum bu chòir dha a bhith air Myrddin ithe iomadh uair airson a thoirt a-steach dham mhàthair. "

"Tha d' athair ag innse don h-uile duine gum bu chòir dha an ithe. Tha e ri mholadh gu mòr. "

"Gu dearbh, tha. Às deidh a h-uile càil, chan eil Athair a-riamh ag innse dha na biadh aige am bu chòir dha an ithe ... tha e dìreach a 'dèanamh."

Slap playful air a ghàirdean agus Lilly hissed, "Chan eil mi dha-rìribh ag iarraidh eòlas fhaighinn air cleachdaidhean ithe do theaghlaichean. Tha e dona gu leòr gun do chuir do bhràthair an troll sin air beulaibh orm."

Ghiorraich Daibhidh a shùilean agus chrith e. "Thug e ionnsaigh ort. Dè eile a dhèanadh tu mo bhràthair? Leig leis bana-phrionnsa a tha a' tadhal a mharbhadh? "

"Uill chan eil. Ach cha robh aige ri ithe air beulaibh orm. Tha mi cinnteach gum biodh e air a mharbhadh an aon rud."

"Lilly my sweet. Chan fhaod duine a-riamh sgudal a dhèanamh air biadh. Gu sònraichte trolls. Is ann ainneamh a bhios iad a' dol a-steach do Draken. "

Cha do rinn Lilly a 'chùis idir nuair a chaidh trolls a-steach do Draken fhad' s nach fheumadh i dèiligeadh ris na beathaichean dona. "Bruidhnidh sinn mu dheidhinn trolls nas fhaide air adhart. Feuch an lean thu air adhart leis an sgeulachd agad."

"Fine. Bha Myrddin airson a' bhana-phrionnsa Larna a phòsadh. Thachair rudeigin don teaghlach aice. Cha toir màthair mion-fhiosrachadh seachad air ge b 'e dè a thachair. Ach latha na bainnse thuirt Larna mar a' chiad ghnìomh aice mar a 'bhanrigh gu robh i ag ràdh leanabh sam bith a bhiodh Myrddin a 'faighinn ainmeachadh mar oighre crùn Feyen."

Ràinig i a làmh gu gàirdean Dhaibhidh. "Sam bith? Bha i Fey ... cha bhiodh i ..."

"Cha mhòr nach robh i dà cheud bliadhna a dh'aois. Bha i fhathast na leanabh agus cha robh i air a trèanadh ann an cluich fhaclan. Thug màthair trèanadh don chloinn aice gu lèir ann an cluich fhaclan bho rugadh i air a sgàth."

Leudaich sùilean uaine mint Lilly, "Tha sin a' ciallachadh ... "

"Is e Nisha bana-phrionnsa crùn Feyen. Ach chan e sin an rud as miosa dheth."

Le groan, dh 'fhaighnich Lilly," Dè as urrainn a bhith nas miosa an uairsin ... "

"Thuirt na bòidean pòsaidh a ghabh Larna mar ann an traidisean gu bheil i a' toirt a cridhe dha Myrddin. Gu litearra thug e a cridhe trom às a broilleach agus ghlas e air falbh e ann am bogsa litreachaidh. Chan urrainn ach e fhèin no a chlann an cridhe a chumail gus a thoirt air ais Larna. Mura lorg i cuideigin eile a dh 'fhaodadh a chumail. No co-dhiù is e sin a' bharail gu bheil màthair a 'roghnachadh a bhith a' fuireach leis. "

"Chan eil mi airson seo a chluinntinn."

Dìreach an fhreagairt a bha e den bheachd a bhiodh aig Lilly. Agus an adhbhar gun robh e airson gum biodh fios aice mus tuirt e dad ri Nisha. "Tha seanmhair Larna air a bhith a' riaghladh gu neo-oifigeil bhon uairsin. Fichead bliadhna air ais, thàinig fear gu Feyen. Ghabh e ùidh ann an Larna. A-nis cuimhnich ort gu robh i ... na ... slige sa mhòr-chuid. Bidh i ag ithe, a 'faighinn aodach, ag obair a rèir sin airson pupaid, ach chan eil faireachdainnean aice. Bho na dh 'ionnsaich mi, cha do bhruidhinn i facal bhon latha sin."

Bha sin a 'ciallachadh bhon a bha a h-uile geas a bha fios aice mu dheidhinn sin a' toirt a-steach cridhe duine a 'fàgail an duine marbh no faisg air marbh. Ann an dòigh air choreigin, cha robh i den bheachd gun do chleachd athair Nisha gin de na geasan sin. Cha robh Lilly airson faighneachd ach rinn i dòigh sam bith. "Dè a tha sin a 'buntainn ri Nisha?"

"Dà bhliadhna às deidh sin chaidh a chuir a-mach à Feyen agus chaidh òrdachadh gun a bhith a' tilleadh. Theich e gu Darke. Tha màthair den bheachd gur e càirdeas Faerydae a bh 'ann. No co-dhiù, thuirt e gu robh. Ach beagan làithean às deidh dha teicheadh   gu Darke ... thachair an teine . A-nis is dòcha gur e co-thuiteamas a bha seo ach ... "Dh' èigh e, "Bha mi a' smaoineachadh ... "

Lean Lilly air ais anns an t-suidheachan aice agus rinn i gearan, "Tha mi a' guidhe nach robh thu air ... ach dè a tha thu a 'smaoineachadh?"

"Dè ma tha e ... a' gabhail ris gur e an aon fhear a th 'ann ... fhuair e a-mach cò a chaidh a ghealltainn do bhana-phrionnsa a' chrùin agus bha e airson a cleachdadh gus Darke agus Feyen a riaghladh. "

"An uairsin tha e dà uair an t-amadan. Damn e, a Dhaibhidh, an do dhìochuimhnich thu dè a rinn Nisha a' chiad uair a thadhail sinn air an dachaigh agad? Cha mhòr nach robh sinn còig nuair a thug na trolls sin ionnsaigh. Dh 'ith do bhràthair, a bha mu thràth fichead, a' chiad fhear ach dh 'fhalbh Nisha. na ceithir eile nam pìosan gun dad a bharrachd air sealladh. Sùil. Tha cuimhne agam cho uamhasach sa bha i às deidh sin. Thionndaidh i a ceann agus a sùilean ... Cha do dh'aithnich mi dad a bha coltach ri mo cho-ogha na h-aodann. "

"Lilly ..."

"Chan e, thàinig thu às deidh. Ghabh do bhràthair an creideas airson ar dìon oir bha e ga dìon. An ath thuras nuair a thàinig sinn ... agus dh' fheuch na daoine agad ri ionnsaigh a thoirt air Nisha .... "

"Lilly, bha mi ann an uairsin. Tha fios agam. Agus b' e sin an adhbhar nach do dh 'fhàg mi do thaobh." Airson buille cridhe, stad e an uairsin ag innse dhi an fhìrinn gu robh e air a bhith a 'cumail airson barrachd bhliadhnaichean na nach robh." Cha robh iad ann airson ionnsaigh a thoirt air Nisha bha iad ann airson do mharbhadh. "

"Mise? Ach ... carson? Chan eil duilgheadasan agam leis na daoine agad. Gu dearbh, tha mi glè inntinneach."

"Is tusa an aon phàiste a tha aig do mhàthair. Tha cuid den bheachd mura robh thu beò gum faodadh Nisha fearann   Feyen gu lèir a riaghladh."

Le sùilean farsaing, gasped Lilly, "Feumaidh sinn innse dhi."

Thog Daibhidh a làmhan a 'dèanamh cinnteach gu robh làn aire aige mus tuirt e," Tha fios agam. "

"A Dhaibhidh, chan eil thu a' tuigsinn. Is e Nisha banrigh na fo-rìoghachd. Ma dh 'fheuchas cuideigin ri a cleachdadh gus riaghladh ..."

Le gasp, is gann gun robh e comasach dha Daibhidh uisgeachadh, "Falbhaidh iad ..."

"Faodaidh an fheadhainn nach urrainn bàsachadh tuilleadh ... tha sin a' toirt a-steach rèisean nach eil ann a-nis a tha fada nas marbhtach na Drakens. Tha Nisha mu thràth air a ràdh gu bheil iad gu math dìonach dhi. "

A 'suidhe air ais na chathair, dhùin Daibhidh a shùilean. "An uairsin tha mi ag ùrnaigh nach eil sinn ro fhadalach."

Caibideil 22: Nisha

Leis a 'chathair a lean i stad Nisha dìreach beagan throighean bhon àite a bha i air Ethan fhàgail. Bha a sùilean dùinte gu teann a-nis ... agus a h-anail ... Bha i air trolls a chluinntinn le galairean na sgamhain a bha a 'faireachdainn nas fheàrr na rinn e. Airson Fey ... no eadhon pàirt Fey airson fuaim mar sin ... leum a cridhe a-steach don amhach aice. "Daingead."

"A leithid de chànan airson banrigh òg."

"Chan ann a-nis, Gwydion, feumaidh mi stad a chuir air an t-sèididh aige. No co-dhiù gu leòr gum bi Lilly den bheachd gu bheil beagan sgil agam ann an slànachadh."

A 'toirt an dà cheum a-null gu Ethan, rinn Gwydion gàire. "A ghràidh chan eil dad as urrainn dhut a dhèanamh gus a dhèanamh nas miosa."

Thionndaidh i a ceann gu sgiobalta gus a dhol na aghaidh. "Tha fios agad dè a tha ga chumail beò?"

"Aidh, tha mi a' dèanamh. Ged is e glè bheag de dhaoine a tha beò aig a bheil eòlas air an t-suidheachadh seo. Fiù 's nas lugha a dh' fhaodadh a

223

chrìochnachadh gun a bhith a 'fàgail lorgan-meòir mar gum biodh e a rèir an dearbh-aithne."

Le cus dragh a bhith a 'gabhail cùram mu na bha i ag ràdh no cò dha, ghlac Nisha," Oh math. Faodaidh sinn bruidhinn mu na daoine a dh 'fhaodadh a bhith ann às deidh dhomh socrachadh airson na h-oidhche."

"Mar a thogras tu mo bhanrigh, ge-tà ..."

"Ach gun dad. Tha mi airson gum bi e comhfhurtail mus tig Lilly." A 'tionndadh a h-aire air ais gu Ethan dh' èigh i ris gu socair, "Ethan?"

Nuair nach tug e ach beagan gearain, leig i le tendril bog ceò aghaidh a chuir air. "Ethan."

Gu mall, dh 'fhosgail e a shùilean gu a guth bog ..." Tha mi duilich ... Tha mi ... "Bhrùth a meur an aghaidh a bhilean gus a chumail bho bhith a' bruidhinn.

"Bidh sinn air socrachadh airson na h-oidhche gu math luath. Tha am facal agad agad."

Às deidh dha a dhol seachad air trì trannsaichean bogha agus dusan seòmar, leig Nisha a-mach fàradh sàmhach. "Nach eil seòmar-cadail faisg air a' phrìomh thalla? "

A 'cumail gàire air ais, thuirt Gwydion gu socair agus e a' tionndadh oisean eile, "Mar seo mo bhanrigh."

Dà thalla an dèidh sin chleachd i gaoth gaoithe gus doras an t-seòmar-cadail fhosgladh. "Mari."

Ruith Marigold a-mach às an t-seòmar ri thaobh. "Tha amar deiseil agam. Dè eile a dh' fheumas tu? "

"Mo bhaga. Am fear gorm a thug Lilly dhomh airson tonics slànachaidh a chumail."

A 'cumail suas rinn e gàire air Mari. "Dìreach innis dhomh dè a dh' fheumar a dhèanamh. Bidh a 'Bh-Uas Lilly an seo sa mhadainn airson a' chòrr. "

Gu dearbh, bhiodh fios aig Mari cò an neach-slànachaidh a b 'fheàrr. "An vial gorm. Cuir trì caiptean làn anns an tuba."

A 'dèanamh cinnteach gu robh fios aig Nisha mu na caochladairean gu lèir a dh' fheumadh i beachdachadh gus tòiseachadh air an leigheas fhad 's a bha i ann an uisge, chuir Marigold an aghaidh," An tuba mòr gu leòr airson Hippocampus. "

"Tha sin gu math. Bhiodh trì bonaidean gu leòr airson sia Hippocampi agus each-mara a làimhseachadh san aon amar."

Thuirt Mari, "A .... each-mara ... na gabh dragh, tha mi ag iarraidh gu h-iriosal nach tèid innse dhomh."

Rolaich Nisha a sùilean agus lean i, "Agus trì boinneagan uaine." Choimhead Nisha air Ethan fhathast gun mhothachadh "Nas fheàrr na sia tuiteaman sin a dhèanamh. Tha mi airson gum bi e blissfully numb gus an urrainn dha Lilly co-dhùnadh dè eile a dh' fheumar a dhèanamh. Oh, Mari ... "

"Tha?"

"Feumaidh mi mo dheise. Bha an aon Bhanrigh Sedna air coimisean a dhèanamh dhòmhsa gus an tadhail mi air an rìoghachd fon uisge aice. Cha bhithinn airson a bhith a' tuiteam na chadal fhad 's a bhiodh mi a' coimhead ris. "

"Gu dearbh. Am faod mi Edgar a chuideachadh gus an òganach a thoirt a-steach don tuba fhad' s a dh 'atharraicheas tu?"

"Tapadh leibh, Mari." Thionndaidh i a dh 'fhaicinn Edgar na sheasamh san doras a' feitheamh ri mothachadh. Saoil carson nach fhaca mi e na sheasamh an sin roimhe. Cha robh e mar a tha e duilich a chall. An uairsin a-rithist, rinn e measgachadh math mar bhalla. A 'coimhead air a-nis air a choimhead, ghabh e fhathast an doras gu lèir agus dh' fhaodadh e a bhith air mearachd a dhèanamh airson doras nam biodh e air a sgeadachadh ann an rud sam bith ach an èideadh aige. "Edgar, an cuidich thu Ethan a-steach don tuba? Nì mi dèiligeadh ris an aodach aige aon uair 's gu bheil e ann."

"Gu dearbh, do ghràs." Lìon a ghuth bog domhainn an seòmar mar a ghabh e ceum a-staigh. A 'seasamh aig làn àirde bha a ghuth domhainn a' lìonadh leis an urram as motha agus e ag iarraidh, "An cathair, nach fheuch e ri mo ithe ma chuidicheas mi am balach?"

A 'coimhead thairis air a gualainn ghluais Nisha. "Chan ith Ari duine sam bith a tha ceangailte rium ma tha e airson tilleadh gu ge bith dè an cruth a bu chòir dha a bhith." Gun a bhith a 'feitheamh ri ceist sam bith a dh' fhaodar faighneachd dh 'fhalbh i a-steach don t-seòmar-suidhe gus atharrachadh agus leigeil le a geàrd earbsach ùine a chuir Ethan a-steach don tuba.

M.L.Ruscsak

Caibideil 23:
Ethan

Bha e air chall anns na bha e den bheachd gur e bruadar a bh 'ann. Agus bruadar brèagha aig an sin.

Boireannach - a mhàthair - na suidhe faisg air allt a 'seinn. Cha mhòr nach cluinneadh e am fonn bog a 'sìoladh às a bilean. Bha flùraichean a 'tighinn bhon talamh mar a bha na faclan aice a' dol sìos don ghaoith. Fear Feyen gu aotrom a 'tighinn air tìr beagan shlatan air falbh. Èideadh dorcha gorm de sheòrsa air choreigin. Air a cheangal aig a shàil bha claidheamh mòr òir agus miotagan geal fìor-ghlan a 'còmhdach a làmhan. Bha sgiathan òir an duine air an cumail sgaoilte aig a dhruim. Gu mall, sheas a mhàthair suas a 'gàire. Grian òrail a 'tionndadh a falt ruadh gu abhainn de dh' òr dearg a 'sruthadh sìos a druim a' còmhdach a sgiathan soilleir dearg.

Thionndaidh i air ais thuige agus thòisich i a 'bruidhinn dìreach mus do tharraing tonn e sìos agus a-steach don abhainn.

Bha rudeigin blàth is fliuch air a phasgadh timcheall a chasan ga shlaodadh sìos. Gu fiadhaich dh 'fheuch e ri claw air falbh bho rud sam bith a bha ga chumail ... Feuch ... Chan e uisge ... Rud sam bith ach uisge ....

"Ethan?"

A 'clisgeadh a-nis dh' fhosgail e a shùilean don ghuth. Eadhon às deidh dha an guth aithneachadh thug e greis nas fhaide gus faicinn cò bha a 'bruidhinn. Anail nas motha airson tuigsinn cò bha na shuidhe còmhla ris air a sgeadachadh ann an seòrsa de chulaidh rubair dubh. Gasped Ethan fhad 's a bha e a' feuchainn ri faclan a dhèanamh. "Pri-Nisha?"

Gu mall ghlac i a làmh na broinn, a sùilean a 'bogachadh mar a bha i ag amharc a-steach dha. "Tha thu sàbhailte, Ethan. Tha mi a' mionnachadh gu bheil thu. "

Cha robh e cinnteach mu dheidhinn sin. Bha e ann an amar uisge suas gu amhach. Cha robh an smuain gun a bhith a 'bruidhinn a' faighinn làmh an uachdair air na mothachaidhean nas fheàrr aige agus e a 'feuchainn ri e fhèin a shocrachadh," I- I ...

"Ghabh e anail cho domhainn' s a b 'urrainn dha mus do chràdh na h-asnaichean aige," Càit a bheil sinn? " Amar cloiche de sheòrsa air choreigin. Ballachan dubha rèidh. Cha b 'urrainn dha dad aithneachadh nas fhaide na sin.

A 'tarraing a falt fada air ais agus ga dhèanamh na snaidhm air mullach a cinn rinn Nisha gàire," Uill nan robh agam ri tomhas, chanainn gu bheil sinn ann an seòmar aoigh a bhiodh air a thoirt do shaoranach taigh-uisge. Ach b 'e sin an seòmar as fhaisge le tuba agus leabaidh iomchaidh. Co-dhiù airson na h-oidhche. "

Seòmar aoigh? Tub? Leabaidh? Bha fios aige gum bu chòir dha crìoch a chur air a 'charade seo ach is dòcha nach bi latha eile aige ... oidhche eile gu ... Chan eil ... Cha bhiodh feitheamh gu madainn no eadhon airson uair a thìde eile a' cosnadh dha na bu mhiosa. "Tha rudeigin ann a dh' fheumas mi innse dhut. "

A 'sleamhnachadh tendrils dorcha de cheò dubh fon lèine tatùta stad Nisha airson farsaingeachd anail. "Feumaidh mi thu a bhith gu math sàmhach. Cha do rinn mi seo ach aon turas roimhe agus chan eil mi airson barrachd milleadh a dhèanamh na tha mi an dùil a tha ann mu thràth."

"I-" Chrath e dìreach an dùil pian. An àite sin, bha e a 'coimhead mar cheò dubh a bha air a ghearradh gu soilleir tro aodach a bhriogais, fo-aodach, agus lèine. Bha e a 'coimhead fhad' s a bha an t-aodach air a reubadh air falbh bho a chraiceann agus a 'seòladh san uisge. Chòmhdaich ceò nas dorcha a mheadhan mar a chaidh an t-aodach a thoirt air falbh.

"An sin, a-nis is urrainn dhomh sealladh ceart a bhith agam-"

Bha i na shuidhe air a chùlaibh ach dh 'fhaodadh e a bhith a' faireachdainn na feirge ag èirigh bhuaipe. "Is urrainn dhomh mìneachadh."

Caibideil 24:
Karnack

Doimhneachd taobh a-staigh Caisteal nan Cnàmhan. Taobh falaichte gu domhainn den sgrùdadh prìobhaideach aige chuir Karnack grèim air clach an Fhèiseir gu teann na làmhan fann. Thairis air na bliadhnaichean bho rugadh am balach bha e air coimhead a-steach air bho àm gu àm. Gu cùramach bha e air na notaichean aige a chumail air beatha agus togail a 'bhalaich. Gach turas bha e air a dhraghan a nochdadh ris a 'chomhairle nuair a dh' fhaodadh iad a bhith draghail èisteachd ris.

Gach aon de na h-amannan sin thug e rabhadh dhaibh mun droch dhìol a bha am balach a 'fulang. Agus a-nis….

A dh 'aindeoin nach robh e san aon rìoghachd ri Banrigh na Fo-Rìoghachd, a dh' aindeoin nach robh fìor cheangal tòcail aice rithe ... dh 'fhaodadh e a bhith a' faireachdainn gu robh a 'chrith dhorcha aice a' dol troimhe… a 'snìomh taobh a-staigh doimhneachd na cloiche a bha e a-nis na làmhan. Dh 'fhaodadh e a bhith a' faireachdainn cho fiadhaich sa bha i a 'faicinn a leithid de dhroch dhìol ri fear a bhuineadh dhi. Chitheadh i an rage aice a 'toirt cumadh ann an sgiathan nan dràgon a bha a-nis air am brùthadh gu teann ri a taobhan.

A 'putadh air ais bhon deasc aige thug e mionaid dha fhèin gus leigeil leis a bhith ag aideachadh an uamhas eagal a bha e a-nis a' faireachdainn. Cha tug e ach mionaid airson co-dhùnadh a dhèanamh mun dòigh as fheàrr air an duilgheadas seo a làimhseachadh.

Agus leis an t-solas, bha Magmas a 'dol a dhèiligeadh ris. No co-dhiù cleachd ge bith dè an cumhachd a bh 'aige thairis air an fheadhainn eile gus toirt a chreidsinn air Magnar gu robh e ceàrr. Agus bha sin às deidh dha Rìgh Feyen a bh 'ann roimhe seo a mhìneachadh dha Appollo. Agus an uairsin …

Agus dìreach an uairsin …

Am b 'urrainn do Fey mòr a' chogaidh a dhìochuimhnich tòiseachadh ag ullachadh airson creach na banrigh aca aon uair 's gun d' fhuair i a-mach nach e a-mhàin gu robh fios aca uile mun droch dhìol seo ach nach do rinn iad dad gus crìoch a chuir air.

A 'ceangal na cloiche ris na culaidhean tatùta aige, leig e leis na bòtannan troma tàirneanaich bhon sgrùdadh.

Cha do chleachd e an teampall aige mòran. Ach cha robh e an urra ris an uallach airson seo a-mhàin. Agus cha robh e idir a 'dèiligeadh ris a' bhanrigh nuair a bha na comasan aice eagallach gu leòr gun a bhith air am piobrachadh.

Bha ceud bliadhna no nas fheàrr bho chùm e grèim air a 'chràdh seo gu leòr gus saoranaich na Under Kingdom a thoirt a-mach às a shlighe. Nas fhaide na sin bho chaidh cnàmhan nam marbh a chreachadh nuair a chaidh e seachad. Ach cha b 'e fìor rage a bha ga chumail a' gluasad.

O Cha robh. Bha eagal air. Fuar agus marbhtach. B 'e an rage a dh' fhaodadh e fhathast a bhith a 'faireachdainn pulsating bhon chloich a chaidh a chumail na phòcaid. B 'ann mar sin a bha an fheadhainn a bha gu tur ceangailte ris a' Bhanrigh a 'geurachadh an cuid lannan agus ag ullachadh airson sabaid.

Bha iad a 'faireachdainn gu robh. Thuig iad an rage aice agus bhiodh iad mar an fheadhainn a bhiodh air an leigeil ma sgaoil cho luath 's a dh' àithn a 'bhanrigh aca.

A 'dèanamh cabhag sìos sràid fharsaing Dabria,Chaidh Karnack a-steach don bhaile mhòr a chruthaich Nisha dìreach beagan bhliadhnaichean air ais. Bhrùth i na dorsan dùbailte fosgailte don t-seòmar coinneimh mhòr far an do chruinnich an comhairliche aig a h-òrdugh.

A 'glasadh sùilean air Rìgh Mòr Feyen, thuirt e," Thug mi rabhadh dhut. A-nis nì thu cron air. "

Caibideil 25:

Nisha

A 'rùsgadh nan sreathan aodaich air falbh bho fheòil Ethan, bha fios aice gum biodh e dona. Bha fios aice gu robh sreathan de leòintean air a bhith aig diofar ìrean de shlànachadh ... ach bha sin air a 'mhadainn seo ...

Cha robh dad a bha i air a bhith a 'faireachdainn an uairsin an taca ri seo. Splotches dubha a bha nam bruisean domhainn. Gearraidhean a bha a 'dol faisg air a' chnàimh. Thairis air an losgadh domhainn sin, boils gabhaltach agus sgòran de leòintean eile a bha mar-thà a 'leaghadh lobhadh a dh' aindeoin gun deach an dèanamh.

Cha chuala i Emer stammer a 'feuchainn ri mìneachadh ... Ge bith dè a bha e a' feuchainn ri ràdh. Cha robh ach an fearg aice a 'tighinn gu ìre an-dràsta ... dìreach an rage fuar, marbhtach a chaidh tro a corp ... A-mhàin ...

A 'gabhail anail domhainn, leig i a-mach e gu slaodach. Bhiodh Lilly an seo sa mhadainn ... nas cudromaiche, bhiodh Daibhidh an seo ...
Dh 'fhaodadh e na pìosan filidh a lorg agus rudeigin cho cruthachail a lorg ris an fheadhainn a bha air seo a dhèanamh do bhall den teaghlach aca gu robh an Draken bhiodh daoine a 'sgrìobhadh òran mu dheidhinn. Ach bhiodh sin a-màireach ... an-dràsta ...

Thionndaidh Nisha a ceann gus aghaidh a thoirt air doras an t-seòmar-cadail agus ghairm i, "Mari."

A 'tighinn cho fada ris an doras thòisich i ag ràdh" Nis- "an uairsin thòisich Marigold a' faicinn suidheachadh cùl Ethan. "Leis an t-solas ..." Ruith i a-null gu taobh an tuba. "Dè as urrainn dhomh a dhèanamh gus cuideachadh?"

"An do chuir Lilly gin den t-siabann sin a tha i a' cleachdadh? "

Bhiodh mias beag a 'seòladh air an uisge gun a bhith mionaid às deidh sin. Gel leachtach na shuidhe taobh a-staigh a bhobhla criostail. Chaidh pìos beag de chlò bog glan a bhrùthadh a-steach do làmh Nisha. "Rud sam bith eile?"

"Feuch an toir thu a-mach gu bheil bannan tioram gu leòr air an cur a-mach. Agus bidh feum agam air ìnean sam bith a chaidh a dhèanamh mus do dh' fhàg sinn Lite. "

"Bidh mi deiseil dhaibh airson nuair a dh' fheumas tu iad. " Stad Marigold. "Am bu chòir dhomh iarraidh air Màthair beagan tì a dhèanamh? Cuiridh mi geall gu bheil fear aice airson nerves a shocrachadh?" Am fear sin chan ann airson Ethan ach Nisha… Bha i air co-dhùnadh mu thràth gu robh feum aig Ethan air tì slànachaidh agus rudeigin gus a chuideachadh gus fois a ghabhail fhad 's a bha e air a shlànachadh.

"Tha, mas e do thoil e." Dh'fhuirich Nisha gus an robh i a-rithist na h-aonar leis an rèiteach. "Ethan?"

"Bana-phrionnsa?"

Rolaig i a sùilean, "Tha mi a' dol a dh'fheuchainn gu socair ach eadhon leis na chaidh a chur san uisge a 'glanadh faodaidh na lotan sin a bhith air an goirteachadh."

"Tha mi a 'tuigsinn."

"Chan eil, chan eil mi a' smaoineachadh gun dèan thu ach sin barrachd ri dhèanamh leis an asal a thog thu na dad sam bith eile. Ach tha sin na dheasbad airson latha eile. " Mus do bhean i ris, leig i leis na tendrils bog dubh a bhith timcheall air a 'toirt ionnsaigh air le bhith a' saoradh a dhà làimh fhad 's a bha i ag obair.

Bha an t-uisge blàth agus cha mhòr nach do dhìochuimhnich e mun phian anns na h-asnaichean aige ... cha mhòr nach do chuir e craiceann gu leòr gus nach smaoinich e mun uisge no a bhith ann. Bha rudeigin fuar a 'bualadh air a chraiceann tairgse ...

Thuirt Nisha gum faodadh e goirteachadh ... cha b' e goirt am facal a roghnaicheadh   e cunntas a thoirt air a 'phian losgaidh, sèididh agus ge bith dè a bha i a' dèanamh a bha ga adhbharachadh. A dh 'aindeoin sin, cha b' e seo dad nach robh e air a bhith troimhe roimhe. A 'tarraing a glùinean chun bhroilleach, phaisg e a ghàirdeanan timcheall a ghlùinean agus cho-dhùin e bruidhinn gus a h-inntinn a chumail dheth ge bith dè cho-dhùin i gun robh i a' dol a dhèanamh ... agus an dòchas le bhith a 'bruidhinn nach do rinn e cùisean nas miosa. "Chan eil mòran fios agad mun dòigh anns a bheil Darke air a ruith ... am bu mhath leat beagan innse dhut?"

Sheall i timcheall a ghualainn gus a h-aodann fhaicinn teann le pian. "Ma chuidicheas bruidhinn thu gus d' inntinn a chumail far na tha mi a 'dèanamh ... feuch an toir thu soilleireachadh dhomh."

Bha i a 'fuaimeachadh, a' dol faisg air pissed ach cha robh e den bheachd gu robh i às a rian leis ... a bha barrachd air a bhith troimh-chèile ... "A bheil fios agad mu mar a tha an saoranach air a roinn?"

Stad a làmh thairis air a ghualainn agus i a 'bruidhinn," A bheil thu a 'ciallachadh carson a tha cuid dhiubh àrd-bhreith agus cuid eile le breith ìosal?"

"Y-tha ..." theich e nuair a bhean i ri a taobh.

"Tha mi duilich. Chan eil mi cho math le seo agus a tha mo cho-ogha Lilly. Tha i tòrr nas sgileil le seòrsa de rud."

Chrath Ethan a bhith a 'tuigsinn ge bith an do rinn no nach do rinn. "Ann an Darke, tha ceithir seòrsaichean de ... um ... shaoranaich."

A-nis stad i. "Feuch an innis thu. Tha fios agam mu àrd-bhreith agus breith ìosal ach chan eil feadhainn eile."

"Is e High-Born an luchd-fastaidh. Obair le breith ìosal airson High-Born." Chuir e stad air gun robh e airson gun tuigeadh i ... is dòcha nan innseadh e dhi mar seo an àite a bhith a 'faighinn a-mach le cuideigin eile bheireadh i mathanas dha airson a h-uile càil laghan a bhris e bho thàinig i ...

... is dòcha nach eil. Ach b 'fhiach e an cunnart.

"Tha tràillean nas motha na an dithis ìosal a rugadh."

"Tràillean?" Tha e coltach gu robh i a 'dèanamh deuchainn air an fhacal.

"Hmm. Tha an sealbhadair aca a' toirt rùm dhaibh. Èideadh agus biadh gu leòr airson an cumail suas. Tha glè bheag de chomas nàdarra aig a 'mhòr-chuid no cha d' fhuair iad a-riamh còir an leasachadh. Chan eil dòigh ann fios a bhith agad gu cinnteach dè na comasan a tha sin bhith. No co-dhiù, chan eil fios agam air dòigh sam bith ri innse. "

"Chì mi. An uairsin gheibh mi a-mach barrachd aon uair' s gun ruig mo cho-ogha. Tha i buailteach a bhith a 'leughadh laghan mus tadhail i air dùthaich sam bith. Faodaidh e a bhith buaireasach ach tha i gu math fiosrachail mu laghan."

Sìol. Is dòcha gum feum mi dèiligeadh rithe an àite a 'bhana-phrionnsa. Am biodh i a 'tuigsinn gun do dh' fheuch mi ris na laghan a leantainn? Am biodh i coma?

"A-nis, dè an ceathramh buidheann?"

Cha robh i a 'beantainn ris na b' fhaide. Cha robh an fhìrinn gu robh i fhathast air a chùlaibh ... na chomhfhurtachd. Bha an dùil a bhith a 'dèiligeadh ri cuideigin eile mu dheidhinn a h-uile dad tòrr nas uamhasach," Dogs. "

"Coin? Dè a dh'fheumas coin ..." stad i, "Ohhh ... bha mi a 'faighneachd dè a bha na soidhnichean a' ciallachadh?"

"Tha coin nan seòrsa de thràill. Bidh a' mhòr-chuid ag obair ann an obraichean a tha ro chunnartach leithid anns na pàirtean as doimhne de mhèinnean no ann an uaimhean troll. A 'mhòr-chuid ach chan eil iad uile."

"Siuthad."

Thug an fheadhainn sin gu faclan air smaoineachadh gu robh e ag innse dhi a-nis gur e mearachd a bh 'ann agus mar sin thuirt e gu cabhagach," Faodaidh cù a bhith aig gin de na trì buidhnean as àirde. Bidh tràillean gan cleachdadh mar bhuinn airson rudan a tha iad ag iarraidh no a dh 'fheumas iad."

"Bidh iad a' malairt ... "Bha fearg a' gabhail fois taobh a-staigh an dà fhacal sin.

"Faodaidh peant fala luach latha de chuibhreannan a cheannach. Sleamhnachadh feòil caol ... èideadh ùr."

"Tha mi a 'faicinn."

Chuala e i na seasamh. An uairsin cha chuala mi dad às deidh sin. Ni mò a bhith a 'faireachdainn am pian a bha e a' smaoineachadh a bha e airidh air.

Caibideil 26:

Magmas

Shèid na dorsan dùbailte gu seòmar comhairle na Banrigh fosgailte agus airson aon mhionaid bha e den bheachd gun tug Nisha a h-uile dorchadas dorcha a-steach don Under Kingdom. Le aon bhuille cridhe bha e draghail nach biodh e làidir gu leòr airson a bhith a 'dèiligeadh ris an teampall sin. An uairsin chaidh Karnack a-steach agus bha an t-eagal agus an t-eagal a 'dol suas bhuaithe na rabhadh nas motha na dad sam bith eile.

Cha robh cothrom aige rud sam bith fhaighneachd mus do thuirt Karnack, "Thug mi rabhadh dhut. A-nis nì thu cron air. "

Cha do mhìnich sin dad. "Ceartaich dè?"

A 'ruighinn a-steach dha phòcaid thilg Karnack a' chlach luachmhor dha. "Dè tha thu a' faireachdainn Magmas? Innis dhomh?"

A 'dùnadh a chorragan timcheall air a' chloich, bha e airson a leigeil às. Gus gluasad air falbh bhon nì a bha a 'sgriachail bagairt. Ach cha b 'e a' chlach a bha ag adhbhrachadh am faireachdainn… bha e… "Nisha?"

Thuig e a-nis. Bha Karnack air a bhith a 'toirt rabhadh dha… air a bhith a' toirt rabhadh dhaibh uile a bhith ga làimhseachadh le cùram. Agus a-nis … "Dè thachair?"

Gu faiceallach sheas Karnack chun bhòrd cruinn agus lean e air adhart. "Tha a' bhanrigh againn air Ethan a lorg. Chunnaic i an droch dhìol a tha mi air a bhith a 'toirt rabhadh dhut mu dheidhinn. Is e seo an fhreagairt a bha eagal orm. " A 'tarraing air falbh bhon bhòrd chomharraich e aon mheur chumhang aig Magmas," Bidh thu a 'dèiligeadh rithe. No thoir air Magnar mìneachadh carson a tha an droch dhìol seo iomchaidh. Ach tha mi ag innse seo dhut an-dràsta. Chan eil mi a 'dèiligeadh ris an rage aice. Agus chan eil mi a 'dèanamh seo rèidh leis na mairbh."

Cha bhiodh Karnack gu bràth a 'dol an aghaidh banrigh ghràineil. Air an làimh eile bha Magnar mar as trice a 'faighinn aoigheachd. "Innsidh mi dhut dè a cho-dhùin a' chomhairle nuair a bheir mi fios dhaibh. Anns an eadar-ama. Cuiridh mi nad chuimhne gur e Vasilissa a cho-dhùin càite an deidheadh   am balach a thogail. Agus bha e a-riamh Magnar a bha a 'taobhadh ri Vasilissa air a' chùis seo a dh 'aindeoin gu robh na buill comhairle eile a' gearan a-rithist. Ach, dh 'fhaodadh gur e seo am freagairt airson toirt air Magnar aideachadh gur dòcha gu robh e ceàrr air a' chùis. "

"Tha an droch dhìol seo air a bhith air a thoirmeasg o chionn fhada anns na Star Cities air an riaghladh le Magnar no buill eile na comhairle."

Chrath Magmas aon uair. "Tha…" Stad e agus ràinig e a chasan. Bha anail nas motha agus a 'gluasad roimhe thuit e air ais dhan chathair aige "Le na diathan is e seo as coireach gu robh feum aca air a' bhalach… "

Thionndaidh Karnack gu slaodach na aghaidh. Gun a bhith a 'còrdadh ris na chunnaic e ann an aodann an rìgh Mhòir bhruidhinn e gu faiceallach, "Magmas?"

"Cha bhiodh i a' tuigsinn an droch dhìol a tha Pallas a 'ceadachadh mura h-eil cuideigin a bhuineas dhi…" Thuit e na chathair nach robh cinnteach am bu chòir dha a bhith fo eagal no a 'gàireachdainn mar amadan. "Tha i dol gam marbhadh nuair a gheibh i a-mach. Chan eil teagamh sam bith agam mu dheidhinn sin. Ach tuigidh iad le chèile carson a dh'fheumas i a bhith mar an neach a sheasas airson an fheadhainn as motha a tha fo bhuaidh riaghladh Pallas. "

Chruinnich a 'chomhairle timcheall aon uair eile, dìreach an turas seo cha robh a' bhanrigh a chaidh a thaghadh air an gairm. An turas seo b 'e a' chiad Rìgh Feyen. A bhrat-dhubh creagach an dràgon a 'deàrrsadh fon chulaidh ghorm rìoghail fhada.

"A dhaoine uaisle, a bhoireannaich." Chrath e an dà chuid Vasilissa agus Alista agus iad a 'gabhail an àiteachan aig a' bhòrd mhòr. "Tha suidheachadh againn agus feumaidh sinn uile aonta a ruighinn a thaobh dè a thèid no nach tèid a dhèanamh a rèir laghan a chaidh a stèidheachadh le Primitiva."

Mamalan air am brùthadh agus sanas eagal. Cha robh duine air a h-ainm a bhruidhinn bho chaidh i a-steach am falach. Cha robh duine airson a ràdh airson na dh 'fhaodadh tachairt nan cluinneadh i thairis e. Chan eil gin gu ruige seo.

Lean Magnar air ais anns an t-suidheachan aige a bhrògan a 'sileadh ann am muck air a' bhòrd. A 'spùtadh a-mach pìos cnàimh rinn e gàire. "Agus dè a dh' fheumas sinn aontachadh air, a bhalaich? "

"Chunnaic a' bhanrigh an droch dhìol a rinn i mar a chaidh a dhèanamh. " Lean e air adhart, a shùilean gun a bhith a 'fàgail aodann Magnar. "Agus chan eil a' Bhean Uasal toilichte. "

"Gu dearbh chan eil i toilichte," leig Vasilissa às. "B' e sin a 'phuing."

A 'tilgeil na cloiche gu Vasilissa, rinn Magmas gàire. "Tha mi cho toilichte gu bheil thu a' smaoineachadh sin. Mar sin, innis dhomh, ciamar a dhèiligeas sinn ri Fey nuair a tha iad a 'faicinn leis an ionnsaigh fhuar sin? Air sgàth beatha dhòmhsa, cha robh mi a-riamh a 'faireachdainn dad mar sin. Chan eil eadhon aig àm a 'Chogaidh Mhòir."

A 'glacadh a' chlach bho Vasilissa, Magnar glared. "Tha seo do-dhèanta."

Bha e math a bhith a 'faicinn Magnar air a thilgeil far a cheum. "Ach fhathast… tha an dearbhadh agad nad làimh."

Caibideil 27:
Ethan

Ghluais Ethan a-riamh cho beag. Cha robh cuimhne aige a bhith a 'tuiteam na chadal ... no a' lorg rudeigin bog airson laighe air ... ach chuimhnich e a bhith anns an amar uisge leis a 'bhana-phrionnsa. Chuimhnich e a bhith a 'faireachdainn na seasamh aice agus an t-uisge a' sruthadh dheth agus air ais dhan amar. An uairsin dad. Cha b 'e fuaim no fras pian a bh' ann agus an-dràsta cha robh fios aige am bu chòir dha a bhith taingeil no eagallach. Rudeigin a 'bruiseadh an aghaidh a choise. Chan e craiceann. Chan e, bhiodh dùil aige ri craiceann, ach gu robh rudeigin a bha a 'beantainn ris cuideachd a' gluasad aodach silidh a bha air a phasgadh timcheall a chas. Cha b 'e an suathadh sìmplidh a dhùisg e ... chan eil sin air a thighinn às deidh ...

Dè ma tha...

A 'laighe gu foirfe fhathast, dh' fheuch e ri faighinn a-mach càite an robh e, cò a bha san t-seòmar agus rud sam bith eile a dh 'fhaodadh e a chleachdadh gus co-dhùnadh dè an trioblaid a bhiodh ann nuair a lorgadh e na dhùisg. Briseadh teine uaireannan. Gun smoc a dh 'fhaodadh e fàileadh, agus mar sin dh'fheumadh an teine   a bhith ann an cagailt faisg air làimh ach gun a bhith ro fhaisg air. B 'ann an uairsin a bha e a' faireachdainn ... chuala e dè bha ceàrr air ge bith dè a bha a cheann a 'gabhail fois ... ghluais e a-riamh cho beag agus bha buille cridhe aige. Chuir rudeigin dragh air a cheann. Gun a bhith a 'bagairt, ach suathadh a shocraich ann an dòigh nach robh e a-riamh air fhaicinn. Suathadh a thug air a bhith ag iarraidh seòladh san àm seo fad na h-ùine. Ach bha fios aige nach b 'urrainn dha ... A' feuchainn ri suidhe suas, bha e cha mhòr do-dhèanta leis na cnàmhan aige a 'smeuradh, gun luaidh air an losgadh na bhroilleach. "Bu chòir dhut a bhith nad chadal."

Nisha? Doirbh innse le cho trom sa bha a guth. "I-"

"Bidh Mari a-staigh a dh' aithghearr le tì snog. Bheir e beagan den dùmhlachd a-mach às do bhroilleach. Cuidichidh e thu le anail beagan nas fhasa. " A 'cumail a shùilean dùinte, ghluais e air ais sìos don bhog a bha timcheall air. "Tha mi ann an leabaidh?"

Gu mall ghluais i, ga chuideachadh gu faiceallach a 'suidheachadh far a' bhroilleach a bha e air a bhith a 'cleachdadh mar chluasag a' cur cotan bog-sgòthan na cheann.

Airson mionaid mhòr, cha do shuidh i ach ri thaobh, a corragan a 'lorg lùban a chluais agus an stàball garbh a bha aige airson falt. Mu dheireadh, leig i osna a-mach, "Nan toireadh mi òrdugh dhut an gabhadh tu ris?"

Bha e eòlach air ribe nuair a chuala e fear, ach cha robh ach aon fhreagairt ann airson an seòrsa ceist seo, nach robh? "Tha."

"Shaoil   mi sin."

Cha robh i idir toilichte leis an fhreagairt aige agus mar sin thug e air a shùilean fhosgladh don t-seòmar le solas bog. Beag air bheag thug e a-steach na bha e a 'faicinn. Bha an leabaidh mòr gu leòr airson a bhith na rùm fhèin. Bha an teallach far an robh an teine   a 'losgadh gu slaodach àrd gu leòr airson seasamh a-steach no cadal a-staigh. Agus an seòmar fhèin. Ballachan glasa, cha b 'urrainn dha a bhith cinnteach an deach am peantadh no an e seòrsa de chlach lìomhach a bh' ann ... co-dhiù chan ann leis an t-solas a bha a 'lasadh an t-seòmair. A-riamh cho slaodach ghluais e dìreach gu leòr airson a faicinn na shuidhe faisg air ... ga choimhead gun bheachd. Mì-chinnteach dè a dh 'fhaodadh e a ràdh no a bu chòir dha, roghnaich e faighneachd," A bheil adhbhar ann nach bu chòir dhomh? "

"Grunnan dha-rìribh ach tha mi a' smaoineachadh gum biodh e na b 'fheàrr nan leigeadh mi le Daibhidh bruidhinn riut mu dheidhinn. Tha tuigse fada nas fheàrr aige dè a bu chòir a dhèanamh le daoine na tha mi a' dèanamh. Nas motha mar sin nuair nach eil an neach fhathast air a 'bhunait a lorg timcheall orm."

Daibhidh? Footing? "Chan eil mi a 'tuigsinn." Agus cha robh. Bha e na sheirbhiseach, na thràill. Chan e, nas lugha na tràill; bha e na chù gun fhiach. Nan iarradh i air rudeigin a dhèanamh dhèanadh e gun cheist air eagal a 'pheanais. Ach mar as motha a bha e timcheall oirre is ann as lugha a bha e a 'tòiseachadh a' smaoineachadh gun dèanadh i cron dha. Bun an fhoirm "Fhad' s a bha thu a 'cadal, fhuair mi a-mach a h-uile dad mu shaoranaich Darke gu lèir. Às deidh dha m' antaidh ruighinn, dèiligidh mi ris na rudan as urrainn dhomh ron chrùnadh agus an uairsin a h-uile càil eile uaireigin às deidh sin. "

A-rithist, dh 'fhalbh e fhathast," I- Is urrainn dhomh mìneachadh. "

Bha a meur a 'brùthadh air a bhilean, rudeigin a bha e gu bhith a' tuigsinn a bha a 'ciallachadh nach robh e gu bhith a' bruidhinn airson mionaid, "Tha mi a' dol a thoirt òrdugh dhut gu feum mi cumail ris an fhear seo. "

Chrath Ethan aon uair.

"Tha Lilly na neach-slànachaidh nas fheàrr na mi fhìn agus mar sin aon uair' s gu bheil i a 'toirt sùil mhath air na leòntan agad feumaidh mi gun èist thu ris an stiùireadh aice. Gu ruige sin feumaidh mi gum feum thu fuireach san leabaidh seo. Ge bith dè a chluinneas tu a-mach às an t-seòmar seo, tha thu gun a bhith a 'fàgail an leabaidh seo."

An e sin a bh 'ann? "Mar sin, chan eil agam ach fuireach san leabaidh seo gus an can Lilly a chaochladh?" Dh'fheumadh e cleas a bhith ann.

"Tha. Tha na geàrdan agam air dearbhadh nach eil an caisteal cho sàbhailte sa bu chòir dha a bhith. Cha robh e comasach dhomh Mgr Edrich a lorg, agus tha e na adhbhar dragh dhomh a bhith a' coimhead air a shon. "

Edrich? Morair Edrich? "An do rannsaich thu fon taigh aige?"

Stad Nisha mus do thòisich i a 'sreap a-mach às an leabaidh. "An taigh agad, Ethan, chan e esan. Agus tha, chaidh a sgrùdadh."

"Mo ... thaigh?" Chaidh Ethan a-mach.

Tharraing i air an trusgan taigh dubh aice thairis air an deise cadail gorm meadhan-oidhche mus do fhreagair i, "Bha mi a' feitheamh gu madainn gus a h-uile dad a mhìneachadh dhut, ach an urrainn dhomh tòiseachadh a-nis mas fheàrr leat? "

Chaidh doras an t-seòmar-cadail fhosgladh mar gum biodh cuimhne aig an tè a chunnaic e na bu thràithe air a dhol a-steach don t-seòmar. Lèine-oidhche fhada a chòmhdaich i gu a casan agus caip stocainn ...

"Oh yuck, cha do thuig mi gum biodh adan cadail air duine fhathast."

Stad am boireannach, le iongnadh soilleir gun robh a 'bhana-phrionnsa air bruidhinn air rudeigin cho fliuch. "Ma tha mi ag iarraidh guilidhean ciùin sa mhadainn caithidh mi mo chaip a-nochd. Agus ma bheir thu beachd eile ceangailidh mi fear riut airson oidhche na bainnse agad."

"Ma nì thu, cuiridh mi air ais an gheasaibh."

"A ghràidh is dòcha gum bi e comasach dhut mòran de na comasan agam a làimhseachadh, ach tha na geasan a chruthaich mi fhathast fada seachad air do ruigsinneachd."

Choimhead e glaodh Nisha air a 'bhoireannach. "Oh gu math. Bidh mi snog air mo shon fhèin."

A 'sleamhnachadh a' chòrr den t-slighe a-mach às an leabaidh, ghluais Nisha a-null don teallach. "Cha robh Antaidh Celeste a' magadh nuair a thuirt i gu bheil na h-oidhcheanan a 'fàs frigid an seo."

Bha am boireannach àrd dìreach a 'glaodhadh, agus an uairsin a' glaodhadh, "Le bhith cho mòr ri suathadh ri logaidh mi diùltadh an sùith a thoirt far rud sam bith ris an cuir thu fios."

"Oh gu math." Stad Nisha agus thionndaidh i a dh'ionnsaigh na h-uinneige. "Tha Lilly dìreach taobh a-muigh ballachan a' bhaile. Am faic thu gu bheil Ethan comhfhurtail agus nach iarr thu cus air. Cha do lorg e a bhunait fhathast. "

"Fine, giùlainidh mi mi fhìn. Leis gu bheil e tinn." A 'feitheamh gus an robh Nisha a-mach às an t-seòmar dh' fhaighnich Ethan, "A bheil cead agad bruidhinn rithe mar sin?"

"Gu dearbh, tha mi." Chuir am boireannach a làmh caol tana thairis air cridhe. "Is e Nisha mo dheagh charaid agus tha aonta againn."

"Oh?"

"Is mise Fey. Mar sin, chan fheum mi a bhith snog dìreach seach gu bheil cuideigin à taigh àrd. Feumaidh iad mo spèis a chosnadh dìreach mar a h-uile duine eile. A bharrachd air an sin, bu mhath leat innse dhomh mu dheidhinn nuair a choinnich mi an toiseach ri Nisha ? "

"Mas e do thoil e?"

A 'gabhail cathair air oir na leapa, chùm i a-mach a làmh. "Cha deach sinn a thoirt a-steach mar bu chòir; is mise Marigold, co-dhiù, elf taigh pearsanta Nisha."

A 'toirt a làmh, dh' fheuch e ri gàire a dhèanamh, "Tlachd a bhith a' coinneachadh riut? "

"Tha mi teagmhach, ach chì sinn." Bha a gàire dad ach càirdeil. "Co-dhiù, bha mi mu fhichead aig an àm. Tha Nish a' mionnachadh gu robh mi na b 'òige, ach cò tha mi airson argamaid a dhèanamh. Chuala mi mo mhàthair, a bha na còcaire aig Castle Sun Tear-- sin an caisteal as fhaisge air crìoch Feyen- - gu robh a 'bhana-phrionnsa bheag dhilleachdan air a bhith cho gruamach o chionn ghoirid, agus mar nach biodh aon charaid aice a-riamh. Gu dearbh, mise a bhith, uill mise, bha agam ri faicinn cò an dìlleachdan beag a bh' ann. "

"Dh'èigh thu rithe a 'chiad uair a choinnich thu." Ciamar a tha fios agam dè an t-ainm Darke?

Rinn Marigold aghaidh "Tha?" An uairsin thuirt i, "Oh Nish ceangailte riut. Feumaidh gu robh i air ceangal maireannach a dhèanamh gus an urrainn dhut rudan a cho-roinn le chèile."

"I- Chan eil mi a 'tuigsinn."

"Dha-rìribh, chan eil mi an dàrna cuid, ach is e an rud a tha fios agam nan dèanadh i ceangal maireannach gum biodh e comasach dhut faighinn a-mach mu deidhinn ... mar chuimhneachan agus i leatsa. Mar sin, am bu chòir dhomh cumail a' dol leis an sgeulachd ? "

"Tha mi ... Um ... tha?" Mar sin, a bheil sin a 'ciallachadh gu bheil fios aice air a h-uile dad mu mo bheatha? An ann mar sin a fhuair i a-mach mu na tràillean? Bha an comas gu leòr airson gluasad a sparradh.

"Uill, fhuair mi a glùin àrd ann an dreasaichean agus plaideachan agus aodach eile agus dh' èigh mi. Na dèan mearachd sam bith, bha a h-uile còir agam a bhith a 'coimhead oirre. Bha i air a leithid de bhreugan a dhèanamh thug e uair a-thìde dhomh dèanamh a-mach dè a bh' ann buinidh e ris a h-uile càil. Agus bha sin le bhith a 'cleachdadh mo chomasan."

Rinn Ethan gàire, ach choimhead e sìos air a uchd.

"Co-dhiù, dh' innis mi dhi a flat a-mach dìreach air sgàth 's gur e bana-phrionnsa a bh' ann nach tug i còir dha praiseach a dhèanamh agus a h-uile duine a dhèanamh timcheall oirre truagh. Tha barrachd ann, ach chaidh sin a ràdh le misneachd agus tha mi a 'diùltadh an earbsa sin a bhriseadh. Co-dhiù, gheall i earbsa a chosnadh. Nuair a bhios i na Bana-phrionnsa no a 'Bhanrigh no ge bith dè a th' annam tha an taigh sàmhach aice a tha a 'faicinn a h-uile càil agus nach eil eòlach air. Tha mi cuideachd os cionn an luchd-obrach glanaidh gu lèir."

"Agus nuair a tha i ... leatha fhèin san àros aice?"

Chrath Ethan aon uair.

"An uairsin is i Nisha mo charaid gaoil a chuir mi eagal orm nach leigeadh duine sam bith eile a-steach. Bidh mi ag innse dhi na tha mi a' cluinntinn nach biodh fios aice mu dheidhinn. Agus tha sinn an-còmhnaidh onarach le chèile. Chan eil siùcar a 'còmhdach na fìrinnean dìreach don còmhradh puing. Tha e nas fheàrr mar sin. "

Sheall i a-null air an treidhe a-nis a 'seòladh ann am meadhan an t-seòmair. "Oh math, tha an tì agad air ruighinn. Bu chòir dha do chuideachadh gus fois a ghabhail gus an urrainn dha Lilly sùil a thoirt ort."

"Lilly? Thuirt Nisha rium gu robh a co-ogha a' tighinn ach nach tuirt i mòran eile mu deidhinn. "

"Ah, tha. Leig fhaicinn dhomh ... a' Bhana-phrionnsa Lilly Aileen Kairavi, Bana-phrionnsa Lite a 'Chrùin. Agus co-ogha dha ar Nisha. Geall e ri mac Draken. Agus bu chòir dhut fios a bhith agad cuideachd gu bheil cnag aig Lilly air a bhith ann an trioblaid agus a 'slaodadh a peata Draken a-steach don teine   leatha."

Peata air a shlaodadh? Ciamar a b 'urrainn dhi… an robh i cho cumhachdach is gun do shàbhail i Draken? "Tha i a' tighinn an seo ?! Gus mo fhaicinn?! "

"Uill cha bhithinn ag ràdh dìreach gad fhaicinn ach chan eil duine nas fheàrr Fey no eile a tha na neach-slànachaidh tàlantach. A bharrachd air an sin tha mi an amharas gum bu mhath leat do chasan a lorg mus tig Nisha suas sgeama eanchainn fuilt sam bith a nì a' mhòr-chuid de na bidh saoranaich Darke an dàrna cuid a 'suidhe sìos agus a' caoineadh no ag òl iad fhèin a-steach do stupor. Cho fad 's nach bi iad a' falach gus nach cluinn iad am beachd, an toiseach. "

"Dhèanadh i sin dha-rìribh? Dèan rudeigin gus eagal a chur air gach saoranach ann an Darke?"

"Darling, chan eil dad agad. Am faca tu a seacaid aig an Spire?"

"Y-Tha. Bha e air a dhèanamh de itean."

"Tha. Thug i na h-itean bho dhusan eun dubh, an uairsin thug i air gach fear dhiubh sweaters gus an do dh' fhàs na h-itean aca air ais. Gu dearbh, tha i a 'mionnachadh chun an latha an-diugh gun tàinig na h-eòin suas leis a' bheachd agus mhìnich i mar a bheireadh iad air falbh na h-itean aca gu sàbhailte. tha an deise dhubh sin ort a bha oirre san tuba. "

Sìol. Cha robh e air aire sam bith a thoirt dha ach a-mhàin mar a bhiodh e iomchaidh. "Chan eil cuimhne agam."

"Uh huh. Chaidh a dhèanamh dhi leis a' Bhanrigh Sedna agus tha i a 'fuireach anns a' Mhuir Endless. Smaoinich air sin airson mionaid. Dh'fheumadh Nisha coinneachadh rithe agus cha bhith a 'Bhanrigh a-riamh a' fàgail a lùchairt ... a-riamh. "

"Tha sin do-dhèanta ... chan fhaca duine a-riamh ... chunnaic ..." Na fuirich, bha sgeulachdan ann mu dhaoine a 'dol a-steach don mhuir ... tha a' cheist an-còmhnaidh an do thill iad a-riamh. An uairsin a-rithist, bha coltas gu robh ùidh aice ann an saoranaich uisge nuair a bhruidhinn iad.

"Gu dìreach. Mar sin, am bu mhath leat eòlas fhaighinn air an obair agad mar phàirt de thaigh Nisha?"

Moaned Ethan, "Chan eil. Ach tha mi a 'smaoineachadh gum bu chòir dhomh co-dhiù."

"Gheibh thu airson a cumail bho bhith a' dèanamh rudeigin mus smaoinich i troimhe. "

M.L.Ruscsak

Caibideil 28:

Lilly

Sheall Lilly a-mach uinneag a 'charbaid agus bha a cridhe a' goirteachadh. Bha e gu math seachad air meadhan oidhche ach fhathast uairean air falbh bho mhoch, ach bha daoine a 'sgriachail mun cuairt san dubhar. Co-dhiù a bha no nach robh iad fireann no boireann cha b 'urrainn dhi innse ach chitheadh i gu robh iad gann de dh' aodach ann am beagan a bharrachd air luideagan. A bharrachd air an sin, dh 'fhaodadh i a bhith a' faireachdainn faireachdainn sònraichte fuil Fey. Tha an cumhachd san fhuil sin a 'dèanamh an èadhair trom le iomagain agus eagal. "Dhaibhidh?"

Bha e a 'duilleach tro aon de na leabhraichean laghan a bha i air a bhith a' leughadh ach bha e cuideachd a 'feuchainn ri stòr na bha e a' faireachdainn a lorg. "Tha thu ga faireachdainn cuideachd." Bhris an leabhar na làmhan nuair a bha e a 'feuchainn ri adhbhar an fhàileadh a chomharrachadh. No an adhbhar airson an eagal.

A 'cuimseachadh a sùilean air an t-sràid, thuirt i," Fey. Tòrr Fey ... ach ... "

"A rèir a h-uile càil a thug a' chomhairle seachad, chan eil Fey no eadhon pàirt Fey an àite sam bith ann an Darke. " Stad Daibhidh. "A bheil fios agad gu bheil fios aig Nisha?"

Aig an àm sin leum Lilly. "Mura dèan i an-dràsta, nì i ro mhadainn."

Gu sgiobalta, rug e air a gàirdean. "Is dòcha gu bheil duilgheadas eile ann."

"Dhaibhidh."

Chrath a chuinneanan nuair a bha e a 'sniffadh an èadhair. "Is urrainn dhomh fàileadh fala. Fuil ùr, teth Fey. Chan e dìreach na tha air fhàgail dheth."

Bha i a 'coimhead iomagaineach a-nis. "A bheil thu cinnteach?"

"Is mise Darken. Tha fios agam air an eadar-dhealachadh anns an fhàileadh. Bidh mi a' conaltradh ri m 'athair nuair a ruigeas sinn."

"B-ach." Bhiodh e a 'sealltainn deiseil airson sabaid le dusanan de na sabaidean as fheàrr aige. Cha bhiodh Nisha toilichte.

"Èist Lilly rium. Tha Fey ge bith càite a bheil iad a' fuireach air an dìon le Feyen. Ma tha aon dhiubh a 'dèanamh cron an seo, dh' fhaodadh e a bhith a 'ciallachadh cogadh. Ma tha sgòran dhiubh an seo gun sgrìobhainn agus gun tèid an dochann bidh e a' reubadh na mòr-thìr gu lèir bho chèile no nas miosa. . "

A 'coimhead air ais a-mach às an uinneig stad Lilly. "Dh' fhaodadh d 'athair ..." A 'marbhadh a h-uile càil a tha a' dèanamh cron air Fey? Bha e na chomas math. Cùm cogadh bho bhith a 'briseadh a-mach? A-nis bha sin na cheist mhath. Airson na mìle bliadhna a dh 'fhalbh, bha iad air a bhith nam feachd poileis gun teagamh air an fhearann   gu lèir. Chaidh iarraidh orra cogadh a chumail bho bhith a 'briseadh a-mach eadar am Fey agus an nathair nathair. A-nis gu robh am bagairt tòrr na b 'fhaisge...

"Eadar m' athair agus do mhàthair, tha mi a 'smaoineachadh gun urrainn dhuinn toirt a chreidsinn air Nisha sgrùdadh foirmeil a chuir air bhog. Chan eil mi cinnteach nach eil i air tòiseachadh a' dèanamh a-mach dè a dh 'fheumar a dhèanamh. Cho luath' s a dh 'fhàs i cleachdte ri bhith an seo bhiodh fios aice bha rudeigin uamhasach ceàrr. No co-dhiù bhiodh Freya no a sgàil a 'toirt a-mach e."

Gu socair, ghabh Lilly anail domhainn mus tuirt i, "Ceart gu leòr. Mar sin, bidh sinn a' burraidheachd ar co-ogha gu bhith a 'dèanamh rudeigin reusanta an àite rudeigin brisg?"

"Chan e, bidh sinn a' seasamh a-mach às a slighe ma tha i air co-dhùnadh mu thràth mu rudeigin brùideil agus an dòchas gun urrainn dhuinn toirt a chreidsinn oirre rudeigin reusanta a dhèanamh. "

Ghabh Lilly anail mhòr agus choimhead e an caisteal a 'tighinn am fradharc. "Ceart gu leòr, tha mi a' smaoineachadh gun urrainn dhuinn sin a dhèanamh. Ach, chan eil mi a 'smaoineachadh nach bu chòir dhuinn leigeil le saoranaich Darke faicinn cò no barrachd a dh' ionnsaigh na tha thu an-dràsta. "

Rolaig Daibhidh a shùilean. "Mar sin a bheil a'
bhana-phrionnsa a 'siubhal leis a' chù dìonach aice
no an piseag earbsach aice. "

"Tha mi a 'smaoineachadh ... bu chòir piseag a
tha an aon rud a bhith aig bana-phrionnsa
pampered."

Gu dearbh."Mar sin, tha thu ag iarraidh
rudeigin siùbhlach agus tha sin a' coimhead leisg. "
Agus chan eil dad a tha coltach ri bagairt.

Thug i gàire spòrsail. "Dìreach smaoinich ma
tha bian fada òir ort bhiodh e na b' fhasa do pheata. "

"Fine. Atharraichidh mi gu bhith na chat
reamhar."

"Oh, tha fios agad gu bheil thu dèidheil air a
bhith air do pheata." Rinn i gàire nuair a leum e air a
h-uchd, mar-thà deònach a phàirt a chluich.

A 'ceumadh a-mach às a' choidse cha robh i a-
riamh air a bhith nas iomagaineach. Chan fhaiceadh i
mullach a 'chaisteil ach dh' fhaodadh i a bhith
a 'faireachdainn sùilean - sùilean fiadhaich - ga
coimhead. Cha robh post-lampa singilte air a lasadh,
no solas a 'tighinn bho uinneag sam bith. Cha robh e

cho mòr ri priobadh teine   bho rùm sam bith a chitheadh   i. "Cha tig an luchd-obrach gu madainn. Tha màthair a' toirt grunn bho Lite. " Thuirt i rithe fhèin nuair a chuir i peata air Dàibhidh a bha na laighe na ghàirdeanan. Anail dhomhainn. Bha i sàbhailte. Bha Daibhidh còmhla rithe. Cha leigeadh e le dad cron a dhèanamh oirre.

Air an adhbhar sin, cha bhiodh Nisha no na feachdan aice de dhaoine dubha.

Beag air bheag rinn i a slighe suas na ceumannan cloiche dorcha agus dh'fhuirich i gus an doras fhosgladh. Nuair nach do thog i an snaidhm òir agus leig i tuiteam. Ghluais bratach meatailt tron   chaisteal agus an èadhar timcheall oirre.

Bhris an doras fosgailte. "Dè ann an ainm Darke a tha thu ag iarraidh?" Dh 'fhàs fear mòr ann an èideadh geàrd. Air a shoilleireachadh le dorchadas cha deach dad sam bith ach a mheud agus sùilean dathte ember a shealltainn.

Leum Lilly aig an sgàineadh ann an guth an geàrd leth-dùil gun lean teine   na faclan aige. "Is mise a' Bhana-phrionnsa Lilly à Lite. Tha mi an seo air iarrtas Ban-phrionnsa a 'Chrùin Nisha."

Rinn an geàrd glaodh rithe airson mionaid mhòr a shùilean drùidhteach a 'toirt rabhadh," Chan eil duine a 'tighinn a-steach gun chead. Agus chan eil ... cait ... ceadaichte. Riamh."

Nish, tha feum agam ort.

"Dè tha thu a 'ciallachadh nach urrainn dha mo phiseag a dhol a-steach?" Chrath Lilly a cas air beulaibh a 'gheàrd. Bha gaol aig a seanair air a bhith na cat ... Bha fios aice an dèidh dha a seanmhair na sgeulachdan innse dhi grunn thursan.

"Chan eil cait ceadaichte san lùchairt. Chan eil eisgeachdan."

Gu soilleir, cha robh e air sgeulachdan an teaghlaich rìoghail a chluinntinn. "Chaidh innse dhomh a thighinn cho luath' s as urrainn dhomh agus tha thu a 'cur dàil air an luchd-èisteachd agam le mo cho-ogha. A-nis seas gu aon taobh." Stob i a cas le frustrachas. No a bhith a 'nochdadh gu robh i a' fàs duilich a-nis gum faca i a co-ogha a 'tighinn am beachd.

"Thig air ais sa mhadainn agus fàg an ... an rud aig an taigh."

Caibideil 29:

Nisha

Stad Nisha a 'dèanamh cinnteach gu robh i air aire Lilly. Às deidh dha liostadh airson mionaid nas fhaide chun dribble a bha an geàrd a 'spùtadh dh' fhàs i, "Is e meadhan na h-oidhche a th' ann. Dè an duilgheadas a th 'ann an seo?"

Thionndaidh an geàrd gus Nisha fhaicinn na sheasamh dìreach troighean air falbh bhuaithe. Bidh tendrils dubha a 'sruthadh gu saor bho gach àite timcheall oirre. Ceò swirling dubh is liath a 'cruthachadh paidhir sgiathan iongantach ach marbhtach. Shluig e gu cruaidh a 'faicinn rudeigin nach b' urrainn dha ainmeachadh a 'priobadh gu domhainn na sùilean. "Troublemaker do mhòrachd."

"Tha, chì mi gu bheil thu. A-nis leig le mo cho-ogha a dhol seachad mus toir mi biadh dhut gu Draken."

Thuit an geàrd air ais beagan cheumannan. "B-ach ..."

Chùm sùilean Nisha sìos le buaireadh. "An do stad mi? Agus na bi a' smaoineachadh airson mionaid nach cuirinn fios gu m 'uncail agus innse dha gu bheil neach-coiseachd teine   agam dha airson ithe."

Thug an geàrd ceum eile air ais. "Chan eil ma'am, ach an cat--"

"Tha fàilte anns an taigh agam. Thig air Lilly, tha am prìomh thalla fada ro fhuar airson a' phiseag bhochd a chumail san doras. "

Cha b 'ann gus an robh iad a-mach à sealladh an fhreiceadain a leum Daibhidh sìos agus a thionndadh na làn chruth. "Mar sin, am feum mi dinnear a-nis no am bu chòir dhomh a bhith nam aoigh modhail? Cho fad' s nach eil thu ag iarraidh an asail sin dha m 'athair."

Thug Nisha glaodh neònach dha. "A-nochd tha thu nad aoigh urramach. Amàireach is dòcha gum bi grunn rudan agam dhut airson taghadh airson do dhìnnear."

Rug Daibhidh air a ghàirdean agus shnàmh e a-steach don chiad chnap a lorgadh e. "Dè a thachair?"

"Chan eil a-nis. Tha cluasan anns an talla seo nach buin dhomh."

"Tha freagairt agam airson sin."

A 'cumail grèim air an talamh aice rinn Nisha a' chùis gu cruaidh, "Chan ann a-nis, am Prionnsa Davkren."

An dèidh grunn oiseanan a thionndadh ghabh Nisha anail domhainn agus rinn i gàire. "Faodaidh sinn bruidhinn a-nis."

"A bheil thu cinnteach?"

"Lil, gu h-onarach a bheil thu a' smaoineachadh gun canainn gum b 'urrainn dhuinn nam biodh uimhir de luchag nach robh ceangailte rium san sgìre seo."

"Uill, chan eil ... ach ..."

"Tha daoine anns an sgiath seo aig Gwydion air a h-uile làr. Chan urrainn dha fhèin no Freya a dhol tron   chaisteal gu lèir gus faicinn cò as urrainn earbsa a chur agus cò nach urrainn. Tha mi den bheachd gun urrainn dha Aunt Celeste mo chuideachadh le sin nuair a ruigeas i."

*Cò a th 'ann an Gwydion? Cha b 'fheàrr gun a bhith ag iarraidh sin.*Smaoinich Lilly. An àite sin, dh 'fhaighnich i," An do leugh thu na laghan fhathast? Thòisich Daibhidh agus mi fhìn agus ... "

Chaidh Nisha às a rian. "Ma tha thu a' ciallachadh na laghan a rinn a 'chomhairle, chuala mi mun deidhinn agus às deidh a-màireach thèid a' mhòr-chuid a thionndadh. "

"Agus am Fey?"

A-nis reothadh Nisha. "Shaoil   mi gu robh mi ceàrr," thuirt i rithe fhèin. "Dèan cron air. Thig air adhart Tha mi airson do bheachd an uairsin feumaidh mi thu a bhith mar an neach-slànachaidh tàlantach a tha thu agus feuch nach innis thu dhomh gun do rinn mi praiseach de rudan."

A 'ceangal a gàirdean ri Nisha's Lilly dh' fheuch e ri gàire. "Uill, bidh thu an-còmhnaidh a' dèanamh bùrach de rudan ma dh 'fheuchas tu ri a shlànachadh. Ach, tha thu gu math comasach air an fheadhainn a bu chòir a bhith marbh a thoirt air ais gu beatha làn." Agus b 'e sin rudeigin nach biodh taobh a-muigh an triùir aca gu bràth air innse do neach eile ... a màthair nam measg. Uill ach a-mhàin Edgar, a bha air a bhith na fhear a thug Nisha beò às deidh dha tachairt ri troll.

A 'fosgladh an doras dubh snasail reothadh Nisha, a' faicinn Ethan na h-aonar agus a 'feuchainn ri gluasad a-null gu cathair. Bha e fhathast a 'caitheamh a' chulaidh-oidhche sìoda agus a 'maidseadh botail a chuidich i a-steach fhad' s a bha e na chadal ... Bha e fhathast a 'caitheamh na mìltean de chòmhlan a bha fo lèine na h-oidhche ... agus fhathast a' coimhead ann am pian. Cò e. Dh 'innis aon sùil air aodann dhi sin. "Shaoil   mi gun tuirt mi fuireach san leabaidh."

Choimhead e oirre agus ghlaodh e, "A' mhaighdeann ... thuirt Marigold ... nach toireadh i an tì dhomh gus am bithinn ann an cathair. "

Bhiodh i a 'bruidhinn ri Mari nas fhaide air adhart. Agus gun cheist, bhiodh aon de na h-argamaidean gu math cuingealaichte aca a bhiodh aig aon dhiubh a 'cuimhneachadh cò a' bhanrigh a bh 'ann agus a dh' fheumadh gèilleadh ri òrdughan dìreach. "Fine. Nì mi dèiligeadh rithe a-màireach." Thug i làn cheum a-steach don t-seòmar. "Ethan, is e seo mo cho-ogha Lilly. Lilly mura biodh cuimhne agad ..." Cha do chrìochnaich i an abairt nuair a bhrùth a co-ogha seachad oirre.

Ghluais Lilly gu stad dìreach ron leabaidh. Bha a sùilean mu thràth a 'socrachadh air na bha falaichte fo na sreathan aodaich. Le gasp dh 'fhaighnich i," Le na diathan ... dè thachair? "

"I-" Thòisich Ethan aig an aon àm nuair a chaidh Nisha a-mach, "Cho-dhùin an neach-ionaid agam cuid de shaorsa a ghabhail."

Dhùin Daibhidh an doras air a chùlaibh. Uaireigin eadar Nisha a 'fosgladh an dorais agus Lilly a' dol seachad air an stairsnich bha e air a h-adharcan lùbte agus a chluasan biorach fhalach. An-dràsta, bha e a 'coimhead nas nathair anns na sùilean an uairsin an dàrna cuid Draken no Feyen. "Nish, is dòcha fhad' s a tha Lilly ag obair is urrainn dhuinn a dhol a-steach do sheòmar eile agus is urrainn dhut cuid de rudan a mhìneachadh. "

"Lilly?"

"Bheir e beagan ùine dhomh deagh shealladh
fhaighinn air a h-uile dad. Bhiodh e na chuideachadh
nam biodh tu ..." Stad i a 'coimhead air bàrr cluais
Ethan. "... chan ann an seo fhad' s a gheibh mi deagh
shealladh air a h-uile dad. "

A 'lùbadh air an doras a bha a' dol a-steach
don t-seòmar suidhe dh'fhàs Daibhidh, "A-nis, am bu
mhath leat innse dhomh dè a tha a' dol, agus cò am
balach sin? "

Chùm a sùilean sìos. Dha neach sam bith a
bhiodh ciallach bhiodh e a 'toirt rabhadh gun a bhith
a' putadh. Bha Darkens air an dùnadh a-mach. Ach,
bhiodh Daibhidh a 'tuigsinn an fhàs domhainn aice
agus bhiodh e faiceallach gun a bhith ga piobrachadh.
"Is e Ethan a th' anns a 'bhalach, tha e na gheall
dhomh. Tha cead aige a bhith anns an t-seòmar
agam mura h-eil thu airson deasbad a dhèanamh ort
a bhith ann an leabaidh Lilly airson na beagan
bhliadhnaichean a dh' fhalbh. Agus bha sin mus robh
fios aig Aunt Celeste gu robh thu eadhon anns
a 'chaisteal."

Thug Daibhidh fa-near na geallaidhean dorcha do ghuth Nisha. Thug e fa-near caolachadh a sùilean agus bha fios aice gu robh a cho-ogha aon anail air falbh bho bhith a 'cur eagal orra uile. A 'toirt gàire a bha e an dòchas a bhiodh a' coimhead càirdeil, dh'aidich e, "Fine, chan ith mi e."

Gu dearbh, cha dèan. A 'sruthadh a falt, ghluais Nisha air falbh bho Dhaibhidh agus nas fhaisge air aon de na cùirtean fada. "A-nis bho tha fios agam airson fìrinn, uaireigin às deidh an teine bha buidheann mòr de dhaoine ... Bha daoine a tha mi a' gabhail ris a 'ceangal fuil ri mo mhàthair agus bha iad gu math troimh-chèile mu bhith gu h-obann gun cheangal ... bha iad air an cruinneachadh ann an dòigh air choireigin agus glaiste gus an do chuir iad a-steach do thràilleachd. Chaidh innse don fheadhainn a bha nan clann, mar Ethan; gu math tràth gur e coin a bh 'annta. Tha an fheòil aca mar bhuinn airgid dha neach sam bith aig a bheil seilbh agus tha am fuil aca dhaibhsan a tha an urra ris. Bha mi an dòchas gu robh mi ceàrr gur e am Fey a bha a dhìth orra. "

A dhìth? Dè bha i a 'ciallachadh a bhith a dhìth agus carson nach deach innse dha na daoine Draken? Chaidh an fhreagairt an dàrna cuid Celeste no cha robh Alista den bheachd gu robh iad a 'call uimhir ri bhith a' fuireach am badeigin eile. Agus bha an dàrna cuid no an dithis gu math sàmhach a 'coimhead air an son. "Shit."

"Tha plana agam dèiligeadh ris an sin aon uair' s gun ruig Aunt Celeste. Ged a bhith cothromach chan eil mi a 'smaoineachadh gum bi i idir toilichte leis. Is e sin as coireach nach eil mi a' planadh air a h-uile càil innse dhi gus an deidh an fhìrinn. "

Rolaig Daibhidh a shùilean a-nis buidhe agus chrath e a cheann. "Cha bhith i cho toilichte ma bhios rìoghachd Feyen ag ainmeachadh cogadh air a sgàth."

A 'gluasad a-null chun tolg fhada eile aig an robh gàirdeanan os an cionn, lean Nisha air a gàirdean agus chaidh i thairis air a gàirdeanan. "Fìor fhìor. Is e sin as coireach gun do chuir mi Freya gu Feyen gus bruidhinn chan ann ri Larna ach a seanmhair Alista. Tha e nas fheàrr ma tha fios aice gu bheil e mu thràth air a làimhseachadh bho chaidh mo dhèanamh mothachail mun t-suidheachadh. Le fortan, bu chòir dha seachdain a thoirt dhomh no barrachd gus dèiligeadh ris a h-uile càil mus iarr i ath-dhìoladh. "

"Sounds reusanta." Phut Daibhidh far an dorais agus sheas e gu h-àrd os a chionn. "Mar sin, dè nach eil thu ag innse dhomh nach bi teagamh sam bith a' toirt orm a bhith a 'miannachadh gur e cat a bh' annam? "

A 'cnagadh a meur gu a bilean, shuidh Nisha gu sàmhach airson cùis buille cridhe mus do rinn i gàire. "Uill chan eil fios agam mu dheidhinn a bhith nam chat ... ach b' urrainn dhomh Draken a chleachdadh an-dràsta. "

Cha robh dùil aig Daibhidh. No is dòcha às deidh dha fuil Fey a bholadh. San dà dhòigh, dh 'fhaighnich e," Uill tha fear agad nad sheasamh agus mar sin ciamar a gheibh mi seirbheis? "

A 'stad airson buille cridhe eile, dhearbh Nisha na bha i air a chluinntinn mar-thà co-dhiù aon uair bho na faileasan mus do rinn i oidhirp mìneachadh don aon Draken a bha an-dràsta ann an Darke gu lèir. "Tha an neach-ionaid a bha airson Ethan a thogail air cron mòr a dhèanamh air ... tha feum agam air..." an t-seilcheag troll sleamhainn "... a chaidh a lorg. Gu ruige seo, tha e air a bhith comasach air e fhèin fhalach bho Freya agus legion de shades. thoir iomradh air an fheadhainn eile a tha a-nis ga shealg. "

A 'dol air ais ceum dh' èigh Dàibhidh a-mach, "Shades? Seo?" Ciamar? Carson? Chan eil e nas fheàrr gun a bhith ag iarraidh sin no is dòcha gum faigh e freagairt.

A 'bualadh air ais Dhaibhidh gu misneachail, rinn Nisha gàire nuair a thuirt i," Oh, is iadsan na daoine as tlachdmhoire a tha cuideachd ceangailte rium le fuil. Mar sin, na gabh dragh nach urrainn dhaibh cron a dhèanamh air an fheadhainn a tha nam fhuil. Creid mi gu bheil thu sàbhailte ge-tà Iarr air Uncle Craykren gun a bhith a 'coimhead bagarrach a dh' ionnsaigh orm. Tha mi teagmhach gum bi iad cho maireannach leis an sgàil riut. "

A 'glacadh an anail dh' fheuch Daibhidh ri gàire. Cha mhòr nach do shoirbhich leis. "Ceart gu leòr nì mi nas urrainn dhomh airson athair ach tha fios agad gu bheil e dèidheil air sabaid mhath."

"Tha, ach cha b' e sabaid chothromach a bhiodh ann bho nach b 'urrainn dha cron a dhèanamh air sgàil ... gan dèanamh le ceò agus a h-uile càil." Leig Nisha a làmh a chrochadh gu fuasgailte aig a taobh agus an uairsin rinn i gluasad gluasadach le a corragan. Bha ceò dorcha a 'magadh air molaidhean a corragan a' nochdadh mar gum biodh i a 'peatadh ge bith dè no cò a bh' ann.

A 'sparradh gàire, cha tuirt Dàibhidh dad mun cheò. "Deagh phuing. A-nis, dè a dh' fheumas a bhith agam mu mo chreach? "

"Tha e na phàirt de Wendigo agus na phàirt Fey." An uairsin ghlas Nisha sùilean le Daibhidh agus ann am fàs ìseal thuirt e, "Tha mi ga iarraidh beò."

Caibideil 30:

Lilly

A 'cuideachadh Ethan air ais dhan leabaidh, chuir Lilly an cupa tì a-null thuige. "Seo dhut. Is e tonic numbing a th' ann air a mheasgachadh le rudeigin a chuidicheas tu gus fois a ghabhail. "

Gun a bhith a 'toirt sip fhathast, dh' fhaighnich Ethan, "Carson a bhiodh am maighdeann ag iarraidh orm gluasad nam biodh fios aice gun cuireadh e stad air a' bhana-phrionnsa? "

A 'suidhe ri taobh Ethan, bha coltas air Lilly gu robh i a' beachdachadh air an fhreagairt airson ùine mhòr mus do shrug i. "Uill, nam feumainn a bhith a' stiùireadh gu robh i airson gun innis thu dhi nach eil. Ach is e sin Mari gheibh thu eòlas oirre aig a 'cheann thall. Is dòcha. Gu dearbh, is e Nisha an aon duine a tha snog cuideachd ach dìreach gann. An uairsin a-rithist, a' mhòr-chuid is ann ainneamh a bhios elves taighe tlachdmhor a bhith timcheall. Mar sin, tha e comasach gu robh i a 'feuchainn ri bhith neònach."

Ghabh Ethan sip den tì agus dh 'atharraich e an cuspair. "Tha seo fìor mhath."

"Gu dearbh, tha, tha Marta na còcaire eireachdail agus tha i cuideachd air a trèanadh mar neach-cuideachaidh gus am bi fios aice air rud no dhà mu mar a nì thu tì slànachaidh ceart." An uairsin chrath i a cas gu misneachail. "Na iarr air Nisha aon a dhèanamh i fhèin. Bidh i a' feuchainn ach chan eil a bhith a 'dèanamh tì no tonics rudeigin a tha i math air. Na innis dhi, ach mharbh am baidse mu dheireadh aice na lusan aig an Spire. Zilla cò is e an… um… Cha robh prìomh neach-slànachaidh an Spire… toilichte. "

"Ceart gu leòr."

Bhon a bha e a 'tòiseachadh a' faireachdainn cadalach dh 'fhaighnich i Lilly," A bheil thu ceart gu leòr leam a bhith a 'toirt air falbh do lèine?"

"Is urrainn dhomh…"

"Chan eil Ethan, chan eil mi airson gun gluais thu barrachd na dh'fheumas tu."

Chrath e a-mhàin e.

Gu mall, dh 'fhuasgail i am mullach agus leig i sleamhnachadh far na guailnean sgaoilte agus tuiteam chun leabaidh. Gu faiceallach tha i a 'tòiseachadh a' toirt a-mach an t-sreath aodaich a-muigh bàn gus sreath de gasaichean a nochdadh a bha a 'tòiseachadh a' dol troimhe gun fhuil dhearg a bhiodh dùil … no eadhon uaine nach robh aig cuid de shaoranaich ìosal ach fuil dhomhainn ghorm a bha sin cho tearc is gur e glè bheag de Fey àrd-bhreith a fhuair e … agus chan fhaca duine taobh a-muigh Feyen a-riamh. Bha cnap de cheò airgid agus bogsa òir le còmhdach airgid na shuidhe ri a thaobh.

"A bheil bogsa mar sin aig a' bhana-phrionnsa? " B 'e sin an aon cheist ris an gabhadh e smaoineachadh. No co-dhiù an aon cheist a dh 'fhaodadh e faighneachd a dh' fhaodadh freagairt fhaighinn.

A 'sgrùdadh grunn de na botail bheaga airson an tè a bha i a' lorg, fhreagair Lilly e cho neo-thalmhaidh 's a b' urrainn dhi gus nach cuireadh e dragh air. "Oh, seo? Tha fear aig Nisha ach chan eil e cho math ris a' mhèinn agam. A bharrachd air an seo tha e dìreach airson cùisean èiginn. Dh 'fhàg mi am fear as motha agam aig an Spire."

"Oh ach ..."

A 'coimhead timcheall air a ghualainn rinn i gàire. "Ethan, a ghràidh, tha thu a' sileadh; tha mi a 'gairm sin èiginn."

"Tha a' mhòr-chuid den t-sèididh air stad. "

"Uill tha sin gu math agus gu math, ach tha an fheòil gu bhith air a slànachadh. A-nis ..." Ràinig i a-steach don bhogsa aice agus tharraing i a-mach dà phìob le chèile le glè bheag de dhrogairean leigheis ceangailte. "Cuir a-mach do theanga, mas e do thoil e. Tha mi a 'smaoineachadh gum bi thu tòrr nas toilichte ma chaidil thu tro seo."

"I-" A 'faicinn sealladh na shùilean a thug air argamaid a dhèanamh dh' fhosgail e a bheul gu glic agus chùm e a-mach a theanga mar a chaidh iarraidh. Chaidh trì boinneagan bho gach vial a chuir air a theanga. Mus b 'urrainn dha a bheul a dhùnadh, ghluais an sealladh aige. "Am bu chòir dhomh a bhith a' faireachdainn woozy? "

"Dìreach cadal, Ethan. Bidh thu a' faireachdainn tòrr nas fheàrr sa mhadainn. "

Chrath Lilly doras trom an t-seòmar-cadail air a cùlaibh a 'leigeil leis an rumail domhainn mac-talla a-steach don t-seòmar. Bha ceò bog geal a 'gluasad timcheall a casan agus suas a druim a' cruthachadh paidhir sgiathan iongantach a dh 'fhaodadh a bhith buntainn ri dealan-dè sùbailte. "Feumaidh sinn bruidhinn. A-nis."

Chaidh Nisha tarsainn air a gàirdeanan gun sgàil leis an taisbeanadh bheag de theampall. Às deidh a h-uile càil, b 'e seo Lilly agus is ann ainneamh a bhiodh i a' nochdadh temper, agus nuair a dhèanadh i bhiodh e a 'frasadh a-mach cho obann sa thàinig e. Ach, bha coltas nas miosa air a co-ogha na chunnaic i a-riamh roimhe. "Nach bu chòir dhut a bhith a' toirt aire do Ethan? "

"Tha am Morair Ethan fo bhlàth na chadal agus fuirichidh e mar sin gu uaireigin às deidh madainn. A' toirt seachad gu bheil madainn an seo. Agus a 'solarachadh nach bi e a' sabaid an cadal a dh 'fheumas a chorp."

Dh 'fhalbh Daibhidh nas fhaisge air a rèiteach. "Tha madainn dòrainneach ann, tha e a' coimhead coltach gu bheil thu a 'coimhead air bho àite fo chraobh sgàil."

"Na tòisich thu, a Dhaibhidh. Na gabh thu. Tha a h-uile còir agam air m' fhearg. Agus chan fheum mi thu ag innse dhomh a chaochladh. "

Rinn Nisha gàire fhad 's a bha i a' feuchainn gun a bhith a 'gàireachdainn. Bha, gu cinnteach bha a co-ogha na bu pissed dheth na bha i a-riamh roimhe. "A Dhaibhidh, an cùm thu companaidh Ethan fhad' s a bhios Lilly agus mi a 'bruidhinn?"

Chrath Daibhidh aon uair. Uair sam bith eile phògadh e gruaim Lilly nuair a dh 'fhàgadh e an seòmar no co-dhiù le suathadh gu socair air a gàirdean. An-dràsta, cha robh e den bheachd gun cuireadh i fàilte air a h-uile gluasad agus mar sin dh 'atharraich e gu bhith na chat tana caol le stiallan donn is liath agus shleamhnaich e a-mach às an t-seòmar.

"Ceart gu leòr, dè a dh' fheumas tu a bhith às mo chiall nach do smaoinich mi fhathast? "

A 'coimhead air a co-ogha, chan fhaca i boireannach a bha às an ciall, eadhon eadhon pissed ach a' coimhead nas doimhne na sùilean agus a 'faicinn lasraichean a' priobadh air cùl aibhnichean deigh. Agus nas miosa fhathast dh 'fhaodadh i dìreach anaman nam marbh a dhèanamh a' sgriachail gu bhith air an leigeil ma sgaoil ... o seadh, b 'fheàrr dhi a bhith gu math faiceallach. "Tha Ethan Fey."

"Tha. Tha fios agam air an seo. Ach, cha b' ann gus an robh e agam ann an amar uisge agus bha mi a 'coimhead air a h-uile òirleach de a chraiceann a b' urrainn dhomh innse. Ann an cunntas sam bith, tha mi air iarraidh air Dàibhidh a thoirt thugam mu thràth. am poca feòil a bha a 'grodadh a cho-dhùin gum b' fhiach iad barrachd air ball den taigh agam. Agus mar a bha am Fey eile ... tha plana agam dhaibh mar-thà ach cha innis mi dhut oir tha mi airson gum bi fios aig daoine carson a bu chòir dhomh biodh eagal ort. "

Shuidhich an ceò a bha air a bhith a 'sruthadh timcheall oirre ro luath chun talamh. Bha i eòlach air a co-ogha agus cha robh Nisha a-riamh ag iarraidh eagal a bhith air duine sam bith ... cha robh ...
"Nisha ...?" Bha dragh a 'lìonadh a guth bog.

"Tha fios agam dè tha mi a' dèanamh Lilly. " Bhuail guth Nisha nach robh i fhathast ag iarraidh aideachadh na dh 'fheumadh i a dhèanamh." Bha mi a-riamh a 'gabhail cùram mòr ann a bhith a' dèanamh cinnteach nach robh eagal air daoine orm. Gun a bhith a 'leigeil fios do dhuine sam bith cho cumhachdach sa tha mi agus bha sin mus tàinig mi gu bhith na Banrigh an Under Rìoghachd. Ach tha sin air a dhèanamh a-nis. Tha fios agam gu math nas fheàrr air uirsgeul na Feise na duine sam bith a tha beò. Mar sin, tha fios agam cò agus dè a nì dìoghaltas air an fheadhainn a tha ann am fìor fhuil Feyen. "

Bha fearg Lilly a 'sìoladh às, mar a rinn an dath na h-aodann. "A bheil thu cinnteach?"

"Tha thu fhèin agus mise nam theaghlach. Caraidean. A bharrachd air peathraichean fala. Cha bhith mi a-riamh ag iarraidh ort eagal a bhith orm ach ... Mas e sin a' phrìs a dh 'fheumas mi a phàigheadh   gus ar teaghlach a chumail sàbhailte ... An uairsin is e sin a' phrìs a tha mi pàighidh gu toilichte. " Shuidh Nisha sìos air gàirdean de chupa ghoirid agus dhùin i a sùilean. "An robh fios agad gu robh eagal air m' athair leis a 'mhòr-chuid de na h-àrd-bhreith ach cha robh gin de na daoine ìosal? Agus mo mhàthair a dh' aindeoin gu robh e na chleas fada nas motha na bha i comasach aig an àm, bha amharas aice mu bhith a 'marbhadh teaghlach rìoghail na Feyen? "

"O, Nisha ..." Chuir Lilly a h-armachd timcheall a co-ogha a 'toirt uiread de chofhurtachd' s a b 'urrainn dhi. "A-nis na dèan sin ..."

A 'sguabadh aon deòir bho a h-aodann chrath Nisha. "Dèan dè? Cha d' fhuair mi eòlas air mo phàrantan oir cha robh cuideigin eile gan tuigsinn. Chaill mi iad le chèile oir cha do thuig duine aca gum feumadh daoine eagal a bhith orra na bha iad a 'togail a chumail sàbhailte. Agus cron a dhèanamh air, bha an dithis aca nan fiosaichean ... bu chòir gum biodh fios aca mun ionnsaigh ... bu chòir dhaibh a bhith ... "Bhiodh i a' sguabadh a sròin air muin an eideadh taighe aice. "Tha mi duilich. A bhith an seo ... fios a bhith agam cò mheud a tha air fulang bho chaidh mo mhàthair a thogail ... tha e a' goirteachadh. Cha robh dùil agam gum biodh e air a ghoirteachadh cho mòr. "

"Am bu mhath leat mo thoileachadh?"

"Chan eil mi a' smaoineachadh gur e deagh bheachd a th 'ann an-dràsta tionndadh gu dealain-dè agus èisteachd ri còmhraidhean nach bu chòir dhuinn a chluinntinn."

"Oh gu math. Dè mu dheidhinn a bhios sinn a' co-dhùnadh am bu chòir dhomh sgiathan is cluasan Ethan a chàradh no am fàgail air am bàrr. " Chan e gun deach na sgiathan a bhuain ach chaidh an reubadh às a dhruim ... an dà chuid bhon chraiceann agus bhon fhèith far an robh iad ceangailte.

"Tha mi a' smaoineachadh ... "Stad Nisha a' sguabadh na deòir a bha air fhàgail bho a sùilean, "feumaidh mi e comasach dha seasamh airson a' chrùnaidh ... às deidh dhuinn falbh airson an Spire, an uairsin ma tha thu a 'faireachdainn buailteach faodaidh tu na bha aige a thoirt air ais air a thoirt bhuaithe. " Tharraing i air ais dìreach gu leòr airson sùil a thoirt air a co-ogha, "Bu mhath leam na sgiathan aige fhaicinn ma tha sin comasach, ach is dòcha gum bi e math feitheamh gus am bi e air a shocrachadh a-steach don stèisean ùr aige beagan mus dèan thu."

"Aontaichte." A 'gabhail anail dhomhainn agus a' gluasad air falbh bho a co-ogha dh 'fhaighnich Lilly," Mar sin dè a bhios Daibhidh a 'dèanamh fhad' s a chuireas tu eagal air a h-uile duine? "

"Oh uill, feumaidh Ethan rudeigin a chaitheamh. Mar sin, smaoinich mi leis gu bheil e cho dèidheil air a bhith a' tinker le pìosan aodaich ... "

A 'bualadh falt fitheach Nisha air ais sìos, thuirt Lilly gu socair," Mura h-eil cuimhne agad orm a ràdh. "

"Lil, tha mi an-còmhnaidh a' cur luach air do shealladh. "

"Tha mi a' smaoineachadh gun cuir thu fios gu tàillear gus rudeigin a dhèanamh airson do rèiteach teachdaireachd nas fheàrr a chuir gu na daoine agad. "

Rinn gàire drùidhteach a bilean nuair a bha i a 'sniff. "Tha, tha mi a' smaoineachadh gun iarr mi iad. No eile thèid gabhail ris. "

A 'roiligeadh a sùilean, chuir Lilly gàire air. "Gu dearbh. Ach, tha mi a' smaoineachadh nan cuireadh e ris gum bi an seiche aca aig Draken mura h-eil thu gu tur riaraichte leis an obair, gun cuireadh e gu mòr ris. "

"Oh dear. Feumaidh mi dìreach iarraidh air Daibhidh faighneachd am bi a bhràithrean an làthair cuideachd."

*An e seo an dòigh aig Nisha air cuspairean atharrachadh?*Ann an dòigh air choreigin, cha robh i a 'smaoineachadh sin. A 'dùnadh a sùilean, cha mhòr nach robh gràin aig Lilly air faighneachd," W-Carson? "

"Uill aig an ìre seo bidh barrachd roghainnean dìnnear aig Daibhidh agus athair an uairsin a dh' fheumadh iad airson dà bhliadhna. "

A 'dùnadh a sùilean thuirt Lilly," Carson a dh'fhaighnich mi a-riamh? "

Caibideil 31: Ethan

Dh 'fheuch Ethan gun a bhith a' gearan bhon phian gruamach na joints ... dh 'fheuch e agus dh' fhàilnich e. Co-dhiù, bha e leis fhèin ... co-dhiù…

Ghluais rudeigin air oir na leapa ... rudeigin ... "Furasta a-nis, bidh seiche aig Lilly ma leigeas mi leat gluasad timcheall cus."

Sìol. Gu sgiobalta dh 'fhosgail e a shùilean gus balach Feyen a bha gu math eireachdail fhaicinn… fear… na shuidhe faisg air a chasan agus a' coimhead le cus ùidh. "Cha do thuig mi nach robh mi nam aonar."

"Tha e gu math." Ràinig an duine a-null gu ionad na h-oidhche agus dhòirt e glainne de leaghan dearg a-steach do ghlainne fhollaiseach. "An seo cuidichidh seo leis an stiffness."

"T-taing?" Bha an leaghan milis. Fruity… Agus nas fheàrr na rud sam bith a bha e a-riamh air blasad. "Cò thusa, mura h-eil cuimhne agad orm faighneachd?" Chaidh am fear mu dheireadh a ràdh beagan ro luath às deidh dha smaoineachadh gun do rinn e eucoir air a 'choigreach seo.

"Is dòcha gu bheil thu a' gairm Dàibhidh orm. Tha a 'mhòr-chuid de theaghlach rìoghail Lite a' dèanamh. Agus Nisha cuideachd tha mi creidsinn. "

Daibhidh? Cha b 'e sin ainm Feyen. No co-dhiù, cha robh e den bheachd gu robh. "Is e sin ... um ... ainm neo-àbhaisteach."

A 'dòrtadh dha fhèin cuid den deoch thuirt Dàibhidh gu cas," Tha, uill tha m 'ainm ceart fada ro fhada airson còmhradh cas agus mar sin cho-dhùin Lilly air Dàibhidh. Às deidh deich bliadhna tha e air fàs orm."

Airson ùine mhòr, sheall Ethan a-steach don ghlainne aige a 'tionndadh an leaghan dearg mun cuairt mus do dh' fhaighnich e gu socair, "A bheil e ceart gu leòr gum bruidhinn sinn?"

Chrath Daibhidh a cheann fo cheist mus do fhreagair e, "Carson nach biodh? An turas seo a-màireach bidh thu pòsta aig mo cho-ogha."

"M-pòsta? Amàireach?" Cha b 'urrainn dha sin a bhith ceart. Bha an crùnadh ann an dà sheachdain, chan ann a-màireach. Agus cha b' e an neach-lagha a chaidh a thaghadh… cha robh e faisg air an neach a bha air a thaghadh Fey no seòrsa eile de rìoghail.

"Gu dearbh. O, ach chaidh innse dhut gum pòsadh i prionnsa na nathrach. A bheil sin ceart?"

An robh freagairt cheart ann? Gu mall chrath Ethan.

"Tha gu math, bha sin gu soilleir na bhreug. Agus tha gràin aig Nisha air nuair a bhios daoine a' laighe rithe no buill den taigh aice. Cha chreideadh tu dè an trioblaid a dh 'adhbhraich a' bhreug bheag sin. No dè tha Nisha a 'dealbhadh air a sgàth. Ach feuch nach toir thu seachad e. na faighnich dhi mu dheidhinn. Tha mi cinnteach gum bi e nas fheàrr don h-uile faighinn a-mach às deidh làimh seach ro-làimh. "

"Oh?" An e breug a bh 'ann? Ach carson a bhiodh bràthair a mhàthar na laighe? An uairsin a-rithist carson a bhiodh e ag innse na fìrinn dha?

"Oh tha. Am bu mhath leat innse dhomh na tha fios agam airson fìrinn no am bu mhath leat Uirsgeul na Feise a chluinntinn?"

A 'toirt sip eile den leaghan thuirt Ethan le yawn," Dè as fheàrr leat a-riamh innse. "

"Ah glè mhath. Feuch an tòisich sinn le eachdraidh do theaghlaich. Tòisichidh sinn le taobh do mhàthar den teaghlach. B' e Lady Faerydae an t-ainm a bh 'oirre, thoir mathanas dhomh ach chan eil fios agam dè an t-ainm a th' oirre. Ach, tha fios agam gu robh i càirdeach ann an dòigh air choireigin. gu taigh rìoghail Feyen thusa tha na ceanglaichean sin nan dìomhaireachd gu faiceallach. Bho na fhuair mi a-mach bha i càirdeach don bhanrigh mu dheireadh le sreathan-fala ach cha robh i dlùth cheangailte gu leòr airson a bhith air a meas rìoghail. Co-dhiù, bha i fhathast na boireannach den chùirt.

Nuair a ghluais athair agus màthair Nisha gu Darke, thàinig i còmhla riutha. Air an iomlaid fhuair i grunn stòran agus bùthan milis gus an teachd-a-steach air an robh i cleachdte a chruthachadh. Bhon teine, bha a h-uile stòr ann an Darke ri thoirt dhut, ge-tà, air sgàth d 'aois aig an àm a ghabh bràthair do mhàthar smachd orra. Bhon rud as urrainn dhomh innse gu robh e a 'fastadh neach sam bith, chunnaic e iomchaidh agus chùm e an teachd-a-steach dha fhèin." Shuidh Daibhidh air ais beagan agus rinn e cinnteach gu robh an aire gun sgaradh aig Ethan mus do chuir e ris, "Chan eil Nisha toilichte le sin idir. Agus tha mi teagmhach aon uair 's gu bheil a' Bhanrigh Celeste a 'faighinn a-mach nach bi i cho toilichte leis mar a chaidh do thogail."

"Chan urrainn, chan urrainn…" criomag cuimhne eile. Bha e ann an stòr. Ceòl air a chluich gu socair aig a 'chùl. Cha b 'urrainn dha dad sam bith eile a dhèanamh a-mach. An robh a mhàthair air a thoirt dha na stòran còmhla rithe? Nam biodh na bha Daibhidh ag innse dha is dòcha gum biodh e comasach.

"Oh, ach tha. Tha thu a' faicinn gun deach d 'uncail a thilgeil a-mach à Feyen airson rudeigin. Chan eil mi dìleas dha na clàran sin. Nuair a dh' fhalbh e, shìn e a shlighe a-steach do thaigh do mhàthar. Taobh a-staigh na seachdain, thachair ar-a-mach agus chaidh a sgùradh taobh a-staigh amannan. An oidhche sin thachair an teine. A-nis chan eil dearbhadh agam ach tha amharas agam gu bheil rudeigin aig d 'uncail ris. Mura h-eil, tha fios aige cò rinn agus carson. San aon dòigh, tha Nisha air co-dhùnadh sùil a chumail air a chur gu bàs gu pearsanta."

Tha, a-nis bha sin a 'dèanamh ciall. Seòrsa."Am Prionnsa Ciron. Tha mi a' smaoineachadh gu robh fios aige. Airson na beagan bhliadhnaichean a dh 'fhalbh, tha e air a bhith a' biadhadh … "Suathadh Ethan amhach far am bi am prionnsa mar as trice a' cromadh.

"Bha thu ceangailte ri fuil ri Nisha goirid às deidh a breith. Bha e an dòchas nan cuireadh e biadh air do fhuil gum faodadh e amadan a dhèanamh fada gu leòr airson a pòsadh agus toirt a chreidsinn ort a mharbhadh a' cuir às do lorg sam bith den cheangal. Cha robh e a 'cunntadh air an gu dearbh ged a bhiodh tu air do thiormachadh bhiodh fios aig Nisha gur e thusa a th 'ann. Tha rudeigin ann mu fhuil rìoghail a tha coltach gu bheil e ga cheangal fhèin ri fìor cheallan bodhaig agus mar sin chan urrainnear an ceangal a thoirt air falbh eadhon ann am bàs. Bhithinn toilichte mura dèanadh tu sin na toir iomradh air sin do Nisha… no uill… duine sam bith airson a 'chùis sin. Bu mhath leam smaoineachadh mu na dhèanadh i fhèin no Lilly leis an fhiosrachadh. Chan eil, tha fios agam dè dhèanadh iad. Bhiodh aon de na boireannaich a' ceangal an nathair riutha fhèin an uairsin bhiodh am fear eile a 'feuchainn ri a mharbhadh gus faicinn am faodadh iad an ceangal a bhriseadh."

Cha dèanadh iad ... mura b 'urrainn dhaibh an ceangal a bhriseadh carson… "Dh' fheuch e ri mo mharbhadh grunn thursan ... a bheil thu a 'smaoineachadh…"

A 'bualadh air cas Ethan, rinn Daibhidh gàire. "Cuiridh sinn sin air dòigh às deidh a' chrùnaidh. A-nis am bu mhath leat faighinn a-mach mu d 'athair?"

A 'suidhe suas dìreach beagan dh' fhaighnich Ethan, "Feuch?"

"Chan eil mòran fios agam mu dheidhinn ach bha e uaireigin na gheàrd ann an cùirt Feyen agus an uairsin thàinig e gu bhith na Chaiptean an geàrd an seo. A bharrachd air an sin, bha e na chiad chathraiche air a' chomhairle an seo ann an Darke. Tha mi a 'smaoineachadh ach chan eil mi ro chinnteach ach bha an t-ainm aige rudeigin mar Gale... Galton no rudeigin faisg air an sin. Tha clàran sam bith bho mus tàinig e gu Darke air an cumail fo ghlas faiceallach agus iuchair. Faodaidh am Fey a bhith gu math duilich nuair a thig e gu bhith a 'roinneadh fiosrachadh le neach sam bith. chaidh clàran a bha an seo a sgrios san teine. "

"Ach tha thu Fey."

"Fìor. Ach chan eil earbsa agam ann an sgrìobhainnean mar sin. Co-dhiù chan ann an-dràsta. Someday Is dòcha ... ach an-dràsta?" Ghluais Dàibhidh. "Bidh a h-uile dad ann am Feyen a' tachairt nuair a thachras e. Is ann ainneamh a bhios daoine bhon taobh a-muigh beò fada gu leòr gus freagairtean fhaighinn do cheistean fada. A bharrachd air an sin ma dh 'fhaodadh na ceistean sin freagairt dha-rìribh a thoirt seachad."

Bha e air a bhith ag èisteachd gu cùramach ri Daibhidh. Ag èisteachd ris a h-uile facal. Agus bha fios aige air dà rud an toiseach nach e dìreach Fey a bh 'ann an Daibhidh. Cha b 'urrainn dha a bhith - bha na sgilean cànain aige nas fhaisge air Draken no saoranach ìosal de Darke na Fey a bha beò a' bruidhinn mar bu chòir. A bharrachd air an sin ... Cha do dh'innis Fey rudeigin dhut gun a bhith a 'faighinn rudeigin air ais. Agus san dàrna àite, chitheadh e dìreach dealbh de dhà adharc lùbte. Dìreach dèan a-mach na lannan timcheall air a shùilean. Gu mì-fhortanach, cha d 'fhuair e dad iarraidh oir dh' fhosgail doras an t-seòmair eile agus sheas an dà chuid Lilly agus Nisha san doras.

"Damn it David Thuirt mi riut gun a dhùsgadh." Uill, chan ann dìreach ach bha i air a thuigsinn.

Cànan mar sin bho bhana-phrionnsa Lite. Ach cha robh e a 'dol a thoirt iomradh air. O, chan e nach robh. "Cha do dhùisg Daibhidh mi."

"Uh ha. Tha mi cinnteach. Ach bho nach eil dearbhadh agam an-dràsta bheir mi dha an òraid air carson a bha mi airson gum biodh tu fhathast nad chadal."

Cha robh sin coltach ri mòran de chunnart. Chan ann nuair a bha Nisha a 'feuchainn gu cruaidh gun a bhith a' gàireachdainn no nuair nach robh coltas air Dàibhidh idir."A bheil barrachd den stuth dearg leachtach agad?"

"Lionn dhearg… Dearg…" Thionndaidh Lilly air Dàibhidh a bha a 'feuchainn ris an doras a shleamhnadh a-mach," Damn e gu ifrinn, a Dhaibhidh, cha bu chòir dhut a bhith a 'toirt dha deoch làidir na staid. Tha mi a' mionnachadh gun dèan thu neach-cuideachaidh slànachaidh nas miosa an uairsin Nisha. " A 'breith air cluasag a bha air a bhith a' laighe air an leabaidh, chleachd i gaoth gaoithe airson a tilgeil aig Dàibhidh a 'bualadh air a dhruim." Tha mi cho borb riut an-dràsta gum bu chòir dhomh do bhràithrean a bhith gad ghairm an dàrna turas a ruigeas iad. " Ghabh i anail mhòr. "Nish, an lorg thu rudeigin dha airson a dhèanamh mus faigh e e fhèin ann an trioblaid eadhon nas motha?"

"Gu dearbh, às deidh a h-uile càil, bu mhath leam na flataichean rìoghail fhaicinn mus tig Aunt Celeste." Rinn Nisha gàire cho milis mus do rinn i iarrtas a bhiodh na rabhadh do dhuine sam bith a bha eòlach mu thràth air mar a thuinich am Fey am fearann   seo. "Lilly mus fhaigh Ethan beagan cadail air a bheil feum mòr an innis thu dha mu dheidhinn Uirsgeul na Feise. Tha e a' dèanamh sgeulachd iongantach aig àm leabaidh. "

"Tha mi creidsinn gu bheil tìde agam aithris a dhèanamh air Uirsgeul a' chiad Fey. "

Dh'fhuirich Lilly gus an robh an dà chuid Nisha agus Daibhidh a-muigh air an doras mus do rinn e osna, "Cha robh còir aig Daibhidh deoch a thoirt dhut an-dràsta. Chan ann leis na tonics agus na teatha a thug mi dhut mu thràth. Ach tha beagan dath agad air ais agus tha mi creidsinn gu robh sin ann gun chron an turas seo. "

"Thuirt e gun cuidicheadh   e leis an stiffness anns na joints agam."

"Gu dearbh rinn e. Is ann ainneamh a bhios Drakens a' faicinn luchd-slànachaidh; an àite sin bidh iad gan òl fhèin a-steach do stupor no, co-dhiù, bidh iad ag òl gus am bi bruis no cràdh sam bith aca blissfully numb. "

"Ah." A-nis bha sin a 'dèanamh ciall.

"Cha bhith thu a' coimhead cus iongnadh. "

Dhùin Ethan a shùilean. "Chunnaic mi na h-adharcan. A' dèanamh ciall gu bheil e Draken. "

"Chunnaic thu ... chan eil, na bi ag ràdh tuilleadh. Cuiridh mi a' choire air sin air Nisha bhon a tha thu ceangailte rithe. A-nis, dè mu dheidhinn a dh'innseas mi an uirsgeul dhut? "

B 'e sin an dàrna duine a thuirt gu robh ceangal aige ri Nisha. An dòchas gun innseadh cuideigin dha dè bha sin a 'ciallachadh. "Carson a tha e cudromach?"

"Uill, leis gu bheilear ag innse dreach sònraichte den uirsgeul dha gach pàiste. Tha e an urra ri mìneachadh ach is e sgeulachd thlachdmhor a th' ann a bhith a 'tuiteam na chadal." Agus ag innse dhut is dòcha gun leig thu leam freagairt a lorg gus cogadh a sheachnadh. Chan e gum b 'urrainn dhi sin innse dha.

"Ceart gu leòr." Gu mall, tharraing e an còmhdach blàth thairis air a ghualainn agus leig e dheth a dhreuchd gus an sgeulachd a chluinntinn.

Caibideil 32: Nisha

Chuir Dàibhead gu mall an doras fiodha dorcha loisgte fosgailte. An earball fada aige a 'priobadh le bhith a' toirt rabhadh don fhiacail puinnseanta a bhiodh e mar as trice a 'falach am broinn an earbaill aige dìreach gann a' stobadh a-mach. "Nish faiceallach. Tha e a 'fàileadh mar gum biodh an teine   nach robh a-muigh cho fada."

Bha fios aice, oir b 'urrainn dhi fàileadh a' choille a chaidh a losgadh às ùr a cheart cho èasgaidh ri Daibhidh.

Airson mionaid sheas i san doras. Airson a 'mhionaid sin bha a h-uile dad pristine agus ùr. An uairsin…

Ghiorraich Nisha a sùilean. Dìreach mealladh eile.

Mar a ghabh i a 'chiad cheum slàn a-steach do sgìre ithe a màthar bhris an geas no an t-seallaidheachd. Agus airson a 'chiad uair chunnaic i gu tur na bha falaichte.

Miasan fhathast air an cur air a 'bhòrd. Na tha air fhàgail den bhiadh mu dheireadh a dh 'ith a màthair fhathast a' còmhdach na truinnsearan. O chionn fhada bha biastagan air milleadh a dhèanamh air na bha air fhàgail mar dhòigh bìdh. An uairsin bha na damhain-allaidh air dinnear orra. Tha na lìn a-nis falamh nam beatha. Tha cuid a-nis air an reubadh agus a 'sèideadh gu socair leis na sruthan èadhair ùr.

Air an talamh leagadh ceithir cuachan criostail.

"Nish?"

"Cha robh teine   riamh anns an t-seòmar seo. Smoc? Tha e coltach gu robh. Agus an sùith? Ro ùr airson a bhith bhon oidhche sin. "

A 'cleachdadh a earball, rug Daibhidh air an gob bhon ùrlar. "Tha fàilidhean mar phuinnsean ach chan e sin fear as aithne dhomh."

Gun a bhith a 'gabhail cùram mu na shuidh i a-staigh no air adhart, rinn Nisha i fhèin comhfhurtail air oir a' bhùird fhada. "Mar sin, tha mi a' gabhail ris gun deach mo phàrantan a phuinnseanachadh le rudeigin nach robh an dàrna cuid dìonach. Ach bha sin às deidh an teine   a thòiseachadh gus an tarraing an seo. "

"Dè tha thu a' smaoineachadh? Chuir Edrich sìos a shlighe a-steach do sheirbheis do mhàthar. A 'tòiseachadh an ar-a-mach an uairsin a' toirt smachd air Banrigh Darke agus a h-uile duine a bha ceangailte rithe? "

"Chan eil. Gu dearbh chan eil. "

"Math"

"Tha Edrich fada ro ghòrach airson sin a thoirt dheth. Ach… "Ghluais i sìos bho a spiris agus thug i a-steach an seòmar. "Tha neach-smàlaidh air a bhith a-staigh an seo o chionn ghoirid. Agus tha sin a 'togail barrachd air beagan cheistean."

A 'putadh doras eile fosgailte dh' innis Dàibhidh, "Bastards."

"Daibhidh?" Thog dragh a guth mus do nochd an ionnsaigh fuar a-steach don smior aice, "Dè a rinn... o..."

An sin dìreach troighean air falbh bhuaipe shuidh a 'chreathail gum bu chòir dhi a bhith air a togail a-steach. Smashed an uairsin air a losgadh agus mar sin cha robh air fhàgail ach am frèam. Chaidh cnàimhneach boireannaich a chuir air an làr. Ràinig a gàirdean a-mach. An robh i air a bhith a 'feuchainn ri teicheadh   no a' feuchainn ris a 'chreathail a ruighinn?

Ann an uisge bog bog thuirt Nisha, "Gwydion?"

"Mo bhanrigh?"

Shnìomh Daibhidh chun guth agus stad e bho bhith a 'toirt a-mach dùbhlan. Chuir e stad air fhèin bho bhith a 'dèanamh dad a dh' fhaodadh an duine seo a cho-dhùnadh gur e greim-bìdh tlachdmhor a bhiodh ann.

"A bheil fios agad cò a dh'fhaodadh seo a bhith?"

Airson mionaid sgaoil e an uairsin ath-leasachadh faisg air corp a 'bhoireannaich. "A mhaighdeann. Chan e aon de na màthraichean agad '. Tha na cnàmhan aice ro ùr airson a bhith air am fàgail bhon oidhche sin. "

Dìreach mar a bha i air smaoineachadh. Mar sin carson a dh 'fhàg i an seo idir?

"Tha mi a 'faicinn." A 'tarraing i fhèin chun làn àirde chrath Nisha aon uair. "Feuch an toir thu na tha ann gu fear anns am faodar earbsa a chur. Tha mi airson faighinn a-mach dè a tha cuimhne aig na cnàmhan. "

Cha do thuig Daibhidh. Rinn Gwydion.

"Mar a thogras tu mo bhanrigh. Thèid a dhèanamh anns a 'bhad." Stad e agus choimhead e air Dàibhead. "Tha mi an dòchas gum fuirich do cho-ogha còmhla riut gus an till mi."

Thionndaidh na bha air fhàgail de dhoras na sgoil-àraich gu luaithre. "Bhiodh e glic do dhuine sam bith fuireach còmhla rium gus an ruig a' Bhanrigh Celeste. "

Cha b 'e a bhith a' fàgail Nisha leis fhèin am beachd a b 'fheàrr a bh' aige a-riamh ach cha robh dad ann a b 'urrainn dha a dhèanamh nach b' urrainn dhi a dhèanamh nas fheàrr. Ach…

Theich a smuaintean nuair a rug làmh reòthte air muinchill a sheacaid. A 'tionndadh a chinn a dh' fhaicinn cò bha air a chreidsinn thuig e rudeigin eile… cha b 'e dìreach dubhar a bh' ann an Gwydion. Bha e na bhàs agus an-dràsta bha bàs a 'coimhead ceart air.

"A Thighearna Gwydion?" Cha robh Daibhidh cinnteach an e sin an tiotal ceart ach b 'e sin an rud as fheàrr a b' urrainn dha smaoineachadh air aig an àm sin.

"Bheir mi rabhadh dhut. Tha mo bhanrigh air co-dhùnaidhean a dhèanamh mu dheidhinn beagan rudan a bhiodh e na b 'fheàrr mura biodh tu timcheall air na roghainnean sin fhaicinn."

"I-" Thug e sùil gheur air sùilean an duine. Ceò gun robh iad fhathast … bha an t-eagal air. Bha eagal air Shade mu na tha Nisha air a cho-dhùnadh mu thràth. Le na diathan… "- Tapadh leat. Tha mi a 'smaoineachadh gum fuirich mi còmhla ris a' Mhorair Ethan gus am bi feum orm an àiteigin eile. "

M.L.Ruscsak

Caibideil 33: Uirsgeul na Feise

Dhùin Lilly a sùilean agus thòisich i ag aithris an uirsgeul cho math 's a b' urrainn dhi. Ann an guth sgeulaiche, thòisich i, Uirsgeul na Feise:

O chionn ùine mhòr, bha an Fey a 'fuireach air rionnag fad às. An uairsin aon latha, lorg fear an slighe chun t-saoghail againn, ach air ais an uairsin bha e air a riaghladh leis na bha an uair sin daoine. Creutairean a bha a 'coimhead glè choltach ris an Fey leis gun do choisich iad gu dìreach agus a' roinn stoidhle bodhaig cumanta. Ach cha robh cumhachd sam bith aca ach faclan agus na rinn iad le an làmhan fhèin, Intrigued, ghabh aon de na Fey an duine mar a companach anam. Mar phàirt den aonadh aca thug am Fey beagan dhiogan den fhuil aige agus thug iad bòid, bhiodh iad a 'roinn anns na bha aig gach fear.

Leis nach deach seo a dhèanamh roimhe seo cha robh fios aige gun toireadh na faclan aige cumhachdan dha bean na bainnse. Aon uair 's gun robh e soilleir gu robh na bha air tachairt, thionndaidh an fheadhainn a bha mar theaghlach a' bhoireannaich bhuaipe ag iarraidh bana-bhuidseach oirre. Mar sin, a 'fàs mar a' chiad bhana-bhuidseach ann an eachdraidh Fey.

Air ais air an rionnag, choimhead am Fey gu faiceallach mar a thàinig an t-aonadh seo air adhart a 'cruthachadh beatha ùr agus a' toirt a-steach cruthachadh a 'chiad leanabh de dh' measgaichte measgaichte. Thug seo beachdan dhaibh fhèin.

Bha cuid a 'faicinn nan daoine mar dreachan nas laige dhiubh fhèin agus a' sireadh na bha iad a 'co-dhùnadh a bha nan soithichean nas làidire. Ged nach robh faclan aca, bha an cànan fhèin aig na creutairean eile. Agus na beachdan aca fhèin air dè a bhiodh companach iomchaidh. A 'faicinn seo mar rud sam bith nas motha na geama gus a bhith nas làidire gu h-iomlan Thòisich am Fey a' toirt cumaidhean de na creutairean eile. Bhiodh madaidhean-allaidh nan cuilbheartan an dèidh dhaibh tighinn còmhla. Bhiodh iasg agus creutairean uisgeach eile nan sinnsearan gu Bunyip, Kelpie, Kraken, Morgawr, Ogopogo, agus mòran eile.

Ach tha feadhainn eile còmhla ri snàgairean agus creutairean beaga eile gus rèisean Amphisbaena, Cerastes, Lernaean Hydra a thòiseachadh. Bhiodh an fheadhainn sin cuideachd aon latha a 'fàs a-steach do na rèisean a th' againn an-diugh.

Ach, bha dìreach Fey fìor-ghlan ann a-riamh. An fheadhainn a tha a 'roghnachadh gun a bhith a' briodadh ri gin eile seach an seòrsa fhèin. Tha sinn eòlach orra mar Sìthichean, Elves, agus pixies dìreach ag ainmeachadh beagan. Bhon iad, tha beagan againn a tha air ceangal eatorra. Tha iad nas cumhachdaiche na gin eile seach nach deach na sreathan fala aca a lagachadh a-riamh. Bha iad a-riamh nan àrd-bhreith. An fheadhainn a tha a 'riaghladh. Is e an fheadhainn a tha eadhon mura h-eil iad air an taghadh nan laghan dhaibh fhèin airson nach urrainn do dhuine sam bith ach an rìgh no a 'bhanrigh an làimhseachadh. Fiù 's an uairsin, chan eil a h-uile duine a' roghnachadh a bhith air an làimhseachadh ach dìreach a bhith beò fo riaghladh an rìgh no na banrigh.

A 'tighinn chun na thuirt iad o chionn ceithir no còig mhìltean bliadhna air ais thòisich an saoghal a-nis a' dol thairis air an fheadhainn de shliochd Fey a 'briseadh a-steach do na h-àiteachan aca fhèin. Shiubhail an fheadhainn de shliochd nathair no snàgairean gu deas gu gnàth-shìde bhlàth. Chruthaich an fheadhainn a b 'fheàrr leis an àite dorcha no dubharach an rud ris an canar a-nis Darke. Chruthaich a 'chiad luchd-còmhnaidh aig Darke còmhdach thairis air an fhearann. Cha do dh 'fheuch duine a-riamh ri thuigsinn ach ag aideachadh gu bheil e ann airson adhbhar comhfhurtachd nan saoranaich.

Bhris cuid eile, a 'cruthachadh na tha a-nis Draken, Manicoria, agus Lite. Gu dearbh, tha Lite nas gile na dùthaich sam bith eile. Thathas an-còmhnaidh a 'gabhail ris leis gu bheil an bheilleag os cionn Darke gum feumadh an solas a dhol a dh'àiteigin eile. B 'e Lite an roghainn as reusanta.

A 'cur crìoch air na bha fios aice, choimhead Lilly a-null gu Ethan a bha air a bhith fada ro shàmhach agus a chunnaic e mu dheireadh ann an sliasaid dhomhainn.

Caibideil 34:
Ethan

Dhùisg Ethan gu solas blàth iridescent timcheall air. Chan eil dad nas motha na bruadar eòlach; fear a bha e air a bhith grunn thursan thar nam bliadhnaichean ach gu ruige seo cha robh an solas air a bhith cho soilleir ... cha mhòr nach robh e a 'sèideadh. Cha robh e a-riamh coltach ri bhith a 'coiseachd ann an tunail air a dhèanamh le sgàil agus an solas... bha an solas seo air a bhith ann dìreach a-mach à ruigsinneachd. Faisg air deireadh an tunail fhada.

An-diugh cha robh sin fìor. Chan ann an-diugh is gann gum b 'urrainn dha cumadh a charaid bruadar a dhèanamh a-mach. Is gann a chì thu an dòigh anns an robh a falt dubh meadhan-oidhche a 'sgaoileadh sìos a druim. Cha mhòr gum faiceadh i a sgiathan de cheò gorm math. Ach chan fhaiceadh i an robh i diombach no toilichte leis. Cha robh e eòlach air a h-ainm an uairsin a-rithist, cha robh e a-riamh air faighneachd. Gu diùid dh 'fheuch e ri gàire mar a dh' fhaighnich e, "Chan eil cuimhne agam air a bhith cho soilleir roimhe seo."

Rinn am boireannach gàire nuair a ghluais i faisg air. An solas a 'lasachadh mar a rinn i. "Tha thu nas làidire an-diugh. Tha an t-àm ann dhut mo dhìomhaireachd ionnsachadh."

A 'teannadh a chinn bha Ethan a' gearan nach robh i air bruidhinn a-riamh roimhe, ged a bha an guth as bòidhche aice. Thuit e eadar a 'ghaoth a' sèideadh gu socair tro na craobhan agus eun a 'seinn gus fàilte a chuir air a' mhadainn. An uairsin chuimhnich e air na thuirt i. "Dìomhaireachd?" B 'e sin an aon cheist shàbhailte... nach robh?

Thionndaidh i gu sgiobalta air falbh bhuaithe. "Thig. Tha thu làidir gu leòr airson coiseachd am measg mo dhaoine."

Odd. Mar as trice chum i e agus e a 'bruidhinn mun latha aige. Ghlèidh e e agus e ag èigheachd bhon phian a dh 'adhbhraich bràthair a mhàthar. Agus chumadh e e gus an robh an t-àm ann dha dùsgadh. A 'faighinn gu a chasan mhothaich e neònach eile, an deise èideadh gorm a bha air a dheagh dhealbhadh agus lèine gheal fo an robh e a-nis a' caitheamh. Chan e sìoda ach rudeigin cho bog nach gabhadh a dhèanamh ach na bhruadar. "Cha do dh' innis thu d 'ainm a-riamh."

Stad am boireannach agus rinn i gàire ris mus do rinn i gàire a-rithist ... ged a bha e coltach aig an àm seo gu robh e èiginneach. "Estare. Is e mo dhachaigh Lunaista. Is e seo aon de mhòran de na chanas tu rionnagan."

Rionnagan? An sgeulachd a bha e ag innse mar a thuit e na chadal. 'S e, sin e. Dh'fheumadh e a bhith. Is dòcha gum bu chòir dha a bhith air a bhith a 'toirt barrachd aire don sgeulachd. An uairsin a-rithist, bha inntinn mar-thà a 'dèanamh bruadar mìorbhuileach agus mar sin an robh e gu diofar?

Às deidh dha coiseachd airson na bha e coltach gu bràth thòisich e a 'bruidhinn a-rithist. Chan ann mu dheidhinn an tunail gun chrìoch. No na creutairean a chitheadh   e a-nis a 'tighinn a-steach don t-sealladh ach de rudan cumanta mu a bheatha mar a bha e a-riamh roimhe. "Cha bhuin mi tuilleadh do thaigh m' uncail. "

Stad Estare agus choimhead i gu cruaidh air agus an uairsin rinn i gàire bog. "Tha sin math. Tha e na chreutair le droch aimsir." A 'gabhail aon cheum, dh' fhaighnich i, "Nach eil thu sean gu leòr airson do thaigh fhèin a bhith agad?"

"Oh, thug a' Bhana-phrionnsa Nisha mi a-steach don taigh aice. " A-rithist, dh 'èigh Ethan. "Tha i ag ràdh gu bheil sinn geall."

Estare gasped. "Nisha? Nisha Trovos?"

Bha rudeigin ceàrr air a bhith a 'faireachdainn, ach cha robh fios aige dè. "Tha II a' smaoineachadh gur e sin sloinneadh a màthar. Tha mi a 'smaoineachadh gu bheil a' bhana-phrionnsa a 'dol le Devros; a tha troimh-chèile leis gu bheil leanabh a' faighinn sloinneadh a 'phàrant aig a bheil an comas as motha." Stad Ethan mus do ghluais e a-rithist. Anail an dèidh sin dh 'fhaighnich e," A bheil thu eòlach oirre? " Chan eil e coltach ach bha e na bhruadar agus mar sin bha dad comasach.

"Tha mi a' smaoineachadh… "Chrath Estare rithe fhèin," tha mi a 'smaoineachadh gun toir mi thu chun dachaigh agam agus an uairsin bruidhnidh sinn." Cha mhòr nach do ghabh i ceum agus thuirt e, "Na can dad a bharrachd gus am bi sinn anns an dachaigh agam. Tha iad sin nan amannan cunnartach. Cunnartach gu dearbh."

Cha b 'e dìreach dachaigh a bh' anns an dachaigh aice ach lùchairt air a dèanamh le criostalan agus duslach gleansach. Chaidh dathan nach robh e ach air bruadar a ghlacadh anns an t-solas a 'nochdadh a h-uile càil. Faileas de ghorm a bha a 'cuimhneachadh, dearg a bhruidhinn ri a chridhe, uaine dath sùilean a mhàthar. Bha e eòlach air an dath a-nis ged nach deach innse dha a-riamh. "Tha e iongantach an seo."

"Is e lùchairt Lunaista a th' ann. Tha a h-uile duine a tha air fuireach an seo air cur ri a mhòrachd. Chan eil mi ... chan eil fhathast. Feumaidh mi co-dhùnadh dè a dh 'fhaodadh mi a chuir ris an àite sin."

An àite Lunaista? Is dòcha gum bu mhath le Nisha cluinntinn mun aisling aige. Am biodh de mhisneachd aige innse dhi? Chan e, bhiodh e ag innse dhi. Bha aige ri innse dhi. Bha coltas ro chudromach air an aisling seo gun a bhith. "A bheil e sàbhailte bruidhinn an seo?"

"Tha mòran dhìomhaireachd aig na ballachan sin. Aon a sheallas mi dhut. Thig, tha mapa na Feise mar seo."

Grunn tallachan de bhallachan gluasaid. Staidhrichean solais ag èirigh bho a cheuman. Agus tha fuachd na deighe a 'faireachdainn chun a h-uile dad a thadhail e. "Tha na ballachan deigh?"

"Deigh? Chan eil fios agam air an fhacal. Is e ballachan a th' anns na ballachan a chaidh a dhèanamh bhon talamh fo ar casan. " Stad i aig doras cruaidh. An aon doras cruaidh a chaidh iad seachad. "Nach eil na ballachan agad a' tighinn bhon talamh? "

An robh? "Tha mi creidsinn ach chan eil iad ro-shoilleir."

"An uairsin tha mi dha-rìribh beannaichte gun a bhith a' fuireach san t-saoghal agad. Gun a bhith a 'faicinn a h-uile càil dh' fhaodadh duine mòran dìomhaireachdan fhalach. Agus dh 'fhaodadh na dìomhaireachdan sin leantainn gu cogadh uamhasach."

Ceart gu leor? Dè bha sin a 'ciallachadh?

A 'putadh gu h-aotrom air an doras chruaidh thuirt i," Seo an seòmar mhapaichean. Feuchaidh mi ri mìneachadh a thoirt dhut. "

Chrath Ethan. Bha a bhruadar a 'fàs tòrr nas caoile na bha e a-riamh a' smaoineachadh a dh 'fhaodadh bruadar a bhith. Feumaidh gur e na tonics a tha ag obair le inntinn. Bha, b 'e geall math a bha sin carson a bha inntinn a' dèanamh seo a-nochd fad na h-oidhche.

Dh 'fhosgail an doras gu slaodach agus cha robh am mapa… chan e dìreach pìos parchment air bòrd ach b' e an seòmar fhèin a bh 'ann. Cnuimhean soilleir anns a h-uile dùthaich. Buidhe ann an Lite. Purpaidh domhainn ann an Darke. Uaine ann am boglach nathair. Grey ann an Draken. Agus gorm anns na bha air ainmeachadh mar na Mystic Woods. An uairsin bidh cnagan geal a 'deàrrsadh gu dùmhail ann am Feyen. An uairsin sgap cuid ann an Lite agus Draken. Ach nas motha mar sin ann an Darke. "Dè tha seo?"

"Is e an geal an rud ris an can thu Feyen. True Fey."

Choimhead Ethan a-rithist. "Tha na solais dim ann an Darke." Cha mhòr nach deach a losgadh gu tur.

"Tha na Fey a' bàsachadh. Nuair a tha na solais cha mhòr air falbh mar sin bidh Darke. "

Bha Feyen ann an Darke? Cha robh ... bhuail a làmh a chluas. Bha a 'chluais aig an robh a' phuing fìnealta coltach ri caraid a charaid. "Rinn bràthair mo mhàthar seo."

Chrath Estare a ceann. "Chan ann leotha fhèin. Tha feachdan dorcha ag obair an seo. Tha iad a' tighinn bho na Mystic Woods. Gheibh thu freagairtean an sin. Mura tèid na solais a-mach. An uairsin cha bhith freagairtean idir ann. "

No Darke? Gun bheatha? Bha eagal a 'ruith troimhe… bha aige ri rudeigin a dhèanamh. Ach dè? "Am faod mi innse don bhana-phrionnsa na tha thu air sealltainn dhomh?"

"Is dòcha gu bheil thu ag innse dha Nisha. Dèan cinnteach gun cum i am bogsa dùinte agus nach fosgail e a-riamh. Tha na tha na bhroinn nas cunnartach na eadhon mise."

Bogsa? Dè am bogsa?

Bha an teine   dìreach a 'tòiseachadh a' bàsachadh nuair a bha a shùilean a 'fosgladh. Bha e dèidheil air na aislingean aige ach bha e a 'miannachadh nach robh e cho sgìth às an dèidh.

Thug gluasad de bheathach beag aig a chasan a-mach às a bhoglach e. A 'lùbadh bha e a' coimhead air a 'chreutair…. cat? … Thionndaidh e a-steach don fhear ris an do choinnich e a-raoir.

"Dhaibhidh?"

"Oh math, chuimhnich thu air m' ainm. "

Chatty airson Draken. Ifrinn, bha e cabadaich airson Fey. "A bheil Nisha timcheall?"

Choisinn Daibhidh. "Tha i a' coinneachadh leis a 'Bhanrigh Celeste agus leis a' chomhairle. Gu pearsanta, cha bhithinn a 'cuir dragh oirre an-dràsta … ach ma tha feum agad oirre gu mòr …" Leig e an còrr dheth.

"Tha mi a' smaoineachadh… "Dh' fheuch Ethan ri suidhe suas dìreach beagan agus bha i glè thoilichte nach robh coltas gu robh dad air a ghoirteachadh an-dràsta. "… Is urrainn dhomh feitheamh. A bheil fios agad dè a dh'fheumas mi a dhèanamh … airson an-diugh co-dhiù." Huh?

Bha Daibhidh a 'coimhead faochadh. "Tha tàillear aig Nisha a' feitheamh riut nach eil fada bho seo. A rèir coltais, is esan am fear as fheàrr san rìoghachd. "

Crìochnachaidh san rìoghachd? "A Thighearna Taliare?"

"Tha mi a' smaoineachadh gur e sin an t-ainm. Cha robh Nish air a ghlacadh leis an aodach aige agus mar sin tha mi teagmhach gu bheil e fìor mhath na dhreuchd. " No gun robh e an dùil a bhith beò tron t-suidheachadh.

"Ma tha e air a phàigheadh   gu fialaidh tha e gu math tàlantach. Ach, ma phàigheas tu am faradh àbhaisteach is ann ainneamh a mhaireas an t-aodach latha slàn."

"Ethan, a ghràidh, thuirt a' bhana-phrionnsa ris mura h-eil do phreas-aodaich crùnaidh a 'coinneachadh ris na bha dùil aice gum faigh mi dha ithe. A bheil thu dha-rìribh a' smaoineachadh gun roghnaicheadh   e bàs gu math slaodach? "

O uill, cuir mar sin e? "Tha mi a' smaoineachadh nach bi e cho toilichte le bhith air a mhaoidheadh   ach cha ghearain e ro àrd. "

A 'suidhe air ais dìreach falt chuir Daibhidh sìos a shùilean. "Chan eil e coltach gu bheil iongnadh ort gum bithinn ag ithe cuideigin."

"Tha thu Draken. No co-dhiù, pàirt Draken. Tha mi a' gabhail ris gu bheil ithe nàmhaid meadhanach math. "

Thug Daibhidh gàire blàth agus dhùisg e. "Fìor. Fìor fhìor. Ged a bheir e ùine mar as trice seo a thuigsinn."

"Gu dearbh, cha do dh'fhàs iad suas ann an Darke."

Thug Daibhidh sealladh neònach dha Ethan, an uairsin rinn e gàire. "Chan eil, tha mi creidsinn nach do rinn iad."

Caibideil 23:
Nisha

Mionaid às deidh madainn bha Nisha anns a 'phrìomh thalla a' feitheamh ri a h-antaidh. Bha an àros rìoghail gu tur pristine airson àite a bu chòir a bhith air a mhilleadh leis an teine. O, aig a 'chiad sealladh bha e air a bhith. Rinn damhain-allaidh eile am fear seo agus mar sin mu dheireadh thug e barrachd air mionaid làn a bhriseadh, agus bha sin às deidh dha faighinn a-mach gun robh e ann, an toiseach. Chuir e iongnadh air Daibhidh mun lorg. Uill mus do thòisich e air beagan rudan a chuir ri chèile. Chan eil gin dhiubh math. Agus cha do chuir gin aca ris gun deach a pàrantan a mharbhadh ochd bliadhna deug air ais.

Carson a bhiodh cuideigin a 'dol tro gach trioblaid le bhith a' losgadh sìos a 'mhòr-chuid den bhaile-mhòr agus…?

Chan e, cha lorgadh i na freagairtean san dòigh seo. Is dòcha gum bu chòir dhi tadhal air a 'Phrionnsa Ciron. No is dòcha a 'dol air ais suas an staidhre   agus a' sgrùdadh a h-uile òirleach den àros leatha fhèin, ach cha do rinn gin dhiubh tagradh rithe an-dràsta. Cha robh, an-dràsta bha i airson rudeigin a dhèanamh. Rud a bhiodh airidh air a fearg agus a sàrachadh. Rud a chuireadh eagal air a 'chrathadh preverbal a-mach às a h-uile rud beò ann an Darke gu lèir agus is dòcha an rìoghachd gu lèir.

Chan e, bhiodh i a 'feitheamh ri eagal a chur air an rìoghachd ach an-diugh dh' fheumadh i eagal a chuir air saoranaich Darke. Bha i feumach air a h-uile duine aca a bhith a 'tuigsinn nach e dìreach an t-oighre a bh' innte… bha i rudeigin a bharrachd. Rud ris an canar creutair.

Mar sin, sheas i aig bonn na staidhre mhòir agus dh 'fhuirich i gus an do dh' fhosgail na dorsan cloiche dubha dùbailte agus gun tug a h-antaidh a 'chiad cheum slàn a-steach don lùchairt aice. "An tàinig Uncle Blake còmhla riut?"

Thug a 'Bhanrigh Celeste ceum air ais mar gum biodh i air a slaodadh. A 'faighinn grèim air a dùsgadh, thuirt i gu socair," Tha fios agad gun do rinn e. Tha e an-dràsta a 'bruidhinn ris na geàrdan a-muigh gus faicinn carson a tha cnàimhneach a' dìon an t-slighe a-steach an àite saoranaich na rìoghachd agad. "

Chuir Nisha dheth e. "Bhon uairsin, tha iad nan saoranaich den rìoghachd agam, cò mise a bhith ag argamaid càite am bi iad a' roghnachadh a bhith a 'geàrd?"

A 'dùnadh a sùilean rinn Celeste gàire. "Mar sin, tha e gu bhith mar aon de na làithean sin," thuirt i rithe fhèin. "Shaoil mi gum biodh tu fhathast nad chadal aig an uair seo." Gu dearbh, ann an ochd bliadhna deug cha robh fios aice a-riamh gum biodh an nighean aice na dùisg ro meadhan-latha.

A 'dol tarsainn air a gàirdeanan chrath Nisha a cas gu mì-fhoighidneach. "Tha seo nas cudromaiche na cadal."

Cha b 'urrainn sin a bhith math. Sin nuair nach robh Nisha a-riamh a 'dùsgadh ro meadhan-latha. Agus gu dearbh chan ann nuair a bha i mu thràth air a pissed dheth agus air a beò-ghlacadh ro bhiadh na maidne. "Oh?" Thug Celeste ceum beag nas fhaisge air Nisha. "Is dòcha gum bu chòir dhuinn bruidhinn ann an suidheachadh nas prìobhaideach?"

A 'crathadh a ceann bhruidhinn Nisha gu socair," Chan e am Morair Edrich mo neach-ionaid tuilleadh, tha thu. Agus seach gur tusa an neach-ionaid agam, feumaidh sinn bruidhinn ris a 'chomhairle. Tha rudeigin ann a dh' fheumas mi a ràdh agus feumaidh tu a chluinntinn. feumaidh tu fios a chuir chun fheadhainn a dh 'fheumas a bhith a' faicinn mo chrùnadh gus an gabh a dhèanamh a-nochd. "

Bha i air an leanabh seo a thogail bho rugadh i. Bha i air a h-uile gaol a b 'urrainn dhi a thoirt dhi. Agus barrachd argamaidean le Nisha an uairsin a bha i a-riamh leis an nighean aice fhèin. Ach cha chuala i a-riamh am measgachadh sin de fearg, rage, agus rudeigin nach gabhadh ainmeachadh ach bàs ann an guth… ann an guth Nisha. "Leis gu bheil thu sean gu leòr airson riaghladh, bheir mi seachad don iarrtas agad air chùmhnant nach dèan thu cron air an fheadhainn a tha thu airson bruidhinn riutha."

"Tha mi a' gealltainn nach cuir mi às do dhuine sam bith nach eil airidh air. Tha Daibhidh air dearbhadh mar-thà cò a dh 'fheumas ithe no a reubadh agus a bhiodh iomchaidh a bhith air a thilgeil a-steach don Mhuir Endless airson na saoranaich an sin."

O, mo. B 'e aon rud a bh' ann dha Nisha a bhith a 'smaoineachadh air cuideigin a mharbhadh bha e gu math eile dha Daibhidh, a tha na Draken, a bhith a' moladh cò a dhèanadh biadh sàsachail agus cò dha. "Anns a' chùis sin, gheibh mi air ais do uncail gus am bi e comasach dha a bhith an làthair aig a 'cho-labhairt."

"Aunty, dha-rìribh, nach b' fheàrr le Uncle fios a chuir gu na taighean rìoghail eile? Às deidh a h-uile càil, tha mi teagmhach gum bi a 'choinneamh seo inntinneach dha."

"Fìor, ach ma tha fuil gu bhith air a rùsgadh, b' fheàrr leam gum biodh e na fhianais. " Gun a bhith ag innse gum biodh beachd nas fheàrr aige air carson a bhathar a 'dòrtadh fuil agus mar a chuireadh tu stad air. Is dòcha gu bheil fios agad mar a chuireas tu stad air.

A 'toirt gàirdean a h-antaidh rinn Nisha gàire. "Glè mhath, bheir mi seachad don iarrtas agad." A 'stad gus am biodh faireachdainn ceart aice mu chaise a h-antaidh, thuirt i," Is ann air an adhbhar seo a tha thu a 'roghnachadh leigeil le Lilly riaghladh Lite a-nis an àite feitheamh."

"Tha, a ghràidh. Chan e a bhith gu math èifeachdach a bhith a' dèiligeadh riut mar mo cho-ionnan. Ach, tha do cho-ogha deònach a bhith deònach. Agus airson sin tha mi dha-rìribh taingeil. "

Rinn Nisha a slighe gu far am biodh
a 'chomhairle air a cruinneachadh. Eadhon ged nach
robh i a-riamh an seo ... chun t-seòmar seo ... bha
fios aice cò ris a bhiodh e coltach. Seòmar mòr ochd-
taobhach le dà thaobh nas fhaide na an còrr. Cha
bhiodh uinneagan anns an t-seòmar fhèin ach an
cruinneach glainne a bha na mhullach. Is e an aon
àirneis am bòrd fada ann am meadhan an t-seòmair
ceithir cathraichean cùil àrd air dà thaobh. Aon uair
airson gach ball den chomhairle às aonais an dithis a
chaidh a chuir a-mach a-raoir. An uairsin dà sheata...
crùn òir... air an cur aig gach ceann den bhòrd airson
suidheachain an taigh rìoghail. Cha bhiodh fàilte ro
chàch san t-seòmar sin...

... Uill, ach a-mhàin Blake. Mar an duine aig
a 'Bhanrigh Celeste agus a' chiad chathraiche air
a 'chùirt aice, bha ùghdarras aige a dhol timcheall air
àite sam bith a bha e toilichte. Agus bha sin a 'toirt a-
steach seasamh air a cùlaibh anns a' choinneimh seo.

A 'seasamh aig na dorsan dùbailte bha Nisha
a' feitheamh riutha fosgladh. Bhuail cridhe an uairsin
a dhà agus dh 'fhosgail iad mar a dh' ainmich Blake
gun tàinig i. "A dhaoine uaisle, feuch an cuir thu fàilte

air Bana-phrionnsa a' Chrùin Nisha Devros. "Thairg e a ghàirdean dhi gus a toirt a-steach don àite aice aig deireadh a' bhùird… an taobh eile de a h-antaidh. "A-nis gu bheil a h-uile duine air cruinneachadh, rachamaid air adhart."

A 'gabhail a cathair gu socair rinn a' Bhanrigh Celeste gàire. "A dhaoine uaisle, feuch gum bi thu nad shuidhe." Rinn i gàire air gach fear gus an do rinn iad na chaidh iarraidh. "Leis nach eil gin agaibh a bha a' frithealadh fo mo phiuthar ghràdhaich a 'beachdachadh air an rabhadh seo ma tha thu airson fuireach mar phàirt de chomhairle mo nighinn bu chòir dhut tòiseachadh ag obair mar sin. Tha mi air a bhith an seo nas lugha na cairteal latha agus cha toil leam na tha air fàs dùthaich a bha uaireigin na dùthaich mhòr. Dùthaich anns an robh mo mhàthair moiteil às. Agus dùthaich a chuidich mi mo mhàthair uaireigin a 'riaghladh mus robh mi a' riaghladh mo dhùthaich Lite fhèin. Mar sin, leig dhomh a bhith cinnteach dhut gu bheil mi gu tur mothachail air na bha na laghan roimhe agus ri linn mo phiuthar ghràdhaich. Agus tha fios agam cò ris a thàinig iad bhon uair sin. "

Tha aghaidhean feargach bho na sianar fhear aig a 'bhòrd ach cha do bhruidhinn duine aca ris na faclan a bhiodh gu cinnteach gam marbhadh.

"A-nis tha mo neachd air iarraidh air luchd-èisteachd còmhla riut bruidhinn mu na rudan as urrainn dhomh a ghabhail os làimh a tha air leth cudromach. Thug mi cead don luchd-èisteachd sin mi fhèin a shàbhaladh bho bhith a' dèiligeadh ri ge bith dè a 'chùis a tha i air a thighinn tarsainn mu thràth."

Stad Celeste agus rinn e gàire air Nisha. "A ghràidh, am biodh tu cho coibhneil airson ar soilleireachadh?"

A 'cromadh gu a h-antaidh, dh' èirich Nisha às a cathair agus an uairsin chrath i palms a làmhan chun bhòrd a 'leigeil le tàirneanaich bog an seòmar a lìonadh oir bha sgòthan stoirme a' lìonadh a h-uile càil ach am bòrd agus an t-àite dìreach beagan os a chionn. "Na dèan mearachd, a dhaoine uaisle, chan eil seo na mhealladh. Tha na sgòthan gu math fìrinneach agus an dealanach a tha annta."

"Bb-ach tha e do-dhèanta." Chuir fear de na fir an stamag.

"Cha robh an comas sin aice ... chan urrainn dhi ..." Thàinig fear eile a-mach.

Cha tug i an aire dha na prìosanaich aice an-dràsta, ach mhothaich i an dragh a bha ann an sùilean a h-antaidh agus mar a bha bràthair a h-athar a 'dìon. "Leis gu bheil mi a' còrdadh rium a bhith cothromach, bheir mi cothrom dhut a bhith beò. Mun àm a bhios na clag mu dheireadh airson meadhan-latha, bidh a h-uile tràill no an fheadhainn ris an can thu cù gu bhith anns an raon an iar air an ballachan lùchairt. "

"Uile?" Lìon gasp cruinnichte an seòmar.

Cha robh i cinnteach cò thuirt e ach cha robh sin gu diofar ... chan eil fhathast. "Cha do stad mi. Ro mheadhan an latha, bidh an luchd-èisteachd agam de mo roghainn no ro tuiteam na h-oidhche, cha bhith àite ann dhut airson ruith nach lorg mi. Chan ann an Darke no ann an dùthaich sam bith eile." A 'putadh air ais bhon bhòrd dh 'fhalbh i a-steach do na sgòthan glasa.

Clap de thàirneanach no is dòcha gur e sin na dorsan a 'bualadh dùinte air a cùlaibh. An uairsin sgaoil na sgòthan a-steach do na fir aig a 'bhòrd a' comharrachadh gach fear.

Chaidh àrd-ùrlar a dhèanamh gu sgiobalta às deidh an naidheachd bheag mu cò a bha a 'bhana-phrionnsa airson fhaicinn. Chaidh baraillean a thoirt air baraillean uisge. Aon airson gach sreath de aoigh ris am biodh dùil. Dipper singilte airson gach baraille.

Ach cha robh fios aig duine dè a bhiodh a 'dol thairis. Cha robh dragh air gin aca gu robh cumhachd aig bana-phrionnsa Darke dad a dhèanamh, ach bha iad uile a 'faighneachd ciamar a chuir i ìmpidh air a' chomhairle leigeil leis a 'choinneimh seo tòiseachadh.

Agus bha dragh air a h-uile duine dè a bhiodh a 'tachairt dha Darke aon uair' s gun deach a chrùnadh.

Is gann gun do ghabh Nisha a cathair air an àrd-ùrlar mus do sheas fear caran làidir aig bonn na staidhre   a bha i dìreach air coiseachd suas mionaid roimhe. Bha an trusgan aige, ged a bha e sean, ga chomharrachadh mar àrd-bhreith. Bha na cluasan biorach aice Fey de sheòrsa air choreigin ach b 'e coltas faochadh a thug oirre aire a thoirt. "Faodaidh tu tighinn."

"Tha coltas do mhàthar ort, ach tasgadh d' athar. "

"Oh?" Chùm i a sùilean a-steach gu sliotan beaga bìodach a 'coimhead air an Fhèis neo-aithnichte seo ach cuideachd ga cumail fhèin mothachail air na bha a' dol air adhart ron àrd-ùrlar aice. Mothachail air na tràillean a bhith a 'toirt orra suidhe ann an sreathan roimhe. Mothachail air an fheadhainn aig an robh an tiotal cù a bhith nas motha na bhith air an èigneachadh… nan seasamh… gun a bhith a 'suidhe mar an fheadhainn a bha nan tràillean.

Ann am mionaid, bhiodh i a 'dèiligeadh riutha an-dràsta cha robh aice ris an duine neo-aithnichte dèiligeadh ris.

Thàinig an duine gu slaodach suas an dòrlach de cheumannan agus chaidh a leagail roimhe. "Is e Garwig an t-ainm a th' orm. Bha mi uaireigin na dàrna cathair aig do mhàthair agus na Chaiptean nan geàrdan. "

*Eu-coltach.*Ach dh'fheumadh i faighneachd dha piuthar a màthar mun tagradh aige. "Chaidh a ràdh gun do chaochail a h-uile comhairliche mo mhàthair an oidhche sin."

Gu sàmhach sàmhach thuirt Garwig, "Chan e a h-uile rud a chaidh a ràdh an fhìrinn." A 'coimhead Nisha a' togail aon sùil a bha fo cheist, thuirt e le urram, "Bha mi a' tadhal… um… caraidean ann an Draoidh le beannachd do mhàthar. Nuair a ràinig naidheachdan mun teine   mi, chaidh iarraidh orm fuireach a 'cuir." A 'tighinn gu co-dhùnadh, thuirt e," Tha d 'antaidh agus bràthair do mhàthar gu math glic agus a' cumail a 'chomhairle aca fhèin."

"Tha, tha iad a' cur ìmpidh orm an aon rud a dhèanamh. Agus nì mi. " Rinn Nisha gàire an uairsin ag èirigh às a cathair. "Bu mhath leam bruidhinn riut nas fhaide ach chan e a-nis an t-àm. Feuch an tig thu còmhla rium às deidh a' chrùnaidh nuair a gheibh sinn àite nas freagarraiche airson barrachd còmhradh prìobhaideach. "

"Bhithinn na urram, a Bhana-phrionnsa."

Mar a bha an clag mu dheireadh a 'dol sìos sheas Nisha an uairsin a' cleachdadh a 'ghaoth gus a guth a neartachadh. "Feuch an toir thu deoch don uisge a tha air a thoirt dha gach fear an seo. Bidh aon làn tumadair gu leòr an-dràsta." Thionndaidh i a ceann a dh 'fhaicinn an inneal-rabhaidh air aodann Garwig. A 'faighinn a-mach gun robh e draghail gun robh i gu bhith a' puinnseanachadh a h-uile duine a bhiodh ag òl an uisge. A 'toirt dha wink, agus gàire càirdeil, thionndaidh i air ais chun t-sluagh agus leig i fhèin a bhith a' faireachdainn. Nam biodh e dha-rìribh na phàirt de chùirt a màthar bhiodh fios aige dè a bha an wink sin a 'ciallachadh… ge-tà, nam biodh e na laighe… uill, bha freagairt aice airson sin cuideachd.

A 'dùnadh a sùilean, cha robh feum aice coimhead air na bha a' tachairt roimhe. Bha fios aice nuair a ghabh duine eile deoch den uisge. Uisge laced le a fuil. Bha i a 'faireachdainn gun robh an cumhachd aca, an cianalas aca a bhith nas motha na na bha cead aca a bhith. A 'faireachdainn am pian bho lotan ùra. A 'faireachdainn pianta an t-acras agus an t-acras. Aithnich taobh a-staigh mionaidean cò bu chòir sgiathan glòrmhor a bhith aige agus cò aig am bu chòir cluasan biorach a bhith aca. Beagan mhionaidean eile agus bha tughadh… cha mhòr eòlach oirre. Ethan? Chan e, chan e Ethan. Bha e ga uidheamachadh airson a 'chrùnaidh. Ah… ach bha an cumhachd bhon tughadh sin deoch làidir.

A 'leum far an àrd-ùrlar chleachd i an ceò gus a sgiathan a chruthachadh. Sgiathan nach àbhaist a bhith air an sealltainn cus. A 'rèiseadh os cionn cinn an fheadhainn a bha a-nis ceangailte rithe dh' itealaich i nas luaithe agus nas luaithe gus an robh i faisg air an t-sreath mu dheireadh agus an uairsin stad i a 'sruthadh dìreach dìreach òirleach bho a cheann.

Chan e Ethan, ach gu soilleir teaghlach. Bha i ga fhaicinn na aodann... san dòigh a dh 'aindeoin a bhith ann am pian agus leis an acras... chum e e fhèin. Misneachail agus deiseil airson trioblaid.

"Dè an t-ainm a th 'ort?"

Choimhead an duine oirre. Airson geàrr-chunntas, san dàrna àite, bha e a 'coimhead troimhe-chèile agus an uairsin rinn e gàire nuair a dhùin e a shùilean. "Chan urrainn dhut a bhith ach nighean mo bhanrigh."

"Gu soilleir no cha bhiodh an ceangal air obrachadh, mar sin innis dhomh d' ainm. "

Gu mall, chaidh e gu aon ghlùin a 'tuigsinn nach leigeadh duine sam bith grèim air a-nis. "Galeron. Ciad chathraiche na BanrighComhairle Adrianna. Agus caraid dha d 'athair. "

Ah... mar sin cha do bhàsaich e mar a chaidh iarraidh oirre. Mar sin, nam biodh e an seo ... càite an robh a pàrantan fhèin? Chan e, cha b 'e a-nis an t-àm airson faighneachd. Gun a bhith a 'toirt a sùilean far Galeron, thog i a guth a-rithist. "Tha a h-uile duine an seo a-nis ceangailte rium. Thig cron sam bith dhaibhsan a tha leamsa, bidh fios agam. Thèid a h-uile duine an seo a thoirt a-steach don Spire agus a làimhseachadh gu ceart mar an Àrd-bhreith a tha iad. Uile, ach am fear seo. " Ghlais i sùilean le Galeron. "Thèid a thoirt gu Caisteal na h-Oidhche." Thionndaidh i a ceann a 'leigeil leatha fhèin na

cnàimhneach fhaicinn a' feitheamh air fàire.
"Cuidichidh faireachdainnean dìleas e chun a'
chaisteil. Bidh a 'Bhana-phrionnsa Lilly buailteach
dha gu pearsanta."

Bha an sluagh a bha air cruinneachadh air sin
a dhèanamh agus iad a 'smaoineachadh gun
cuireadh a' bhana-phrionnsa às dhaibh gaiseadh na
dùthcha aca. Na tràillean agus na coin a ghlac na h-
uimhir de na goireasan aca ... am biadh, agus na h-
uimhir de rùm a bhiodh iad a 'cleachdadh airson na h-
àiteachan cadail aca le sìoladh. A-nis sheas iad
gaping ann an eagal. Cha robh còir aig a 'bhana-
phrionnsa a thàinig thuca le glè bheag de chomasan,
a bhith comasach air aon de na tràillean uamhasach
sin a cheangal...

... Ach bha i air a h-uile gin dhiubh a cheangal
rithe.

Bha i air inbhich a cheangal ri daoine a bha
dèidheil air a màthair. Uinneanan nach gabhadh a
mharbhadh eadhon a-nis. Clann ceangailte a
b 'fhiach barrachd mar bhiadh na pocannan feòla a

chaidh a chumail beò. Cha bu chòir, cha bu chòir dhi a bhith air seo a dhèanamh. Chaidh eagal a sguabadh tron   t-sluagh oir thuig iad an fhìrinn a bha a-nis nan seasamh. An fhìrinn nach robh gin air a bhith ag iarraidh aideachadh…

Cha robh a 'bhana-phrionnsa dìreach na bu chumhachdaiche na bha an dithis phàrantan còmhla, ach bha fàbhar aice dhaibhsan a bha a' fuireach san Under Kingdom. Bha sin ri fhaicinn nuair a bha na cnàimhneach a 'caismeachd a-mach bho bhith fo na preasan far an robh iad air am falach agus bha iad a-nis a' toirt a-mach na tràillean don Spire. Ceathrar a 'giùlan am fear mu dheireadh de Chomhairle na Banrigh a-steach don chaisteal.

Cha do ghluais iad gus an deach a 'bhana-phrionnsa bheag a-mach à sealladh ach dh' aontaich iad uile gum feumar stad a chuir oirre aig a h-uile cosgais.

Caibideil 36:
Ethan

Bha e a 'faireachdainn gàire. Bha a chasan air an lìonadh a-steach do bhrògan taighe le cus uisge; brògan a bha Lilly air a bhith a 'cur orra bho nach robh a chasan faisg air làimh cho slàn' s a bha i a 'faicinn iomchaidh airson coiseachd. Bhiodh brògan a thug air a chasan a bhith a 'faireachdainn mar gum biodh e a' feuchainn ri grunnachadh tro tholl-lòin domhainn na glùine fhad 's a bhiodh e a' caitheamh blocaichean saimeant ceangailte ri a chasan. Gu dearbh, cha do chuidich am plaide tiugh a bha a 'còmhdach an trusgan taigh plush ùr aige agus an deise cadail a chaidh a dhèanamh às ùr mòran nas motha. "Co-dhiù, chan fhaic duine mi mar seo," thuirt Ethan agus e a 'leigeil osna a-mach.

Stad Daibhidh meadhan a 'cheum agus rinn e gàire. "Ethan, an fheàrr leat an rud a th' ort an-dràsta no am biodh an tàillear gad fhaicinn anns an t-seòmar-cadail? "

"B' fheàrr leam nach fheumainn na plaideachan a bha freagarrach air an leabaidh a chaitheamh nas fheàrr. " Bha e grumble agus às deidh dha a bhith a 'dùsgadh bhon aisling as ùire aige chuir e roimhe grumble gu làidir gus an do thòisich cuideigin a' dèanamh ciall. Gu dearbh, dh 'fhaodadh am plana aige spreadhadh na aodann ach a' breithneachadh le gàire Dhaibhidh cha robh e den bheachd sin.

A 'cur a mheur fhada chumhang air broilleach Ethan, rinn Daibhidh gàire. "A bheil thu deònach sin innse dha Lilly?"

"Uill chan eil." Stad Ethan agus ghabh e anail domhainn. "Coimhead gu bheil mi sgìth. Tha an saoghal agam … mo bheatha … air a bhith air a thionndadh bun-os-cionn agus air a reubadh às a chèile ann an aon latha. Sin agus tha mi a' pòsadh agus is gann gu bheil mi naoi bliadhna deug a dh'aois. Choinnich mi ri mo bhràmair a tha gu bhith na Banrigh Darke. A 'Bhanrigh. Agus tha na tonics no dè, chan e sin a tha Lilly a' toirt dhomh a 'tòiseachadh a' toirt air mo chraiceann prickle. Gun a bhith a 'toirt iomradh air mo bheachd, chan eil Nisha cho math oir tha thu fhèin agus Lilly a 'feuchainn gu cruaidh gus mo chumail air falbh bhuaipe."

"Tha gu math. Tha Nisha a' gealltainn gun a bhith a 'leum dad nas fhaide ort airson co-dhiù deich bliadhna. Mar sin, ma chumas i am facal aice tha thu sàbhailte an-diugh."

"Gabh mo leisgeul?" Cuin a thionndaidh deichead gu bhith na latha?

Ghluais Dàibhidh an uairsin air ais chun astar slaodach aige sìos an talla. "Oh uill, is e sin Nisha. Feuchaidh i gu mòr ris an fhacal aice a chumail ach feumaidh tu cuimhneachadh gur e Banrigh a th' innte. Agus mar bhanrigh, chan urrainn dhi smachd a chumail air a h-uile rud beag a thachras. Faodaidh Nish feuchainn, bagairtean a dhèanamh agus eagal a chuir air a 'chrathadh a-mach às iadsan a chuireadh na h-aghaidh. Ach chan urrainn dhi smachd a chumail orra. " Stad Daibhidh nuair a ràinig e a làmh gu doras le peant dearg. "Uill, dh' fhaodadh i, ach a-mhàin nam biodh fuil ceangailte rithe. Agus chan eil mi a 'smaoineachadh gum biodh i a' ceangal a h-uile duine beò rithe mura feumadh i. " Stad e gu mòr a 'smaoineachadh mu na bha e dìreach air a ràdh agus ath-bheachdachadh." An uairsin a-rithist, le Nisha a 'dèanamh rud sam bith a thug air a' Bhanrigh Lite agus Caiptean a geàrdan a chumail suas ann an àite air choreigin, chan ann le Nisha ... cha mhòr nach urrainn dhomh geall a dhèanamh gu bheil i a 'dèanamh rudeigin gus eagal a chur air saoranaich Darke." Pat càirdeil air gualainn Ethan agus an uairsin chlisg Davis. "Is fheàrr gun a bhith a' faighneachd dhi mu dheidhinn. Tha teagamh mòr orm ge b 'e dè a leigeadh leatha a gealladh a chumail dhut."

Cha do ghluais Ethan a 'feuchainn ris a' mhòr-chuid de chreachadh Dhaibhidh a thoirt a-steach. Bha e gu math cabadaich airson Draken, ach rinn Daibhidh puingean math. A 'co-dhùnadh a shùilean a dhùnadh airson dìreach diog ghoirid agus a' criathradh tro gach rud a bha e dìreach air ionnsachadh, chuala Ethan guth domhainn eile a 'tighinn bhon t-seòmar a bha Daibhidh air a bhith ga stiùireadh. "Tha e mu dheidhinn àm cronail a nochdas tu. Tha gnìomhachas agam ri ruith. "

Le diùid, dh 'fhosgail Ethan a shùilean gun a bhith ag iarraidh ceum eile a ghabhail. Cha robh e dìreach airson a dhol a-steach don t-seòmar sin. Cha robh iad airson gun cuireadh am Morair Taliare fios thuige. Cha robh mi airson fhaicinn. A h-uile càil a dh 'aindeoin sin bha Nisha air... pàigheadh... airson aodach a-muigh agus bha aig an aodach sin ri na h-inbhean aice a choileanadh. Ge bith dè a bha sin. Gu mall chaidh e a-steach don t-seòmar a 'coimhead air Daibhidh a' mìneachadh rudeigin cho bog is nach cluinneadh an tàillear a-mhàin. "Morair Taliare."

"An e seo seòrsa de fealla-dhà? Is mise an tàillear as fheàrr ann an Darke gu lèir ... cha bhith mi a' dèanamh na caitheamh as fheàrr leam airson DOGS. "

A 'boghadh a dhruim thionndaidh Daibhidh gu Ethan. "Cousin, is dòcha gum biodh tu airson feitheamh a-muigh. Cha bhith mi ach mionaid."

Co-ogha? Chan e, is fheàrr gun a bhith ag ràdh sin. Chan ann nuair a chitheadh   e tonnan a 'bualadh ann an sùilean liath-uaine Dhaibhidh a-nis. Sùilean a bha dearg ach mionaidean roimhe seo. Chan e, is fheàrr gun a bhith ag ràdh dad an-dràsta. An àite sin, rinn e gàire agus an uairsin thill e a-mach às an t-seòmar a 'dùnadh an doras dearg soilleir mar a rinn e.

Cha robh fios aig Ethan dè cho fada 's a sheas e an sin a' coimhead air an doras ach an ath rud a bha fios aige bha guth bog a 'tighinn às a dhèidh.

"Ethan?"

Lilly? Carson a bha i an seo? "Chaidh iarraidh orm feitheamh an seo." Cha do dh 'fhàg a shùilean an doras dearg a-riamh. No an seòmar a bha e dìreach air sgreuchail uamhasach gargled a chluinntinn a 'tighinn bho dìreach mionaid roimhe.

"Tha, tha mi mothachail. A-nis tha mi gad thoirt air ais dhan leabaidh agus bidh an deise agad deiseil mus dùisg thu."

Thionndaidh e beagan. "Nach fheum cuideigin mo thomhas a ghabhail?"

"Oh. Uill, tha Dàibhidh aca mu thràth. Is fheàrr nach tèid thu san t-seòmar sin fhad' s a tha pìosan aodaich aige airson cluich leotha. "

Dè?!? "Chan eil mi a 'tuigsinn. Dè thachras don Tighearna ...?"

A 'toirt gàirdean Ethan, rinn Lilly gàire. "Darling, is e Draoidh a th' ann an Dàibhidh. A-nis na gabh ceàrr mi oir chan e seo rudeigin a bhiodh Daibhidh mar as trice a 'dèanamh ... ach thug an t-amadan masladh do Dhaibhidh le bhith a' dèanamh tàir ort. Tha a bheatha air a dhìochuimhneachadh. "

A 'dol air ais sheall Ethan air a ghualainn le clisgeadh bho na rinn Daibhidh. "Air sgàth faclan?!?!"

"Chan e dìreach faclan." Ghabh Lilly anail mhòr. "Coimhead. Tha fios agam gu bheil seo duilich a thuigsinn an-dràsta. Ann am bliadhna no dhà tha earbsa agam nach cuimhnich thu a-riamh nach eil thu càirdeach do Draken ach, ann an cùis Dhaibhidh, tha e cuideachd na phàirt Fey. Mar Fey, bidh e comasach uaireannan. airson smuaintean a thogail. Gu fortanach chan ann tric ach nuair a nì e… "

"An smuain a thog e còmhla ri faclan…" Oh tha, chitheadh   e a-nis e. Ach cò na smuaintean a thog Daibhidh?

"Tha gu math. Tha mi a' smaoineachadh gun do thog e dà bheachd ... an asal 'a bharrachd air do chuid fhèin. Feumaidh tu ionnsachadh gun eagal a bhith agad air a h-uile càil ... gu sònraichte nuair a tha Daibhidh ceart ri do thaobh. Chan eil e a' freagairt gu math ri eagal. Nas motha mar sin nuair a tha an t-eagal sin is e sin cuideigin a tha e a 'meas mar theaghlach. Cha chuireadh e cas ort gu bràth air sgàth an eagal sin ach cuiridh e às do rud sam bith no do dhuine sam bith a tha ag adhbhrachadh. Air an adhbhar sin, bhiodh Nisha cuideachd. Ged nach eil i a' cumail a fearg falaichte cho math ri mo chuid Daibhidh. "

B 'e sin an rabhadh as fheàrr a thug duine a-riamh dha, bha e dìreach ro dhona nach robh Lilly air sin innse na bu thràithe. "Nì mi mo dhìcheall sin a chuimhneachadh."

"Oh, oh, chan eil Ethan den bheachd gun do rinn thu rudeigin ceàrr. Feumaidh tu feuchainn ri tuigsinn an-dràsta ... an-seo ... tha an t-eagal agad a' comharrachadh trioblaid. A 'ciallachadh gum faigh Daibhidh biadh ann an rud sam bith a tha ag adhbhrachadh an eagal sin. … Uill, tha thu sàbhailte. Mharbhadh Nish e nan dèanadh e cron ort. Agus chan eil mi airson smaoineachadh air dè a dhèanadh i nan dèanadh e barrachd air sin. "

"Tapadh leibh, Pri- Lilly."

"Glè mhath. A-nis leigidh sinn leat do ghlacadh san leabaidh agus bruidhnidh Nisha riut a dh'aithghearr."

Shit, cha mhòr gun robh e air dìochuimhneachadh gu robh e air iarraidh fhaicinn. "Tapadh leat."

Caibideil 37:
Lilly

Is gann gun robh Lilly air Ethan a thoirt a-steach don leabaidh ris an canar gu h-obann nuair a bha i a 'faireachdainn crith a' chaisteil. Nas fhaide na buille cridhe às deidh sin thàinig rudeigin a-mach ... a 'sgriachail… gu cruaidh. Bha e coltach gu robh e air a thighinn bhon taobh a-muigh ach an uairsin a-rithist is dòcha gur e an caisteal fhèin a bha ag èigheachd airson cuideachadh. A 'coimhead seachad air na ballachan cloiche agus a dh' ionnsaigh a 'phrìomh dhoras, cha mhòr nach cluinneadh i na clachan lìomhach liath a' gearan le uamhas. Bha, bha e dùbhlanach a 'chaisteal a' sgriachail. No co-dhiù bha i an dòchas gur e an caisteal agus chan e rudeigin eile a bha ceangailte ris a 'chaisteal seo a bha a' dèanamh na fuaimean oillteil sin.

A 'dùnadh a sùilean ghabh Lilly anail mhòr. Tha rudeigin air cuideam a chuir air Nisha taobh a-muigh a smachd àbhaisteach ... No is dòcha gur e seo a beachd a bhith a 'cuir eagal air a h-uile càil agus a h-uile duine a-steach do ùmhlachd…

… Bha e comasach. Cha robh e coltach cuideachd. Chan e, cha dèanadh Nisha rudeigin a-riamh a chuireadh eagal air Ethan. Co-dhiù gus an robh e misneachail nach dèanadh i cron air.

A 'gluasad cho luath agus a bha i a' smaoineachadh sàbhailte rinn i seòladh labyrinth nan tallachan gus an robh i ro luath a 'seasamh aghaidh ri aghaidh leis a' Bhanrigh Nisha... a 'gairm banrigh Feyen a sheas air beulaibh a h-uile càil eile a' coimhead mì-chiallach. "Do Ghràs." Bha i a 'coimhead fhad' s a bha Nisha a 'gabhail grunn anail fo smachd... feitheamh gus am faigh a co-ogha tomhas de smachd air a cuid feirge. A 'feitheamh gus nach robh anaman caillte nam marbh rim faicinn tuilleadh anns a' cheò ghlas a bha na sùilean.

"Lilly, feuch gum faigh thu aire cheart dha mo charaid ùr. Bidh feum air aig a' chrùnadh. Ged a tha mi a 'smaoineachadh gu bheil e nas fheàrr mura h-eil e ro fhaisg air an teaghlach. Co-dhiù chan eil fhathast."

*Ceart gu leor? Dè an caraid ùr?*Cha b 'fheàrr gun a bhith a' faighneachd sin ... co-dhiù chan ann gus nach robh Nisha fhathast a 'faicinn le rage. "A bheil an rùm tarsainn bhuatsa ri fhaighinn? Bhiodh e na chuideachadh mura biodh agam ri dhol air seacharan ro fhada bhon Mhorair Ethan ... co-dhiù chan ann gus an crùnadh." Cha robh sin gu tur fìor ach bhiodh e na bu ghoireasaiche gun a bhith a 'ruith bho aon taobh den chaisteal chun taobh eile airson an ath grunn uairean a thìde. Chan e gum biodh i airson sin a ràdh an-dràsta. Chan ann nuair nach robh i gu tur cinnteach am biodh Nisha a 'freagairt mar a co-ogha no pissed off Fey.

"Tha sin gu math." Thionndaidh Nisha air ais mar a bha i air a thighinn agus a 'brathadh," Bidh cnàimhneach a 'dèanamh airson dotairean uamhasach, ach nì iad rud sam bith a thèid iarraidh orra."

"Skeletons? Tha thu air ..." Stad Lilly agus an uairsin chrath i a ceann. "Na gabh dragh. Chan eil mi airson tuilleadh fhaighinn a-mach mu na dotairean agad. Ach, a bheil dad feumail ann a dh' fheumas a bhith agam mu do charaid? "

Dhùin sùilean Nisha airson grunn mhionaidean oir bha ceò dorcha mar tendrils a 'sruthadh timcheall oirre. Às deidh grunn anail domhainn, thug i sùil a-rithist air a co-ogha mar a dhearbh i na bha fios aice mu thràth. "Tha e na neach-giùlain aotrom agus gu math duilich. Chuir mi a-mach e mus do ràinig mo luchd-cuideachaidh." A 'tionndadh gu bhith a' dèanamh ratreut tapaidh no a 'cur eagal air cuideigin eile thuirt Nisha gu sgiobalta," Oh, aon uair 's gu bheil e comhfhurtail feumaidh mi bruidhinn ris. Tha ceistean agam agus tha e nas coltaiche gum bi na freagairtean aige."

"Gu dearbh." Stad Lilly mus do ghairm i às a dèidh, "Feumaidh Ethan bruidhinn riut. Tha e ag ràdh gu bheil e glè chudromach. "

Bha Lilly a 'cunntadh gu deich dà uair. Bha i air iarraidh gun deidheadh   an neach-giùlain solais a bha air a ghoirteachadh a chuir anns an tuba ... cha tuirt i gun tilgeadh e e, gun do chuir e às dha no dad sam bith eile ... bha i air a ràdh na àite. Ceart gu leòr ... ceart gu leòr ... is dòcha gum bu chòir dhi a ràdh gu socair. Gu dearbh, dh 'fhaodadh seo a bhith mar dhòigh air an cnàimhneach a bhith a' sealltainn tàir... no... is dòcha nach robh iad a 'tuigsinn dè a chaidh fhàgail gun phàigheadh? Cuir ris an sin nach fhaca i a-riamh cnàimhneach de rèis beò sam bith aig an robh spìcean airson spìcean, ràsaran airson corragan air am pathadh le fangs. Is dòcha gum faodadh i faighneachd dha Nisha...

... Air an dàrna smaoineachadh...

A 'gabhail anail dhomhainn, thòisich i gu slaodach a' toirt air falbh na pìosan aodaich a bha gu ìre mhòr a 'còmhdach dad ach na bha eadar a chasan. A 'leigeil seachad rud sam bith nach b' e leòn a bh 'ann, nigh i gu faiceallach an salachar... salachar... muck agus thiormaich i fuil bho a gualainn agus an uairsin mallachadh le dùrachd cridhe fhad' s a bha i a 'sgrùdadh na bha falaichte fon sin. "Dè..." Buille cridhe singilte às deidh sin agus rinn i sgriachail, a Dhaibhidh!

Thàinig dragh sa bhad air ais thuice, Lilly?

Tha feum agam ort. A-nis.

Aon mhionaid às deidh sin agus thuit Dàibhidh tron doras fhathast fliuch bhon amar aige fhèin. "Dè..." Stad e a 'faicinn fear neo-aithnichte Feyen gu tur rùisgte ann an amar uisge meallta. "Cò tha siud?"

A 'toirt fa-near don fhàs mhòr dhomhainn, rinn i grèim," Caraid dha Nish a dh 'fheumas mo thàlantan."

Leis nach b 'urrainn dha argamaid a dhèanamh mu dheidhinn sin, agus nach b' urrainn dha an duine a mharbhadh airson nach do dh 'aithnich e e fhèin, rinn Daibhidh gàire. "Anns a' chùis sin dè a dh 'fheumas tu mo chuideachadh? Bho dh' iarr thu. "

Ghiorraich i a sùilean ris. Bha e a 'coimhead socair, ach cha robh sin a' ciallachadh gu robh e no nach dèanadh e biadh a-mach às an duine seo nam faiceadh e iomchaidh. "Feumaidh fios a bhith agam dè an seòrsa leòn a tha mi a' coimhead. Shaoil mi gur e bìdeadh de sheòrsa air choreigin a bh 'ann ach mar as motha a tha mi a' coimhead air ... tha mi a 'smaoineachadh gur e losgadh a th' ann? Is dòcha. Ach chan e galar a th 'ann."

A 'sleamhnachadh a-null thuice shuidh Daibhidh air oir an tuba gus sgrùdadh nas fheàrr a dhèanamh air an leòn a tha fo cheist. A 'lùbadh faisg air gualainn an duine rinn e sniffed agus an uairsin gu faiceallach leig leis an t-ingne àrd aige oir an goirt a bhith a' faireachdainn airson na rudan nach fhaiceadh a shùilean. Às deidh grunn mhionaidean teann de shàmhchair, shocraich e air ais, an abairt aige gruamach. "Is e losgadh de sheòrsa a th' ann. Tha puinnsean de sheòrsa air choreigin ann. "

"Oh math, tha beagan ointmentan agam a dh' fhaodadh a bhith na chuideachadh an uairsin. "

Thug e sùil air ais sìos aig a mheur toilichte nach do bhean e ri dad eile leis a 'spuirean. "Lil, tha mi teagmhach mu rud sam bith a tha agad còmhla riut."

"Dhaibhidh?"

Dhùin Daibhidh a shùilean. Bha e na b 'fhasa an còmhradh seo a chumail mura faiceadh e na h-abairtean aice. "Is e seo losgadh bho hibrid troll. Chan e aon de na seòrsaichean cumanta as aithne dhomh ach tha mi a' smaoineachadh gum biodh fios nas fheàrr aig m 'athair. Bu chòir dha a bhith an seo a dh' aithghearr. " Beag air bheag dh 'fhosgail e a shùilean agus bha e a' coimhead iomagaineach. "Lilly mas e briod a tha seo ... um ..."

"Dìreach abair e. Nì sinn dèiligeadh ris a' chòrr nas fhaide air adhart. "

Thuirt Dàibhidh, "Chan eil mi a' smaoineachadh gur e gnè troll aithnichte a tha seo. Co-dhiù, is dòcha gu bheil sinn air nàimhdeas airidh a lorg airson m 'athair a shealg." Thionndaidh e a làmh a-null gus a h-ingne a shealltainn dhi, a-nis brisg agus a 'tionndadh liath.

Mar a bha am fear mu dheireadh de na còmhdaichean air am pasgadh timcheall an euslaintich as ùire aice chunnaic Lilly a sùilean gorm mara sgìth a 'coimhead oirre le feòrachas tlàth. "Oh, cha robh mi a' smaoineachadh gum biodh tu nad dhùisg airson ùine. "

Chlisg an duine aon uair agus dh 'fheuch e ri bruidhinn," Tha thu...? "

A 'gàireachdainn gu soilleir fhreagair Lilly an dòchas gum b' urrainn dhi a chuir gu socair. Ach tha iad fhathast faiceallach oir is ann ainneamh a bhiodh luchd-giùlain solais a-riamh aig fois. "Lilly. Uill, a 'Bhana-phrionnsa Lilly à Lite. Ach an-dràsta, is mise an neach-slànachaidh air a bheil e mar dhleastanas a bhith a 'faicinn do chomhfhurtachd."

Le shùilean dùinte gu h-aotrom aon uair eile ghluais e, "Wonderful."

Cha robh e coltach gun robh e air leth toilichte gu robh i ga chuideachadh agus chùm i oirre a 'gàireachdainn mar a thuirt i," Tha, uill, tha mi làn theisteanais. Gu dearbh, tha mi a 'dol thairis air sgilean a' mhòr-chuid de neach-slànachaidh Feyen. "

A 'cumail a shùilean dùinte, ghabh e anail mhòr fhad' s a bha e a 'gluasad fo a h-anail an dòchas gum fàgadh i dìreach. An dòchas gun do chuir e dragh oirre dìreach gu leòr gus inbheach a lorg a bhiodh buailteach dha. "Tha thu a' bruidhinn cus airson a bhith càirdeach do Addy. "

"Addy?" Bha i air an t-ainm sin a chluinntinn roimhe. O, seadh ... chaidh e sìos oirre "O, piuthar Adrianna? Bho nach do choinnich mi a-riamh rithe, cha bhiodh fios agam." A 'gabhail fois ghabh i barrachd tòna ùghdarrasail," A-nis am bu mhath leat ithe no innse dhomh mun chreutair a tha gad bhìdeadh? "

"Troll."

Tha fios agam air an sin. "Tha mi a' faicinn. Troll measgaichte le dè? Leis gu bheil mi eòlach air grunn ghnèithean agus cha do thachair mi a-riamh air bìdeadh mar seo. " Ni e puinnsean a dh 'fhaodadh cron a dhèanamh air Draoidh. An uairsin a-rithist dh 'fhaodadh e cron a dhèanamh air Daibhidh oir cha robh e ach mar phàirt de Draken. Anns gach dòigh dh 'fheumadh athair a bhith mar an neach a lorgadh an creutair seo.

"Bidh troll a' briodadh le nathair. Bidh smachd aca air na mèinnean as ìsle.   No am bu chòir dhomh a ràdh gu bheil sealbh aca air na mèinnean as ìsle agus gu bheil iad buailteach ithe rud sam bith a thig a-steach. "

A 'bualadh a làmh gu misneachail, thuirt Lilly," A-nis feuch, cha robh sin doirbh. Ach chan ann le trolls a tha na mèinnean. Bha an taigh rìoghail an-còmhnaidh aig na mèinnean. Co-dhiù, thèid aire a thoirt dhaibh a dh 'aithghearr. "

A 'fosgladh a shùilean a-rithist choimhead e oirre a' feuchainn ri toirt oirre coinneachadh ris a 'chailleach aige. "A bheil fios agad cò mise?"

"Chan e, Ach cha robh Nisha ann an sunnd a bhith a' faighinn mòran cheistean no a 'mìneachadh mòran de rud sam bith ach na dh' fheumadh tu a bhith… "An fhìor mhionaid a choimhead i aodann bha i na suidhe air ais. An aon aodann bog chiseled. An uairsin dìreach timcheall air na sùilean "... Oh, is tu athair Ethan. Tha sin a' mìneachadh uimhir ... "Chuir Pausing Lilly gu ciallach," Oh; chan eil mi a 'smaoineachadh gum biodh e glic innse dha Nish mu na trolls. Innsidh mi dha na Drakens an àite sin. Bidh iad tòrr nas reusanta na Nisha. "

A 'strì ri suidhe suas, ghlaodh Galeron," Ethan? Tha thu eòlach air mo mhac? "

"Oh gu dearbh. Choinnich sinn madainn an-diugh ... no ... caran anmoch a-raoir. Bidh e fhèin agus Nisha pòsta a-nochd. Mar sin, tha e gu math fortanach gun deach do lorg an-diugh."

An uairsin chan eil a h-uile càil air chall."Bu mhath leam cadal a-nis." B 'e an aon rud ris an gabhadh e a ràdh a bu chòir toirt air an leannan bheag falbh.

"Gu dearbh. Ma tha feum agad air rud sam bith dìreach faighnich cha bhith mi fada air falbh."

Caibideil 38:
Ethan

Cha b 'e suathadh bog na h-aodann a dhùisg e ach am faireachdainn fiadhaich trom don t-seòmar. Bha e a 'faireachdainn an èadhair a' dol timcheall air. Gu faiceallach leig e a shùilean fosgailte gus Nisha fhaicinn ga choimhead. Madainn an-diugh bha e air comhfhurtachd fhaighinn san t-sealladh aice ... ach an-dràsta cha robh dad comhfhurtachd ann ... cha robh dad daonna anns na sùilean dorcha dorcha sin. A 'slugadh gu cruaidh dh' fheuch e ri bruidhinn. "Bana-phrionnsa?"

"Dè thachras ri bhith a' gairm Nisha orm? "

Bha a guth, co-dhiù, dà sgàil nas dorcha na bha e nuair a bha i air bruidhinn aig a 'phàrtaidh an-raoir... agus fhathast làn de bhuaireadh. "Cha robh mi cinnteach am biodh fàilte air sin an-dràsta?"

Thionndaidh i a ceann air falbh bhuaithe agus ghabh i anail mhòr. "Tha mi pissed dheth, ach chan ann ortsa. Feumaidh mi m' fhearg airson beagan nas fhaide ach tha am facal agad gu bheil thu sàbhailte. "

B 'e sin an dàrna duine ann am beagan uairean a thìde airson sin a ràdh agus cha robh e aon uair air a chreidsinn. Ach, dh 'fhaighnich e," A bheil rudeigin ann as urrainn dhomh cuideachadh? "

"Cho fad' s a nì thu na tha Lilly a 'moladh tha thu a' dèanamh a h-uile dad a dh 'fheumas tu." Stad i, "Thuirt Lilly gum feum thu bruidhinn rium. Tha rudeigin mu dheidhinn a bhith cudromach."

"I- I…" Dhùin Ethan a shùilean, a 'feuchainn ris na bha a dhìth air a chuir ann am faclan. "Dè do bheachd air aislingean?"

Chaidh Nisha air a bilean agus shrugged gun a bhith a 'tuigsinn càite an robh an còmhradh seo a' dol. Agus ciamar a b 'urrainn dhi nuair nach robh e eòlach air fhèin? "Dreams? Uill, a bheil sinn a' bruidhinn mu aislingean, seallaidhean no ro-aithrisean? Tha na trì, ged a tha iad càirdeach, ag atharrachadh mòran. "

Gu mall thuirt e, "I- chan eil fhios agam ..." Bha diofar ann? Gu dearbh, bha. Cha robh i air a bhith ag innse breugan dha fhathast agus mar sin dh'fheumadh e earbsa a bhith aice na bha i ag ràdh a bha fìrinn.

"An uairsin innis dhomh mun bhruadar agus feuchaidh mi ri faighinn a-mach dè a th' ann. Na gabh dragh mu Lilly agus bidh mi a 'dèanamh seo gu tric airson a chèile. Cha chreideadh tu cho tric sa tha bruadar aig fear againn a dh' fheumas cuideigin eile a mhìneachadh e. "

Chuir e iongnadh air gum biodh an dà cho-ogha a 'roinn uimhir ri chèile. An uairsin a-rithist, bha iad air fàs suas le chèile cha mhòr mar pheathraichean, agus an robh e cho neònach gum biodh iad a 'leantainn air a chèile cho mòr? "Really?"

"Gu dearbh. Tha sinn le chèile nam fiosaichean ach tha e duilich bruadar a dhearbhadh bho lèirsinn no rabhadh. "Bhrùth i a bilean còmhla a' tuigsinn na bha i dìreach air innse dha.

Cha robh i airson sin innse dhomh. Ach, cha tuirt e dad mu na comasan aice bho nach robh i deiseil airson earbsa a chur ann leis an eòlas air cho tàlantach sa bha i dha-rìribh. A 'suidhe suas beagan dh' fhuadaich e amhach agus thòisich e, "Gach oidhche airson grunn bhliadhnaichean tha an aon aisling air a bhith agam. Boireannach brèagha. Sìthiche tha mi a' smaoineachadh. Tha sinn ann an tunail liath gun chrìoch. Dorchadas aig aon cheann agus solas soilleir aig a 'cheann eile . "Stad Ethan agus chuir e ris gu sgiobalta," Chan fhaca mi a-riamh i fhad 's a bha mi nam dhùisg."

"Na gabh dragh mu Ethan. Chan eil mi a' cur coire ort airson aislingean no dad sam bith eile. A bharrachd air an sin dh 'fhaodadh e a bhith nad inntinn a' ruighinn a-mach gus cuideigin a lorg a dh 'fhaodadh tu bruidhinn ris gun eagal. No air an adhbhar sin cuideigin a bhruidhinn riut idir."

Airson ùine mhòr, bha e sàmhach mus do chuir e uisge-beatha, "Cha do smaoinich mi a-riamh air sin."

A 'bualadh a làmh gu misneachail rinn Nisha gàire. "Gu dearbh chan eil. Tha do thogail air a bhith nas ìsle na mar as fheàrr. A-nis feuch an lean thu air adhart."

Chrath e aon uair e. "Bha an oidhche a-raoir eadar-dhealaichte. Dhùisg mi ann an tunail ach bha e soilleir soilleir. Bha an solas a' crìonadh mar a bha i a 'tighinn nas fhaisge agus airson a' chiad uair, chì mi gu robh na bha i a 'caitheamh ... chan eil ainm agam air an aodach." A 'stad leig e a shùilean dùinte gus am biodh cuimhne aige air a h-uile mion-fhiosrachadh. "Choisich sinn am measg a daoine ged a fhuair mi stiùireadh gun a bhith a' bruidhinn. Às deidh coiseachd airson na bha a 'faireachdainn gu bràth ràinig sinn an caisteal aice."

"An caisteal càite?" Cha robh an tòn aice faisg air a bhith a 'faighneachd ach bha i a' dol timcheall ceist fhathast a bha faisg air tòna a thuirt gu robh i draghail mu rudeigin.

"Loon ... Luna ... Chan e, is e Lunaista a bh' ann. Bha, b 'e sin Lunaista na phrìomh-bhaile."

"Lunaista." Rug i air a ghàirdean, an turas seo gu dùrachdach. "Dè eile nach fàg dad a-mach."

Bha, bha trioblaid ann gun cluinneadh e sin na guth a-nis. "Bha an caisteal air a dhèanamh de bhallachan gluasaid ach a-mhàin aon rùm. Thug i an t-seòmar mapaichean dha. Bha solais dathte anns gach dùthaich. Bha fios agam far an robh na dùthchannan dìreach le bhith a' coimhead air ach chan fhaca mi mapa a-riamh roimhe. " A-nis dh 'fhosgail e a sùilean a' faicinn an robh i a 'tuigsinn. Thuirt a sùilean ris gun do rinn i sin. "Co-dhiù thuirt i gu bheil am Fey ann an Darke a' bàsachadh. Agus gu bheil na freagairtean anns na Mystic Woods. Feumaidh tu a dhol ann gus an lorg mus tèid an solas mu dheireadh a-mach no nach bi freagairtean ann. "

Shuidh Nisha air ais agus leig i a-mach còsan bog èadhair, "Oh tha sin math. Tha, tha mi a' smaoineachadh gu bheil sin math an uairsin. "

Ciamar a dh 'fhaodadh sin a bhith math? "Math?"

Shuidh i airson mionaid mhòr a 'leigeil le a cridhe socrachadh na bhroilleach mus freagair i," Tha na faclan agam nach dèan thu a-rithist na tha mi mu dheidhinn innse dhut? "

Cha b 'urrainn sin a bhith math. Chan ann leis an dragh a tha na guth no rudeigin a bharrachd air dragh na sùilean. Chan e nach robh seo math idir. "Tha am facal agad agad."

"Chaidh am Fey, a h-uile Fey ann an Darke a thoirt a-steach do thràilleachd no coin a ghairm. Bha na cluasan aca a' crùbadh gu math coltach riut fhèin agus an sgiathan air an toirt air falbh. An-raoir nuair a bha thu ag innse dhomh thòisich e a 'dèanamh ciall ach dh' fhuirich mi gus an do ràinig Lilly dearbhadh na bha amharas agam an-diugh ... aig meadhan-latha, chaidh na tràillean no na coin uile a thoirt a-mach taobh a-muigh nam ballachan an iar. Cheangail mi iad uile. Tha a h-uile gin ach a h-aon, air an t-slighe chun an Spire airson làimhseachadh ceart. chaidh an toirt a-steach ach chan eil earbsa agam anns an fheadhainn a tha a 'fuireach an seo. Chan eil an luchd-obrach agam a dh' fhaodadh a bhith buailteach don iomadh Fey leònte sin aig aon àm. "

Cha robh dragh sam bith aige mu bhith a 'cur a' Fey chun an Spire. Cha robh dragh aca gu robh aon dhiubh air fhàgail an seo gus am faiceadh Lilly e. Bha cuimhne aige gun do cheangail i a h-uile gin dhiubh. Cha robh ... Cha b 'urrainn dhi. Cha b 'urrainn don mhòr-chuid de royals fuil ach beagan dhusan saoranach a cheangal riutha gun grunn sgòran… Agus gu cinnteach chan e mìltean. Ach ... "Cheangail thu fuil ... iad uile?" Ethan squeaked.

"Bha mòran air a bhith ceangailte ri mo mhàthair roimhe seo. Bha feadhainn eile mar thusa nan clann òga nuair a thachair an teine. Bha e a' dèanamh ciall foirfe an ceangal gus am fàs iad nan comasan an àite a bhith air an reubadh a-steach annta. A bharrachd air an sin, tha e nas fheàrr làidir a bhith agad Ceangal ceangail ris a 'bhanrigh na bhith a' cur cunnart air fear a tha a 'feuchainn ri làmh an uachdair a thoirt air an teaghlach rìoghail."

An e sin a thachair o chionn ochd bliadhna deug? Cha robh cuideigin a bu chòir a bhith air a cheangal ri do mhàthair agus rinn e ar-a-mach air a sgàth. No an do rinn iad ceannairc oir cha robh iad den bheachd gu robh i den bheachd gu robh iad airidh air a bhith ceangailte rithe? Chan e gum faodadh e sin iarraidh, ach dh 'fhaodadh e faighneachd," Agus am fear a tha an seo. "

"Feumaidh iad neach-slànachaidh tàlantach a-nis seach nas fhaide air adhart. Chaidh iarraidh air Lilly coimhead a-steach air gus an ruig sinn an Spire uaireigin a-nochd."

Gu leòn gus gluasad. B 'e sin a bha i ag innse dha. Ach, dh 'fheumadh e amharas eile a shoilleireachadh. "Mar sin ... cha b 'e bruadar a bh' ann? An robh e rudeigin eile?"

Chrath i aon uair. "Bidh amàireach luath gu leòr airson sin a mhìneachadh dhut. Airson fios a bhith agad an-diugh gu robh eagal do charaid dìreach agus gun deach aire a thoirt dhomh co-dhiù airson an latha. Bheir e beagan dhomh a h-uile càil a chuir gu còraichean ach tha mi air sin a lorg is dòcha gum biodh iad deònach mo chuideachadh. Faodaidh feadhainn eile a bhith deònach tilleadh gu Feyen. San dòigh sin, bidh iad sàbhailte. "

Choimhead e oirre na seasamh bhon leabaidh a-nis toilichte falbh. "Saoil am faic mi a-rithist i?" A bheil e ceart gu leòr ma nì mi?

Thug i sùil neònach dha mus do fhreagair i, "Ethan, chan eil fhios agam ciamar no carson a thàinig an caraid sin thugad ach tha sin na adhbhar dragh airson latha eile. Ach, tha mi deònach cunntadh oirre mar charaid earbsach agus tha fios agam gu bheil i ruigidh i a-mach thugad nuair a thogras i. " Stad Nisha agus rinn i gàire mus do phòg i a ghruaidh. "A-nis gabh fois. Tha beagan uairean a thìde againn fhathast ron chrùnadh agus chan eil mi airson gum bi thu a' coimhead aig àirde nuair a choinnicheas tu ri royals eile an teaghlaich. "

Shleamhnaich Ethan an seacaid ghorm rìoghail air an sin a bha air fhàgail. Cha robh e cinnteach dè an stuth a bh 'ann ach bha e nas buige na rud sam bith a bha e a-riamh a' faireachdainn roimhe, chan e a-mhàin gun robh an cuideam aotrom ga dhèanamh furasta a dhìochuimhneachadh mu na lotan air a dhruim a bha fhathast ro phianail ri suathadh. Fhad 's a bha e a' putadh an t-seam chuir e aodach air an aodach a-rithist. Chan e satin ach bian de sheòrsa air choreigin ... agus rinn e dìreach air a shon.

Lean Daibhidh air frèam an dorais sliseag de rudeigin geal ga chumail le fhiaclan nuair a rinn e gàire. "Oh math, shaoil   mi gum faodadh an dath a bhith ceart gus dath do shùilean a thoirt a-mach. Ged a bhithinn air beagan a bharrachd òr a chuir ris an lapel."

Le bhith a 'gàire air Dàibhead agus a' roghnachadh dearmad a dhèanamh air an t-sliotan a chitheadh   e a-nis is dòcha gur e pìos cnàimh a bh 'ann, ghluais e thairis. "Cha mhòr gun urrainn dhomh a chreidsinn gu bheil seo dhomh. Cha robh mi a-riamh a 'faireachdainn dad cho bog roimhe seo, agus cha robh dad a bha air a bhith faisg air an ìre seo cho math."

A 'putadh air falbh bho fhrèam an dorais thàinig Dàibhidh gu slaodach thuige gus sgrùdadh a dhèanamh air an obair aige. "Tha gu math, lorg mi an stuth ann am pocannan an tàillear. Dh' fhaighnich mi dha Nisha an robh i den bheachd gum biodh an stuth freagarrach às deidh dhomh a dhath. B 'e dath uamhasach donn a bh' ann roimhe. Cha robh e freagarrach airson banais. Uill cha robh e freagarrach airson dad dha-rìribh ... Ach rinn e gu math airson dathan eadar-dhealaichte a chumail. Às deidh dhi an dath seo aontachadh, dh 'fhaighnich i dha cuideigin dè an stuth a bhiodh ann. Leis nach eil fios aig duine gu cinnteach gu bheil i den bheachd gur e gnè beathach ainneamh a th' ann. " Shrug e. "Thairg mi fear a lorg dhi nam bu chòir dhomh a dhol a shealg nuair a thadhlas mi."

Ainmhidh? "Anns a' chùis sin, tha cuid de ghnèithean beaga a tha a 'fuireach faisg air crìochan na coilltean dìomhair agus a' bhoglach. Chan eil iad buailteach a bhith a 'siubhal cho fada tuath no an iar. Agus chan fhaighear grunn chreutairean eile ach faisg air na raointean sgudail toirmisgte. . Chan ann annta gu dearbh ach faisg air a 'chrìch."

"Ah. An uairsin bu chòir dhomh adhbhar a lorg airson a dhol cho fada deas. Mar as trice, tha an aimsir ro fhliuch airson a bhith a' còrdadh rium ach is urrainn dhomh eisgeachd a dhèanamh. " A 'tilgeil an sliasaid de chnàmh anns an teallach, lean Daibhidh," A bheil thu deiseil airson a dhol chun bhanais agad, no a bheil feum agad air beagan ùine gus fàs cleachdte ris a 'bheachd a bhith pòsta?"

"Mionaid mas e do thoil e?" Le nod Dhaibhidh, thuirt Ethan gu cruaidh, "Dh' innis Lilly dhomh mun tàillear. "

Airson mionaid, sheas Daibhidh an sin gun fhios ciamar a leugh e a cho-ogha a dh 'aithghearr agus cho-dhùin e mu dheireadh air slighe dhìreach. "Oh? Na gabh dragh mu Ethan, bha a h-uile adhbhar agad a bhith fo eagal mun bhuaireadh sin. Chan eil mi airson smaoineachadh air na dh' fhaodadh a bhith air tachairt nam bithinn air do fhàgail nad aonar ...

Chan e gum biodh tu air a bhith leat fhèin gu dearbh. Nish Dhaingnich i an dèidh dhi fois a ghabhail bhon choinneamh aice ... Ach ... chan eil e gu diofar, chan urrainn dha dragh a chuir air duine sam bith tuilleadh. Gu fìrinneach, chan urrainn dha eadhon a bhith a 'cur dragh oirre san Under Kingdom. Chan eil biadh a-riamh ga dhèanamh an sin."

Gun fheum a bhith a 'faighneachd dad mun Under Kingdom ... gun fheum a bhith a' faighneachd dè a bha Daibhidh a 'meas mar bhiadh. Gun fheum a bhith a 'faighneachd dad idir oir bha e cinnteach nach robh e ag iarraidh freagairt do rud sam bith a dh' fhaodadh e faighneachd. A 'dùnadh a shùilean, rinn e gàire. "Tapadh leat."

Ghluais Dàibhidh nas socair. "Cha robh dad mòr ann. Thuirt Nish gum b' urrainn dhomh biadh a dhèanamh a-mach à saoranach beò sam bith. Gu mì-fhortanach, cha do dh'aithnich mi a rèis gus an urrainn dhomh a sheachnadh san àm ri teachd. "

A 'dèanamh e fhèin comhfhurtail air Ari... Fury a rèir maighdeann an taighe. Ge bith dè an fearg a bh 'ann ... dh' fhaighnich Ethan, "Oh?"

A 'gabhail a' chathair litreachaidh eile, fear nach robh gu taingeil na chreutair eile aig aon àm, thuirt Dàibhidh le fealla-dhà, "Cus de chnàmhan airson mo bhlas agus a' dèanamh cus geir. Chan e measgachadh math a th 'ann. Agus cha chreideadh tu na bha agam ri dèan gus am faigh thu am filt a-mach fo na spuirean agam. "

"Agus an seo bha dragh orm mun bhlas."

A 'lùbadh air ais anns a' chathair rinn Daibhidh gàire. "Faic gum freagair thu gu math am measg Drakens an teaghlaich." A 'leigeil leis a' chathair togail bhon ùrlar lean e air, "Thig agus bheir mi a-steach thu dha mo theaghlach." Stad goirid an uairsin, "Oh, aon rud eile ... na bi a' brosnachadh m 'athair. Tha e den bheachd gum bu chòir dha duine blàr a dhèanamh mus pòs iad. Chan eil e toilichte nach eil cead agad pàirt a ghabhail anns an beagan spòrs sin ... nas motha bho thug e troll dhut airson a mharbhadh. "

*Troll ... airson marbhadh?*Ciamar a bhiodh e a-riamh comasach air troll a mharbhadh? Am freagairt ... cha b 'urrainn dha. "Chan eil mi a' smaoineachadh gum biodh sin na shuidhe gu math le Lilly no Nisha nam feuchadh mi. "

"Ethan, cha bhiodh e a' dol gu math le mo mhàthair nam biodh e cho mòr air ainmeachadh. Thoir earbsa dhomh nach fhaigheadh   Lilly no Nisha a-riamh facal a-steach le mo mhàthair cho faisg. " Lean Daibhidh nas fhaisge air a bhith a 'feadaireachd," Chan innis sinn dha mo mhàthair mun troll. Tha i den bheachd gur ann airson grèim-bìdh ro àm dìnnear. "

Airson grunn mhionaidean cha do bhruidhinn duine seach gun tug Ethan a-steach seallaidhean de ghrèis-bhrat a 'sealltainn a' chiad Fey a thàinig air an fhearann   seo. Uinnean beatha ann am baile mòr rionnag fhèin. Bha cuid eile nach robh fios aige dè a bha còir aca a bhith ach bha iad iongantach a bhith a 'coimhead orra. Mu dheireadh, dh 'fhaighnich e," A bheil fios agad cò a bhios an làthair? No càite a bheil sinn a 'dol?"

"Tha, agus tha. An toiseach, bu chòir dhut a bhith eòlach air a h-uile duine a tha a' frithealadh teaghlach no càirdeach ann an dòigh air choreigin. Mar m 'athair agus mo mhàthair. Tha mo mhàthair na piuthar do Nisha air taobh a h-athar. An uairsin tha mo phiuthar as sine agus bràthair nas sine agad cò a tha na phrionnsa a 'chrùin, ach a-mhàin air sgàth gu bheil mo phiuthar ghràdhach a' diùltadh dad a bharrachd air a 'phreas-aodaich aice a riaghladh."

"Tha mi a' gabhail ris gu bheil tòrr aice… um… rudan? "

"Trì clòsaidean wardrobe agus chan urrainn dhi fhathast dad a chaitheamh. A' fuireach le Lilly, tha mi a 'smaoineachadh gum feum e a bhith rudeigin gu tur boireann bho bha seòmar slàn aice làn de rudan agus cha robh an rud sònraichte sin aice a-riamh."

"Sin ..."

"Do-dhèanta? Tha i boireann. Bidh Nisha a' dèanamh an aon rud agus is e sin an adhbhar nach urrainn dhi a bhith a 'beantainn ris na clòsaidean. Tha e a' faighinn a maighdeann gu lèir. A-nis cho fada ri cò eile a bhios ann ... "Thòisich Daibhidh a' cunntadh air a corragan àrda. "… Bidh a 'Bhanrigh Celeste of Lite a' dol air adhart leis a 'chrùnadh leis nach eil comhairle ann an-dràsta."

Gun chomhairle? Chan e, cha b 'urrainn sin a bhith fìor. Uill, chan eil sin gu tur co-dhiù. Ach bha e comasach gun do leig iad dheth a dhreuchd às deidh dha Nisha an dithis a thoirt a-mach à Darke an-raoir. "Gun a bhith a' dol a-steach ach dè thachras don fhear a tha air a bhith a 'riaghladh bhon teine?"

"Ethan, na faighnich a' cheist sin … a-riamh … Tha a 'Bhanrigh Celeste ri a taobh fhèin mar-thà air sgàth rud sam bith a tha air tachairt an-diugh. Agus chan eil mi a' faighneachd dad dha Nisha a tha mi cinnteach nach eil mi ag iarraidh freagairt dha. "

"Nisha?" Am bu chòir dha innse gu robh Lilly air smaoineachadh gu robh i a 'dol a chuir eagal air gach saoranach de Darke? A 'coimhead air Dàibhead cho-dhùin e na aghaidh.

Gu mall, chrath Daibhidh e. Ag atharrachadh an cuspair air ais chun fhìor thùs ghlan e amhach. "Bidh Blake, is e sin athair Lilly, ann. Tha mi a 'smaoineachadh gur e sin ach le Nisha, tha e duilich innse. Às deidh na h-uile, is dòcha gun tug i cuireadh don Under Kingdom gu lèir airson a h-uile càil a tha fios againn. Chan e gu bheil fios agam gu bheil caraidean aice an sin. "

Carson… no ciamar… a bhiodh i comasach air cuireadh a thoirt dhaibhsan a tha marbh. Ceist eile nach iarradh e bhon fhreagairt … bha am freagairt a bha uamhasach. "Am biodh i?"

"Nish? An urra ri an robh e comasach dha Freya bruidhinn rithe a-mach às no nach robh."

"Ò." Freya? Ainm eile a bu chòir dha ionnsachadh bhon a bha i a 'fuaimeachadh mar chuideigin a chuidicheadh   e le bhith a' lughdachadh breithneachadh Nisha air cuid de rudan. "Chaidh innse dhomh aon uair gum biodh caismeachdan agus bàlaichean ann. Dàimh mhòr airson na linntean."

"Oh, na gabh ceàrr mi. Bidh bàlaichean agus caismeachd ann ... a bharrachd air mòran dhaoine a' tighinn agus a 'falbh an uairsin chì thu ann an aon àite ... ach bidh sin aon uair' s gun ruig sinn an Spire. Freya, Is e sin pearsanta Nisha geàrd Tha mi cinnteach gu bheil thu air coinneachadh rithe mu thràth ach nach eil beachd agad cò i. Uill, chan eil i den bheachd gum faodar an Caisteal seo a dhìon gu ceart airson cuirmean mar sin. Tha Nisha ag aontachadh. Mar sin, tha iad a 'faighinn a h-uile duine, a tha airson meal a naidheachd a chuir a 'bhanrigh ùr airson sin a dhèanamh aig an Spire."

"Freya? Am Fey a bhios a' stalcaireachd nan tallachan? "

"Sin i."

Stad fois. "Mar sin gabhaidh an deas-ghnàth ..."

"Nas lugha na fichead mionaid a' toirt a-steach a 'bhanais." Stad Dàibhidh fhad 's a bha na cathraichean a' laighe gu socair taobh a-muigh paidhir de dhorsan glasa ceò. "Na smaoinich mòran

mu dheidhinn no obraichidh tu thu fhèin gu casan
fuar." Ag èisteachd ris a 'chatter taobh a-muigh nan
dorsan dh' èigh e "Dè tha a' Bhanrigh Alista
a 'dèanamh an seo?"

"A' Bhanrigh Alista? " An e seo ainm eile a bu
chòir dha a bhith ag ionnsachadh?

"An… um… Banrigh Feyen. Cha bhith i a-
riamh a' siubhal taobh a-muigh na dùthcha aice
fhèin ... a-riamh. Cha robh mi a 'smaoineachadh gun
tigeadh i an seo airson a' bhanais. Ach an àite sin
thàinig Nisha thuice ann am Feyen aig àm eile. "

Caibideil 39: Celeste

Cheangail Celeste gu fussily an uairsin na boghan lace dubh na chaidh a chur ri cùl gach dòrlach de chathraichean. Às deidh dìreach uairean a-thìde a bhith aca airson an tachartas seo a dhealbhadh anns am bu chòir na mìltean a bhith nan làthair cha robh ann ach beagan dhaoine agus cha robh gin dhiubh à Darke. A 'leigeil a-mach sgread frionasach chrath i a ceann agus dh' fheuch i ri caoineadh.

Bha e ro chunnartach na cuirmean a bhith an seo ach bha Nisha airson gum biodh an crùnadh air a dhèanamh air an balcony. Bha earbsa aig Nisha no Freya anns an fheadhainn a bha ag obair an seo aig a 'chaisteal ach bha i a' toirt cuireadh do choigrich aig nach robh mòran feum sam bith san t-seòmar a bhith an seo gus a faicinn gu bhith na banrigh.

… Cha robh e a 'dèanamh ciall sam bith. Chan eil gin. An uairsin a-rithist cha do rinn Nisha mòran ciall. Bha i cho coltach ri mar a bha a seanmhair. Mar sin bha e gu math eagallach.

A 'cluinntinn doras gu slaodach a' fosgladh dh 'atharraich i gu sgiobalta chun fhuaim a bha mar-thà ag ullachadh airson ionnsaigh. An uairsin chunnaic i am boireannach air an robh i eòlach airson na h-ochd bliadhna deug a dh 'fhalbh. "Freya, thòisich thu orm."

Gun a bhith ag ràdh dad ris an do ghluais i thairis gu far an robh Celeste na sheasamh. A 'stad nas fhaisge air meadhan an t-seòmair dh' èigh i. "Chan eil bòrd agad fhathast airson na crùin a chaidh a shuidheachadh."

Rinn i glaodh aig an fhèis a bu chòir bruidhinn rithe le barrachd spèis ... ach cha robh i a-riamh air bruidhinn rithe le barrachd air tòna catharra. "Chan eil mi a' toirt dheth mo chrùn gus am bi e faisg air ùine. "

Thug Freya aon cheum nas fhaisge oirre agus thog i a guth. "Tha thu coltach ri leanabh. Feum air Tha mi a' cur nad chuimhne nach eil seo mu do dheidhinn ach mun deas-ghnàth. Gu dearbh, tha an latha seo nas cudromaiche na bha crùnadh sam bith a-riamh. "

Gun a bhith a-muigh thog i a guth nas àirde na na bha Freya air a chleachdadh ... "Agus feumaidh mi cur nad chuimhne gur mise an aon fhear as urrainn a bhith os cionn an deas-ghnàth seo."

B 'ann an uairsin a thug Blake tap token don doras fosgailte mus deach e a-steach gu tur," A ghràidh, tha aoigh ann ris am feum thu bruidhinn. "

Bha i ga fhaicinn a 'sleamhnachadh a làmh tro fhalt fionn gu socair. Bha i a 'coimhead mar an duine aice nach robh a' nochdadh comharran sam bith de nerves a 'coimhead nas draghail na chunnaic i a-riamh iad bho bha iad pòsta. "Rud ceàrr?"

"A rèir cò a dh' iarras tu. "

Freagair ach chan e freagairt. "Freya, am fuirich thu?"

"Mar a tha mi mu thràth an seo chan eil mi a' faicinn adhbhar sam bith airson fàgail ach tilleadh. "

Ciamar a bha Nisha a 'dèiligeadh rithe a h-uile latha? Am freagairt a bha a 'còrdadh ri Freya ri Nisha, b' i a banrigh le roghainn chan ann dìreach le bhith a 'fuireach ann an dùthaich a bha Nisha a' riaghladh. Chan e gun do thachair dad de sin a-riamh ri Freya. Oh no, bhiodh i a 'bruidhinn ri duine sam bith ge-tà a chunnaic i iomchaidh agus bha sin air a' Bhanrigh Feyen a ghabhail a-steach. "Tapadh leat. Blake, feuch an seall thu ..."

"Chan eil ùine agam airson seo." Chrath ceò dubh an talla a bha a 'dol a-steach don t-seòmar gus an do sheas boireannach nas sine le falt fitheach air a beulaibh. Na h-aon sùilean violet a chuimhnich i a 'fàs suas ag amharc a-steach. An aon roghainn àithne a bha a-riamh air a dhol thairis oirre fhèin.

"Màthair."

"Nighean." Thug a 'Bhanrigh Vasilissa sùil thairis air gualainn a h-ìghne don Fey eile," Freya. "

"Do Ghràs." Thug Fray nod bheag de spèis ... fhathast gun a bhith a 'nochdadh spèis cheart do bhanrigh.

"Tsk. Chan eil mi an seo mar Bhanrigh agus cha robh mi nam aon airson còrr air dà cheud bliadhna agus chan eil mi a' planadh air an àite damn seo a thrèigsinn. "

"Màthair! Bi snog is e latha aoibhneach a tha seo." No co-dhiù bu chòir dha a bhith na latha aoibhneach. Co-dhiù, cha robh i a 'dol a leigeil le dad milleadh a dhèanamh air latha sònraichte a bràthar. Chan e eadhon a màthair fhèin.

Bha Vasilissa a 'glaodhaich air fearg na h-ìghne aice a' deàlradh a sùilean gu sealladh cha mhòr flùraiseach. + tha a 'bhaoth-chluich seo toilichte?!?!"

"A' Bhanrigh Vasilissa bidh thu a 'dìochuimhneachadh an àite agad."

Vasilissa hissed le buaireadh. "Chan ann a-nis, Freya-"

Bhiodh dubhar a 'sruthadh a-steach air feadh nam ballachan far nach b' urrainn dha fìor sgàil a bhith. "Na toir orm do thoirt air falbh bhon rìoghachd seo. Cha mhill thu aoibhneas Nisha air an latha seo."

"Cha dèanadh tu…" A 'crathadh a ceann agus a' riaghladh anns an teampall aice. "Gu dearbh, bhiodh tu. Chan e mise a' Bhanrigh agad no caraid sam bith leatsa. Cha bhiodh dùil agad mo thoirt air falbh. "

A màthair air ais? Do-dhèanta fhathast bha i dìreach air a coimhead a 'dèanamh sin. "Thàinig thu bhon Under Kingdom. Carson?"

"Gus coimhead air na h-oghaichean agam air an crùnadh. Carson eile?"

Choimhead Celeste air falbh agus i a 'feadalaich," Tha e comasach nach bi ach aonan. "

A 'toirt aghaidh Celeste na làmhan rùisgte rinn Vasilissa gàire. "Ma tha thu a' creidsinn sin, is e amadan a th 'annad. An urrainn dha Nisha a bhith a' riaghladh an dà chuid Lite agus Darke? Gun cheist. Às deidh a h-uile càil, is i mo ogha. Ach a bheil i airson barrachd a riaghladh na dh 'fheumas i? Mo nighean, coimhead timcheall ort a tha aig Nisha barrachd airson a bhith a 'gabhail cùram an seo na dh' fhaodadh duine sam bith smaoineachadh. Gu dearbh, nam bithinn air a bhith den bheachd gu robh e cho dona seo bhithinn air a riaghladh mar neach-ionaid aice gus cuid den seo a chuir air dòigh fada mus leigeadh i leatha ceum a ghabhail san rìoghachd seo. "

"Bha thu mar-thà mar phàirt den Under Kingdom."

"Le mo roghainn chan ann air sgàth gu robh mi no gu bheil mi nam shaoranach an sin. Bha mi a' coimhead airson do phiuthar no gin de na Fey. "

"Agus an do lorg thu freagairtean?"

B 'ann an uairsin a ruith Lilly a-steach don t-seòmar," Oh Grand'Mere nach robh mi mothachail gu robh thu air ruighinn? "

"Chan eil annam ach. A-nis is e a' ruith timcheall a bhith a 'caitheamh smock mharcaich filth dòigh sam bith airson bana-phrionnsa aodach."

Choimhead Lilly sìos air a smoc agus an èideadh bunaiteach agus rinn i gàire, "Is e sin as coireach gu bheil mi an seo. Màthair b' urrainn dhomh do chuideachadh a 'faighinn aon de charaidean Nisha deiseil. Tha e gu math duilich a bhith buailteach agus ann an staid bheag eadhon a bhith an làthair . "

A 'leigeil osna a-mach, dh' fhaighnich Celeste, "Agus tha mi creidsinn, ag innse dha do cho-ogha nach urrainn dha a thighinn còmhla rinn a-mach às a' cheist? "

Thug Lilly a meur chun a bilean agus tapadh oirre a rèir coltais a 'beachdachadh air innse dha a co-ogha," Uill b 'urrainn dhuinn innse dhi ach tha mi teagmhach gun cuireadh e cùl ri a beachd. Bha i gu math teagmhach mun aoigh seo a bhith an seo."

"Glè mhath. Màthair, am faic thu chun chòrr den ullachadh?"

"Falbh. Nì mi na bu chòir a bhith air a dhèanamh mu thràth. Agus fàg do chrùn. Tha seo mu dheidhinn an deas-ghnàth, chan e do phròis gòrach, mo nighean."

Faisg air an talla a bheireadh an uairsin gu na h-aoighean, leig Lilly gàire dòrainneach a-mach, "Tha Grand'Mere ann an sunnd tearc an-diugh."

"Bha fios agad gu robh i a' tighinn? "

"Màthair, chan eil mi a' faighneachd rudan dha Nisha. Cha tug i iomradh ach gu robh grunn de na saoranaich aice a 'nochdadh ùidh ann a bhith a' faicinn a 'Bhanrigh aice. Chan eil mi a' faighneachd cò. Chan e gu bheil Grand'Mere gu dearbh na shaoranach den Under Kingdom, ach fhathast. "

Nam biodh fios aig nighean a leannain mu nach robh a seanmhair marbh, dè eile a bha i a 'roghnachadh gun innse dhi? Chrath an smuain i. "Mar sin, tha am balcony airson ..."

"Na sgòran de shaoranaich nach eil beò a-nis. Thuirt Nisha nach tèid duine a-steach don chaisteal le geas glamour. Uill, cha b' urrainn dhi a bhith aca ann an Darke gun a bhith a 'caitheamh aon agus cha toir i ìobairt dhaibh gu dàn nas miosa na bàs oir bha iad airson a faicinn air a crùnadh ... "Ghabh Lilly anail mhòr. "… B' e sin an aon fhuasgladh a bhiodh a h-uile duine toilichte. A bharrachd air nach eil dad a 'dol a-steach don chaisteal sin gun fhios aig na mairbh mu dheidhinn. Smaoinich mu dheidhinn… tha e na rabhadh a bharrachd gun fhios nach eil Freya ceart mu dheidhinn nach eil an caisteal sàbhailte. "

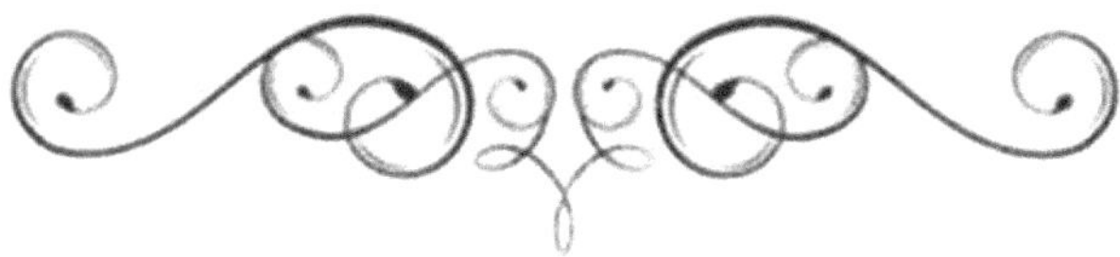

Sgòran de… cha b 'fheàrr gun a bhith a' faighneachd… a 'feuchainn ri a h-inntinn a chumail bhon escapade as ùire aig Nisha, bhrùth Celeste an doras dubh soilleir a bha a' cumail an neach ris an robh feum aig a nighean cuideachadh. A 'toirt aon cheum a-steach don t-seòmar reothadh i a' faicinn fear làn-inbheach ann an cadal aotrom gun dad a bharrachd air duilleag tana a 'còmhdach.

A 'gabhail anail slaodach dhomhainn, ghluais i a-null thuige agus gasped eadhon le a chraiceann a' crochadh gu sgaoilte bho a chorp bhiodh i eòlach air an àite sam bith. "Gale?"

Cha do dh 'fhosgail a shùilean ach leig e a-mach uisge-beatha le pian," Addy? " Nuair nach do fhreagair i dh 'fhosgail e a shùilean a' faicinn a mhearachd. An aon ghuth ach am piuthar ceàrr. "Às deidh na h-ùine seo, chan urrainn dhomh fhathast innse dhut bho ghuth a-mhàin."

A 'faighinn eòlas gu leòr nach gabhadh e a leisgeul gu bràth mura biodh e gu tur riatanach, thuirt Celeste gun dad. Chan e gum feum e a leisgeul a ghabhail, co-dhiù chan ann mu bhith a 'cur dragh air a guth le guth a càraid. A 'suidhe gu socair faisg air a mheadhan, chuir i roimhpe freagairt neo-shoilleir seach freagairt socair. "Tha thu a' coimhead uamhasach. "

A 'dùnadh a shùilean a-rithist leig Galeron le gàire a bhilean a ghearradh. "Tha mi a' faireachdainn nas miosa, tha mi cinnteach. "

A 'pògadh an aghaidh duine a bha i uaireigin a' smaoineachadh mar bhràthair a rinn i gàire. "Uill leigidh sinn dhut a bhith a' faireachdainn tad nas fheàrr ro bhanais do mhic. "

A 'feuchainn ri suidhe suas agus fios nas fheàrr a bhith ag argamaid còmhla rithe dh' fhaighnich Galeron, "Carson a rinn Nisha na rinn i an-diugh? Cha robh eadhon a màthair cho neo-chùramach."

"A bheil thu a' ciallachadh? Cuir an cèill an fheadhainn nach robh air am faicinn mar shaoranaich?"

Bha eagal a 'ruith thairis air aodann. "Cha chuala thu." A 'laighe air ais agus a' guidhe gu mòr nach b 'e esan a bha an còmhradh seo a chuir e ris. "Celeste, is tu mo charaid agus mar sin feuch nach gabh thu seo san dòigh cheàrr, ach tha mi a' tuigsinn carson a rinn i sin. Gu dearbh, tha mi taingeil. Ach is e an rud air an robh mi a 'toirt iomradh carson a chuir i fuil a' ceangal a h-uile Fey no pàirt Fey a tha sin an-dràsta ann an Darke? Chan e nach eil sinn air a bhith ag ullachadh airson an latha seo. "

"Rinn i dè!?!?! Sin ... tha sin gealtach. Chan e, barrachd air gealtach, tha sin ...''

Tuigse a 'lasadh a shùilean. "Cha tug i iomradh air dhut?"

"Chan e, cha tug i iomradh air an sin orm." A 'coimhead chun an dorais agus chun na h-ìghne a bha air a bhith fada ro shàmhach airson cus ro fhada chrath Celeste," An robh fios agad mu dheidhinn seo?"

A 'dol a-steach don t-seòmar dh' fheuch Lilly ri coimhead bochdainn. "Uill, chan eil gu dearbh. Ach b' fheàrr leam clach ithe an uairsin faighneachd dha Nisha rud sam bith nach robh dha-rìribh na ghnìomhachas agam. Tha mi a 'ciallachadh gu fìrinneach, carson a bhithinn ag iarraidh freagairt do rud sam bith a b' urrainn dhomh a leigeil a-mach gun a bhith a 'faighinn eòlas air ... A bharrachd air an sin, nuair a dh 'innis Nish dhomh mu dheidhinn... uill, am Morair Galeron agus an t-suidheachadh aige ... bha i seachad air pissed. Chuala tu an caisteal a' gearan nach cuala tu? "

"Shaoil   mi gur e a' ghaoth a bh 'ann." chaidh a ràdh aig an aon àm ri "Chaidh an caisteal a ghearan? Nuair a bhiodh Myrddin pissed bhiodh na gargoyles a' sgreuchail. "

Nuair a stad an dithis bhoireannach chuir Galeron air ais agus leig iad gàire gàire. "Is e luchagan a th' annad le chèile. Chan eil dòigh sam faod i a bhith nas miosa na an dà phàrant aice còmhla. "

Glaodh Celeste sìos air. "Am bu mhath leat geall a chuir air sin?"

Caibideil 40: Daibhidh

A 'coimhead iomagaineach thòisich Daibhidh a' seasamh suas bhon chathair. A 'toirt fa-near dha Ethan a bhith a' dèanamh an aon rud chrath e a cheann. "Chan eil Ethan, fuirich nad shuidhe."

"Ach ..."

A 'brùthadh drochaid a shròin agus a' guidhe dha-rìribh nach b 'e esan a mhìnich seo do Ethan, chlisg e nuair a thòisich e ag ràdh," Tha thu nad phàirt de thaigh Nisha a-nis. Tha sin a 'toirt còirichean sònraichte dhut."

Chùm Ethan a shùilean fo cheist, "Còraichean?"

"Hmm. You only stand when Nisha enters a room. Do so for others only if you feel inclined to do so. Nisha is very difficult and doesn't follow normal courtesies. I suspect that you will find her way of doing things much easier than doing them correctly. For today, stay seated until the doors reveal Nisha. No one will think twice about it. If they do, they will tell her about it. Or complain to each other when she is not around to debate it."

A 'dèanamh e fhèin aon uair nas comhfhurtail ann an glacadh Ari, dh' fhaighnich e, "A bheil thu a' smaoineachadh gun dèan duine sam bith? Innis dha Nisha tha mi a 'ciallachadh."

Le huff, thuirt Dàibhidh, "Hell no. Chan eil duine san t-seòmar sin a' bruidhinn ri Nisha mura h-eil sin riatanach. Agus chan eil a bhith a 'gearan leis gu bheil thu a' leantainn an eisimpleir aice na chòmhradh riatanach. "

"Air sgàth an temper aice?"

"Chan eil. Air sgàth na freagairtean a dh' fhaodadh a bhith ann. Thoir earbsa dhomh. Bruidhinn ma tha thu a 'faireachdainn mar sin ach fuirich nad shuidhe. Bidh seiche aig Lilly ma tha thu suas a' gluasad timcheall cus. Agus bidh barrachd air an t-seiche agam aig Nisha ma choimheadas tu tinn airson an deas-ghnàth. "

Fuirich? Dè? "Mar sin ... cha bu chòir dhomh a bhith a 'coiseachd fhathast nuair a bha mi a' coiseachd madainn an-diugh?"

"Mì-chinnteach, nach eil? Dìreach falbh leis." A 'coimhead air Ari, dh' èigh Daibhidh. "Uill, cha dèan seo dìreach gus coinneachadh ri Banrigh Feyen." A 'comharrachadh a mheur fada àrd aig a' chrùin, tha an dath aige a 'dol bho liath purpaidh faded gu uaine domhainn. "Chan eil. Chan eil an dath sin a' freagairt air an tachartas. " Às deidh grunn oidhirpean eile agus mu dheireadh bha e riaraichte le gorm rìoghail le trim òir. Dath a bha cha mhòr a 'maidseadh deise Ethan. An uairsin molaidhean de dhubh airson sùil a thoirt air sùilean Ari bha e na fhìor rabhadh gus am biodh fios aig a h-uile duine nach e cathair a bha seo ach fearg. "An sin bu chòir sin a dhèanamh."

Choimhead Ethan sìos. Cha robh Daibhidh dìreach air an dath atharrachadh ach an stuth cuideachd. Bha Ari air a bhith... air a dhèanamh?... A-mach à seòrsa de stuth tiugh a bha a 'coimhead rèidh ach a bha a' faireachdainn garbh ris an suathadh. Ach a-nis ... bha deiseag bhog a 'còmhdach gach òirleach den chràdh. Agus an t-susbaint a 'rùsgadh... Ah... feumaidh Ari an t-atharrachadh aontachadh cuideachd. "Ciamar a rinn thu sin?"

"Oh uill ... tha mo mhàthair Feyen agus gu math cumhachdach leatha fhèin. Bha i a' teagasg geasan agus incantations sònraichte do gach fear againn. Is e dìreach an fheadhainn a tha a 'freagairt air na pearsantachdan againn. Dhòmhsa, tha e co-cheangailte ri clò. A-nis a bheil thu deiseil? Tha mi a' dèanamh? mar sin airson faighinn a-mach carson a tha a 'Bhanrigh an seo ro Nisha."

Le nod, dh 'fhaighnich Ethan," A bheil thu a 'smaoineachadh gun dèan i freagairt dona?"

A 'tionndadh a dhruim ri Ethan, chroch Daibhidh a cheann. "Tha mi a' smaoineachadh gu bheil an-diugh a 'dol a lìonadh le barrachd dibhearsain na tha a dhìth."

A 'fosgladh nan dorsan àrda òir, stad Dàibhidh a' faicinn chan e a-mhàin a 'Bhanrigh Alista ach Larna cuideachd. Ged a bha i na suidhe faisg air cùl an t-seòmair a 'coimhead a-mach don fhànais ... bha i fhathast ann ... agus fhathast gu mòr na bagairt. Bha e glic a chùl a thionndadh gu nàmhaid ach cha robh dad ann a b 'urrainn dha Larna a dhèanamh... co-dhiù chan ann leis na faileasan a' sruthadh faisg oirre. A 'tionndadh gu bhith a' coimhead thairis air a ghualainn, rinn e cinnteach gu robh Ethan a 'leantainn agus an uairsin thug e gu faiceallach na beagan cheumannan a dh' fheumar a-null gu far an robh a 'Bhanrigh Alista gu sàmhach a' bruidhinn mu rudeigin leis... "A' Bhanrigh Vasilissa? "

"Who?" Choimhead Ethan a-nis, draghail bho bha Dàibhidh air gasped. Agus cha robh Drakens a-riamh a 'glaodhadh... cha robh eagal no iomagain orra a-riamh ... agus gu cinnteach cha dèanadh iad sin air beulaibh teaghlach rìoghail.

Cha tug Daibhidh a-riamh a shùil far an dà bhanrighre. "O, chan urrainn seo a bhith math."

A-nis nas motha na dragh thòisich Ethan a 'seasamh. "Dàibhidh?

"Chan eil, fuirich nad shuidhe. Tha rudeigin ceàrr. Tha a' Bhanrigh Vasilissa air a bhith ... um ... marbh airson faisg air còig bliadhna deug. " Ged a choimhead i oirre cha do choimhead i marbh. Chan e, bha i a 'coimhead gu math beò agus gu math. A 'glacadh a anail ghabh Daibhidh postachd nas prionnsa agus chuir e a làmh air druim Ari. "Fuirich socair agus dèan gun ùidh." B 'e a' chomhairle a b 'fheàrr a b' urrainn dha a thoirt seachad an-dràsta. A-nis a-mhàin nam b 'urrainn dha fhèin a leantainn.

"Tha thu airson gun dad a ràdh agus a h-uile dad a chluinntinn. Yeah, fhuair mi e."

Dìreach sgoinneil, chaidh aige air a 'chùis a dhèanamh air an aon neach nach robh e airson... gu h-àraidh bho bhruidhinn e ri Lilly agus faighinn a-mach gur e Fey gun trèanadh a bh' ann nach robh fios fhathast mu chumhachdan is chomasan. "Tha a' Bhanrigh Alista, a 'Bhanrigh Vasilissa, na thoileachas gad fhaicinn. Is dòcha gun toir mi a-steach am Morair Ethan Leuthar, fear na bainnse."

Thionndaidh Alista a dh'fhaicinn cò bha air tighinn thuice gun iarraidh air sin a dhèanamh. Chùm a sùilean mòra uaine foam-mara sìos mar nach robh i a 'coimhead air Dàibhead ach am balach a bha na shuidhe air claoidh. "Leuthar? Tha teaghlach ann am Feyen leis an ainm sin. Tha dithis a-nis nan suidhe air mo chomhairle èildearan."

A 'feuchainn ri gàire a dhèanamh thuirt Dàibhidh gu socair," B 'e a mhàthair Baintighearna Faerydae, do ghràs."

Bhris a sgiathan òrail fosgailte agus an uairsin dùinte le sàrachadh. "Chì mi. An uairsin bu chòir dhutsa, am Prionnsa Davkren, a bhith air stiùireadh a thoirt don bhalach air mar a gheibh e Banrigh a tha a' tadhal gu ceart. "

Lean Ethan air adhart beagan anns a 'chathair. "Ma tha duilgheadas ann leis mar a fhuaireadh thu bu chòir dhut bruidhinn ris a' Bhana-phrionnsa Nisha. " Dè an ifrinn a rinn mi dìreach? Tha fios agam nas fheàrr na bhith a 'dèanamh tàir air àrd-bhreith.

"Tha, tha mi a' faicinn gu bheil thu de loidhne-fala Leuthar. A-nis fàg mi. Tha mòran aig Vasilissa agus agam ri dheasbad ron deas-ghnàth. "

A 'toirt bogha beag chleachd Daibhidh a mheur gus Ari a stiùireadh air falbh bhon dà bhanrighre. Nuair a dh 'fhalbh e chluinneadh e Vasilissa a' snapadaich, "Tha thu a' dìochuimhneachadh d 'àite, Alista."

Faisg air a 'bhalconaidh chrath Ethan," Cò mu dheidhinn a bha sin? "

"Chan eil fhios 'am, ach thathas ag ràdh gu bheil i gu math gruamach. A-nis am bu mhath leat na crùin fhaicinn, no do dhreuchd a ghabhail air an balcony?"

"Ge bith dè as sàbhailte airson an-dràsta."

"An uairsin tòisichidh sinn leis a' bhòrd a chumas an crùn, an uairsin a-muigh. Agus an dòchas nach lorg sinn iongnadh sam bith a-muigh an sin. "

Lìon dragh is amharas guth Ethan. "Dè an seòrsa iongnadh?"

"O, na bi cho iomagaineach. Is e Nisha a th' ann agus dh 'fhaodadh iongnadh a bhith oirre bho rud sam bith bho dhragon airgid a' dol suas gu h-àrd tro na speuran agus a 'cur eagal air a h-uile duine ..."

Ethan gasped. "Chan eil dragain ann ... a bheil?" Eich sgiathach, cinnteach. Eich marbh a ghiùlain am beòshlaint gu tunail nam marbh ... cha b 'urrainn dha a dhearbhadh ach bha e deònach geall a dhèanamh gu robh iad ann. ach Dragons?

"Uill ... cha b' urrainn dhuinn a-riamh dearbhadh an e mealladh no fìor a bh 'ann. Agus tha Nisha a' diùltadh a ràdh aon dòigh. "

"Chan eil mi a 'smaoineachadh gu bheil mi airson faighinn a-mach."

"Faic, tha thu a' glacadh air mar-thà. A-nis ... "stad Dàibhidh meadhan a' cheum agus gasped. "Chan eil seo ceart."

"Dè?" Bha Ethan a 'dol timcheall taobh Dhaibhidh gus bòrd òir fhaicinn le trì crùin agus dà shreath. Tha aon chrùn air a dhèanamh le òr le cuid de sheòrsa seud soilleir anns gach puing dheth. An t-slait a tha a 'maidseadh ri taobh clì dheth. An uairsin cearcall airgid gun sgeadachadh sam bith gus a ràdh gur e crùn a bh 'ann idir. Mu dheireadh, crùn air a dhèanamh de chlach dhubh phoileach. Gems dearga gleansach faisg air na puingean. Tha an t-slait a 'laighe air an làimh dheis dragan air a pasgadh timcheall an dòrn claw fitheach le aon seud dubh. "Tha fios agam air crùn Darke, ach an fheadhainn eile ... carson a tha iad an seo?"

Thòisich Dàibhidh a 'feuchainn ri faclan a lorg airson na bha e a' faicinn. "Chan eil fios agam. Tha am fear òir bho Lite. Bha còir aige a bhith aig Lilly ach… "

"Ach saoilidh tu Nisha…" Dh 'fhàg e an còrr crochte san adhar mar a dh' fhosgail na dorsan dùbailte agus sheas fear àrd le adharcan mòra crodh san doras a 'slaodadh Wendigo ri a chois. "Edrich."

Rinn Daibhidh gàire gun deach aire a thoirt do co-dhiù aon rud ann an òrdugh ceart. Bha e gu leòr dha airson a mhisneachd fhaighinn air ais. "Ah math chaidh a' bhiast a lorg. Bu chòir dhomh a bhith air innse dhut nas luaithe, tha m 'athair na shealgair sàr-mhath." A 'tionndadh bhon chrùn agus an dragh mu na thachras ann am beagan mhionaidean rinn e gàire. "Bu chòir dhomh do thoirt a-steach ro na fèillean. Tha e buailteach a bhith a' fàs meallta mura h-innsear dha rudan ro-làimh. "

Às deidh Daibhidh a-null gu far an robh athair na sheasamh, ghabh Ethan anail domhainn. Chan ann air sgàth cò ris a bha e gu bhith a 'coinneachadh ach air sgàth cò bha ga shlaodadh a-steach don t-seòmar.

"Athair…" Thug Daibhidh sùil sìos air an t-sìoladh a bha gun mhothachadh air an làr. "... Chì mi gun do lorg thu am Morair Edrich."

"A Thighearna? Is e scum a th' ann. Chan eil e eadhon iomchaidh airson biadh. Chan ith eadhon na trolls am fear seo. " Bha a chorragan àrd a 'teannachadh timcheall a' chas a 'bualadh chnàmhan gu glan ann an dà leth. "Bah. Poca cnàmhan gun fhiach. Chan e eadhon fèithean airson grèim bidhe. "

"Craykren, Bi gad ghiùlan fhèin." Thàinig boireannach caol caol le falt dubh guail agus sgiathan ruby   suas air cùl an Darken agus shlaod i a gàirdean cruaidh gu leòr airson gun tionndaidh e thuice. "Chan ith thu am filt sin nam làthair."

"Chan ith mi idir e. Chan eil e airidh air biadh. Chan eil na trolls ga iarraidh nas motha." Chuir e casg air ceann Edrich an aghaidh a 'bhalla barrachd bho shàrachadh na bho bhith a' feuchainn ris a 'chlaigeann fhosgladh.

Chlisg Daibhidh. A-riamh ... chan e aon uair a chuala e athair a-riamh a 'diùltadh bàs urramach don chreach aige. Riamh. Feumaidh a mhàthair a bhith na iongnadh bhon a bha a sùilean faisg air a dhà uimhir na am meud àbhaisteach. "Is dòcha, faodaidh aon de na geàrdan a thoirt a-mach às an t-seòmar seo gus an co-dhùin thu dè a thèid a dhèanamh leis."

"Tha. Glè mhath. Chan eil fàilte air filth chun deas-ghnàth. Is dòcha gu bheil e ga reamhrachadh. Is dòcha gum bi an t-seiche feumail."

Blake a bha air a bhith na sheasamh air a 'bhalconaidh a' coimhead thairis air an t-sluagh a 'dol nas fhaisge air an Rìgh Draken," Cray? Is dòcha gun urrainn dha aon de na geàrdan agam a thoirt leis a-nis? Cha bhiodh sinn airson dragh a chuir air na boireannaich. "

Bidh Craykren a 'smeòrachadh a' chuirp limp a dh 'ionnsaigh a charaid. "Tha e sleamhainn. Slit a sgòrnan ma dh'fheuchas e ri teicheadh."

A 'coimhead air a' phìos feòil limp cha robh e den bheachd gum b 'urrainn don asal teicheadh. Co-dhiù chan ann an turas seo. Chan ann le a chasan briste, no le claigeann a 'sileadh. Ach an uairsin a-rithist, bha e air cuir às don h-uile duine eile a bha air a bhith a 'coimhead air a shon.

"Chan eil." Chan e guth san t-seòmar ach fear dìreach a-muigh. Gu sgiobalta sgèith Celeste a-steach don t-seòmar. "Chan e, tha na h-eucoirean aige cus gu bàs sìmplidh. Freya, feuch gum fuirich e anns a' phrìosan gus an urrainn dha Nisha aire a thoirt dha gu ceart. "

"Gu dearbh. Is e eucoir mhòr a th' ann a bhith a 'marbhadh an teaghlach rìoghail a mharbhadh. Saoil dè na daoine eile a rinn e."

Chrath Celeste aon uair agus choimhead i an gaisgeach Feyen a 'gabhail seilbh air a' bhiast, an uairsin thionndaidh i a h-aire air ais chun aoigh aice. "Is dòcha gun toir Rìgh Craykren am Morair Ethan a-steach. Tha Nisha air a ghealltainn."

A 'crathadh an adhair, chrath e aon uair e. "Tha thu air do leòn. Cha bhith sinn a' sabaid an-diugh. "

"Craykren, tha mi a' mionnachadh ma chuireas tu uiread ri aon bhuaireadh air latha sònraichte mo nighean, tionndaidhidh mi thu gu pixie ... a-rithist. "

Thionndaidh Daibhidh gu sgiobalta gus nach leigeadh e le athair gàire a dhèanamh air a 'chunnart. Às deidh a h-uile càil, a 'faicinn athair air a thionndadh gu bhith na pixie de dhath soilleir le sgiort agus dìreach timcheall air an t-siathamh fear de na spuirean fada aige ... bha e duilich gu leòr gun a bhith a' gàireachdainn. Bha e cuideachd na rabhadh bho bha athair air fuireach mar sin airson faisg air seachdain an turas mu dheireadh. Cha robh e air a bhith toilichte idir mu dheidhinn sin.

Chapter 41: Myrddin

Ghluais ceann Myrddin chun an taobh mar a thòisich e gu slaodach a 'fàs mothachail air na bha mun cuairt air. Mar a thòisich a chraiceann ag aithneachadh a 'phian anns a dhruim, leum e a ghàirdean mar fhreagairt… bha na slabhraidhean iarainn a cheangail e ri mullach na h-uamha a' reubadh agus a 'bualadh ri chèile. A 'cumail a shùilean dùinte leig e iongnadh air inntinn airson mionaid ghoirid…

… Airson cus bhliadhnaichean bha e air a bhith an seo. A rèir an luchd-glacaidh aige chaidh a thoirt às a h-uile comas agus cumhachd dorcha. Nam biodh fios aca air an fhìrinn a-mhàin … Nam biodh fios aca gum b 'urrainn dha teicheadh   aig àm sam bith… gum b' urrainn dha an sgrios le dad a bharrachd air smaoineachadh agus le bhith a 'dèanamh sin cha bhiodh dad dhiubh air fhàgail … chan e boinne fala no sliasaid cnàimh. Mura biodh fios aca ach dh 'fhaodadh e casg a chuir air a h-uile càil. A h-uile unnsa pian a dh 'fheumadh e fhèin a chumail suas fad na bliadhnaichean sin. A h-uile oidhirp air a bheatha. A h-uile bagairt a dh 'innis iad dha. Dh 'fhaodadh e a bhith air an sgrios o chionn bhliadhnaichean… ach bha adhbharan ann nach robh e air…

… Nisha…

… Nam biodh e, an nighean aige … cha bhiodh an aon adhbhar aige airson a bhith a-riamh na làn neart. A-steach do na comasan a bu chòir a bhith aice ron àm seo. Na tiodhlacan a dh 'fheumadh i a shàbhaladh chan ann a-mhàin san dachaigh aice ach cuideachd. Cha bhiodh i a-riamh air na leasanan a dh 'fheumadh i ionnsachadh. Cha bhiodh fios aice a-riamh air gaol. Cha do dh 'ionnsaich thu a-riamh cuin a chuireas earbsa anns an fheadhainn a tha timcheall oirre no cuin a dh' aithnicheas tu iad gu tur. Chan e, cho mòr 's gun do chuir e pian air, dh' fheumadh e fuireach an seo.

Agus beò.

Beo. Rud a dh 'ionnsaich na luchd-glacaidh aige gu sgiobalta nach b' urrainn dhaibh a dhèanamh. Cha robh e gu diofar an robh iad leis an acras no ga chuir na theine. Cha robh e gu diofar an lìon iad a sgamhanan le uisge no an do dh 'fheuch iad ri a mhùchadh. Cha robh e gu diofar. Cha robh eadhon air a chorp a ghearradh ann am pìosan beaga bìodach air a mharbhadh. Agus bha sin na iongnadh dha fhèin eadhon agus chan e eòlas a bha e airson a dhol troimhe a-rithist. Ach, bha a bhith a 'fuireach beò agus gun chomas bàsachadh air tighinn le prìs pian gruamach gum faodadh e a bhith a' faireachdainn an fheadhainn a chaidh a shlànachadh eadhon nuair nach robh lotan ri fhaicinn. An uairsin bha na breugan a bha a 'fàs ro thric a' tòiseachadh a 'toirt air a dhìteadh mu bhith a' faicinn seo troimhe. Thug e air ath-bheachdachadh air an ìobairt aige dhaibhsan air an robh e cho measail.

"Bu chòir dhut leigeil leat fhèin bàsachadh, am Prionnsa Dorcha."

Am Prionnsa Dorcha, ainm a thug an neach-glacaidh dha o chionn ùine. Fada ron ar-a-mach. Fada mus do rugadh Nisha. Aig àm nuair a bha an nathair air feuchainn ri seasamh mar charaid. Ach eadhon an uairsin dhiùlt e sàsachd a thoirt don bastard le bhith ag aithneachadh an fhìor dhearbh-aithne aige. Fìrinn nach robh fios aig eadhon Adrianna, a bhean. Cha robh fios agam. "Apep." Yawning, dh 'fheuch e ri fuaim gun ùidh mar a thuirt e," A bheil thu air rudeigin ùr a chruthachadh gus feuchainn ri mo mharbhadh no a thighinn a thoirt ionnsaigh orm leis na h-oidhirpean so-leònte agad? "

A 'ceumadh nas fhaisge air a phrìosanach rinn Apep gàire cho mòr' s gun leigeadh a chraiceann teann coltach ri dearc dha. "Bidh mo ssssson a' pòsadh do nighean luachmhor. An uairsin coimheadaidh tu i a 'bàsachadh."

"Thug na breugan agad nathair dhomh."

A 'cur a chladach ceithir-mheur os cionn a chridhe rinn Apep gàire. "Mise? Lie? Chan eil usssse agam airson liessss."

A 'dùnadh a shùilean gorma meadhan-oidhche, rinn Myrddin gàire nuair a roghnaich e na tachartasan fhaicinn ann an Caisteal na h-Oidhche. "Chì sinn cò tha na laighe agus cò a bhios a' riaghladh na Feise. " A 'fosgladh a shùilean a-rithist lean e air adhart cho mòr' s a leigeadh na slabhraidhean dha agus a chrath e, "Agus chì sinn cò a bhios a' coimhead do chlann a 'sgreuchail fhad' s a gheibh iad bàs. " Airson dìreach mionaid bha lasraichean a 'dannsa dìreach air cùl a shùilean.

A 'ceumadh air ais thuit Apep thairis air an èideadh fhada uaine aige. "Chan eil cumhachd agad an seo. Chan urrainn dhut."

"Chan eil thu a' smaoineachadh. An uairsin ciamar a tha mi fhathast beò, nathair? Ciamar? " Cha deach dad a bharrachd a ràdh gus an robh e aon uair na aonar anns a 'chill aige ... an uairsin rinn e gàire gus an do mhothaich a chridhe gun a bhith a' coimhead a nighean ghrànda a 'fàs a-steach don bhoireannach bhrèagha a bha i air fàs.

Alone air a lasadh ann an dorchadas Myrddin leig an geas neo-fhaicsinneachd tuiteam timcheall air a 'chòmhlan pòsaidh aige. Gu ruige seo b 'e seo an geas mu dheireadh a chuir e… a' faireachdainn a 'mheatailt fhuar an aghaidh a chraicinn leig e leis a bhith a' faireachdainn chan e a-mhàin an còmhlan fhèin ach nas fhaide air falbh. Bha Dae air a geas a chuir air adhart gu math airson na bha i air a bhith o chionn bhliadhnaichean. Ach cha b 'e sin an adhbhar gun do rinn e gàire… rinn e gàire oir bha aodach a leannan air Addy.

Bha i beò. A dh 'aindeoin nach robh e comasach dhi a lorg ... a dh' aindeoin gu robh an nathair a 'dol air adhart agus air a dhol seachad, bha fios aige gu robh i beò agus a-nis bha an dearbhadh aige gu robh feum air a cridhe. Mionaid nas fhaide agus thuit deòir bho shùilean. Cha robh i dìreach a 'caitheamh an fhàinne ... bha i a' coimhead air a shon. An cridheachan mu thràth a 'bualadh ann an tìm ri chèile. Am biodh i a 'tuigsinn carson a bha e a' faireachdainn cho lag?

Cha robh e a-riamh air an geas a chleachd e a roinn leatha. Ni mò a dh 'innis i dhi na rinn e an oidhche a rugadh Nisha. Mar sin, airson a-nis, dh'fheumadh i a bhith riaraichte gu robh e beò agus solace a ghabhail ann a bhith a 'faighinn a-mach gum faigheadh   e i.

Ged a dh 'fhaodadh gur e a h-uile rud a lorg i an toiseach.

A 'gabhail anail domhainn, leig e a-mach e gu slaodach. Bha an t-àm ann. Bhiodh uimhir ag iarraidh a fhuil nuair a bhiodh seo troimhe ach cha robh sin gu diofar, chan ann a-nis. Chan ann aig an àm seo. Leig e dha fhèin aon bhuille cridhe ath-bheachdachadh a dhèanamh ag iarraidh cuideachadh. Bhuail cridhe barrachd gus deasbad a dhèanamh air na chanadh agus nach canadh e. Anail barrachd agus bha e an dòchas le a chridhe uile ... leis a h-uile càil a bh 'ann… nach robh e a' dèanamh mearachd. Bha e feumach air a cuideachadh gus seo a thoirt gu crìch ach eadhon cha robh fios aige an cuireadh i crìoch air an trom-laighe seo agus an dà bheatha aca a shàbhaladh. Chan e, is math a dh 'fhaodadh i a fàgail an sin agus ròn na dachaigh agus am beatha a sheulachadh.

"Estare." Bha fios aige gu robh i ag èisteachd. B 'e an dorchadas a h-uile dad a dh' fheumadh i a chluinntinn eadhon cho fada air falbh 's a bha i dha-rìribh gun robh fios aige gun cluinneadh i faclan fìor Fey sam bith. Às deidh na bha e coltach ri uairean a thìde, dh 'èigh e a-mach aon uair eile, an turas seo gun a bhith a' falach an t-uamhas agus an sàrachadh na ghuth, "Damn e, a phiuthar ghràidh, freagair mi!" Mionaid nas fhaide agus chuir e beagan a bharrachd bìdeadh agus ùghdarras ris a 'gharbh aige. guth ach cha do ghabh e a chreidsinn gu robh e ag èigheachd rithe. "Freagair dhomh!"

Mu dheireadh, chuairtich solas soilleir soilleir e, a 'leaghadh nan iarann   còmhdaichte le meirge a bha air a chumail airson cus bhliadhnaichean. Mar a bha an solas a 'brùthadh a-muigh a' lasadh an t-seòmair, loisg teine   dubh, a 'dùnadh an t-slighe a-mach agus cothrom sam bith gum biodh cuideigin a' rèiseadh a-steach gus stad a chuir air a 'choinneimh aca. A 'faighinn a-mach nach robh dad ann a b' urrainn dha a dhèanamh gus an do roghnaich i i fhèin a dhèanamh aithnichte, ghabh e cathair air an talamh làn fala agus dh 'fhuirich e gus...

"Tha thu ... mì-mhodhail ... backstabbing ... bastard. Dè a' chòir a th 'agad a bhith ag iarraidh orm mo ghairm?"

Chan fhaca e i, rud a bha uamhasach oir bha e a 'faireachdainn a h-uile facal a' crathadh dheth a chnàmhan agus a 'glaodhadh na cheann. A 'suidhe air ais gus am biodh e coltach gu robh e gun uachdar chuir e ruaig air a shùilean. "Halo dhut cuideachd, a phiuthar ghràdhaich. An bruidhinn sinn gu fosgailte no a bheil thu airson mo chuir air falbh airson Lunaista fhàgail?"

A 'ceumadh tro bhalla an t-solais, bhrùth i a sgiathan gleansach ri chèile agus a h-aodann caol a' pronnadh mar a dh 'fhàs i," Cha do dh 'fhàg thu Lunaista a-mhàin, ghoid thu ar piuthar pàisde nuair a theich thu."

"Shàbhail mi an dà bheatha agad. No nach eil thu air faighinn a-mach ron àm seo." Cha b 'urrainn dha a chuideachadh linntean gun a bhith a' bruidhinn mu dheidhinn seo ... gun a bhith a 'tilleadh a-riamh an aghaidh a mhàthair no a phiuthar as òige... bhiodh e air a mhilleadh nan leigeadh e dhi bruidhinn cho fuar ris. "Chan e, chì mi nad shùilean nach do rinn thu."

"Damn thu. Mharbh màthair is athair iad fhèin os cionn do nàire."

"Mharbh iad iad fhèin mar ìobairt gus ionnsaigh a thoirt air na bailtean mòra rionnag eile." A 'faighinn gu a chasan sheas e àrd os a cionn. "Nach d' fhuair thu bogsa trinket gun dad a bharrachd air beagan pìosan feòla air a chuir a-steach? "

"Tha, ach ..."

A 'leigeil le spreadhadh de chumhachd amh sruthadh bho a làimh spreadh e balla cùil na h-uamha agus an uairsin thàinig e gu seasamh mu choinneimh aon uair eile. "Dèan cron air, Estare, fosgail do shùilean. B' e pìosan den chloinn eile a dh 'fhaodadh a bhith a' riaghladh. Sliochd an Fhèidh rìoghail. Tiodhlac gus am biodh fios aig càch nach robh iad ann an cunnart. "

A 'tuiteam air ais, bhrùth i i fhèin an aghaidh a' bhalla cloiche. "Chan eil ... Sin ..."

A 'gabhail eagal ... lean e air ann an guth nach leigeadh duine a-steach ceist, chan e eadhon a bhean, a bhanrigh," A bheil thu dha-rìribh a 'smaoineachadh gun leigeadh mi leam fhìn a bhith nam Rìgh air rud sam bith nam biodh e a' ciallachadh do mharbhadh? An uairsin a bhith air mo cho-èigneachadh an dithis agaibh a ghearradh suas gus pìosan dhut a chuir thuca? Chan eil, bi às mo chiall ma gheibh thu. Bi dall ma dh'fheumas tu, ach cha ghabh mi mo leisgeul airson a bhith a 'dèanamh na bha ceart."

Choimhead i air a 'tionndadh agus a bhith aig astar, an uairsin ann an uisge bog fhreagair faisg air deòir. "Dh' fhaodadh tu a bhith air innse dhomh nas luaithe. "

Chrath Myrddin a cheann. "Chaidh a thoirmeasg. Mar a bha uimhir de rudan eile a tha thu air fhoillseachadh bhon uair sin."

"Tha fios agad?!"

"Thig a-nis, tha fios againn le chèile eadhon am measg nan reultan eile agus Fey rìoghail chan eil duine ann a tha leth cho cumhachdach ri mise."

Thionndaidh i air ais thuige a 'feuchainn ri falach dè a bha i a' faireachdainn. Ann an guth bog nach b 'àbhaist dhi a bhith, thuirt i," Mar sin tha thu ag iarraidh do chrùn air ais. " Chan e uiread de cheist a th 'ann ach aithris dòchasach.

"Ifrinn, chan eil mi ag iarraidh a' chrùn sin. Ach tha feum agam air do chuideachadh. "

Ghabh Estare anail dhomhainn, "Rach air bràthair gràdhach. Dè, ùrnaigh innis, a bheil feum agad air mo chuideachadh? Leis gu bheil thu uile cho cumhachdach."

Cha do thuit e airson fèist, ach an àite sin dh 'fheuch e ri ìre a ghuth a chumail," Do nighean, a bheil thu air ruighinn a-mach thuice? " Bha e an dòchas ach bha e teagmhach cuideachd gu robh. Chan ann nuair a bha i a 'creidsinn gun do thrèig e i chun àite fuar marbh a dh' ainmich i dhachaigh.

"Chan eil, ach le tubaist ràinig mi a-mach chun a rèiteach." Cò bha air a 'chùis a dhèanamh oirre a' chiad uair… a-nis?

"Ethan? Math. Is e Faerydae, is e sin a mhàthair, nighean Magmas. Chuir e an seo i gus a shàbhaladh bhon ìobairt. Na bi teagamh ann a bhith a' falach na sreathan fala sin no a comas fhèin. "

"Magmas? Ach esan ... Tha e na riaghladair air na bailtean-mòra rionnag."

"Tha, tha fios agam. Tha e do-dhèanta gum biodh truas aige ann. Na bu lugha ... Is e an loidhne-fala aige a tha a' riaghladh an rud ris an canar Feyen. Ach, chan eil sin de eòlas cumanta, co-dhiù chan ann an seo. "

"Oh wow. Bha fios agam gu robh na daoine againn mar luchd-dìon na Feise an seo air an talamh chruaidh ach chan ann mun fhear eile."

"Chan eil ùine againn airson seo. Às deidh seo a bhith seachad, bruidhnidh sinn mu na dh'fheumar a dhèanamh gus ar dachaigh a shàbhaladh. An-dràsta, feumaidh mi taigh mo nighean a shàbhaladh."

"Glè mhath. Bruidhnidh sinn mun fheadhainn eile nas fhaide air adhart. Inns dhomh dè a dh'fheumar a dhèanamh."

A 'cromadh a-null gu balla teine   dubh, sheall e a-mach. "Ma thèid mi tarsainn air an teine   thèid mo bhean a mharbhadh mus ruig mi i. Feumaidh tu innse dha Nisha gu bheil i ga cumail faisg air beul na h-aibhne slànachaidh."

"Nach ann an sin a chaidh aithris gu robh aon de na colbhan? An làrach tighinn air tìr airson an fheus a thaghas tu a thighinn an seo?"

"Bha, bha an Eostre a' fuireach ann uaireigin. Gu dearbh, bha iad nan luchd-fàilteachaidh oifigeil dhaibhsan a thàinig don fhearann   seo. " Stad e a 'faireachdainn gu robh an fhearg aige a' fàs aon uair eile. "Agus is e sin as coireach gun deach am marbhadh. Bha cuideigin ag iarraidh a' chumhachd a dh 'fhuiling iad air falbh bhon fheadhainn a shiubhail an sin. Tha mi an amharas gur e na h-aon bastards a tha a-nis a' cumail mo bhean an grèim. "

Thionndaidh Estare gu beul na h-uamha. "Chan e, tha an dearc cearc cus ro òg. Is dòcha gu bheil càirdeas fad às a bhith cunntachail."

"Comasach." Thug e a làmhan fuar a-steach dha, "An cuidich thu?"

"Airson cho cumhachdach' s a tha thu. Agus airson a bhith eòlach air rudan nach urrainn dha daoine eile a bhith eòlach ... ciamar a tha thu a 'smaoineachadh nach cuidicheadh   mi mo nighean-bhràthar eadhon ged is i do shliochd?"

A 'toirt pòg bhog dha a mhaoil   chrath e," Tapadh leibh. A-nis falbh mo phoenix beag. "

A 'ceumadh air falbh bhuaithe chrath i agus mean air mhean thòisich i ag atharrachadh a-steach don chumadh a bha cho beag dhiubh a' cumail. Agus bha nas lugha de dhaoine eòlach fhathast air an cruthachadh.

Caibideil 42:
Nisha

Sheas Nisha a 'coimhead oirre fhèin ann an sgàthan àrd làn airgid a bha i a' fleòdradh roimhe. Beagan mhionaidean mus robh i air a bhith a 'co-dhùnadh ciamar a bhiodh i a' caitheamh a falt agus a 'togail a-mach na beagan phìosan seuda a bha i a' dol a chaitheamh…

… Ach bha sin roimhe.

Aon mhionaid air ais, bha i air rudeigin a faireachdainn. Bha rudeigin air a bhith gu leòr dhi airson a bhith faiceallach agus coimhead airson ge bith dè a bh 'ann. A 'tionndadh a dh' fhaicinn an rùm gu lèir bha fios aice dè bha i a 'faireachdainn - Bha rudeigin no cuideigin a' coimhead oirre. Cò no ge bith cò bha iad fada air falbh. Chan eil ann an Darke… chan eil… bha eadhon crìoch na coille Mystic a 'faireachdainn nas fhaisge na bha an duine a' faireachdainn. Mar sin, cha robh iad ann an cunnart. Lest nach eil an-diugh. Ach, a 'leantainn air an fhaireachdainn, bha fios aice gu robh iad a' faireachdainn faochadh ga faicinn. Bha e a 'faireachdainn mar a bha iad air a bhith an dòchas gum biodh i a' dèanamh dìreach mar a bha i… a 'dèanamh deiseil airson a' bhanais aice. Dè nach robh a 'dèanamh ciall - gin idir? Nam biodh cuideigin airson a pòsadh fhaicinn cha robh aca ach a thighinn don chaisteal agus a choimhead. Mura biodh rudeigin a 'cur stad orra. "Bidh amàireach luath gu leòr airson do lorg."

A 'dol na laighe aon uair eile thug i a-steach a meòrachadh agus dh' fheuch i gu cruaidh gun a bhith a 'smaoineachadh. Bha i a-riamh math air a bhith a 'falach a' mhòr-chuid de na bha i a 'faireachdainn. Bha uaigneas air a chuartachadh le tartachd sassy.

Dragh air a cagnadh le cus sunnd dealasach. Gràdh?
Buaidh? Bha i a-riamh a 'coimhead às dèidh a h-
antaidh agus a co-oghaichean an dà chuid Dàibhidh
agus Lilly ach bha eagal oirre nan robh gaol aice orra
gun deidheadh   iad cuideachd bhuaipe… mar sin
cha robh i air am facal a ràdh. Ach an-diugh?

Am biodh i misneachail leigeil leatha fhèin
tuiteam ann an gaol le Ethan? An tilleadh e a-riamh
an gaol sin nan dèanadh i sin? Rinn Lilly e
a 'coimhead cho furasta le Daibhidh. Bhon chiad uair
a chunnaic iad a chèile, cha robh i air iarraidh air
duine sam bith eile ... Ach Ethan? Fiù 's ceangailte ri
chèile bha e nas dualtaiche òrdugh sam bith a
leantainn na bhith a' toirt spèis. An uairsin a-rithist, is
dòcha gu feum e ùine airson atharrachadh gus nach
bi e na thràill.

Ach bha sin cuideachd na adhbhar dragh
airson latha eile… An-diugh…

An-diugh bha i a 'toirt a-steach beagan
mhionaidean airson a bhith a' miannachadh gum
biodh a màthair an seo gus innse dhi dè a b 'urrainn
dhi a dhèanamh gus an dreasa a dhèanamh
iomchaidh airson banais. Bha i a 'toirt a-steach don
àm aithreachais gun a pàrant a bhith aice a bha fios
aice gu robh gaol aice oirre leis a h-uile dad a bh' aca.
Sniffling thug i sùil air ais air an dreasa aice. Chan e
dìreach dreasa bainnse a bh 'ann ach am fear a b'
fheàrr a bh 'aice agus a h-uile càil a dh' fhaodadh i a
dhèanamh gus am biodh e a 'coimhead nas
iomchaidh bha ceò dubh grinn a' fighe a-steach ris an
dreasa liath cobwebby a bha a 'dol a-steach do
bheille caol a bha a' còmhdach a casan. Bhiodh fios
aig a màthair mar a dhèanadh e i gu tur iongantach
às deidh a h-uile càil nam b 'urrainn dhi dreasa a

dhealbhadh airson an tachartas aois aice dìreach uairean às deidh dhi breith a thoirt gu cinnteach, b' urrainn dhi dreasa bainnse a dhealbhadh.

Bu chòir dha a bhith air a bhith comasach. Bu chòir dha a bhith.

Ach ... cha robh.

A 'sniffling a-rithist chùm i na deòir aice aig bàgh. Mar a leig i cas an fhalt dathte aice am fitheach sìos a druim shlaod i aon shreath thairis air a gualainn agus an uairsin chuir i a cnàmh beag a-steach do lobe na cluaise a 'leigeil leatha fhèin a' phuing fhìnealta a lorg. Cha robh na cluasan biorach aig a h-antaidh, agus cha robh Lilly mar sin mar dhìleab bho a h-athair? Cha robh fios aice. Cha robh aon dealbh, hologram no peantadh dheth. Co-dhiù, cha do lorg i gin ann an caisteal sam bith san robh i a-riamh. A 'toirt a-steach am fear seo. An uairsin a-rithist, cha robh cluasan mar a h-antaidh Alyisope nas motha. Ach dh 'fhaodadh iad a bhith dìreach air a leum. A 'suathadh a cluasan aon uair eile nuair a chrath i, b' e sin an aon rud a bh 'aig a h-athair.

Gun a bhith a 'toirt a-steach na deòir chuir i a cas ann an frustrachas. Bu chòir dha a bhith an seo gus a toirt a-mach chun neach a gheall i. Is dòcha ann an dòigh a bha e. Bha e air Ethan a thoirt dhi. Bha e air a thaghadh bho neach sam bith eile.

A 'dùnadh a sùilean, chuir i a pàrantan gu cùl a h-inntinn. Dè am math a dh 'fhaodadh a bhith a' caoidh a dhèanamh an-diugh? Chan e, dh'fheumadh i a bhith misneachail. Dh 'fheumadh i a bhith na Banrigh na Fo-Rìoghachd agus na Crùn Bana-phrionnsa Darke. Dh 'fheumadh i a bhith gun eagal agus gun anail. Dh 'fheumadh i nochdadh gu fiadhaich.

Bha feum aice air a sgiathan. Na sgiathan a bha cuideachd bho a pàrantan.

Chan e na sgiathan aice a chruthaich i a h-uile cho tric. An fheadhainn air an dèanamh le ceò agus ciabhagan. Chan e, bha feum aice air a sgiathan. Sgiathan a bha a h-antaidh a 'smaoineachadh mar sgeadachadh meallta. An fheadhainn a chuir eagal air Lilly. Bheireadh Lilly mathanas dhi, às deidh a h-uile càil, bha an-diugh mu dheidhinn coltas agus gun a bhith a 'toirt ionnsaigh air a càirdean. A 'cumail a sùilean dùinte gu teann chuir i bogha air a druim mar a bha a sgiathan a' cruthachadh air a druim. Aon mhionaid gus faighinn thairis air a 'phian deòir a bha an-còmhnaidh air a thighinn nuair a bha i a' toirt air falbh no a 'cruthachadh a sgiathan an uairsin ghabh i anail domhainn mu dheireadh gus am faicinn.

Bòidheach. Sìor-inntinneach. Agus marbhtach. Bha iad foirfe.

Cha robh cumadh sgiathan sìthe orra, ach bha iad coltach ris an fheadhainn a bhuineadh do na dragain mòra. A 'lùbadh thairis air a ceann cha mhòr nach robh iad a' ceangal ri chèile leis na spuirean airgid aca. Bha a sùilean a 'coimhead orra a' dèanamh cinnteach nach robh iad air am milleadh ann an dòigh air choireigin agus an uairsin a 'faighinn faochadh nuair a chunnaic i mar a stad iad dìreach anail ron làr. Airson mionaid, thug i sùil orra.

Le cuid a 'tachairt, cha robh iad air an dèanamh le craiceann no feòil. Gun a bhith air a dhèanamh le itean no membran, chan e eadhon lannan. Cha robh, cha robh i cinnteach cò às a thàinig iad ach bha fios aice gu robh iad soilleir. Sàbhail sin na crògan liath, gorm is dubh de dhath agus an dealbh airgid. Chan e, bha iad neònach. Nas làidire na clach, eu-coltach ri sgiathan sìthichean a bha cho eagallach fìnealta. Ach a rèir coltais bha iad a 'coimhead nas mìne na eadhon an dealan-dè as lugha. Bha, bha iad foirfe agus às deidh an-diugh, cha bhiodh feum aice air an cumail falaichte.

Bha a bilean dearga fala a 'lùbadh gu gàire. Mar sin, cha robh mòran air na sgiathan aice fhaicinn. Eadhon am measg a teaghlaich cha robh ach a h-antaidh agus Lilly air am faicinn, agus cha robh fios aig ach Lilly gu robh iad fìor. Cha robh e gu diofar às deidh a h-uile càil nach robh i gan caitheamh airson a h-aoighean, bha an aon rud aice bho a pàrantan. An aon thiodhlac a thug iad dhi agus chaidh i am falach bhon h-uile duine gus an robh i sean gu leòr airson a cuir am falach i fhèin.

Le bhith a 'gnogadh air an doras chùm i oirre bho bhith a' smaoineachadh dad nas fhaide. "Tha e fosgailte." Cha robh i airson a bhith a 'snaim ach dh' fheumadh i sin gun a bhith a 'caoineadh.

"Nis--" Stad Lilly agus choimhead i timcheall an t-seòmair. Tùsan de dhreasaichean, tunics, sgeadachadh fuilt uile sgapte timcheall. "Oh, tha thu ann an uiread de dhuilgheadas."

A 'tionndadh gu a co-ogha rinn i gàire cho binn. "Tha mi teagmhach. Às deidh a h-uile càil, rinn Mari a' mhòr-chuid den t-searrag i fhèin. "

"Marigold? An do rinn seo?" Ghabh Lilly ceum air ais ann an creideas, "Gu cinnteach ... Chan eil." An uairsin mhothaich i na sgiathan. "Nisha?"

"Tha fios agam gu bheil iad gad dhèanamh mì-chofhurtail ach mar bhanrigh Darke tha feum agam orra. Bha mo phàrantan a' tuigsinn sin. "

A 'dùnadh an dorais gus nach cluinneadh duine Lilly a guth sìos. "Tha fios agad gu bheil iad a' toirt ort a bhith coltach ris a 'chiad Fey."

Gu socair thuirt i, "Tha fios agam." Gu dearbh, bha i air na bratan fhaicinn anns an dà chuid Spire agus Castle Sun-tear. Agus bha e air barrachd na sin fhaicinn na bruadar. Na aislingean nach tug i fhathast a-steach gus innse dha a co-ogha.

Tarraing i fhèin gu dìreach ghabh Lilly anail domhainn mar a thuirt i, "Uill, is ann leatsa a tha iad agus mar sin cò mise a bhith a' breithneachadh sgiathan rìoghail eile? "

Rinn Nisha gàire, a 'cur às don rud mu dheireadh de a bròn. "Sin as coireach gur toil leam thu, Lil, tha thu gam fhaicinn air mo shon agus fhathast chan eil eagal orm."

Thill Lilly an gàire. "Tha eagal ort. O, tha thu a' cur eagal orm gu cunbhalach, ach tha sinn ceangailte ri chèile gus am bi fios agam nach urrainn dhut cron a dhèanamh orm. "

A 'ceangal a gàirdean ri a co-ogha dh' fhaighnich i, "Chan eil thu air innse dha duine mu dheidhinn sin?"

"Nisha ... dha-rìribh carson a bhithinn ag innse dha aon anam a-riamh nuair a bha sinn còig gu robh sinn ag òl fuil a chèile agus a' mionnachadh gun a bhith a 'dèanamh cron air a chèile? A bheil mi a' coimhead coltach gu bheil mi airson òraid a chluinntinn mu cheangal fala? " Gun a bhith a 'toirt iomradh air a' cheangal eile nuair a bha iad trì-deug. Cha robh adhbhar ann a-riamh innse dha duine mu dheidhinn aon seach aon.

Bha an dithis nighean a 'gàireachdainn airson mionaid mus do rinn Nisha dìreach suas. "Bu chòir dhuinn falbh. Tha na mairbh a' fàs gun tàmh. "

Gu mall a 'coiseachd sìos, an trannsa fhada, lean Lilly a-steach do Nisha. "Tha athair Ethan na shuidhe anns an t-sreath chùil. Tha sealladh soilleir aige air a mhac."

A 'stad Nisha ghoirid mhionnaich," Tha mi duilich, bu chòir dhomh a bhith air innse dhut cò a dh 'fheumadh a shlànachadh. Bha mi dìreach ... cho ... troimh-chèile ... pissed ... chan eil fhios agam. Ach bu chòir dhomh a bhith air innse dhut."

"Tha mi toilichte nach do rinn thu. Gu fìrinneach, chan eil mi cinnteach am b' urrainn dhomh a bhith air do chreidsinn nam biodh tu. Tha mi a 'ciallachadh dha-rìribh ... chaidh innse dhuinn gu robh e air falbh ... marbh. Mar sin, dha a bhith an seo a-nis agus beò ? Cha bhiodh, cha bhithinn air do chreidsinn gus am faca mi e le mo dhà shùil fhèin. "

A 'sèideadh anail a-mach aon uair eile, dh' fhaighnich Nisha, "A bheil e comhfhurtail?"

"Na ghabhas dèanamh. Feumaidh e ithe ach thèid aire a thoirt dha a dh' aithghearr. Agus cadal… tòrr cadail. An uairsin feumaidh mi rudeigin a lorg a chuidicheas le bhith a 'slànachadh cuid de na lotan a lorg mi. Chan eil fios aig eadhon màthair ciamar airson an làimhseachadh. "

Sgoinneil. Chan e, cha bhiodh i a 'milleadh an fhaireachdainn an àite sin bhiodh i toilichte gun robh e ann airson a bhith a' faicinn an tachartais seo. "Tha sinn a' dol don Spire airson an fhàilte. Tha Freya airson a dhol tron   chaisteal gu lèir gun a bhith a 'feumachdainn coimhead às mo dhèidh."

"Agus an seo bha mi a' smaoineachadh gum faodadh na frasan sin a dhèanamh ann am beagan mhionaidean. "

Bha an dath a 'sìoladh bho aodann Nisha. "Lilly, na faighnich dhaibh. Tha tart fuil air cus dhiubh. Tha mi airson faighinn a-mach cò as urrainn earbsa a chur agus cò nach fheum a bhith an seo ... mus… leig mi leotha sealg."

An fhìrinn gu robh Nisha draghail mu na faileasan aice ... o bha, bha iad nas cunnartach na bha a h-uile duine a 'smaoineachadh. "Tha, tha sin coltach ri deagh bheachd an uairsin. Airson beagan mhionaidean, cha do bhruidhinn barrachd ri..." Ràinig a 'Bhanrigh Sedna beagan mhionaidean air ais."

"Oh math, bha mi an dòchas gum biodh e comasach dhi a thighinn. Chan fheum i orb uisge airson suidhe a-steach?"

Thuirt Lilly dìreach, "Shaoil   mi gun tug thu cuireadh dhi. Cha robh Mam gam chreidsinn." An uairsin a 'cuimhneachadh air a' cheist, thuirt i, "Oh, tha i gu math. A rèir coltais, faodaidh dùdach coiseachd air talamh cruaidh airson grunn uairean a-thìde agus uaireannan làithean. Agus ma tha sin a' dèanamh ciall innis dhomh. Leis gu bheil mi uamhasach leis an fheadhainn a tha a 'fuireach sa mhuir . "

"B' e dùdach a bh 'ann am màthair Sedna, bha a h-athair mar a tha fios agad mu thràth na neach-còmhnaidh uisge. An dearbh rèis aige chan eil fhios agam. Tha fios agam nach b' urrainn dha an uisge fhàgail agus bha e glè thoilichte gum b 'urrainn dha nighean. No mar sin tha mi chaidh innse dhomh. "

"Mar sin le bhith mar phàirt de dùdach faodaidh i coiseachd air an fhearann."

"Tha." Dh 'èigh Nisha," Ged, chan eil i a 'tighinn air tìr airson latha airson sgrùdadh an aon rud ri bhith a' tighinn airson tachartas sònraichte. "

"Ah, mar sin tha an crùn corail agus an èideadh gleansach air a dhèanamh de lannan èisg airson a thaisbeanadh."

"Darling chan eil dad agad. An turas mu dheireadh a thadhail mi oirre, bha i a' deasbad dè an dath a bhiodh air corail le a falt ... agus b 'e sin a bha oirre."

"Feuch an innis thu dhomh gun do chòmhdaich an corail i."

A 'toirt taobh-taobh dha co-ogha a' coimhead thug i crathadh a cinn agus chrath i. "Bidh sinn a' suidheachadh riaghailtean airson nuair a thadhlas sinn. A leithid bidh aodach oirre ann an rudeigin a dh 'aithnicheas mi mar aodach no dìreach cha bhith mi a' fuireach. "

Caibideil 31: Ethan

Ghabh Ethan anail domhainn agus leig e a-mach e gu slaodach. Cha robh fios aige an e na h-instincts aige fhèin a bh 'ann no an robh Nisha ag innse dha gu robh i faisg… ach dh' fhaodadh e a bhith ga faireachdainn. Cha mhòr nach eil fàileadh oirre. Cha mhòr nach eil i a 'caoidh a chraicinn…

"Ethan?"

A 'coimhead suas air Daibhidh choimhead e air ag amas air an doras. A 'dùnadh a shùilean, sheas e gu slaodach. "A bheil Nisha cinnteach mu dheidhinn seo?" Chan e an t-àite ach ga phòsadh.

A 'dol an aghaidh Ethan, chuir Daibhidh a làmhan air guailnean a cho-ogha ùr. An dà chuid gus a chumail seasmhach ach cuideachd a 'cumail làn aire. "Is tusa an aon tiodhlac a thug a pàrantan dhi a-riamh. Thoir earbsa dhomh ged a bhiodh tu nad slug troll gruagach bhiodh i gad phòsadh."

Slug troll? An robh an leithid de rud ann? Cha robh e gu diofar gun tug e gàire agus is dòcha gur e sin rùn Dhaibhidh an toiseach. "Tapadh leat."

"Balaich."

Chroch Daibhidh a cheann aig rabhadh cruaidh Celeste. "Bidh sinn gad ghiùlan fhèin … mama."

Cha do rinn a sùilean ach beagan a bharrachd ach mus b 'urrainn dhi dad a ràdh dh' fhosgail na dorsan mar a ghluais Lilly a-steach don t-seòmar. Bha a casan gu h-aotrom a 'frasadh an ùrlair mar a bha an dreasa dearg brùite aice a' cruthachadh timcheall oirre. "Nighean."

"Tha Nish air a slighe. Um ... bha feum aig cuideigin air a h-aire gus dèiligeadh ri rudeigin? Cha robh mi a' feitheamh ri faicinn no cluinntinn gum feumadh fios a bhith aice mus deach i a-steach. "

A 'cumail a shùilean air an dràma bheag chuir Ethan air fhèin aghaidh dhìreach a chumail nuair a dh' fhalbh Banrigh Lite, "Cuideigin beò tha mi an dòchas."

Bha Lilly dìreach a 'coimhead air a màthair agus rinn i gàire a' roghnachadh gun a bhith ag ràdh dad a bharrachd mun neach a bha a 'bruidhinn leis a bhanrigh," Am bu chòir dhomh a lorg? " Tap air an doras agus chunnaic i a h-athair na sheasamh an sin. Bha an deise ghorm rìoghail aige gu foirfe a 'brùthadh agus a' sgeadachadh le uimhir de bhuinn is riobanan gun robh a sheacaid cha mhòr air a lìonadh. "Na gabh dragh tha mi creidsinn ..." Stad i gu h-obann agus chrath i a ceann. "Daibhidh beagan cuideachaidh mas e do thoil gu bheil duilgheadas beag aig Nisha."

Bhruich Daibhidh seachad air agus cha tug e ach aon nod beag bìodach airson suidhe. "Do ghràs?" Bha sin na theirm iomchaidh, nach robh?

"Ethan, a ghràidh tha thu nad theaghlach. Nì antaidh Celeste ceart gu leòr."

Leig e leis fhèin na faclan a ghabhail a-steach. Chan e dìreach piuthar a mhàthar ach teaghlach. "A bheil adhbhar ann gu robh Lilly agus David dìreach air an aon aoigh a chuir a-mach don Talla?"

"Is dòcha. Le fortan, cha bhi fios agam gu bràth air an adhbhar." A 'faicinn an duine aice a' tighinn thuice le coltas diongmhalta air aodann bha fios aice nach biodh sin fìor. "Blake?"

"A bheil fios aige?" Glaodh e sìos gu Ethan a bha a-rithist na shuidhe anns a 'chathair.

"Chan eil fhathast."

"A bheil fios agam dè?" Sguir Ethan a-mach.

Ghlais Blake sùilean le Celeste agus an uairsin chrath an dithis aca ag aontachadh, "Faodaidh Nisha a mhìneachadh." An uairsin a 'faicinn eagal a' èaladh a-steach do shùilean Ethan chaidh Blake sìos air aon ghlùin gus nach fheumadh Ethan sùil a thoirt air, "Tha m' fhacal agad nach dèan na tha a 'dol air adhart cron ort. Dìreach gad chreidsinn. Leis a h-uile onair, tha e troimh-chèile mise ach is e rud math a th 'ann. Tha am facal agad agam."

"Agus tha Nisha ..."

"Is urrainn dhomh innse dhut gu robh an duine a chaidh a thoirt a-mach na charaid dlùth dha athair. Tha i airson gun toir e a-mach i an seo an àite mise." Bu chòir dha a bhith air a uaill a ghoirteachadh ach cha do rinn e sin. Chan ann nuair a fhuair e thairis gu robh cuideigin air a bhith beò tron oidhche sin. Chan ann nuair a bha e air ionndrainn a charaid agus bha e na fhaochadh a bhith ga fhaicinn a-rithist. Agus Chan ann nuair a thug e dòchas dha gum biodh a h-uile dad a bha Nisha mu thràth a 'tòiseachadh a' tionndadh a-mach airson a 'chuid as fheàrr.

Ro shìmplidh. Ach cha do laigh luchd-giùlain aotrom. Cha b 'urrainn dhomh laighe... co-dhiù a rèir na chaidh innse mun deidhinn. "Chan eil sin a' faireachdainn ro dhona. "

Anail barrachd agus dh 'ath-thog Lilly agus David an seòmar. Nuair a choinnich a shùilean rithe, rinn Lilly gàire geal air, "Is dòcha gun tòisich sinn a-nis. Oh, agus Grand'Mere feuch gun stad thu bho bhith a' trod Nisha, chan eil mi cinnteach am b 'urrainn dhi dèiligeadh ri aon rud eile an-diugh. Tha an teampall aice mu thràth nas fhaide na sin. eadhon a fulangas. "

An-dràsta bha Nisha agus an neach-dìon gun ainm aice san doras a sheas e. Bho far an robh e na sheasamh, chan fhaiceadh e gu soilleir i. Cha b 'ann gus an robh i faisg air letheach slighe thuige an uairsin...

... Sealladh de bhòidhchead nach b 'urrainn dha Estare a chrìochnachadh eadhon.

Agus bha e ga pòsadh. Bhiodh e ri a taobh fad na h-ùine. Ciamar a bha e air a bhith cho fortanach a bhith air a thaghadh mar an duine aice?

Cha robh feum aige air freagairt. Cha robh mi ag iarraidh fear. Chan e, cha robh e airson cuimhne a chumail air a h-uile mionaid den bhanais seo. Dh 'fheumadh e a bhith an-còmhnaidh a' cuimhneachadh air na cobwebs glas a 'ceangal ri ceò dubh meadhan oidhche. Muineal òir tana agus a colbh dearg crochte dìreach os cionn amhach cumadh cridhe. Ach b 'e na sgiathan aice a bha tòrr a bharrachd na bhith iongantach ach cha robh facal aige airson cunntas iomchaidh a thoirt orra.

Thug criomag de chuimhne grèim air. Bha e air sgiathan mar seo fhaicinn ann an Lunaista. Chan e Estare ach bha dealbhan ann de dhaoine eile aig an robh iad. Nas fhaide air adhart b 'urrainn dha a' chuimhne sin a sgrùdadh ... an-diugh cha robh e ach a 'dol a smaoineachadh mun fheadhainn a bha san t-seòmar seo. Chan e, cha bhiodh e a 'smaoineachadh ach dè a bhiodh a bheatha a' ciallachadh a-nis gu robh e a 'pòsadh an duine as sònraichte agus a bu mhotha a choinnich e a-riamh.

An uairsin chunnaic e an duine a chaidh a thoirt a-mach às an t-seòmar dìreach mionaidean roimhe. A 'caolachadh a shùilean, cho-dhùin e gu robh e cus tana airson a bhith dìreach tana ach... Chan e, cha b' urrainn dha smaoineachadh an-dràsta. No co-dhiù, gun a bhith a 'smaoineachadh air na h-adhbharan a bha e cho tana, no carson a bha e coltach gu robh e tinn. Chan e, gu cinnteach cha b 'urrainn dha smaoineachadh mu dheidhinn sin. Ach bhiodh e a 'cuimseachadh air Nisha, a dh'aithghearr a bhith na bhean agus na banrigh. Às deidh na fèillean a dhèanamh dh 'fhaodadh e dragh a ghabhail mu dheidhinn a h-uile càil eile.

A 'coimhead Nisha fhad' s a thug i an ceum mu dheireadh a-mach chun balcony chrath e a shùilean gun a bhith a 'tuigsinn an nod bheag don duine gus an do phòg e a ghruaidh agus gun do ghabh e cathair. Ach, smaoinich e air a 'phòg bheag chàirdeil sin gus an do dh' fhaighnich Nisha, "Aunt Celeste?"

"Bruidhnidh sinn às deidh." An uairsin sheas banrigh Lite cho àrd 's a b' urrainn dhi agus leig i leis a 'ghaoth àrdachadh a guth," A shaoranaich agus a teaghlach, taing airson a bhith a 'cruinneachadh airson an latha glòir seo. Mar a' Bhanrigh, de Lite tha e na urram dhomh crùn Darke a thoirt seachad a bhanrigh cheart. "

Chuir rughadh an t-sluaigh a sheas anns an lios iongnadh air, ach bha Nisha a 'toirt a làmh gu socair gus am fuiricheadh   e socair. An uairsin thionndaidh Nisha thuige a sgiathan dìomhair a 'lasadh a-mach dìreach falt.

"Ethan?"

Cha b 'urrainn dha barrachd coimhead air falbh bhuaipe an uairsin dh' fhaodadh e a bheatha fhèin a ghabhail. Bha a guth a 'nighe thairis air. Bha i a 'dèanamh rudeigin dha. Dh 'fheumadh i a bhith bho nach fhaiceadh e an fheadhainn a thàinig a choimhead air an latha seo. Chan e, chan fhaiceadh e ach i agus balla de cheò dubh cruaidh. "Mo bhanrigh?"

Thug i suathadh gu faiceallach agus rinn i gàire. Tha gàire cho brèagha aice. Bha e a 'smaoineachadh dìreach mus cuala e i ag ràdh," Nì Nisha gu math. "

Chrath Ethan an uairsin a cheann gus a corragan a phògadh. Cha robh fios aige carson a bha e ach bha e a 'faireachdainn ceart. Dhearbh an gàire air a h-aodann gun do rinn e an co-dhùnadh ceart. "Chan eil fios agam dè na faclan a thèid a ràdh."

"A bheil earbsa agad orm?"

*An robh? Am b 'urrainn dha?*Chrath e a-mhàin e. "Chan fhaic duine sinn, an urrainn dhaibh?"

Dh 'atharraich a gàire bho ghàire toilichte gu bhith a' co-chaidreachas fear, "Is urrainn dha Lilly. A h-uile duine eile? Chì iad rudeigin. Cluinnidh iad rudeigin. Chì agus cluinnidh gach fear na tha iad ag iarraidh."

Ghabh e anail mhòr agus choimhead e gu domhainn na sùilean. Raointean domhainn. Molaidhean teine   is ceò. Spiking deigh. An uairsin chunnaic e rudeigin. Bàs. Bha e ga fhaicinn na sùilean. Na h-anaman caillte nach do rinn e don Under Kingdom. Na h-anaman aig nach robh cuirp tuilleadh airson grèim a chumail orra ... iad uile a 'feitheamh ri bhith air an leigeil às. "Nisha?"

Bhrùth a meur an aghaidh a bhilean. "A bheil thu a' gealltainn gun roinn thu a h-uile càil a chruthaicheas sinn còmhla? "

Luidh e air a bilean nuair a tharraing a meur air ais. "Tha mi."

"An uairsin mar an latha seo a-mach roinnidh mi a h-uile dad a tha mi còmhla riut. Is tu mo cho-ionnan ann am fìor bhrìgh an fhacail." Nochd sgian bheag na làimh. A 'phuing a' togail bàrr aon mheur. Dh 'èirich fuil beatha ghorm dìreach mus do chuir i aon bholtadh air a bhilean ìosal. "Le seo, tha sinn ceangailte. Ann am beatha agus bàs is ann leatsa a tha e. Is ann leatsa a tha e. Tha mi a' daingneachadh a 'cheangail seo." An uairsin ghlac i an lann agus bhreab i a mheur a 'toirt an aon bhoinne de fhuil gu a bilean.

Airson dìreach mionaid ghluais an sealladh aige agus bha e cinnteach gum faiceadh e rudan taobh a-muigh an t-seòmair… seachad air a 'chaisteal. Sgòr de dhaoine a 'feuchainn ri briseadh a-steach. Rud nach fhaiceadh e gan cumail a-mach. Sgiath de sheòrsa air choreigin? "Nisha?"

"Tha fios agam air Ethan. Chì mi iad cuideachd. Chan eil dad anns an rìoghachd seo nach urrainn dhomh. Ma thaghas mi sin." Bhrùth i a bilean chun a chuid. An uairsin ceum air ais a 'crìochnachadh ge bith dè an geas a chruthaich i.

Bha Celeste a 'coimhead dazed. "Um ... Gabh mo leisgeul tha e coltach gu bheil mi aig call airson faclan."

"Is dòcha gum bu chòir dhuinn an crùnadh a chrìochnachadh?" Rinn Nisha gàire ann an dòigh a rinn ceist a-steach do àithne.

A 'crathadh a ceann agus an uairsin fhuair Celeste seachad air. "Gu dearbh." A 'fleòdradh air a' bhòrd fhada òir a-null chun balcony sheas Celeste gu pròiseil. "Mar as trice, chan eil ach aon chrùn air a thaisbeanadh ... ge-tà air an latha eachdraidheil seo, tagh Ban-phrionnsa a' Chrùin Nisha Devros an dìleab agad. "

Dà chrùn airson dà dhùthaich agus cearcall sìmplidh na Feise. Crùn a chaidh a dhèanamh airson a 'chiad Bhanrigh na Feise. Leig Nisha a làmh os cionn a 'bhùird. Leig le cuipean Darke tendrils gach crùn a leigeil leis a 'chumhachd bruidhinn rithe. "Thig Lilly an seo."

Chunnaic Ethan Lilly a 'toirt sealladh troimh-chèile dha Nisha agus a màthair ach thug i am beagan cheumannan a-null chun bhòrd. "Nisha?"

Gu faiceallach thog Nisha an crùn òir agus thionndaidh i, "Leis a' chumhachd a chaidh a thoirt dhomh mar Bhanrigh na Fo-rìoghachd tha mi a 'crùnadh dhut Banrigh Lite."

Cha b 'e seo a bha còir a bhith a' tachairt. Cha robh. Dh 'innis an gasp cruinn bhon t-seòmar sin dha. Leis gun robh an rùm… seòmar a bha air a lasadh le coinnle a-nis air a lìonadh le soilleireachd nach b 'urrainn ach a' ghrian a mhaidseadh. Rinn rud sam bith a bha a 'tachairt mòran, tòrr nas eagallach. Ach, cha b 'urrainn dha dad a ràdh.

Dh 'fhalbh an deàrrsadh gu slaodach agus chrath Lilly Banrigh ùr Lite ri a màthair a bha a' coimhead nas inntinniche na bu chòir a bhith aice nam biodh seo air a phlanadh. Gu cùramach chùm Lilly crùn Darke agus chuir e air a 'chearcall airgid e. "Leis a' chumhachd a chaidh a thoirt dhomh mar Bhanrigh Lite, tha mi a 'crùnadh dhut an aon bhanrigh an dà chuid Darke agus Feyen."

Dìreach mus do bhuail an crùn nuair a chuala Nisha sgread uamhasach a 'spreadhadh bhon bhoireannach a bha na suidhe air a' chùl. "Nooooo !!!! Is ann leamsa !!! MINE !!!"

Caibideil 44:
Nisha

Gu mall thionndaidh Nisha gu fuaim
a 'bhoireannaich a bha a' sgreuchail. A sùilean
a 'pronnadh le teine   dorcha. "Mar sin, faodaidh a'
phupaid bruidhinn às deidh a h-uile càil. " Thug i

ceum no dhà nas fhaisge air a 'bhoireannach, a sgiathan dràgon a' truailleadh dìreach gu leòr far am faicear spìcean timcheall na h-oirean. "Gu h-èibhinn, a rèir gheasaibh m' athair cha bu chòir smachd a bhith agad air do theanga mura d 'fhuair thu cridhe. Ach chan eil do chridhe bhon a tha sin fhathast glaiste air falbh. "

Dh 'fheuch Larna ri lunge airson a' chrùn a bha a-nis na shuidhe air ceann Nisha… is gann gun do rinn i a casan nuair a rug làmhan ceò oirre ga slaodadh gu làr. "Is leamsa e! MINE !!! Chan urrainn dhut a bhith agad. Cha cheadaich mi sin! "

Gu luath chaidh a h-uile duine a bha nan suidhe anns an t-seòmar bheag gu casan… agus a cheart cho luath iad fhèin a bhrùthadh an aghaidh nam ballachan. A 'toirt a-steach Rìgh Craykren, nach b' urrainn earbsa a bhith ann gum biodh e beò eadhon tro atharrachadh ma shleamhnadh temper Nisha. No airson a 'chùis sin nam b' e an ceò a bha a-nis a 'cumail Larna an rèis mharbhtach nach robh aithnichte ach Shades.

A 'ruighinn a-mach a làmh, chuir Nisha aghaidh na banrigh a bha air tuiteam gun dad a bharrachd air molaidhean a h-ìnean fada dearga. "Tha, tha mi a' faicinn gu bheil cridhe agad. Truas nach buin e dhut. Agus cha d 'fhuair thu e gu h-onarach." Thionndaidh i a sùilean a-nis a 'glasadh air Ethan a bha mar a h-uile duine eile a' feuchainn gun a bhith a 'gluasad. "An duine agam, am bu mhath leat faighinn a-mach ciamar a tha fios agam nach eil a cridhe aice ... gu dearbh, chan eil eadhon bho Fey."

Ciamar a bhiodh fios aice? Dìreach aon dòigh air faighinn a-mach. Chrath Ethan aon uair ach stad e bho bhith a 'bruidhinn.

"Glè mhath." Gu h-obann, nochd sreapadair de chnàmh ann an grèim Nisha. Buille cridhe nas fhaide air adhart mar a rinn an sgeir Darke. A 'cruthachadh solas soilleir purpaidh, chruthaich an dà shliasaid iad fhèin gu bhith nan luchd-obrach fada. Tha dràgon cloiche dubh a-nis air a phasgadh timcheall air pìosan cnàimh. Tha claw an fhithich a-nis a 'cumail chan e a-mhàin Clach na h-Oidhche ach clach dhearg shoilleir le ceò siùbhlach na bhroinn. Dh 'fhaodadh a' chlach sin a bhith dìreach mar Chlach an Fhèidh a dhìochuimhnich o chionn fhada. "Tha mi ag iarraidh gum faicear na bha falaichte." Nochd bogsa airgid le in-fhilleadh toinnte roimhe.

"Nisha!" Thug Ethan sgrìob a-mach. "Na fosgail am bogsa." Thuit e beagan throighean mus b 'urrainn dha gluasad tuilleadh. Bha rudeigin a 'cur casg air…

… Chan e rudeigin… Nisha.

Airson buille cridhe, ghlas i sùilean còmhla ris. "Cha bhean duine sam bith ris na tha ann ach mise. Tha am facal agad, Ethan. " Bha sgàilean tana de sholas geal ga cuairteachadh agus i a 'sleamhnachadh a' chòmhdaich fosgailte. Cha b 'e a-staigh dìreach an cridhe a ghabh a h-athair ach fear eile cuideachd. Gu teagmhach, bhean i ris an tè as motha. Bha ìomhaighean a 'sruthadh thuice. Chan e feadhainn a 'mhurtair ach feadhainn a h-athar. Dealbhan de a breith. An uairsin ìomhaighean bho mòran, fada nas fhaide air adhart.

Gheibheadh i freagairtean do na ceistean a bha na h-ìomhaighean sin air a nochdadh dhi ach chan ann a-nis. Chan eil, an-dràsta ach às deidh dhi dèiligeadh ri Larna. A 'glasadh a sùilean leis a' bhanrigh Feyen rug i air a 'chridhe. Chaidh litir a thoirt dhi dìreach beagan mhionaidean mus deach i a-steach don t-seòmar airson a crùnadh. Bha e bho a h-athair air a seuladh gus an ochdamh bliadhna deug aice. A-nis bha i a 'tuigsinn carson a ghlac e an cridhe. Ro dhona cha b 'urrainn dhi na h-ìomhaighean a cho-roinn.

"O chionn fhada ghabh m' athair do chridhe agus bha a h-uile duine a chunnaic e ceangailte gun a bhith a 'bruidhinn air an latha sin. Bidh mi gan leigeil ma sgaoil bhon cheangal sin. " Chuir a corragan grèim air a 'chridhe a bha fhathast a' bualadh dìreach gu leòr gus nach caill i grèim. "Goddion mo ghràidh, seas romham."

Bha ceò dubh a 'gluasad mus do dh' atharraich i gu slaodach ann an cruth duine. Gu faiceallach chrath e roimhe. "Mo bhanrigh?"

"Tha fios agam air cuid de bheul-aithris do dhaoine. A bheil e fìor gur e rud tearc a th 'ann an cridhe nàmhaid?"

Choimhead e suas oirre, chan eil a shùilean a-nis nan orbs de cheò ach teine leaghaidh. "Is e."

"An uairsin gabh ri cridhe nàmhaid a dhèanadh an aon rud ri fearann Feyen gu lèir a rinn neach-brathaidh dhutsa."

Chrath Gwydion aon uair. "Tha thu gu math gràsmhor, mo bhanrigh." Gu mall, sheas e a 'toirt a' chridhe bhuaipe, "Leis a' chridhe seo, leig mi a-mach a h-anam a 'grunnachadh airson a h-uile sìorraidheachd." A 'toirt a bheul e chaidh e sìos aon uair, a' leigeil leis an fhuil dhubh aice coltach ri ceò tuiteam chun an làr.

Bha Nisha a 'coimhead fhad' s a bha corp Larna a 'tuiteam gu làr. Bha a h-anam mu thràth glaiste ann an clach an t-sreap aice. An cridhe a ghoid i a 'bàsachadh leatha. Cridhe a 'Mhorair Edrich. A 'toirt mionaid airson anail a ghabhail mus do dh' fhàs i tinn thionndaidh i gu na h-aoighean aice, a sùilean gun a bhith a 'sealltainn dad ach misneachd. Nas fhaide air adhart b 'urrainn dhi smaoineachadh ciamar a cheangail Larna Edrich a-mach às a cridhe. Agus mòran, fada às deidh sin bhiodh i a 'co-dhùnadh an e Larna no Edrich a bha air sgrios a dhèanamh air na bha an teaghlach aice ag obair a thogail. Ach an-dràsta, bha rudan eile aice a bha a 'faighinn prìomhachas.

Ann an guth soilleir aon nach bu chòir ach banrigh a chleachdadh bhruidhinn i, "A aoighean urramach, chan eil an caisteal sàbhailte tuilleadh dhut tilleadh gu do charbadan. Tha dòigh eile agam air an Spire a ruighinn. "

Bhuail cnap an luchd-obrach an làr cloiche trì tursan. "Geata nam Marbh, tha mi ag àithneadh dhut fosgladh."

Chruthaich cuirp nam marbh an doras fhèin. Chan eil an doras nas motha na ceò dearg. "Nam biodh a h-uile duine cho coibhneil coiseachd troimhe. Tha m 'fhacal-sa cha tig cron sam bith ort."

B 'e Lilly am fear mu dheireadh san t-seòmar, ach a-mhàin Nisha. "Nish, dè tha dol?"

Thionndaidh i gu a co-ogha, a sùilean làn deòir. "Tha m' athair beò. "

"Dha-rìribh? O, Nisha… "Chuir i a gàirdeanan timcheall a co-ogha. "Is e naidheachd iongantach a tha seo."

"Chan eil. Lil, tha e ann am pian cho mòr. Tha mi a 'faireachdainn." A 'gabhail ri a co-ogha, leig i na deòir tuiteam gus am faigheadh   i anail. "Thig, feumaidh sinn a h-uile duine a thoirt don Spire, feumaidh sinn obair a dhèanamh."

Gu mall, tharraing Lilly air falbh a 'sguabadh an tè mu dheireadh de na deòir aig Nisha. Cha b 'urrainn dhi faighneachd mu dheidhinn Myrddin ach dh' fhaodadh i faighneachd, "An urrainn dhuinn a dhol dhan Spire san dòigh seo?"

"Chan eil an doras a' leantainn ach chun t-saoghal eadar na mairbh agus na mairbh. Chan urrainn dha dad cron a dhèanamh air an fheadhainn

a thig a-steach. Agus dìreach seo aon uair 's gum fuirich an fheadhainn a bhios a' siubhal tron
gheata seo beò. Chan eil mi dha-rìribh ag iarraidh an teaghlach gu lèir nam rìoghachd, chan ann airson grunn linntean a bharrachd. Tha e mu thràth dona gu leòr airson Grand'Mere a bhith ann agus chan eil i eadhon marbh. "

"Leig dhuinn falbh, agus mun àm seo a-màireach, bidh fios againn càite a bheil d' athair agus cò tha ga chumail. "

Rug Nisha a gàirdean cruaidh gu leòr airson bruis. "Lilly, tha fios agam cò. Feumaidh mi faighinn a-mach càite. Agus an uairsin feumaidh mi faighinn a-mach carson. "

A 'faicinn anaman nam marbh a' sgriachail ann an sùilean Nisha, cha robh teagamh sam bith aice dè bha a co-ogha ag ràdh. Agus gun teagamh sam bith ge b 'e dè a bhiodh a' feitheamh riutha bàs cha bhiodh ann ach an toiseach.

Chuir Nisha stad air seòmar mòr falamh aig an Spire. Bha an teaghlach aice gu h-iomlan còmhla anns an fhàilteachadh. Bha eagal orra uile, fuar agus draghail. Leis gum faodadh i a bhith a 'faireachdainn an cuid mì-thoileachas bu chòir dragh a bhith oirre … cha bu chòir ach cha robh. Cha robh, bha tòrr a bharrachd cuideam aice airson dragh a ghabhail.

Aon mar a bhith a 'mìneachadh càite am feumadh i a dhol agus carson. San dàrna àite … a h-athair. Ciamar a bha i a-riamh a 'mìneachadh gun do reub e a cridhe fhèin a-mach gus e fhèin a shàbhaladh? Chan eil duine a 'dèanamh sin. Cha bu chòir comas a bhith aig duine sam bith sin a dhèanamh.

An uairsin a-rithist is dòcha gur e… a h-athair… a bu chòir a bhith a 'mìneachadh na h-uimhir. Bha, dìreach às deidh dhi dèanamh cinnteach gu robh e ceangailte rithe gus nach dèanadh duine cron air às deidh dha fhèin a mhìneachadh. Bha, bha sin na bheachd tòrr nas fheàrr.

Le tap bog air an doras rinn i reothadh meadhan-cheum. "A-staigh."

Chuir Ethan a cheann a-steach don t-seòmar, "An urrainn dhomh a dhol a-steach?"

A 'gabhail anail dhomhainn, chleachd i gaoth aotrom gaoithe gus doras a' phannail liath fhosgladh, "Ethan, cha leig thu a leas cead iarraidh."

"Chan fhaca tu do shùilean." Gasped e, gu soilleir gun a bhith a 'ciallachadh sin a ràdh. "Tha mi a 'ciallachadh…"

"Tha e ceart gu leòr, tha fios agam nach eil mo shùilean daonna nuair a lasas mo theampall." Anail dhomhainn eile. "Tha mi socair a-nis."

Thug e ceum beag a-steach don t-seòmar gu slaodach. "Tha na sgiathan agad iongantach."

Rinn i gàire gu diùid. "Cha tuirt duine sin a-riamh roimhe. Cha chuir iad eagal ort? "

A 'tighinn a-null thuice, thug e sùil gheur air dealbh-iomaill nan sgiathan. "Carson a bu chòir dhaibh. Is iadsan thusa. Cumhachdach. Làidir. Gun choimeas. Agus gu tur iongantach. Ach tha mi air sin a ràdh mar-thà. " Stad e. "Tha mi air chuairt."

*Tha, tha thu ach chan eil dragh agam.*Thog Joy a cridhe. "An tuirt Lilly gum faod thu a bhith suas a' coiseachd? "

A shrug. "Cha tuirt i nach b' urrainn dhomh. An uairsin a-rithist tha rudan eile aice airson a cumail trang an-dràsta. "

A 'gabhail a làmh, tharraing i gu socair," Thig air adhart, is fheàrr dhuinn leabaidh a lorg dhut mus cuimhnich Lilly gu bheil feum agad fhathast air a cùram. "

A 'crathadh a chinn, dhiùlt e gluasad. "Tha mi gu math, Nisha. Nas fheàrr na bha mi a-riamh. Dha-rìribh. "

A 'cur a làmh air aodann leig i le tendrils ceò sruthadh timcheall air, an uairsin osnaich. "Chan eil Ethan, chan eil thu. Tha mar a tha thu a 'faireachdainn an-dràsta bhon togail-inntinn. Tha eagal orm dè thachras nuair a chuimhnicheas do bhodhaig gu bheil e fhathast a 'slànachadh."

"Ach…"

"Chan eil, tha thu a' faighinn grèim air leabaidh agus tha Lilly a 'dol a dhèanamh nas urrainn dhi. An uairsin sa mhadainn, bidh freagairtean agam. Tha m 'fhacal agad."

Bhathar ag ràdh gu robh an Spire anns an leabharlann as motha anns a h-uile fearann
Feyen agus mar sin bu chòir dhi a bhith comasach air mapa a lorg. No co-dhiù, rudeigin a dh 'fhaodadh i a chleachdadh gus a h-athair a lorg. Cha bu chòir sin a bhith a 'ciallachadh gun dèanadh i sin. A 'glanadh suas aig na colbhan agus sreathan de leabhraichean, parchments agus rudan eile a bha a sinnsearan air roghnachadh a chleachdadh gus a h-uile càil a chlàradh bho gheasan agus incantations gu aimsir agus eachdraidh ... bha i teagmhach gum biodh e comasach dhi na bha a dhìth oirre fhaighinn ro mhadainn. Gun teagamh gum biodh i comasach air na bha a dhìth oirre a lorg ron ath-bhliadhna.

Ghlac an guth aotrom aotrom a bha a 'tighinn bhon talla aire Nisha. "O, ghràdhaich, ma tha thu an seo feumaidh trioblaid a bhith ann. Is fuath leat a bhith a 'leughadh… rud sam bith."

A 'coimhead thairis air a gualainn, dh' fheuch i ri gàire a dhèanamh air a co-ogha fhad 's a bha i a' cumail suas leabhar caran salach ann an aon làimh agus parchment air a roiligeadh anns an làimh eile. "Cuideachadh?"

Thug Lilly aon cheum a-steach don t-seòmar agus dhùin i an doras gu socair air a cùlaibh, "Mus cuidich mi, feumaidh sinn bruidhinn mu na thachras mus tig mi an seo?"

Gu dearbh, rinn iad. Ghabh Nisha anail domhainn. "Ciamar a tha a h-uile duine? Bha mi a 'smaoineachadh gun socraicheadh   iad sìos nam bithinn a' fuireach am badeigin eile. "

"Tha na Drakens gu math. Bha e na dheagh thaisbeanadh de chumhachd agus tha iad moiteil gu bheil thu nad theaghlach. Tha a 'Bhanrigh Sedna air a dhol air ais chun rìoghachd aice. A rèir coltais, chan eil i airson faighinn a-mach carson a dh 'fheumadh i a dhol a-steach don Under Kingdom. Grand Mere, uill tha i socair no socair sa mhòr-chuid. Tha thu eòlach oirre, tha i an-dràsta a 'cur a' choire air màthair dhut a bhith a 'fosgladh a' gheata sin an àite a bhith a 'dèiligeadh ri rud sam bith a bha a' feuchainn ri faighinn chun a 'chaisteil."

"Trolls. Legions dhiubh. Ogres a bha a 'cuideachadh nan trolls. Beagan Menehune, nach eil a 'dèanamh ciall sam bith bhon a tha iad a' fuireach ann am fearann   Marsh agus ann an sgìrean nas blàithe Draken. An uairsin bha beagan Taraque ann. Tha Taraque, aon de na creutairean uirsgeulach a rinn a 'chiad Fey agus a chaidh a ràdh gun deach à bith fhathast ach bha iad… ann an Darke. Smaoinich mu dheidhinn, Lilly, bha iad ag obair còmhla gus faighinn a-steach don chaisteal. Feumaidh cuideigin no rudeigin a bhith a 'cumail smachd orra. Agus feumaidh mi faighinn a-mach dè. Tha eagal orm dè thachras mura dèan mi sin. "

A 'slugadh gu cruaidh dh' fhuirich Lilly airson grunn mhionaidean mus do dh 'fheuch i ri dad a ràdh. "Oh wow, uill…" A 'faicinn a co-ogha an impis hysterics, thuit Lilly leis na faclan aice. Cha do rinn i dad faighneachd dha Nisha mu cò bha i a 'smaoineachadh a bhiodh a' cumail smachd air a 'bhiast. Co-dhiù chan ann an-dràsta. Mar sin, roghnaich i beagan àbhachdas a chleachdadh agus an dòchas nach do rinn i cùisean nas miosa. "Co-dhiù, cha b' e Drague a bh 'ann."

"O, na bi gòrach Cha bhith Drague ann idir. No co-dhiù, cha deach bhon uairsin ... "Stad i agus ath-bheachdachadh air a h-uile dad a bha i air ionnsachadh bho an-dè, agus an uairsin aontaich i. "… An uairsin a-rithist dh' fhaodadh tu a bhith ceart. Seadh, is math a dh 'fhaodadh tu a bhith." A 'gabhail anail dhomhainn eile, dh' fhaighnich Nisha, "Ciamar a tha Aunt Celeste?"

"O, tha màthair ri a taobh fhèin. Bha an crùnadh aice air a phlanadh sìos gu cuirm agus na bàlaichean. Chan eil i toilichte gun do thagh thu mo chrùnadh an-diugh. Agus chan eil i toilichte mu do sgiathan. "

Le masladh, thug Nisha a druim a-mach a gluasadan dubha de cheò dorcha a-mach chun a h-uile ceàrnaidh den t-seòmar nuair a thòisich an teampall aice a 'blasadh. "Is iadsan mo sgiathan. Na fìor sgiathan agam, ma cheadaicheas i iad no nach eil, chan eil e an urra rithe. Nam biodh mo mhàthair… a piuthar fhèin ... ag iarraidh nach biodh iad air mo chorp cha bhiodh iad ceangailte ri mo chorp. "

A 'cur a làmhan ann an suidheachadh gèilleadh, ghabh Lilly ceum air ais. "Whoa, Nish. Tha mi cinnteach gu bheil fios aig màthair gur iad na fìor sgiathan agad. Leis gu bheil thu gan cumail falaichte agus a 'caitheamh an fheadhainn ceò nas trice. Cho luath 's a sheallas tu dhi nach eil iad nan sgeadachadh tha fios agad gum bi i air leth inntinneach leotha. Dìreach mar a tha Ethan. " Rud a bu chòir a bhith aig a co-ogha o chionn linntean, ach gus an deach Nisha a shocrachadh cha robh i, mar a h-uile duine eile, a 'dol a ràdh facal mu na bha i den bheachd gum bu chòir dha Nisha a bhith air a dhèanamh gu math ron àm seo.

A 'gabhail anail dhomhainn thionndaidh Nisha air falbh bho a co-ogha agus dhùin i a sùilean nuair a bha i a' feuchainn ri a dùsgadh fhaighinn air ais. "Bidh mi gan falach oir tha iad eadar-dhealaichte. Bha mi airson gum faiceadh Ethan iad. Is toil leis iad agus mar sin cha bhith mi gam falach ro thric. Chan eil tuilleadh. "

Dh 'fheumadh i tionndadh mood a co-ogha a thionndadh gu sgiobalta, oir cha robh i a' gabhail cùram mun dòigh anns an robh Nisha a 'taomadh bho fearg gu caoidh, agus mar sin thairg i," Mar sin dè a dh 'fheumas tu cuideachadh?"

A 'sguabadh a sùilean chrath Nisha nuair a bhuail a h-anail dìreach aon uair. Bha na faireachdainnean aice ro amh airson a toil fhèin. Ro neo-fhaicsinneach. Co-dhiù, bha obair aice fhathast a dh 'fheumar a dhèanamh. "Feumaidh mi mapa. Aon a tha a 'sealltainn fearann   Feyen gu lèir. Agus na Coilltean Mystic. Ifrinn, bu mhath leam aon den Under Kingdom a lorg ach tha fios agam nach eil sin ann. "

"Uile?"

"Tha, Lilly uile. Tha mi a 'smaoineachadh gu bheil Myrddin anns na Mystic Woods, ach dh' fhaodainn a bhith ceàrr. "

Nochd bòrd mòr cruinn fiodha ann am meadhan an t-seòmair. "Mus cuir mi a-steach na mapaichean, is dòcha gu bheil mi a' faighneachd carson a bhiodh tu a 'smaoineachadh gu robh e anns a' choille? "

A 'gairm anns a' bhogsa airgid, shuidh Nisha e air a 'bhòrd, agus an uairsin dh' fhosgail e a-riamh am mullach a 'nochdadh a' chridhe mòr builleach. Cridhe a h-athar.

A 'dol a-null chun bhòrd sheall Lilly a-steach don bhogsa. "Cridhe? Le fuil ghorm, fhathast taobh a-staigh na fèithean? "

Chrath i aon uair. "Is ann le m' athair a tha e. Tha e beò, Lilly. Beo. Agus feumaidh mi a lorg. Agus chan urrainn dhomh feitheamh fada nas fhaide. Agus cha bhithinn airson. Tha rudeigin uamhasach ceàrr. Is urrainn dhomh a bhith a 'faireachdainn mar phuingean beaga dealanaich a' dannsa fo mo chraiceann. Bha mi a 'faireachdainn gur ann an-dràsta a chaidh mo chrùnadh mar Bhanrigh an dà chuid Darke agus Feyen."

Thionndaidh Lilly air ais chun an dorais a 'dèanamh cinnteach gu robh e dùinte... a bharrachd air a ghlasadh. "Is dòcha gu bheil dòigh eile ann."

"Lil?"

A 'gabhail dragh bho nach robh i ag iarraidh air duine sam bith fios a bhith aca gu robh an tiodhlac sònraichte seo aca, thuirt Lilly," Tha an cumhachd againn, Nish. Tha fios agad gu bheil. "

"Tha ach... tha e cunnartach seachad air a h-uile gòraich."

"Nisha Devros, tha an dithis againn air Bruadar-coiseachd roimhe seo. Agus nach bu chòir dhut innse dhomh gu bheil an t-eagal ort. Tha fios agam nas fheàrr. "

A 'coimhead timcheall an t-seòmair rinn Nisha gàire. "Dh'fheumainn mo dhìon. Bhithinn air mo ghearradh a-mach às na comasan agam fhad 's a tha mi am badeigin eile."

"Tha fios agam." Thog Lilly a làmhan a 'cuairteachadh an t-seòmair ann an solas òrail. "Ghlais mi an seòmar seo. Chan fhaod duine a dhol a-steach às aonais mo chead. No m 'eòlas."

"A bheil thu cinnteach?" Chan e gun robh i teagmhach gun do ghlas Lilly an seòmar ach cinnteach gum b 'urrainn dhi a cuideachadh gus a h-athair a lorg.

B 'e aon nod sìmplidh an fhreagairt aice.

"Glè mhath, ach dhìochuimhnich thu rudeigin." A 'togail a làmhan os cionn a cinn chuir i sìos iad gu sgiobalta. Reub rumble ìosal tron t-seòmar. "Chuir mi Nisha Devros, Banrigh na Rìoghachd Aonaichte casg air duine a dhol a-steach beò no marbh." Bha an leabharlann a 'crathadh gu fòirneartach nuair a bha sgaothan purpaidh a' dol an lùib a chèile san t-solas a chruthaich Lilly. "Nas fheàrr. Gu math nas fheàrr. "

A 'roiligeadh a sùilean rinn Lilly gàire. "O tha, chan urrainn dhuinn a bhith marbh a' cur dragh ort. "

"Cumaidh e na sgàileanan a-mach cuideachd. Cha chreideadh tu cho neònach 'sa tha iad. Gu sònraichte nuair a tha mi a 'dèanamh rudeigin nach bi mi ag innse dhaibh ro làimh."

"Nish, chan eil mi airson faighinn a-mach." A 'dol suas gus am faodadh i suidhe air a' bhòrd dh 'fhaighnich i," A bheil na coinnlearan agad? "

Nochd trì coinnlearan purpaidh timcheall air an t-seòmar. An uairsin candelabra buidhe singilte. Coinnle geal singilte sa mheadhan. Dearg air an taobh chlì agus dubh air an làimh dheis. "Dùisgidh mi nuair a shèideas a' choinneal gheal a-mach. Bu chòir dhomh dusan uair a thìde a bhith agam. Ach dh 'fhaodadh e a bhith nas lugha a rèir dè cho fada air falbh' s a tha e. Agus cho lag. "

"Cumaidh mi sùil. Agus Nish… "Thog Nisha aon sùil. "Nuair a lorgas tu e, bi laghach. Tha mi cinnteach nach bu toil leis a bhith air a chàineadh gus am bi e dhachaigh. An uairsin is urrainn dhuinn tionndadh. Thusa, mise agus Mam. Tha mi creidsinn gu bheil màthair agus athair Dhaibhidh a bharrachd air a mhàthair a thoirt am falach am badeigin. Ach gu cinnteach bidh an triùir againn an toiseach. " Stad Lilly agus lean i a bilean còmhla mus do chuir i, "Tha mi creidsinn gum bu mhath le Grand Mere a throd ris."

"O, na gabh dragh tha mi am beachd feitheamh gus an urrainn dhomh fios a chuir thuige mus cuir mi eagal air. Gu dearbh, tha e nas fheàrr a bhith a 'trod mu bhith a' brùthadh amhach duine. "

"Tha, tha mi creidsinn gu bheil thu ceart."

A 'toirt anail a-steach do na fàilidhean de sandalwood agus jasmine dhùin i a sùilean. Bhiodh Sage a 'giùlan a h-anam chun phlèana astral. Bhiodh salann mara ga cumail ceangailte ris an fheadhainn a tha beò. Myrddin. An aon neach a bha i airson tarraing thuice. Bha fios aice air ainm ach gun dad eile. Cha robh sin fìor … b 'i an nighean aige, ceangal cho tiugh ri fuil… gheibheadh i lorg air. Dh'fheumadh i.

Beag air bheag chuairtich solas soilleir iridescent i. Purpannan teann agus blues. Buaidhean uaine agus buidhe. Bidh a h-uile càil a 'dol an lùib a chèile a' gluasad còmhla a 'dèanamh breac-dhualadh iongantach timcheall oirre. Ach chan eil duine eile ann.

A 'dùnadh a sùilean fhad' s a bha i san t-saoghal bruadar seo, ghairm i a-mach aon uair eile. Myrddin.

An sin tug. Bha e a 'sabaid rithe. Dh 'fhaodadh i a bhith ga faireachdainn. A 'cladhach a casan a-steach don talamh lìon i i fhèin airson a bhith a' tarraing nas cruaidhe. Myrddin. Aon tughadh eile air loidhne nach fhaiceadh i ach an uairsin dh 'atharraich am breac-dhualadh timcheall oirre. Chan eil dathan beòthail soilleir tuilleadh ach purples domhainn. Blues meadhan-oidhche. Dh 'atharraich na greens gu faisg air dubh mar am buidhe gu liath. Beag air bheag chaidh figear a chruthachadh roimhe. Culaidhean dubha de bhreith àrd, òr air na lùban agus sìos am beulaibh. Rìoghalachd. Fìor rìoghalachd. Aon rud a dh 'fhaodadh i geall a dhèanamh cha b' ann bhon rìoghachd seo. Beag air bheag chruthaich a làmhan agus aodann. Mu dheireadh bha na sgiathan aige … mar sgàthan bhuaipe fhèin ach dubh mar oidhche agus cha mhòr nach robh iad ro shoilleir. "Myrddin?"

Gu mall, chuir a sùilean gun anam fòcas oirre. An uairsin gàire slaodach slaodach. "Nighean." Thug e aon cheum a dh 'ionnsaigh. "Feumaidh tu a bhith ag obair air do bhruadar a' coiseachd, ach nì seo na dh 'fheumas sinn a dheasbad."

Bha a guth nas doimhne na bha i air smaoineachadh. Agus bha e na b 'àirde na bha i den bheachd gum biodh e. Tha faisg air dà throigh làn nas àirde na i fhèin. A 'coimhead bha i cinnteach gu robh e barrachd air ceann nas àirde na piuthar a mhàthar. Tha, gu cinnteach chan ann den rìoghachd seo. Cha robh Fey rìoghail no eile air a bhith cho àrd bho thuit a 'chiad Fey bho na reultan. B 'e seo rudeigin nach robh fios aig an fheadhainn a bha fon Under Kingdome fhathast. Agus rudeigin nach bruidhneadh i gu bràth taobh a-muigh Caisteal nam Marbh. A 'gabhail aon anail thuirt Nisha gu sgiobalta," Tha Larna marbh. "

"Ah. Mar sin, lorg thu am bogsa agam. " An uairsin chum a shùilean sìos a shùilean. "Agus dh' fhosgail e e a dh 'aindeoin gun deach innse dhomh gun a bhith?"

Chrath i aon uair. "Thug e mi an seo." Gu faiceallach dh 'fhaighnich i," Bha fios agad dè bha a 'dol a thachairt an oidhche sin nach robh?"

Thionndaidh e bhuaipe. "Freagraidh mi do cheist ach chan ann an seo. Chan ann an-dràsta. Chan eil mòran ùine ann. "

Bha a h-uile càil a dh 'fheumadh iad a-nis gu robh e ga cuideachadh an àite a bhith a' sabaid rithe. "Oir?" Dh 'fhaighnich Nisha gu slaodach.

"A bheil thu eòlach air sgeulachd an Eostre?"

"Cuid. Cha robh Gwydion agus mi air ùine fhaighinn airson bruidhinn gu mionaideach mu na daoine aige. Co-dhiù chan eil fhathast. "

"Gwydion?"

"An rìgh mu dheireadh san Eostre. A bheil thu eòlach air? "

Bha fios aige gum biodh i cumhachdach ach cha do smaoinich e a-riamh gum biodh e comasach dhi a bhith càirdeil ri Eostre. An uairsin a-rithist, dh 'fhaodadh e a bhith ga cleachdadh airson adhbharan fhèin. "Nisha, èist gu faiceallach. Chan e na tha fios agad mar an fhìrinn gu h-iomlan. Chan eil an Eostre marbh. Co-dhiù chan eil a h-uile gin dhiubh. Ron chogadh, chaidh grunn dhiubh gu mullach. Bha iad ag iarraidh barrachd air dìreach a bhith nan luchd-cùraim aig an Fallen Fey. Am Fey… bha an fhìor Fey ga dheasbad anns na bailtean mòra. Fhad 's a bha e aig a' mhullach le rìoghachdan nam bailtean mòra rionnag, chaidh eucoir uamhasach a dhèanamh. Na h-Eostre uile a bha… an seo… air an talamh seo ... bhàsaich iad. Ghairm an fheadhainn a bha aig a 'mhullach cogadh air a h-uile duine a bha iad ag ràdh a bha cunntachail. Feyen gu lèir an dà chuid an talamh seo agus na bailtean-mòra rionnag.

Às deidh. Nuair a chaidh crìochan a stèidheachadh bha an Eostre a bha air fhàgail a 'tagradh nan Coilltean Mystic. Na Mystic Woods gu lèir agus a chumhachd dhaibh fhèin, oir bha a 'choille air a bhith na dhachaigh dhaibh a-riamh, agus bhiodh e fhathast. Bha na làraich far an robh an fheadhainn a thàinig bho na coloinidhean rionnag a 'gabhail fois agus a' faighinn comhfhurtachd leis an fhearann seo, chaidh an sgrios sa mhòr-chuid a 'cur casg air a' mhòr-chuid an slighe a dhèanamh an seo. A 'mhòr-chuid, ach chan e sin uile.”

“Fuirich ... Dè? A bheil thu ag ràdh... ”

“Dìreach èist, fear beag, feumaidh fios a bhith agad air.” Nuair a chrath i lean e air, “An àiteigin anns na Coilltean Mystic a tha mi a' cumail. No co-dhiù, tha mi a 'smaoineachadh gu bheil mi. An uairsin a-rithist, dh 'fhaodainn a bhith faisg air tobhta a' Chogaidh Mhòir. San dòigh sin, ma thig thu thugam an toiseach gheibh do mhàthair bàs. Ma gheibh mi às, gheibh i bàs. Ma thèid thu a-steach don choille, dh 'fhaodadh tu a bhith air do mharbhadh.”

Sgoinneil, dìreach na bha a dhìth oirre; tòimhseachan eile. Bha feum air an fhear seo fhuasgladh gus an teaghlach aice a shàbhaladh. “Tha fios agad càite a bheil mo mhàthair?”

“Anns na coilltean dìomhair. Is e... tha a 'choille na àite neònach a bheir iad air falbh comasan ionnsaichte ach a chuireas ri feadhainn nàdarra. Tha mi a 'smaoineachadh gum biodh i faisg air aon de thobhtaichean nan colbhan. Tha na cumhachdan a tha a 'cumail smachd air a' choille as làidire an sin. Nas làidire aig beul na h-aibhne slànachaidh. "

Thionndaidh Nisha bhuaithe. “Ceart gu leòr, mar sin airson màthair a lorg tha mi a' sabaid. Dè eile?"

“Mo bhogsa. Chan urrainn dha a dhol a-steach don choille. Gabhaidh an fheadhainn a tha ann e. Tha e ro chumhachdach agus tha eagal orm gun sgrios e chan e a-mhàin an raon seo ach na reultan cuideachd. Chan e na tha ann, ach am bogsa fhèin. Fiù 's ma thèid thu às an t-sealladh an àiteigin a bhith air a ghairm thugad… gheibh an fheadhainn a tha a' fuireach sa choille grèim air bhuat. "

"Chan urrainn dhomh fhàgail aig an Spire. Chan eil mi a 'smaoineachadh gu bheil gin ann a dh' fhaodadh a dhìon. "

Cha bhiodh, cha bhiodh an Spire sàbhailte gu leòr. Co-dhiù, thuig i sin. "Faighnich do d' antaidh. Is dòcha gu bheil fuasgladh aice. "

"Antaidh Celeste? O, chan urrainn dhomh, tha i mu thràth air a ratreut. Agus chan eil mi eadhon air innse dhi gun do lorg mi thu. "

"Chan eil, a ghràidh. Estare. Ghairm i. Chan e Bruadar-Coiseachd ach gairm i. Freagraidh i. Na bi dùil gum bi i snog. Gu dearbh, brace airson sabaid nuair a nì thu. Chan eil i mar aon airson a ghairm. Really chan e aon a bhith air a ghairm ann an aislingean mar iad sin. Biodh fios agad gu bheil i cumhachdach ach chan eil i cho mòr riut fhèin. Ach tha barrachd bhliadhnaichean de eòlas aice na comasan na tha agadsa. Bithear an dùil gun cleachd i gach unnsa de na sgilean sin nad aghaidh. "

Thòisich an ceò ag atharrachadh. Cha mhòr nach robh an ùine aca còmhla.

"Nuair a lorgas mi thu, tha mi ag iarraidh mìneachadh ... chan e tòimhseachain no barrachd ceist. Tha mi ag iarraidh freagairtean do gach ceist as urrainn dhomh a thogail. "

"Nuair a thilleas sinn gu Caisteal na h-Oidhche gheibh thu a h-uile freagairt a tha thu ag iarraidh. Mar sin nì do mhàthair. "

M.L.Ruscsak

Caibideil 45: Ethan

Dh'fhuirich Ethan gus an robh e cinnteach gu robh Nisha air fàgail chan e a-mhàin an seòmar ach cuideachd na tallachan faisg air an t-seòmar cuideachd. A 'tarraing a-mach còmhdach na leapa, chuir e roimhe sgrùdadh a dhèanamh air an t-seòmar mhòr far an do dh' fhàg i e ... Chan e, chan e seòmar ach seòmraichean... sreath slàn... cheartaich e e fhèin. Bha an seòmar-cadail air a dhath ann am purpaidh domhainn a bha cha mhòr a 'coimhead dubh ach le dreasaichean liath-ghlas airson iomsgaradh. Air an làimh eile, bha an leabaidh air a dhèanamh le marmor liath is dubh le sgiathan de dhathan eile a lorgar bho àm gu àm anns na colbhan.

Bha e na iongnadh mu dheidhinn seo bho nach robh dad a 'maidseadh. Mar sin, an dàrna cuid bha an t-sreath seo air a phasgadh còmhla ris na rudan nach robh duine ag iarraidh tuilleadh no bha blas neònach ann an sgeadachadh ann an Nisha. Bha an dà chuid comasach. Gu mall a 'fosgladh doras nach deach don talla, lorg e seòmar suidhe a dh' fhaodadh e a shuidheachadh gu h-ìosal shìos an staidhre   aig Edrich... den dachaigh aige. A-muigh suidhichte san oisean as fhaide air falbh bha leòmhann cloiche a chaidh a dhèanamh na eas. Chan e, chan e leòmhann, cho-dhùin e sùil nas mionaidiche, ach Merlion no Chimera. San dà dhòigh, bha an deilbheadh   eireachdail. An uairsin choimhead e mar a bha an t-uisge a 'deàrrsadh ann an òr agus gorm a' tighinn air tìr ann an amar de chriostal. A 'toirt ceum nas fhaisge, bha e a' faireachdainn an leaghan fhad 's a bha e a' dòrtadh gum faiceadh e gu soilleir a-nis nach e uisge a bha seo. Chan eil idir. Seadh, bha e soilleir agus leaghaidh ach cus ro shìoda airson a bhith dìreach mar uisge àbhaisteach. Dh'fheumadh e a bhith.

Thug tap air an doras air leum.
A 'smaoineachadh gun deach a ghlacadh a' dèanamh rudeigin toirmisgte chaidh a ghuailnean sìos nuair a thionndaidh e gu ge bith cò a chaidh a-steach. Gus an rud a chuir e iongnadh air, b 'e nighean òg a bh' ann an trusgan searbhant liath a 'cumail treidhe mòr. "Um… an urrainn dhomh do chuideachadh?"

Rinn an nighean gàire slaodach. "Bha a' Bhean Uasal Nisha agus a 'Bhean Uasal Lilly den bheachd gum biodh e na b' fheàrr nam biodh tu ag ithe leat fhèin. Tha e coltach gu bheil na h-inbhich ro iomagaineach airson dèiligeadh riutha a-nochd. Tha eadhon am Prionnsa Davkren air iarraidh ithe leis fhèin a-nochd. Tha e sònraichte dha-rìribh. "

Rumpled? Bho na chunnaic e, bha na banrighrean a bh 'ann roimhe an àiteigin eadar clisgeadh agus eagal, ach fhathast a' dol faisg air pissed. Chan e am pissing yelling a thuirt Lilly gum biodh iad ach an seòrsa far am pàigheadh
cuideigin air a shon leis an fhuil aca. "Tha ithe leis fhèin a' coimhead reusanta. "

A 'suidheachadh an treidhe air bòrd ìosal rinn am maighdeann gàire a-rithist. "Cha robh an luchd-obrach cinnteach dè as toil leat agus chuir sinn beagan den a h-uile càil air na truinnsearan." Rinn i aodann. "Ach a-mhàin na bhios na Drakens ag ithe. Chan eil duine ag ithe an stuth sin ach iad. " A 'cumail a-mach a teanga, lean i oirre," Yuck. Tha mi a 'miannachadh gur e am fear a bheir leotha am biadh. Tha an fhuil a 'faighinn a h-uile àite." A 'toirt mionaid dhi fhèin airson i fhèin a dhèanamh agus gun a bhith a' gag, lean i, "Co-dhiù ma lorgas tu rudeigin a tha thu a' còrdadh riut leig fios thugainn agus thèid barrachd a thogail. "

A 'togail a' chiad mhullach far a 'mhias, leudaich a shùilean. Toll bìdh. A h-uile dad air a chomharrachadh gu faiceallach. "Is urrainn dhomh barrachd a bhith agam ... de rud sam bith?" B 'e seo barrachd bìdh na bhiodh e ag ithe mar as trice ann am bliadhna. Agus dh 'fhaodadh e rud sam bith a bha e ag iarraidh aig àm sam bith. Bha a bheul mar-thà a 'uisgeachadh leis na fàilidhean air an robh e a' togail.

"Thuirt a' Bhean Uasal Nisha gu bheil thu fada ro tana. A bharrachd air an sin, thuirt Lady Lilly gu bheil thu fhathast gu math lag. Tha an dà bhoireannach ag iarraidh gum faigh thu biadh ceart. Ma dh 'fhaodadh mi cuir ris, bu chòir dhut tòiseachadh leis a' phlàta mu dheireadh tha milseagan fìor bhlasta air. Tha iad gu cinnteach airson do chuideachadh gus cuideam a chuir air. "

A 'coimhead sìos air a lèine oidhche a bha seachad air comhfhurtachd baggy agus na pants oidhche a bha e air beagan aodaich a cheangal mun cuairt gus nach tuiteadh iad, dh' fhaighnich Ethan, "Am biodh tu ag aontachadh riutha?"

"O, cha bhithinn uair sam bith ag aontachadh ri Nisha, ach Lilly? Tha e math a cumail air a h-òrdagan. "

Bhon a bha coltas ann gu robh i deònach cabadaich, dh'fhaighnich e, "Carson nach biodh

Nisha? Tha e coltach gu bheil sinn pòsta ach cha do choinnich mi ach rithe. "

"Oh uill, tha beachdan gu math siùbhlach aig Nisha agus nuair a thèid dùbhlan a thoirt dhi bidh an neach a tha ag aontachadh mar as trice ag aontachadh ag aontachadh gus an stad i a' mìneachadh a phuing. "Chuir i grèim air a làmh." Tha mi cinnteach gum bi e nas reusanta dhut a bhith a 'smaoineachadh mar sin Tha mi a 'tuigsinn do phuing ach... an uairsin mìnich do phuing. Tha e ag eas-aontachadh, ach is dòcha gun èist i riut. An uairsin a-rithist, dh' fhaodadh i innse dhut gu bheil am feur purpaidh ged a tha e soilleir uaine agus an uairsin innsidh i dhut carson a tha e purpaidh. Mura h-atharraich i an dath gus a puing a dhearbhadh. "

Thuit Ethan air ais ceum. "Dhèanadh i sin? Atharraich dath rudeigin gus dearbhadh gu bheil i ceart? " Mar a b 'urrainn dhi sin a dhèanamh nas fhaide na e, às deidh a h-uile càil, cha robh Fey leis a' chomas sin. No co-dhiù chan e aon rud a chuala e a-riamh. Ann an suidheachadh sam bith, bha e math fios a bhith agad gun a bhith ag argamaid a phuing gu math tric.

"Nam biodh i... dàna tha i. Cha robh na pixies glè thoilichte le Daibhidh oir b 'esan am fear a thug dùbhlan dhi. A-nis bu chòir dhomh falbh agus feumaidh tu ithe. "

Chrath e aon uair le urram ach tha e duilich cuideachd gur dòcha gun d 'fhuair e i ann an trioblaid. "O, tha mi duilich airson d' ùine a ghabhail. "

"Na bi. Chaidh an luchd-obrach a tha ag obair aig an Spire a thogail timcheall air na rìoghachdan. Bidh sinn uile a 'bruidhinn gu saor agus a' dèanamh rud sam bith a bheir an toileachas as motha dhuinn. Is e na h-obraichean a th 'againn. Tha Mine a 'faicinn gu bheil a h-uile càil a dh' fheumas iad aig aoighean a 'toirt a-steach royals. Tha amharas agam gur e cuideigin ris am feum thu bruidhinn. Gu dearbh, tha sin a 'toirt a-steach biadh. Tòrr is biadh. Ach tòisichidh sinn leis na truinnsearan a thug mi mu thràth. Bheir e dhut beachd air na tha a 'còrdadh riut agus na rudan nach eil a' còrdadh riut. "

A-nis choimhead e oirre agus chan fhaca e nighean òg ach sìthiche. Cluasan biorach. Sùilean uaine Crystal. Cha robh ach na sgiathan aice rim faicinn. "A bheil thu nad shìthiche?"

"Sprite. Sìthiche den taigh. Feuch nach cuir thu dragh orm le elf taighe. "

Gun fhios ciamar a dhèanainn freagairt thuirt e, "Tha mi duilich ach chan eil fhios agam dè an diofar. Tha e coltach gu bheil m 'fhoghlam ann an rèisean Feyen a dhìth."

"Ò Mo chreach. Uill, feumaidh mi dìreach oideachadh dhut. Ach chan ann a-nochd. A-nochd, bidh thu ag ithe, agus nuair a thèid an Spire a ghlanadh a-mach às an fheadhainn a tha gu math cugallach bheir mi oideachadh dhut anns gach nì a dh 'fheumas tu. A-nochd, ge-tà, is urrainn dhomh innse dhut gum faod an dà chuid sprites agus elves cuid de na h-aon rudan a dhèanamh ach tha sìobhragan gu math mì-mhodhail far a bheil sprites gu h-obann. "

"Tapadh leibh… Um…"

"Eolande. Tha e a 'ciallachadh Violet Flower." A 'faicinn nach robh e a' tuigsinn thionndaidh i gu flùr beag. Violet. An uairsin thionndaidh air ais. "Leasan a h-aon: Tha iad air an ainmeachadh airson na rudan ris an urrainn dhaibh tionndadh."

"Mar sin, is urrainn dha Lilly…"

"O chan eil. Tha a 'Bh-Uas Lilly fada ro chumhachdach airson a bhith dìreach mar fhlùr. Tha i a 'ghrian. Geal agus òrail. Cha bhith thu ag iarraidh oirre tionndadh gu cruth eile. Tha e gu math duilich. Eadhon airson banrigh Lite. Agus Ethan, feuch nach iarr thu air Nisha sealltainn dhi. Riamh. "

Gu faiceallach dh 'fhaighnich e," Carson? "

"Is e Nisha nighean na h-oidhche. Chan eil aon fhoirm aice as urrainn dhi tionndadh a-steach… uill… rud sam bith fable no nach eil, fìor no a cuid fhèin. Chaidh rud sam bith a chaidh a ràdh aon uair fodha air an oidhche. "

"Mar sin, an dràgon…"

Thàinig Eolande a-rithist faisg air agus an uairsin lughdaich i a guth bog sunndach gu dìreach os cionn uisge-beatha, "Chan innis thu dha càch gur e Nisha an dràgon. Tha e toirmisgte a bhith ga dheasbad. "

"Tha mi a 'tuigsinn. Tapadh leibh airson innse dhomh. " Ach, bha e inntinneach a bhith a 'faicinn dràgon. Is dòcha gum faigheadh   e dòigh air

faighneachd gun a bhith a 'faighneachd.
Dh 'fheumadh e smaoineachadh air sin. An uairsin a-rithist, an robh an dràgon mòr gu leòr airson rothaireachd? Am biodh de mhisneachd aige eòlas iarraidh air a bhean?

Is dòcha às deidh dhi a bhith nas socraiche. Seadh, bhiodh e gu cinnteach a 'faighneachd an robh dad eile na fheòrachas fhèin.

Ghabh Ethan grèim air a 'mhìlseachd milis a chuir Eolande gu gòrach air beulaibh. Aon bhìdeadh agus bha e ag iarraidh barrachd ... dìreach an ìre cheart de shunnd is taiseachd a leaghadh e na bheul. A 'dùnadh a shùilean, shàbhail e am blas. A 'ruighinn airson fear eile de na bàlaichean beaga còmhdaichte le uachdar thug e an aire do Lilly na seasamh san doras a' coimhead air. A 'slugadh a' phìos mu dheireadh a bha na bheul rinn e gàire a 'cumail a' phlàta a-mach air a son. "Am bu toil leat cuid?"

Chrath i a ceann ach thill i an gàire. "Feumaidh gur e rud balach a th' ann. Cuir treidhe siùcairean romhad agus dhìochuimhnich thu am fìor bhiadh ithe an toiseach. "

"Fìor…" Thionndaidh e, a 'faicinn mias còmhdaichte nach robh e air a choimhead mu thràth. "Ò. Cha d 'fhuair mi air an fhear sin fhathast."

"Uh ha. Uill, faodaidh tu tighinn air ais thuige a dh 'aithghearr. Feumaidh Nisha ur faicinn. "

Shrug e. "An urrainn dhomh seo a thoirt leam?"

"Darling, a bheil mi a' coimhead mar gum bithinn gad sgaradh bho na siùcairean agad? Ged is dòcha gu bheil thu airson slaodadh sìos. Chan eil mi a 'faireachdainn mar bhith a' dèanamh cinnteach nach tòisich do stamag a 'goirteachadh air a sgàth. Ged a tha mi cinnteach gu bheil Daibhidh air co-dhùnadh mu thràth gun aire a thoirt don rabhadh sin. "

Ciamar a bhiodh an stamag aige goirt? Cha robh sin a 'dèanamh ciall. An uairsin a-rithist, ciamar a bhiodh fios aice mu Dhaibhidh no dè bha e ag ithe nam biodh i na sheasamh roimhe? Chan e rudeigin a dh 'fhaodadh e iarraidh an-dràsta. "Càit a bheil Nisha?"

"Anns an leabharlann. Siuthad. Thèid sinn ga faicinn an uairsin is urrainn dhut a dhol air chall anns na leabhraichean iongantach uile. Is toil leat leabhraichean, nach eil? Bha Nish a 'smaoineachadh gur dòcha."

Leudaich a shùilean. "Leabhraichean? An urrainn dhomh an leughadh? "

"O, airson gaol Lite. Gu dearbh, faodaidh tu an leughadh. Gu dearbh, tha mi a 'brosnachadh gun dèan thu sin leis gu bheil Nisha a' diùltadh gin dhiubh a thogail. " Thog i a ghàirdean agus shlaod i e gus an do thòisich e a 'gluasad chun taobh a dh' fheumadh i dha a dhol.

An dèidh a bhith a 'tionndadh grunn thrannsaichean agus a' tighinn gu meadhan an Spire, bha Lilly air stad beagan throighean ron doras fiodha sìmplidh. Bha i air a ràdh gu robh feum aig Nisha air agus is dòcha nach d 'fhuair Lilly cuireadh chun choinneamh seo? Comasach air, mar sin carson a chuir a chraiceann a-steach ann an rabhadh?

A 'putadh an dorais fosgailte chunnaic e a sgiathan dràgon fada a' sruthadh gun stad agus i a 'coimhead air rudeigin air a' bhòrd chruinn. "Nisha?"

"O, lorg Lilly math thu." Thionndaidh i beagan. "An robh cothrom agad ithe?"

"Dh'ith mi rudeigin." Cha robh cuimhne aige air ainm an milis. Nas fhaide air adhart dh'fheumadh e faighinn a-mach dè a tha air a bhith.

Choimhead e air an nod aice aon uair mus do rinn i osnaich. "Tha feum agam air do chuideachadh."

"Mo… chuideachadh?" Bha a ghuailnean a 'teannachadh. An turas mu dheireadh a dh 'iarr cuideigin airson a chuideachadh chaidh a bhualadh gus nach b' urrainn dha coiseachd agus an t-acras airson còrr air seachdain.

"O, chan e, Ethan, chan eil e dona, tha mi a' gealltainn. Ach tha eòlas aig Estare ort agus feumaidh mi bruidhinn rithe. Tha e glè chudromach. "

A 'gabhail fois air cuid, dh' fheuch e ri gàire a dhèanamh. "Bidh i gam lorg nuair a bhios mi a' cadal. Chan eil fhios agam ciamar a chuireas mi fios thuice. "

Ghluais i gu seasamh mu choinneimh gus nach fheumadh e tighinn nas fhaide a-steach don t-seòmar. "Tha e ceart gu leòr oir nì mi sin. Feumaidh mi do chuideachadh le bhith a 'dèanamh sin ... tha mi a' tuigsinn mura h-urrainn dhut... "

A 'cluinntinn na neòghlan na guth ghabh e ceum nas fhaisge oirre. "Dè as urrainn dhomh a dhèanamh?"

"Dìreach cum mo làmhan."

B 'urrainn dha a dhèanamh. Gu dearbh, bha e a 'faireachdainn stèidhichte nuair a bheanadh e rithe. "Is urrainn dhomh sin a dhèanamh."

Bha a làmhan a 'faireachdainn mar dà bhloc bheag deighe na làmhan. A 'dùnadh a shùilean, leig e leis na h-instincts aige fhèin a ghabhail thairis. An uairsin chuala e Nisha a 'tòiseachadh a' bruidhinn.

"A' Bhanrigh Estare, tha mi gad ghairm. Thig a-mach romham. "

Nuair nach do thachair dad, bha e a 'faireachdainn rudeigin. Cumhachd? Dealan? Cha b 'urrainn dha a bhith cinnteach. A 'fosgladh a shùilean bha e fhèin agus Nisha air an cuairteachadh le lasraichean dubha. Ach cha do loisg na lasraichean. An uairsin thug Nisha sùil air a sùilean gun dad ach dà orbs dubh. Cha robh, cha robh sin ceart. Ag amharc nas fhaisge, chitheadh e mìltean de rionnagan. Na mìltean de sholais bheaga. Dathan agus pàtrain, cha b 'urrainn dha a bhith ach a' smaoineachadh. An uairsin dh 'fhairich e an aimsir aice.

"A' Bhanrigh Estare, tha fios agam gun cluinn thu mi. Tha mi ag àithneadh dhut fhèin a shealltainn. "

O, cha b 'urrainn sin a bhith math. Bha fios aige gu leòr air Estare airson fios a bhith aice nach robh i na duine airson dad a stiùireadh bhuaithe. Tha fios gu leòr nach freagradh i gu math ris na h-òrdughan sin. Bu chòir dha rabhadh a thoirt dhi ach mus b 'urrainn dha dad a ràdh…

Mus b 'urrainn dha dad a ràdh, ghluais guth Nisha tron t-seòmar, *"A-NIS !!!"*

Chrath an seòmar gu fòirneartach. Bha leabhraichean a bha air an neadachadh air na sgeilpichean aca ag itealaich timcheall an t-seòmair a 'bualadh a-steach dha chèile mus do thuit iad chun an làr. Thòisich teine anns an teallach a 'losgadh gu neo-riaghlaidh. Gu faiceallach dh 'fheuch e ri stad a chuir oirre. "Nisha, is dòcha…" Sguir na faclan aige nuair a bhris a 'ghlainne anns na h-uinneagan. Tha uinneagan a bha uaireigin air fosgladh gu liosan a-staigh a-nis suidhichte aig an casan.

Bogha air a dhèanamh le glainne briste a chaidh a chruthachadh agus solas gorm gun smal a 'tionndadh a-staigh. "Cò tha a' toirt orm mo ghairm?!? " Chan e ceist a th 'ann ach àithne. An uairsin thàinig i a-mach às a 'cheò a falt fada dubh a' sèideadh le cianalas a bha an dà chuid brèagha agus eagallach. Bha a sgiathan fhathast falaichte san doras.

Leig Nisha a làmhan agus thionndaidh i chun a 'bhoireannaich a bha a-nis na seasamh roimhe. Bha a guailnean ceàrnagach. "Rinn mi."

Choimhead Estare timcheall an t-seòmair agus rinn e èigheachd. "Chan eil annad ach leanabh. Ciamar a tha thu a 'dalladh? A bheil fios agad eadhon cò mise? Dè a th 'annam?"

Spreadh am bogha criostail gu fiadhaich, "Is mise Banrigh an dà chuid Feyen agus Darke. A bharrachd air Banrigh na fo-rìoghachd na dèan dì-meas orm ... Aunt. "

Antaidh? Ah, shit. Bha seo dona. Mar sin glè, glè dhona. Bha eòlas aig Estare air na dìomhaireachdan aige. B 'e Nisha a bhean agus a bhanrigh. "Mnathan?" Dhiùlt an dithis e agus choimhead iad deiseil gus ionnsaigh a thoirt air a chèile.

Rinn Estare ceum air ais an toiseach. "Bhruidhinn thu ri mo bhràthair brathaidh. Is esan a dh 'iarr ort mo ghairm. Agus dh 'èist thu gu gòrach." Chrath i.

Air a thoirt air ais dh 'fhaighnich Nisha gu faiceallach," Dè a tha thu a 'ciallachadh neach-brathaidh? Agus carson nach bu chòir dhomh earbsa a bhith aige? "

A 'cuir às don cheist thionndaidh Estare a-nis a' gabhail a-steach an t-seòmar, "Mar sin is e seo an toll a thagh e a bhith a' fuireach ann seach a bhith a 'riaghladh Lunaista. Cho neònach. Ach bha e an-còmhnaidh an aon rud neònach. Eadhon am measg na Feise. "

A 'toirt ceum eile air ais, bha Nisha a' coimhead troimh-chèile, eadhon draghail. "Bha e na rìoghail mus do phòs e mo mhàthair? Ach ciamar? " Mhìnich sin uimhir dhi. Gu leòr airson fios a bhith aig Ethan gun do leig i dìreach aon de na ceistean a bha i air a bhith air am freagairt.

"Gu dearbh, leanabh, bha e rìoghail. An fheadhainn as tàlantach de na rìoghachdan rionnag. Gu fìrinneach, dh 'fhaodadh e a bhith air a' chùis a dhèanamh orra uile nam biodh e ag iarraidh. Chan e gun robh e a 'smaoineachadh air sin mar fhuasgladh." A 'caolachadh a sùilean, thàinig gàire cruaidh air a h-aodann. "Gu dearbh, mar sin am b' urrainn dhut riaghladh thairis air na rìoghachdan rionnag mar an làn riaghladair. Fiù 's a-nis chan eil an cumhachd aige a nì thu." Gu mall, thòisich i a 'pronnadh an t-seòmair, a corragan a' caoineadh nan sgeilpichean far an robh leabhraichean uaireigin a 'laighe. "Carson a tha mi an seo?" Gu mall thionndaidh i gu Ethan. "B' urrainn dha Ethan mo lorg nam biodh e air roghnachadh agus gu ìre nach robh cho iongantach, is dòcha gun cuir mi ris. "

A 'gabhail cathair air a' bhòrd fhad 's a bha Estare a' pronnadh an làr còmhdaichte le leabhar, thuirt Nisha gu socair, "Feumaidh mi do chuideachadh."

"Ò. Agus dè an cuideachadh a tha a dhìth air a 'bhanrigh a tha cho cumhachdach?"

Thug Ethan ceum air ais. Cha robh fios aige an robh Nisha mothachail no nach robh ach bha Estare a 'dèanamh deiseil airson ionnsaigh a thoirt. Bochd nach robh fios aige ciamar a bha fios aige air seo.

Thuit sealladh leamh air aodann Nisha. "Ma bheir thu ionnsaigh orm, bidh thu marbh. A-nis am bu chòir dhuinn bruidhinn gu sìobhalta no faicinn cò a bhios a 'riaghladh cò an dachaigh aca nuair a bhios seo seachad?"

Bha fios aice. Bha fios aig Nisha. Chaidh iongnadh air, ge-tà, thuirt an sealladh air aodann Estare gun robh i air a h-uabhasachadh.

Le huff, tharraing Estare i fhèin chun làn àirde. "Carson a tha mi an seo, a bhràthar?"

A 'gairm am bogsa airgid a bha aig cridhe Larna uaireigin, chùm Nisha a-mach e. "A bheil fios agad dè a tha seo?"

An turas seo b 'e Estare a bha a' toirt ceum no dhà air ais le uabhas. Bha Ethan a 'coimhead fhad' s a bha i faisg air a dhol thairis air na leabhraichean a bha a-nis a 'laighe mun ùrlar. Bha fios aice gu robh bogsa aig Nisha ach bha i air gabhail ris gur e an stuth a bh 'ann a bha fada na bu chumhachdaiche gum biodh e nas fhaide na sin a bhith ga fhosgladh… ge-tà, cha robh fios aice gur e am bogsa fhèin anns an robh an cumhachd… gus an deach a-nis. "Ciamar a fhuair thu sin? Tha e toirmisgte na reultan fhàgail.

Tha e cus cunnartach am fàgail. " Carson a ghoid a bràthair am bogsa sin? Am bogsa den chiad sheòrsa de na bailtean-mòra rionnag? Am bogsa a thug cumhachd do na mairbh gu lèir. Carson a bha a bràthair air roghnachadh am bogsa sin a ghoid? Nam biodh e air gin dhiubh a ghoid, carson nach b 'e dìreach bogsa ùmhlachd sìmplidh a bhiodh ann? Bha am freagairt sìmplidh ... bha fios aige air rudeigin.

Ann an dòigh air choreigin, bha e air smuaintean Estare a chluinntinn, ach ciamar?

A 'breithneachadh le coltas cugallach Nisha cha b' e sin am freagairt ris an robh i an dùil. "Dh' fhàg m 'athair seo dhomh an seo aig an Spire. Bha cridhe cridhe aig aon àm ... leig dhuinn a ràdh ... a 'bhanrigh coirbte a bha airson fearann   Feyen a ghlacadh. Ach, an-dràsta, tha cridhe m 'athair agus a chumhachd." A 'toirt ceum nas fhaisge air Estare lean i oirre," Thuirt e rium gum b 'urrainn dhut mo chuideachadh a' lorg far a bheil e fhèin agus mo mhàthair ann an Mystic Woods. "

A 'glacadh i fhèin rinn Estare gàire. "Is e bogsa ùmhlachd a tha sin. Gu ruige o chionn ghoirid bha mi den bheachd gur e dòigh a bh 'ann dha na rìoghachdan rionnag an cumhachd a cho-roinn le chèile. Gu dearbh, bidh iad a 'cur..." Sguir i a cho-dhùnadh gun a bhith a 'dol a-steach gu mion-fhiosrachadh. Cha dèanadh e feum sam bith mìneachadh mar a chaidh an cumhachd a roinn. "Chan urrainn don bhogsa a dhol a-steach do na Mystic Woods, agus chan urrainn dhomh a chumail sàbhailte nam dhachaigh. Tha mòran ann a bhiodh a 'sireadh a' chumhachd sin. "

Le tuigse, chrath Nisha aon uair. "Dè tha thu a'
moladh? "

Gu mall, ràinig Estare a casan, a 'dèanamh
cinnteach gun a bhith a' beantainn ris a 'bhogsa
airgid. A 'smaoineachadh air a h-uile càil, a'
smaoineachadh air a h-uile càil a bha fios aice ...
chan ann a-mhàin mu a dùthaich dhachaigh ach mu
na chaidh a theagasg mun fhearann   seo,
dh 'fhaighnich i," A bheil thu air an Under Kingdom gu
lèir a sgrùdadh? "

Odd. "Chan eil fhathast. Carson?"

Bha na leabhraichean a 'gluasad a-rithist an
turas seo nuair a thuit iad bha iad air mapa a
dhèanamh. No co-dhiù, dealbh de mhapa le crìochan.
"Is e seo an rìoghachd gu lèir mar a chaidh a
dhèanamh. Tha e comasach gu bheil e a-nis nas
motha. "

"Ceart gu leòr?" Chaidh Nisha às a 'bhogsa
airgid agus an uairsin chomharraich e àite air an
ionad a bha coltach ri bogsa ròin. "Dè tha seo?"

"An t-sùil. Chan fhaod ach a 'bhanrigh a dhol
a-steach agus gun a sgrios. Tha a h-uile cumhachd
aig an fheadhainn aig nach eil cuirp tuilleadh ... air a
stòradh an sin. Is e sin an t-àite as sàbhailte airson
a 'bhogsa sin."

"Carson nach do dh' innis m 'athair sin
dhomh?"

"Leis nach biodh fios aige. Is e dìomhair a
th 'ann a thèid a thoirt seachad bho aon riaghladair

chun ath fhear às deidh na h-ùidhean a dhèanamh.
Anns a 'chùis agam, fhuair mi a-mach san sgriobtar
seach le beul."

Cha robh e a 'dèanamh ciall ach, ann an dòigh,
bha fios aig Nisha gu robh i ag innse na fìrinn. "Ceart
gu leòr, mar sin feumaidh mi am bogsa a chuir an sin
gus mo theaghlach a lorg."

"Chan eil daor. Cho luath 's a bhios am bogsa
ann, bidh dà latha agad, trì aig a' char as motha gus
an cridhe a thilleadh gu d 'athair. No bidh e nas
fhaide na na tha thu a 'tuigsinn."

Airson mionaid mhòr, sheas Nisha an sin mus
do rinn i gàire, "Dà latha? Ciamar a gheibh mi a-riamh
mo phàrantan ann an dà latha? "

Bha casadaich uamhasach bhon doras
a 'tionndadh an triùir aca.

"Gwydion?"

"Is dòcha gu bheil beagan cuideachaidh
agam." Thug e ceum a-steach don t-seòmar agus
dh 'fheuch e ri gàire a dhèanamh. "Tha mi a'
creidsinn gu bheil do mhàthair anns an dachaigh a
bha uaireigin. O chionn ghoirid dh 'iarr luchag bheag
cuideachadh bho na sinnsearan. Chuala mi i. Tha e
gu math duilich gum bu chòir do luchag bruidhinn. A
bharrachd gus nach urrainn dhomh a lorg bhon uair
sin. "

Gu ceart, bheireadh sin aire do aon phàrant.
"Agus m' athair? "

An turas seo, bhruidhinn Estare. "Ann an uamh. Is dòcha gum bi e comasach dhomh a lorg agus a chomharrachadh. Ach bha d 'athair glè shoilleir gu bheil do mhàthair gu bhith air a shàbhaladh an toiseach."

"Aontaichte." A 'dol a-null chun an dorais choimhead Ethan fhad' s a bha Nisha a 'cuir a ceann a-steach don talla. "Faodaidh tu tighinn a-steach a-nis."

Caibideil 46:
Nisha

Le ceann Ethan na laighe na h-uchd sheall Nisha a-mach air an uinneig nuair a bha am Pegasus ag itealaich thairis air crìoch Lite agus Darke. Bha am pàtran fighe aca a 'toirt ùine ach bha e a' dèanamh cinnteach nach robh dad gan leantainn. Cha b 'urrainn sin mòran de rudan ach bha i a' cur luach air an ro-chùram a bharrachd.

"Cuin a tha sinn a' tighinn air tìr? "

Thug i sùil sìos air Ethan a bha a 'coimhead socair gus am faca i a chorragan a' greimeachadh air hem a blouse. "Cho luath' s a ruigeas sinn oir a-muigh nan talamh sgudail. Cha bhi e fada a-nis. Tha mi mu thràth a 'faireachdainn an eadar-dhealachadh anns na sruthan gaoithe." Chuir a corragan gu h-aotrom a cheann. An dòchas gun robh an gluasad cho socair dha.

"Ò mhath. Chan eil mi a 'smaoineachadh gur toil leam a bhith san adhar."

Thog Galeron a cheann bhon t-suidheachan tarsainn bhuapa. Fhathast ro lag agus goirt airson tòrr a bharrachd a dhèanamh na bhith a 'laighe fhathast. "Gheibh thu cleachdte ris aig a' cheann thall. " Gu dearbh, bha e na b 'fheàrr a bhith ag itealaich le do sgiathan fhèin na bhith ag itealaich ann am bogsa air a ghiùlan le eich ag itealaich. Chan e gum biodh e ag ràdh sin ... chan ann don bhalach aige agus chan ann don bhanrigh nach do thuig e fhathast. Cha do thuig agus is dòcha nach biodh.

A 'faireachdainn gu bheil aimsir Ethan fo a làimh agus fios aice nach robh e comhfhurtail leis an fhear a bha a' laighe tarsainn bhuaithe, tha i a 'co-dhùnadh feuchainn ri innse dha Ethan cò e agus carson a dh' fheumadh e tighinn còmhla riutha an àite le Lilly agus David. "Cha do dh'fhaighnich thu dad mun aoigh againn."

Gu mall thog e suas agus shuidh e. A shùilean a 'caolachadh airson buille cridhe mus tuirt e," Chan eil e na chleachdadh dhomh a bhith a 'faighneachd cheistean nach eil mi ag iarraidh freagairtean dhaibh."

A 'casadaich gus nach dèan thu gàire thuirt Galeron," Tha thu coltach ri do mhàthair. Is ann ainneamh a bhiodh i a 'faighneachd cheistean an dàrna cuid. Gu dearbh, cha do chuir sin stad oirre bho bhith a 'càineadh dìreach mu dheidhinn a h-uile càil mura robh i air smaoineachadh air fhèin."

Chùm sùilean Ethan beagan a bharrachd, "Ciamar a bhiodh tu eòlach air mo mhàthair?" A ghuth fàsach daingeann a 'smaoineachadh gu robh an duine na laighe.

A 'coimhead air Nisha, cha robh aodann Galeron a' sealltainn dad ach dìreach beagan feirge nuair a bha e a 'snaidheadh," Cha do dh 'innis thu dha?"

Ghluais Nisha. "Cha b' e àite dhomh a bhith ag innse dha. A bharrachd ort fhèin, cha do dh 'iarr Galeron orm. Agus cha bhithinn uair sam bith a 'toirt a-mach dìomhaireachd cuideigin mura cuireadh an dìomhair sin cuideigin a bha fo mo chùram ann an cunnart. An uairsin a-rithist nan cuireadh e cuideigin ann an cunnart bhiodh e marbh agus chan eil e na dhìomhaireachd tuilleadh. "

A-nis shuidh Galeron a 'toirt fa-near gun robh e fhathast lag, Dh' aithnich e an dòigh anns an robh a chorp a 'crathadh leis an oidhirp. "Thu…" Shleamhnaich grunn fhaclan a bilean … cha robh gin dhiubh a 'toirt flat don Bhanrigh cò i   no nighean a deagh charaid. "Cha robh d' athair… chan eil… tha seo duilich. Agus cha b 'e do mhàthair a bh' ann. "

A 'crathadh Nisha gàire. "Gabhaidh mi d' fhacal air a shon. Bhon thuigse agam, bha e gu math na bu mhiosa. "

A 'coimhead air ais is air adhart eadar Nisha agus fear Feyen, thuirt Ethan," Dè nach eilear ag innse dhomh? "

A 'laighe air ais sìos bha Galeron a' maidseadh hiss Ethan. "Faighnich do bhean.

Feumaidh an vixen beag ionnsachadh nuair nach cùm e dìomhaireachdan. Agus nuair nach bu chòir dha a bhith na dhorn ann an taobh cuideigin a dh 'fhaodadh a cuideachadh."

A 'bualadh a sùilean fada, thionndaidh Nisha a-steach do shionnach ruadh agus an uairsin shuidh i gu socair a' gabhail thairis a h-earball. Tha an spòg aice na laighe air uchd Ethan a 'cur dragh air an dithis fhear leis an robh i a' marcachd.

A 'suidhe suas thuirt Ethan," Tha mi teagmhach gum faigh mi freagairt bhuaipe fhad 's nach eil i na fìor chruth a-nis."

"Bah. Cleasan parlour. Nam biodh i na fìor neach-gluasad cruth bhiodh i a 'taghadh cruth nas inntinniche."

A 'tionndadh air ais rinn Nisha gàire. "Gu fìrinneach, chan eil àite gu leòr ann airson gluasad a-steach do dhragon, ach is dòcha nas fhaide air adhart bheir mi thu air turas anns na spuirean agam. No an còrd sin riut? "

Thuirt Galeron a 'cur às don bhagairt aice, thuirt e gu tioram," Chan eil dragain ann. "

"Cò tha ag ràdh nach eil? Dìreach air sgàth 's nach fhaca thu a-riamh chan eil sin a' ciallachadh nach eil. Am bu chòir dhomh am Morair Galeron a shealltainn dhut? "

Thuit an carbad. A 'laighe air ais gus nach tigeadh a stamag gu amhach, chlisg Ethan. "O, math, tha mi a' smaoineachadh gu bheil sinn a 'tighinn air tìr.

Agus chan eil mi a 'smaoineachadh gum biodh e math a bhith a' marcachd ann an spuirean. " Stad e an uairsin agus thuirt e gu bagarrach, "Bu chòir dhut beagan ùine a thoirt dha."

Fhuair Nisha a-mach às a 'charbad agus chuir i a làmh air a hip. "Uill tha mi a' creidsinn gu bheil 'Wasteland' a 'ciallachadh fàsach de ghainmhich dhubh nach urrainn eadhon a' ghaoth thioram a shèideadh. "

Chaidh Galeron a-mach, a 'stobadh a chinn a-mach às an uinneig chòmhdaichte. "Gu fìrinneach bha a' ghainmheach geal uaireigin. Aig àm a 'Chogaidh Mhòir bhàsaich uimhir de fhuil anns an talamh, gu bràth ag atharrachadh a' ghainmhich gu dubh. No co-dhiù is e sin a chuala mi. "

A 'coimhead air ais air a' ghainmhich chuir e iongnadh air Nisha. "Oh wow. Feumaidh mi iarraidh air Gwydion faicinn an robh e an seo ron chogadh. Bu mhath leam faighinn a-mach cò ris a bha e coltach roimhe seo. "

"Cò a th' ann an Gwydion? "

An turas seo, fhreagair Ethan bhon taobh a-staigh den charbad, "Is e an dubhar a tha a' leantainn Nisha. No co-dhiù, tha mi a 'smaoineachadh gu bheil e na sgàil. Chan fhaca e ach corra uair. "

"O uill, faodaidh an dithis agaibh smaoineachadh ged a bheir mi aire do rudeigin, coinnichidh mi riut faisg air beul na h-aibhne slànachaidh."

"Tha thu airson gun tèid sinn ann leinn fhìn?" Chuir Galeron stamag.

Dh 'fhosgail doras don Under Kingdom. "Gu dearbh chan eil. Tha Gwydion a 'dol leat. Leis gu bheil e às an sin faodaidh e dèanamh cinnteach nach bi dad a 'feuchainn ri do ithe." Chrath Nisha a ceann, "A-mach às a h-uile càil carson a bhiodh tu a' smaoineachadh gun cuireadh mi thugad àiteigin gun neach-dìon ceart? Tha mi a 'mionnachadh, airson a bhith air comhairle mo mhàthar, shaoil   mi gum biodh fios agad nas fheàrr. Chì mi gum feum mi faicinn gu bheil thu a 'faighinn foghlam ceart aon uair' s gu bheil seo seachad agus na rudan a 'socrachadh beagan."

A 'coimhead Nisha a' dol à sealladh tron doras, bhuail Ethan, "Am bu mhath leat innse dhomh cò mu dheidhinn a tha i a' bruidhinn? No cò ann an ainm Darke a tha thu? "

Choimhead Nisha timcheall air ballachan nan cnàmhan. Cha robh i a-riamh anns a 'phàirt seo den rìoghachd aice. Cha robh fios aig duine a-riamh gu robh rudeigin mar an labyrinth seo ann. A 'suathadh gu aotrom ris a' bhalla, bha i a 'faighneachd dè na rèisean às an tàinig na cnàmhan. An robh iad cuid den chiad fheadhainn? Càit a bheil iadsan de na daoine rionnag? Feise? Fìor Fey? No an robh iad air an cruthachadh gun fhiosta nuair a ghabh am fey an fheadhainn eile mar charaidean? An uairsin air am marbhadh leis nach robh adhbhar sam bith aca airson a bhith.

Bha seo cho inntinneach! Nas fhaide air adhart dh'fheumadh i tilleadh agus a h-uile òirleach den àite seo fhaicinn ... An-dràsta fhèin, bha rudeigin cudromach aice ri dhèanamh.

Gu mall lorg i doras a bha i an dòchas a bha a dhìth oirre às deidh dhi grunnan fhosgladh nach robh ach a 'leantainn gu rùm air a chruthachadh le pìosan feòla agus fèithean grodadh. A 'faicinn seo cuideachd nach b' e an seòmar a bha i air a bhith a 'coimhead, thionndaidh i sìos grunn thrannsaichean eile gus an lorg i doras eile. Gu fìrinneach, is e an aon doras fìor a bha i air a thighinn tarsainn. An aon doras nach robh air a dhèanamh de chnàmhan ach ach coille dorcha de sheòrsa air choreigin.

Gu mì-fhortanach chuir i a làmh air an làmh criostail. Thuirt a h-antaidh gum biodh rudeigin cumhachdach dìreach a-staigh. Dè an rud a bhiodh ann ... cha robh fios aig Estare. Beagan nearbhach ghabh i anail mhòr. B 'i a' bhanrigh agus cha b 'urrainn ach a' bhanrigh a dhol a-steach. Cha robh sin a 'ciallachadh gum bu chòir dhi a dhol a-steach. Ach cha robh àite nas sàbhailte ann airson am bogsa fhalach agus cha toireadh e dà latha airson fhaighinn air ais. Mar fhìrinn, bha i a 'dol a thoirt a h-athair an seo gus seasamh taobh a-muigh an dorais seo nuair a thug i dha a chridhe air ais.

Anail eile an uairsin phut i an doras fosgailte. Gun a bhith fhathast a 'toirt ceum a-steach don t-seòmar bha i a' coimhead le iongnadh mar an creutair as brèagha a chunnaic i a-riamh a 'coimhead ceart oirre. Doirbh innse dè a bh 'ann no a bha e ach bha aodann Fey le sgiathan glòrmhor leth na meud aice fhèin ach dìreach an aon rud. Air an dàrna sealladh, cha robh iad mar an ceudna. Bha Hers cruaidh dubh, gun a bhith ro shoilleir idir. "Um. Halò?"

Dh'atharraich an creutair gu bhith na bhoireannach Feyen a-mhàin nach do dh'fhuirich ach an aghaidh agus na sgiathan mar an ceudna. "Chan fhaod ach a' bhanrigh a dhol a-steach do na tallachan sin. "

Rinn i gàire cho milis. "Tha fios agam."

An uairsin rinn am boireannach gàire. Chan e gàire càirdeil a th 'ann ach fear a bha borb agus bagarrach," Chan eil Banrigh na Fo-rìoghachd. "

A 'toirt aon cheum a-steach don t-seòmar rinn Nisha gàire. "Feumaidh tu a bhith ceàrr oir tha mi air a bhith a' riaghladh airson faisg air deich bliadhna. "

A 'leum aig Nisha, ghlaodh am boireannach," CHAN EIL! A bheil thu a 'smaoineachadh gun urrainn dhut mo sgrios? Is mise a 'Bhanrigh as motha a bha a-riamh!"

A 'faicinn nach b' urrainn don bhanrigh a bh 'ann suathadh rithe, chaidh Nisha a-mach. "Rug thu mi. Nam biodh tu cho math cha bhiodh tu glaiste ann an seòmar a chaidh a chruthachadh bho chnàmhan an fheadhainn a bha fuil ort. " Cha robh fios aice cò às a thàinig am beachd sin ach thuirt an t-sùil air aodann na banrigh roimhe gu robh i ceart.

Ag atharrachadh gu specter, sgèith i timcheall an t-seòmair gu fiadhaich. "Chan urrainn seo a bhith! Carson nach urrainn dhomh fios a chuir thugad? Tha thu a 'coimhead às do bheatha, chan ann de bhàs. Ciamar as urrainn seo a bhith? " Chaidh am boireannach timcheall an t-seòmair grunn thursan. Aig gach pas a 'feuchainn a-rithist ri suathadh ris a' Bhanrigh bheag.

Mu dheireadh, chuir Nisha a-mach a sgiathan a 'lìonadh a' mhòr-chuid den t-seòmar. "GU LEÒR! Tha thu nad shaoranach den Under Kingdom. Chan eil thu tuilleadh na banrigh. Toradh. "

"Chan eil mi a' toirt toradh do dhuine sam bith! "

A 'dèanamh a guth cho àrd' s a b 'urrainn dhi, thuirt i a-rithist," thuirt mi YIELD! " Bha a làmh a 'sìneadh a-mach agus tendril de chumhachd gun trèanadh air a pasgadh timcheall air a' bhoireannach… cas lom an neach-amhairc ga slaodadh gu làr. A 'cleachdadh a meur-lorg fhèin, phòg i a meur agus leig i le aon bhoinne de fhuil ghorm a dhol suas. Chùm an tendril ceann a 'bhoireannaich a' brùthadh a gruaidhean bàn gus an deach a bilean fhosgladh. Thuit an fhuil a 'tuiteam air a bilean. Cha robh i airson seo a dhèanamh ach cha robh ùine aice smaoineachadh air rudeigin eile. "Le m' fhuil, ceangailidh mi thu. Tha thu fhèin agus a h-uile càil a bha leatsa a-nis agamsa. Bheir thu toradh. "

Lìon cumhachd i barrachd na bha i a-riamh a 'faireachdainn. Leis an eòlas a 'chiad Fey. B 'e seo a' chiad Fey. A 'chiad fhear a thuiteas. Chan e, na tuit ... bidh i a 'gluasad chun talamh chruaidh. Bha na sgeulachdan air a bhith ceàrr. Cha b 'e fear a thàinig agus a thuit ann an gaol, ach bha e na bhoireannach dìorrasach gun a bhith a' pòsadh fear a bha dìreach ag iarraidh a cumhachd. Cumhachd nam marbh. An cumhachd na rudan a bu chòir a bhith marbh a thoirt air ais. An cumhachd cruthachadh a bharrachd air sgrios. An cumhachd a 'chùis a dhèanamh air na bha i ag iarraidh. Agus an cumhachd beatha ùr a chruthachadh a-mach à dad ach èadhar.

"Dè rinn thu? Sgriosaidh tu mo chreutairean. " Rinn am boireannach gàire.

A 'leigeil às a' bhoireannach bho na tendrils aice ghabh Nisha ceum air ais. "Chan eil mi toilichte a bhith a' sgrios dad. Agus nam biodh tu air toradh a thoirt seachad cha bhithinn air do cheangal. Ach, a-nis gu bheil thu tha mi a 'tuigsinn carson a tha thu gad chuairteachadh fhèin le cnàmhan an fheadhainn a bha dìleas dhut ..." Stad i an uairsin a 'faighneachd,“ An e an t-arm a th 'agad? Tha iad gad dhìon gus nach lorgadh tu e. Le bhith gad dhìon bhon uairsin air sgàth do chumhachd chan urrainn dhut bàsachadh agus tha eagal ort gun tig eadhon rìoghachdan nam bailtean mòra air do shon. ”

A 'pasgadh a-steach i fhèin, thuirt am boireannach le bhith ag ràdh,“ Tha. ”

Gu cùramach thàinig Nisha agus shuidh i air a beulaibh ... a 'bhanrigh caillte seo den fhey. A 'chiad bhanrigh aig Feyen. “Feumaidh mi an neart aca gus rudeigin a tha mi a' creidsinn a dhìon tillidh mi air a shon a dh 'aithghearr.”

A 'gabhail fois ann an sàmhchair neo-àbhaisteach thuirt i mu dheireadh,“ Chan eil dad a 'fuireach ach dà latha. Trì ma tha e làidir. Fiù 's a-nis tha na cumhachdan agam ro làidir airson rudan a chumail beò fada nas fhaide. Co-dhiù fhad 's a bhios mi a' fuireach an seo. ”

"Tha mi a 'tuigsinn. Cha bu chòir dhomh a bhith air falbh ach aonan. " Chrath Nisha a ceann, “Dè an t-ainm a th' ort? Mar as trice, tha fios agam air ainmean a h-uile duine a tha ceangailte rium ach chan urrainn dhomh do lorg. "

“Primitiva.”

Chrath Nisha aon uair. “An uairsin Primitiva, fàgaidh mi fo do chùram am bogsa seo." Thàinig bogsa airgid a h-athar na làmhan. "Cha bhith an mullach fosgailte dhomh."

"Is e bogsa ùmhlachd a th' ann. Chan eil iad sin bho ghàrraidhean tràchdais ach bho bhailtean-mòra nan rionnagan. Tha iad gu math cumhachdach. Cha bu chòir bogsa mar sin a bhith agad … chan ann an seo. Chan ann taobh a-muigh rìoghachdan an Star. "

Nodding a-rithist thuirt Nisha agus i a 'tionndadh a dh'ionnsaigh an dorais. "Aon latha bu mhath leam tuilleadh fhaighinn a-mach. Ach chan ann an-diugh, feumaidh mi falbh a-nis. Chan eil mòran ùine agam airson rudan a chuir ceart. "

A 'bearradh a' bhogsa na làmhan Bha Primitive sniffled. "Chan eil Queens ceangailte ri fear eile."

"Seadh, ach bu chòir dhut a bhith air toradh. Cha ghabh an ceangal a thoirt air falbh. " Bha i duilich airson sin a dhèanamh gu banrigh làidir ach bha i air a roghainn bheag fhàgail.

Chruthaich Nisha doras airson a dhol chun
dearbh àite far am bu chòir an carbad a bhith
a 'feitheamh. Cha robh e na iongnadh dhomh fhaicinn
dìreach a 'tighinn am beachd. A 'tuigsinn gun robh
mionaid no dhà aice choimhead i air an uisge. Chan
eil e soilleir mar a bha i an dùil nach biodh eadhon
dath gorm-uaine den Mhuir Endless. Chan e, b 'e
purpaidh aotrom a bha seo mar cheò grinn.
A 'suathadh ris dh' fhaodadh i a bhith a 'faireachdainn
cumhachd a' sùghadh a-steach don chraiceann aice
a 'falbh às a' phròg bheag a rinn i.

"Huh. Glè inntinneach." A 'gairm a-steach a
poca beag de stuthan slànachaidh tharraing i a-mach
grunn bhalbhaichean falamh agus lìon i iad mus
deach iad às an t-sealladh aon uair eile nuair a
thàinig an carbad air tìr. Mhothaich i do Gwydion mus
do dh 'fhosgail doras a' charbaid eadhon. "A bheil iad
ceart gu leòr?"

"Tha thu... co-bhanntachd... air a mhilleadh.
Chan eil e glè mhath le bhith a 'sealltainn an
fheadhainn a bha marbh dha a-nis."

"Tha... uill, cha robh dòigh èifeachdach ann air
innse dha gur e breug a bh' anns a h-uile rud a
chaidh innse dha. Ach dh'fheuch mi ri ullachadh. "

A 'deàrrsadh a-null chun a Gwydion cromadh
dìreach falt. "Mo bhanrigh, chan urrainn dha dad
balach ullachadh airson coinneachadh ri athair nach
eil cuimhne aige air. Aon a bha e a 'smaoineachadh
mar dhuine marbh. Ach tha mi cinnteach gum faigh
an dithis fhireannach thairis an-diugh gus àm ri
teachd a thogail a tha airidh air an dithis. Nas motha
mar sin mas urrainn dhut an fheadhainn a tha thu
a 'sireadh a lorg. Nam bheachd-sa, tha boireannach

buailteach a bhith nan luchd-cumail na sìthe eadar buill an teaghlaich fhireann. "

Fìor. Air neo, leis an dithis nam fir Feyen dh 'fhaodadh iad ceud bliadhna no dhà a chaitheamh gun a bhith a' bruidhinn. A bha gu tur comasach. Chan e gum biodh i a 'deasbad sin an-dràsta. Is dòcha nas fhaide air adhart. No is dòcha gun leigeadh i le a màthair deasbad a dhèanamh air a son. Bhiodh, bhiodh sin tòrr na b 'fheàrr. Gu dearbh, bha i air sgeulachdan a chluinntinn mu mar a bu toil le a màthair a bhith a 'deasbad rudan. A bharrachd air an sin, nam biodh an neach a bhathas a 'deasbad leis an dà chuid fireann agus Feyen ann am fuil. "An iarr thu air an dithis aca a thighinn an seo?"

A 'coimhead ris an abhainn, dh' fhaighnich Gwydion, "A bheil thu an dùil a bhith a' cleachdadh na h-uisgeachan slànachaidh? "

A 'brùthadh, dh' fhaighnich i, "Tha mi. A bheil sin na dhuilgheadas? "

Chrath Gwydion a cheann. A shùilean dorcha a 'caolachadh gu sliotan beaga bìodach," Nach eil cumhachd agad a shlànachadh? "

"Tha…" An robh? Às deidh na h-uile, bha i ceangailte ri Lilly oir bha Lilly ceangailte rithe. Chan e, feitheamh nach robh an ceangal aca na fhìor cheangal ach dòigh eile gus dèanamh cinnteach nach dèanadh aon chuid cron air an fhear eile fhad 's a bha i ceangailte le Primitiva? "… Is urrainn dhomh feuchainn. Gwydion an cuir mi ceist? "

Choimhead e oirre gu h-obann, "Mo bhanrigh?"

"Nam biodh cothrom agad a bhith beò a-rithist an gabhadh tu e?"

Bha aodann a 'coimhead brònach airson ach mionaid. Beagan aithreachas eadhon. "Chan eil an leithid de chumhachd aig eadhon thusa, mo bhanrigh. Chan eil ach aon a-riamh agus cha chleachd i eadhon a-nis. Chaidh iarraidh oirre. "

"Nuair a bhios seo seachad, bruidhnidh mi ri Primitiva. Mar a thuirt thu, bhàsaich cus dhiubh a bha neo-chiontach. "

Nam biodh e air a bhith daingeann bhiodh e air tuiteam air ais ... air a dhèanamh gu tur de cheò sgap e mus ath-chruthaich e. "Am faca tu i?! Ciamar a chaidh thu seachad air na geàrdan?! Bidh iad ag ithe gach rud aig a bheil feòil. A bhith beò no nach eil. "

A 'dol a-null don charbad, rinn i gàire. "An e mise no nach mise a' Bhanrigh? " A 'fosgladh an dorais, thug i sùil mhath air an dithis fhireannach a bhiodh nam biodh iad a-muigh fosgailte a' dol a shabaid no a leithid de neòinean. "Tha mi cinnteach nach eil ùine againn airson na tha aig an dithis agaibh ann an cuimhne."

Chaidh Galeron a shnìomh fhad 's a bha e a' comharrachadh gu lag aig Ethan. "Bu chòir dhut a bhith air innse dha."

"Carson, nuair a tha thu fada nas fheàrr air a bhith a' mìneachadh a h-uile rud nach eil ùine agam dha-rìribh, ma tha sinn gu bhith a 'teasairginn mo mhàthair agus gun a bhith a' marbhadh m 'athair sa phròiseas." A 'faicinn arc dealanaich na shùilean lean i oirre," A-nis, am bu mhath leat a bhith air do shlànachadh gu h-iomlan airson an iomairt seo no fuireach mar a tha thu a-nis agus mìnich do neach sam bith a lorgas sinn carson a dhiùlt thu do shlànachadh le banrigh a tha thu a-nis ceangailte. gu? "

Shuidh Ethan air ais an aghaidh an t-suidheachain, a 'tuigsinn a' chunnart. "Bu mhath leam fìor dhath mo chraiceann fhaicinn a-rithist. Dè mu dheidhinn, neach-giùlan solais? No a bheil thu a 'smaoineachadh nach eil an comas aice sin a dhèanamh."

A 'tionndadh beagan chun an duine aice dh' èigh i gu sàmhach, "Ethan, bi laghach. Chan eil dà dheichead air a bhith aig gin agaibh. "

"Bha a' chiad dà bhliadhna agam gu math. No faodaidh mi gabhail ris. "

Gu mì-fhortanach, thug i sùil air. "Saoil an do rugadh tu taobh a-staigh bliadhna bho rugadh mi?"

A 'brùthadh e fhèin a-steach don chathair aige fhèin thuirt Galeron," Bha. An dàrna bliadhna bha e ga chruthachadh. Tha mi a 'gabhail gur e bliadhna mhath a bh' ann dhut ach chuir thu do mhàthair ann am frenzy. Tha mi toilichte nach robh agam ri fuireach tro sin ach aon turas. "

Glè mhath, bha iad a 'cluich gu snog gus am b' *urrainn dhi na bha a dhìth a dhèanamh gun iad a* *bhith a 'sabaid rithe.*A 'dùnadh a sùilean, dh' fheuch i ri na bha a dhìth oirre fhaicinn. A 'leigeil leatha fhèin a bhith a' faireachdainn mun cuairt oirre cha mhòr gum faiceadh i na h-inntinn an dà chuid cuirp Ethan agus Galeron. Cha mhòr nach dèanadh e a-mach trian ged nach robh susbaint aige. Thàinig cnàmhan an toiseach dath ìbhri. Geal agus làidir nas cruaidhe na bu chòir dhaibh a bhith. Sreathan beaga bìodach… nerves… liath le fiosrachadh air a thoirt seachad. Bidh soithichean fuil gorm ann an Ethan ach cha mhòr purpaidh ann an athair. Ah tha, a-nis bha i a 'tuigsinn an treas bodhaig mar a bha na soithichean fala a' cruthachadh, dubh mar oidhche ann an Gwydion. Gu math inntinneach a-nis gum faiceadh i na spìcean agus an earball reptilian fada a bha a 'tòiseachadh a' tighinn ri chèile. Fèithean dearg le sreathan de sinew. Feòil uachdar bainne airson a chòmhdach… Chan e a deagh charaid, chan e, bha e na mheasgachadh de ghlas agus uaine. Browns agus blacks. Bidh gach sgèile armaichte a 'cothlamadh a-steach don aon ath no dà dhath an aon rud ri taobh fear eile. Tha na fiaclan aige trì sreathan biorach mar shnàthadan. Tha na spuirean aige nas gèire fhathast. Ach aodann… dè an aghaidh rìoghail eireachdail a bhiodh duine sam bith moiteil às.

Dh 'fhosgail i a sùilean dìreach mar a bha an solas gorm a' dol sìos bho thaobh a-staigh a 'charbaid agus chunnaic i chan e a-mhàin feadhainn a teaghlaich a' slànachadh gu tur ach chunnaic i Gwydion na shuidhe reòta a 'coimhead ceart oirre. Tha eagal is eagal a 'nochdadh na shùilean dorcha ceòthach. "Bha na daoine agad a-riamh comasach air cruth-atharrachadh a dhèanamh air a' cheò, ach saoil an e àm a th 'ann a bhith nas motha?"

Thug e mionaid dha a bhith a 'cuimhneachadh anail ... Mionaid eile gus na bha e a' faicinn le shùilean fhèin a thuigsinn. "Ciamar?" A ghuth uisge-beatha pianail. Chùm Gwydion a làmhan a-mach roimhe mus do ghluais e iad a-steach don fheadhainn as socair a b 'fheàrr le a bhean. A shùilean a 'lìonadh le deòir nach bu chòir a bhith ann. "Tha seo do-dhèanta. Chan eil ach an neach-cruthachaidh aig a bheil an cumhachd seo. "

"Chan eil e cudromach. Bheir an fheadhainn agad a tha airson faighinn air ais na chaidh a thoirt dhomh beatha dhaibh. Às deidh dhuinn mo mhàthair a shàbhaladh. "

Chlisg Gwydion an uairsin shluig e gu cruaidh a 'cuimhneachadh air a mhisean. Nas fhaide air adhart is dòcha gum biodh an nàire aige gus barrachd faighneachd mu na bha a bhanrigh dìreach air a thoirt air ais dha. "Tha i a' fuireach ann am baile mòr mo dhaoine. Chan eil an fheadhainn a tha a 'riaghladh a-nis nan caraidean. Bidh iad ag ithe a cumhachd ga cumail lag. Tha fios agam air slighe a-steach ach... "Choimhead e air a làmhan agus na spuirean biorach gun a bhith a' cuimhneachadh mar a bha e air doras fhosgladh. "Tha e air a bhith ùine bho dh' fhosgail mi an doras mi-fhìn. " An uairsin chaidh e a-rithist ... gun fhios ciamar a bha fios aige le cinnt dè a bha e dìreach air innse dhi.

"Feuch an innis thu dha na daoine agad gum faod neach sam bith a dh'fheuchas ri stad a chuir orm, a dhèanamh leis na nì iad."

"Tha..."

"Gwydion, tha iad fhathast ceangailte riut. Cha do stad an ceangal a rinn thu nad bheatha ann am bàs agus tha e nas làidire a-nis. Rinn mi cinnteach às. Tha cumhachd agad bruidhinn riutha gun dad a bharrachd air smaoineachadh. Dìreach mar a tha thu air a bhith a 'conaltradh airson bhliadhnaichean."

A 'tionndadh chun neach-giùlain solais, dh' fhaighnich Gwydion, "An robh fios agad gum b' urrainn dhi seo a dhèanamh? Cha robh fios agam gum b 'urrainn dhi seo a dhèanamh. Agus tha mi air a bhith còmhla rithe bho beagan an dèidh breith. "

A 'slugadh gu cruaidh oir chaidh fathann a dhèanamh air rèis an fhir a bha a-nis na shuidhe ri taobh caraid no nàmhaid a mharbhadh agus cha robh eagal air dad roimhe ... a-nis chan e a-mhàin gun robh e a' coimhead eagallach ach a 'faireachdainn uamhasach. Thuirt Galeron gu faiceallach, "Chan eil. Ach às deidh an-diugh, tha mi a 'coimhead air adhart ri bhith a' faicinn dè eile a tha i air a thoirt seachad. Agus ùrnaigh gun urrainn dha a màthair a trèanadh gu ceart. "

Choimhead Nisha suas air a 'chuaich mhòir. Bha e a 'coimhead coltach rithe mar a chaidh a dhèanamh bho speur meadhan oidhche, a' toirt a-steach na reultan a bha a 'dannsa ann an solas na gealaich. "Dè an t-àite a bha seo?"

"Àite far am faodadh a' chiad fhear tighinn agus cuid den chumhachd aca a dhrèanadh mus rachadh iad a-mach a lorg an àite aca. "

Thuirt Nisha, "Draghadh am…"

"Bha a' mhòr-chuid ro chumhachdach a bhith a 'fuireach an seo agus cha robh iad air an drèanadh gu àite sàbhailte. Cho-dhùin a 'chiad fhear mun dìon seo. Bha e a 'cumail sùil air a' chothromachadh airson grunn linntean. " Chrath Gwydion a dh'ionnsaigh preas mòr a bha a-nis a 'fàs fiadhaich. "Is fuath leam a bhith a' faicinn mo dhachaigh mar seo. B 'e gàrradh iongantach a bha seo. Bha na fuarain a' deàrrsadh le uisge bho na h-aibhnichean. Is e àite uamhasach a th 'ann a-nis air fàs agus gun chùram. Agus seall nach eil na fuarain nas motha na sprùilleach. "

A 'cur a làmh air a ghualainn gu tuigseach, thuirt Nisha," Gwydion, nì thu brèagha a-rithist. Ach an doras mas e do thoil e. "

"Tha." Stad e. "Is e dìreach comasan nàdurrach a tha ag obair taobh a-staigh a' chuaich. "

"Gun tuigse."

A 'sleamhnachadh an aghaidh a' bhalla air cùl a 'phreas lorg e an doras. "Tha e an seo ach… Thoir mathanas dhomh ... tha e air a bhith ro fhada bho bha mi air a bhith a' cleachdadh an leithid. "

Thug i suathadh air a ghualainn a-rithist. "Leig dhomh." An uairsin gu Ethan, "A bheil thu deiseil?"

Chrath Ethan aon uair. "Bha mi a-riamh airson a bhith nam ghaisgeach. A 'coimhead mar an-diugh gheibh mi air sin a dhèanamh."

Bha daoine a 'bruidhinn a-staigh. Aon nathair a 'breithneachadh le bhith a' tarraing a-mach S. Am fear eile cha b 'urrainn dhi a bhith cinnteach. Gu faiceallach dh'fheuch Nisha ri èisteachd ris na bhathar ag ràdh. Ro mhòr airson faclan fìor a chluinntinn ach an tòn… seadh, cha robh an nathair toilichte mu rudeigin. Ann an guth cha mhòr mar uisge-beatha dh 'fhaighnich i," Gwydion, am faic thu no an cluinn thu? "

Airson mionaid dh 'èist e agus rinn e gàire," Tha an nathair bheag fo àmhghar. Cha do chuir a mhac crìoch air a mhisean air do phòsadh. Tha am fear eile pissed gu robh am prionnsa cho lag. Tha iad gad iarraidh, mo bhanrigh. Tha iad ag iarraidh a 'chumhachd a tha iad a' smaoineachadh a leigeas leat smachd a chumail orra. " Cha mhòr nach robh e a 'gàireachdainn cho gòrach a bha iad a' smaoineachadh gun robh i… a bhanrigh… a 'leigeil le duine smachd a chumail oirre.

O uill, gu dearbh cha robh fios aca cò no dè bha iad ag iarraidh. A 'gabhail suidheachadh banrigh, rinn i gàire mar a thuirt i," An uairsin gheibh mi iad gu ceart. "

Ghluais Ethan gus grèim fhaighinn air a gàirdean ach thionndaidh e gu ceò mus b 'urrainn dha a làmh suathadh oirre. "Nisha?"

"Dh' ainmich mo mhàthair mi gu math. Cur earbsa annam." A ceann àrd agus a guailnean air ais ghluais i a-steach don t-seòmar mhòr fhalamh agus bhuail i gu slaodach. "Bravo, Rìgh Apep. Chaidh agad air caidreachas a dhèanamh leis an fheadhainn a bheir bàs dha na h-uile. "

"Thusa. Cha bu chòir dhut a bhith an seo. "

"Aidh. Uill, dè bha thu a 'dùileachadh? Gum pòsadh mi nathair an àite mo rèiteach? Thig a-nis, chan eil an eanchainn agad cho beag, no a bheil? " Stad i, a 'faicinn fear aig an robh coltas coltach ri Gwydion ach nach robh cho soilleir. Nas lugha de chunnart. Ach fhathast Eostre. "Agus thusa. Le bhith nad shliochd den Eostre bu chòir dhut fios a bhith agad nas fheàrr. Gu dearbh, b 'e do shinnsirean a dh' adhbhraich an cogadh mòr. No a bheil thu air a bhith a 'feuchainn ris an obair a bha iad air tòiseachadh a chrìochnachadh?"

Ghabh an duine ceum mì-chinnteach agus dìonach a dh 'ionnsaigh. Aon cheum eile nuair nach do ghluais i agus bha e oirre ach nuair a dh 'fheuch e ri ionnsaigh cha deach e ach tro a corp. "Dè tha seo?"

"O, nach eil fios agad? Tha Eostre uile ceangailte rium. Feuch ri grèim fhaighinn orm a h-uile rud a tha thu ag iarraidh. Mura dèan mi e, cha tig thu eadhon faisg orm. Ach… "Bha tendrils dubha a' sruthadh bho timcheall oirre na molaidhean a 'losgadh le teine. Chaidh aon ghluasad cuip agus an dithis fhireannach a phasgadh ann am fìonaichean losgaidh. "… Is urrainn dhomh do ghortachadh." A 'leigeil leis na tendrils teannachadh timcheall orra. "A-nis, càite a bheil mo mhàthair?"

"Thusa - galla." Guth eile. An treas rèis nach robh i eòlach air a seòrsa. Cha b 'urrainn dhomh innse an robh e fireann no nach robh. Ach dh 'fhalbh am fear seo air sgiathan a bhiodh ialt sam bith moiteil às. Tha earball oirre ... uill, bha fios aice air dràgon le fear a bha nas drùidhtiche.

"Mar sin, tha thu airson cluich? Ceart gu leòr ... tha mi geama. " Choimhead i thairis air a gualainn agus dh'èigh i, "Lorg mo mhàthair; Dèiligidh mi riutha! " Dh'fhuirich i gus an do shleamhnaich iad a-steach do thalla mus do dh'atharraich iad. Mus leig thu leis an fhìor chruth aice ... an cruth as fheàrr leatha ... gabh cumadh.

Caibideil 47:Primitiva

Ghabh Primitiva ris an t-seòmar rìgh-chathair aice. A corragan a 'lorg cnàmhan Shesha a leannain. B 'esan a' chiad chruthachadh aice. An dìonadair as motha aice. Agus a caraid dìleas. Ach bha feadhainn eile ann. A 'chiad…

Goirid dh 'fheumadh iad a dhùsgadh.
Dh 'fheumadh iad tilleadh gu rìoghachd nam beò. A-nis gu robh an leanabh air a bhreith. A-nis gu robh cumhachd aice a h-uile duine a bhàsaich. Agus bha cumhachd aig an fheadhainn a bha fhathast beò.

Is iomadh cuairt rionnag a th 'air a bhith ann bho bhruidhinn i ann am faclan ri fey eile. Mòran a bharrachd bho chaidh cuideam a chuir oirre a bhith a 'cleachdadh gin de na fìor chomasan aice. A-nis ... Cha robh roghainn aice.

Bha Nisha air a ceangal. Bha na comasan aice a-nis na leanabh airson an toirt.

Thill Primitiva gu rìgh-chathair cnàmhan. Solace mu dheireadh a 'tighinn thairis oirre. Ann an ùine ghoirid thigeadh na breugan a chaidh innse dhaibh. Bhiodh an fhulangas gu lèir seachad a dh 'aithghearr. Bhiodh Riaghailt Magmas, riaghladair Pallas a 'tighinn gu crìch a dh' aithghearr.

Ach dè a 'chosgais?

Bha e mu thràth air a gaol agus a leanabh a ghabhail. An toireadh e na curaidhean aice cuideachd? Cha bhiodh ... Cha leigeadh leanabh na lèirsinn aice o chionn fhada dha na cumhachdan aige fhaighinn.

Mar sin, airson a-nis feumaidh i earbsa a chur san Fhèis seo. Fey air nach robh i eòlach ach mar an Dorchadas.

Caibideil 48:
Ethan

Chrath an togalach agus thòisich am mullach a 'tuiteam timcheall orra. Thàinig sgàinidhean uamhasach uamhasach às an t-seòmar a dh 'fhàg iad. "Gwydion, càite an cumadh iad màthair Nisha?" Thug Ethan sgreuch thairis air fuaim cloiche a 'tuiteam gu làr.

"An… Chan eil ann ach aon àite. Thig, tha e suas air thoiseach. Tha an doras na chreag. "

Creag. Gu dearbh. Bha iad ann an togalach cloiche a bha a 'crùbadh agus mar sin carson nach creag? Bha bliadhnaichean ann bho chleachd e na cumhachdan aige. Nas fhaide fhathast bho bha feum aige air sgiath. Dhùin a shùilean airson dìreach mionaid mar a bha solas òrail gan cuartachadh. Rinn Galeron oidhirp mhòr gus an sgiath a chumail, "Feumaidh sinn cabhag a dhèanamh. Cha mhair an sgiath fada. Faodar mo chorp a shlànachadh ach tha mo neart fhathast lag. "

A 'rèiseadh sìos an trannsa agus a' feuchainn gun a bhith a 'siubhal air an sprùilleach thàinig iad gu balla. Bha sùilean Ethan a 'sganadh a' bhalla airson cuid de chomharran fosgladh, "Càit a bheil a' chreag? "

Gwydion punnd air a 'bhalla. "Tha an seòmar thall an seo. Is urrainn dhomh a bhith a 'faireachdainn a' chumhachd. " Rinn e punnd air a-rithist. "Chuir iad suas e. Chan eil iad airson gum faighear lorg air an rùm. "

Rinn Ethan grèim teann air a chorragan na dhòrn. Bha aon ghnìomh aige. Aon. Sàbhail màthair Nisha. Cha b 'e sin an dòigh anns an robh e a' dol a dh'fhàillig. CHAN EIL. Chaidh a dhòrn a-steach don bhalla leis a h-uile seòrsa de theampall a bha e a 'sruthadh a-steach don punch. Chaidh am balla a spreadhadh le spreadhadh mòr.

Thuit Galeron air ais. An uairsin thuirt tioram, "Is e, is tu mac do mhàthar." An uairsin chunnaic e chan e a-mhàin a bhanrigh ach a bhean. Bha an dithis glaiste air cùl cruinneach soilleir. Clachan dubha an togalaich a 'tuiteam air a mhuin. Bha sgàinidhean beaga bìodach a 'tòiseachadh a' frasadh bhon mhullach. Nan dèanadh e sgrios bhiodh an dithis bhoireannach air am marbhadh. Bha fearg a 'dol troimhe, a' toirt dha neart airson na dh 'fheumar a dhèanamh. Chaidh dealanach timcheall an t-seòmair ag adhbhrachadh gun stad a mhac agus Gwydion air ais. Cha b 'urrainn dha an Eostre a ghoirteachadh ach cha robh ùine aige mìneachadh. Bha Faerydae a 'feuchainn ri rudeigin innse dha… Cha chluinneadh e i. Cha robh mi airson a cluinntinn. A 'toirt air e fhèin a chladhach gu doimhneachd a chumhachd bha e air a ghlacadh ann an solas… ann an òr leaghte… Na ceumannan aige gu bràth a' leaghadh nan clachan fo a chasan gu magma liùlach.

"Gale. Gu leòr, feumaidh sinn falbh. "

Thionndaidh a h-aodann ris an fhuaim. Chan e a bhean, chan e, nas miosa. Addy. Bha anail domhainn agus an cumhachd a 'lasachadh. "Tha Nisha air ais mar sin." Lorg a chorragan làmh Faerydae. "Thuirt mi riut gum bithinn an-còmhnaidh gad lorg."

"Seadh, a dhuine, rinn thu. Ged a thug e fada gu leòr dhut. "

A 'dol air ais air an t-slighe, thàinig iad a-steach don doras dìreach ann an ùine gus dràgon fhaicinn a' briseadh tro mhullach an togalaich. Bhuail a ceann chun na speuran mar a thuit rudeigin eadar a ghiallan.

Bha an sgìre a bha air a bhith na phrìomh sheòmar làn de dhubh nach b 'urrainn oidhche gun ghealach a bhith a' farpais ris. Thàinig an dorchadas timcheall orra mar spreadhaidhean, tubaistean agus fuaimean dhaoine a 'sgriachail an dà chuid ann an uamhas agus bàs a' tighinn bho gach taobh. An uairsin thàinig sàmhchair uamhasach, uamhasach.

Nuair a shocraich an dubh-ghrunnd gu làr sheas Nisha romhpa. B 'e an aon rud a bha air fhàgail den togalach a bha aon uair mòr gu leòr den talla a bha a' còmhdach a 'bhuidheann bheag aca agus dealbh den chearcall. Chan eil dad eile ... dad ... cha robh eadhon clach air fhàgail.

Chaidh an triùir fhireannach sìos air aon ghlùin mì-chinnteach am biodh a 'bhanrigh seo eadhon gan aithneachadh agus iad fhathast a' faicinn le fearg. Gu mall, thuit ceann Nisha mus do rinn i gàire. "Thuirt mi riut, Galeron, gu bheil dragain ann. No am bu mhath leat tuilleadh a dheasbad? ”

Ghabh Adrianna ceum beag mì-chinnteach air adhart. A làmh a 'còmhdach a beul mar a bha deòir a' ruith sìos a h-aodann. “Nisha?”

Bha Nisha a 'brùthadh aon uair nach robh i gu math comhfhurtail le bhith a' faicinn a màthair a 'caoineadh. “Tha sinn duilich gun tug e cho fada dhut a lorg ach bha athair gu math neo-shoilleir a thaobh mion-fhiosrachadh.” An uairsin thuig i na bha i air a dhèanamh. “O, O Gwydion tha mi cho duilich. Am bu chòir dhomh ath-thogail? ”

Ath-thogail e? Cha mhòr nach do bheachdaich e air ach ath-bheachdachadh. “Chan eil, mo bhanrigh. Cha robh adhbhar sam bith air an togalach seo. Co-dhiù chan eil tuilleadh. Chan eil an Fey a 'tuiteam bho na reultan tuilleadh. Agus cha leigeadh iad leas. ”

“Nighean, d’ athair? ” Bha dragh a 'lìonadh guth Adrianna.

“Oh, tha Lilly agus David an sin a’ feitheamh ri soidhne air choreigin gu bheil thu sàbhailte. Goddion a bhiodh tu ag iarraidh innse dha na daoine agad? Feumaidh mi a leigeil ma sgaoil mus tig e tron oidhche ma tha sin comasach. ”

Chrath e aon uair e. “Gu dearbh, mo bhanrigh.” An uairsin thionndaidh a chorp gu ceò mar a chaidh a ghiùlan air falbh leis a 'ghaoith.

Caibideil 49:

Lilly agus Daibhidh

Ghluais Dàibhidh nuair a bha e a 'togail fhiaclan le cnàimh de gach creutair a bha a' dìon an t-slighe a-steach. "Is dòcha gun urrainn dhomh iarraidh air Nisha faighinn a-mach dè a bha seo."

Lilly blinked. "Daibhidh, mo ghaol. Nam biodh tu airson faighinn a-mach dè a bh 'ann is dòcha gum bu chòir dhut cuid dheth fhàgail airson a chomharrachadh."

"Rinn mi." A 'cumail suas an sliver cnàimh. "Bha e ro bhlasta ri sgudal."

Rolaig Lilly a sùilean mar a thuirt i, "Cho iongantach dhut. A-nis gu bheil cnap làn agad, a bheil beachd sam bith agad ciamar a thèid thu seachad air balla de lasraichean dubha? Cha do thachair mi riutha ach aon turas ... agus cha robh Nisha ann an dòigh sam bith a bhith draghail an uairsin. Mar sin, cha robh mi a 'feuchainn ri dhol seachad."

A 'tionndadh gu fosgladh na h-uamha, ghluais Dàibhidh. "Bho nach eil sinn gu bhith a' dol seachad mus cuir an Nisha fios. Chan eil mi a 'dol a dh'fheuchainn. A bharrachd air… "Chuir e a làmh suas ris an lasair. "Is urrainn dhomh a dhol seachad gun leòn."

A 'cur a làmh air a hip, chuir Lilly sìos a sùilean. "A bheil thu a' smaoineachadh gun urrainn dhut Myrddin a thoirt a-mach às an uaimh leat fhèin? "

"Mura h-eil cuideam aige nas motha na troll làn-inbheach chan eil mi a' faicinn carson nach eil. " Stad Daibhidh agus thug e gàire èibhinn. "Tha fios agad gum faod Drakens rudan a ghiùlan iomadh uair na cuideam fhèin?"

"Gu dearbh, nì mi. Ach, tha thusa, mo ghaol, gu ìre mhòr agus cha do rinn thu deuchainn fhathast air nas urrainn dhut a ghiùlan. Ach tha mi a 'tuigsinn gum feum thu dearbhadh dè cho làidir sa tha thu a' smaoineachadh. "

Mus b 'urrainn do Dhaibhidh freagairt cheart a thoirt seachad, shèid gaoth gaoithe thairis air tobhta a' Chogaidh Mhòir. Beag air bheag thòisich ceò dubh a 'cruthachadh agus sheas fear air am beulaibh.

Thòisich Lilly a 'brùthadh nach robh i cinnteach dè bha i a' faicinn a bha dha-rìribh.
A 'smaoineachadh gu robh i ceart mu cò a bha a-nis na seasamh air a beulaibh dh' fhaighnich i gu faiceallach, "Gwydion? A bheil e coltach gu bheil feòil agad a-nis? "

Thionndaidh e gu Lilly. "Tha a' bhanrigh fialaidh. " An uairsin gu Daibhidh. "Faodaidh tu a-steach a-nis." Thionndaidh Gwydion dìreach gu leòr airson coimhead thairis air a 'bhearradh. "Cho neònach a bhith nad sheasamh an seo a-rithist."

Cheangail Lilly a gàirdean ri Gwydion. "Ciamar?"

Choimhead e sìos air a gàirdean agus shabaid e gu cruaidh gun a bhith ga snaidheadh   bho a corp airson a bhith a 'beantainn ris. An uairsin ann an hiss ìosal a chuireadh eagal air duine sam bith ach a rèir coltais co-ogha na banrigh thuirt e, "Tha mòran air bàsachadh airson a bhith a' beantainn rium. "

"Ma dh' fheuchas tu tha mi cinnteach gum bi thu beò fada gu leòr airson do bhanrigh aithreachas a dhèanamh. "

Na hiss ìosal sin a chuireadh eagal air duine sam bith eile, ach a 'faicinn nach robh e eadhon a' cur dragh oirre, fhreagair e a ceist. "B' e seo am blàr mu dheireadh den Chogadh Mhòr. Bhàsaich mi an seo fhad 's a bhàsaich mo dhaoine san dùthaich dhachaigh againn. Bhrath mo bhràthair mi. Is e an tsloc an sin seachad air na bearraidhean sin far na bhàsaich a h-uile duine a bha an seo an latha sin. An dà thaobh. An fheadhainn le fuil Fey agus an fheadhainn às aonais. "

"Bha dachaighean an seo aig aon àm. Tha cuid de dhealbhan fhathast ag innse mu bhaile air a dhèanamh de deigh nach do leaghadh a-riamh. "

Chrath Gwydion. "Aon latha innsidh mi dhut mun chogadh. Chan ann an-diugh. Feumaidh mi tilleadh chun Bhanrigh. Chan eil fios aice càite a bheil an dùdach. Fiù 's a-nis tha a mothachadh air far a bheil daoine, beagan dìth. Is e sgil a th 'ann a dh' fheumas mi a chuideachadh gus a hone. "

Caibideil 50: Nisha

A 'feitheamh gu foighidneach bha Nisha a'
coimhead fhad 's a bha Ethan a' bruidhinn gu
furachail ri a mhàthair. A 'coimhead a-null gu i fhèin
rinn i gàire. "Tha cuimhne aige oirre."

"Mar bu chòir dha. Gus an oidhche sin, cha do leig i a-mach a sealladh. Chan ann airson aon mhionaid. Chan ann nuair a chaidil i no àm sam bith eile as urrainn dhomh cuimhneachadh. Bha i an-còmhnaidh draghail gun dùisgeadh i agus cha bhiodh e ann. "

A 'tionndadh gu a màthair dh' fhaighnich i, "A bheil cuimhne agad air na thachair? Mar a thàinig thu an seo. "

Chuir Adrianna ceàrnag air a guailnean. "Bu mhath leam bruidhinn mu dheidhinn sin nuair a tha d' athair faisg. Tha mòran aige ri mhìneachadh. " Thionndaidh i air falbh. "Tha thu fada nas cumhachdaiche na bha mi a' smaoineachadh. Bidh sin cuideachd a 'bruidhinn ri d' athair. Tha mi a 'creidsinn gu bheil e air a bhith a' cumail rudan bhuam airson fada ro fhada. "

"Mar sin, a bheil athair? Tha mi a 'ciallachadh nas cumhachdaiche an uairsin thuirt e gu robh? Ach is urrainn dhuinn sin a dheasbad nuair a tha e faisg air làimh. Tha mi cinnteach gum bi thu airson a mhuineal a dhùsgadh mus tig an còmhradh seachad. Tha fios agam gu bheil. "

"Aidh, tha amannan air a bhith ann a bhith a' miannachadh amhach airson tòrr rudan thar nam bliadhnaichean sin. Aon airson m 'fhàgail leam fhèin le Dae."

Gu mall nochd Gwydion air a beulaibh. "Tha an dùdach agad ann an tobhta a' chogaidh mhòir. Turas latha le Pegasus. "

Chrath Nisha. "Ethan?"

Thionndaidh e thuice an uair a chaidh ainm a bhruidhinn. "Nisha?"

"Feuch an toir thu ar pàrantan don Spire. Feumaidh mi an còrr den teaghlach fhaighinn air ais. Gu h-aonar. "

"Nighean."

Fiù mura robh i air a togail leis a 'bhoireannach dh' aithnich i tòna rabhaidh. "Faodaidh mi a dhol leam fhèin agus coinneachadh riut aig an Spire còmhla ri m' athair. Air neo, faodaidh tu a dhol còmhla rium ann an àm airson coimhead air a 'bàsachadh. Is ann leatsa a tha an roghainn oir bhiodh tu eòlach air nas fheàrr na mise. "

A 'dùnadh a sùilean tharraing Adrianna i fhèin còmhla gun a bhith a' feitheamh ri co-dhùnadh a dhèanamh. "Siubhail gu sàbhailte nighean. Ullaichidh mi seòmar airson do thilleadh. Tha mi cinnteach gum bu mhath le d'athair fois a ghabhail nuair a thilleadh e. "

Thàinig an luchd-obrach aice a-steach na làimh gun anail nas fhaide air adhart. Mar a bha an deireadh a 'bualadh air an talamh, nochd an doras aice don Under Kingdom. "Gu dearbh. Gwydion, feuch an toir thu iad? Agus ma tha duine de na daoine agad a tha airson a thighinn còmhla riut a 'coinneachadh riut aig an Spire. Tillidh mi sa mhadainn. "

Bogha beag mar a fhreagair e, "Mar a thogras tu mo Bhanrigh."

Leum Lilly air ais mar a nochd doras gu h-obann chan ann air an talamh, ach casan san adhar dìreach os cionn a 'chanyon a' dol a-steach do Darke. Nuair a nochd Nisha. "Tha thu a' tuigsinn gu bheil thu ann am meadhan an adhair? "

Rinn Nisha gàire. "Tha mo cho-ogha, talamh no adhair an aon rud riumsa. Cha dèan e mòran eadar-dhealachaidh far a bheil an doras a 'fosgladh." Gu faiceallach leum i sìos bhon doras chun an làr ron uaimh. "A bheil Daibhidh fhathast a-staigh?"

"Thuirt e gum b' urrainn dha Uncle Myrddin a ghiùlan a-mach. Bha sin o chionn ùine. "

A 'coimhead air na speuran a' tionndadh bho latha gu oidhche chrath Nisha. "Fuirich ort sa charbad. Bidh Daibhidh a-muigh a dh 'aithghearr airson do thoirt air ais don Spire."

Bha dragh air Lilly a sùilean a lùghdachadh aig a co-ogha. "Nisha?"

"Chan eil ùine agam mìneachadh. Tha mi a 'gealltainn aon uair' s gun till mi gun urrainn dhut rud sam bith a tha thu ag iarraidh iarraidh agus feuchaidh mi gun a bhith gad mhealladh leis na freagairtean. Ach mar a tha an-diugh air a bhith làn de rudan ris nach robh dùil chan eil mi a 'gealltainn."

Le gàire, thuirt Lilly, cha mhòr ann am mumble, "Cumaidh mi thu chun sin."

Airson grunn mhionaidean cha deach Nisha seachad na lasraichean dubha gus an robh fios aice gu robh Lilly sàbhailte sa charbad. Nuair a bha i a-staigh ghairm i a-mach, "Dàibhidh?"

"Nish… chan eil fhios agam dè a nì mi. Chan urrainn dhomh… "Sheall Daibhidh air ais sìos air an duine a chaidh a phronnadh air an talamh ann an uidhir de phian dìreach ag anail agus ag adhbhrachadh deòir.

A 'faicinn suidheachadh a h-athar, chrath i i. Thuirt Primitiva nach maireadh e fada, ach cha tug i iomradh air a 'phian a bhiodh e a' faireachdainn fhad 's a bha e air a reubadh às a chèile le cealla. "Feuch an toir thu Lilly air ais don Spire. Na can dad mu dheidhinn m 'athair. Ni a staid. Chan ann rithe, no do dhuine sam bith eile. Chan eil mi airson eagal a chuir air an teaghlach. "

Choimhead Daibhidh air ais sìos air an duine. "Ach?"

Dh 'atharraich a sùilean dìreach airson diog … dh' atharraich i gus am faiceadh e anaman nam marbh a 'sgriachail thairis air ruitheaman gun chrìoch. "Falbh. Na toir orm faighneachd an dàrna turas. "

Bogha beag agus shleamhnaich e air ais a-mach às an doras. Cha robh eagal air a cho-ogha ach bha eagal air dè dhèanadh Banrigh na Fo-Rìoghachd nan deidheadh   cuideam nas fhaide a chuir air.

A 'teannadh sìos ri taobh a h-athar thuirt i," Tha thu fortanach nach do cho-dhùin màthair a thighinn còmhla rium. "

"Tha i sàbhailte?" Bha a ghuth nach robh cho domhainn air a bhith ann an saoghal na bruadar. Chan e, an-dràsta cha robh mòran guth aige idir.

"Gu dearbh. A-nis ... a bheil thu a 'dol gam chuideachadh gus do ghluasad no a bheil thu a' dol a thoirt orm an obair gu lèir a dhèanamh mi-fhìn? "

Cha mharbhadh am pian e ... cha bhiodh e cho fada ris a 'chridhe... a chridhe... An robh e sàbhailte an àiteigin. A 'cleachdadh a h-uile beagan neart, bha e air faighinn gu a chasan. "Chan eil mi a' smaoineachadh gum b 'urrainn dhomh coiseachd fada." Bha an teine   a bha e a 'losgadh ga dhrèanadh ann an dòigh nach do rinn e a-riamh roimhe. Ann an dòigh, sin eadhon nach bu chòir a bhith aige. An uairsin a-rithist, bha rudeigin eile ag adhbhrachadh a 'phian.

A 'cur a gàirdean timcheall air thuirt i a' cromadh, "Dà cheum tron   doras agam agus an uairsin dà eile chun an Spire. An urrainn dhut sin a riaghladh? "

Bha a h-inntinn ro sgòth airson cùram a ghabhail de na bha i ag ràdh. "Dà cheum."

Nuair a dh 'fhosgail e a shùilean bho bhith a' crìochnachadh a 'chiad dà cheum cha robh e tuilleadh san uaimh ach ann an trannsa air a dhèanamh de chnàmh. "Nighean?" Cha robh e comasach ... fhathast ... Chan e, cha robh e comasach dha a bhith a 'faicinn na bha roimhe. Cha b 'urrainn dha no cha chreideadh e e gus an dearbh mhionaid a dh' fheumadh e.

"O, tha e gu tur sàbhailte dhut a bhith an seo. An seo gabh fois an aghaidh a 'bhalla seo." Chuidich i e gu làr. "Tillidh mi a-steach ach mionaid. Gabh fois gus an till mi. " A 'fosgladh an dorais, chunnaic i Primitiva fhathast a' greimeachadh air a 'bhogsa airgid. "Thuirt mi riut gun tillinn a dh' aithghearr. "

"An seo. Gabh an rud truagh seo. " Bidh i a 'putadh a' bhogsa gu làmhan Nisha. "Cha bu chòir sin a-riamh baile nan rionnagan fhàgail. Tha e cus cunnartach a bhith an seo. "

"Cathair nan reultan?" Na bailtean mòra rionnag?

Chuir Primitiva às dha mar gum biodh i air seo a mhìneachadh grunn thursan roimhe, "Pallas, ris an canar cuideachd baile nan rionnagan. Is e am baile as motha de na Star Cities. Tha na bogsaichean ùmhlachd uile ann. An dà chuid air an cleachdadh agus gun chleachdadh às deidh an ùmhlachd fhaicinn. No co-dhiù an fheadhainn aig a bheil cumhachdan na Feise as làidire. "

Ùidh. "Thig mi air ais agus is urrainn dhuinn barrachd a bhruidhinn mu dheidhinn seo."

"Bah. Tha bruidhinn airson creutairean ìochdaranach. "

"Faodaidh sin a bhith ach tha e a' còrdadh rium. " Thionndaidh Nisha. "Leis nach eil thu airson an t-àite seo fhàgail tillidh mi nuair as urrainn dhomh bruidhinn riut mu dheidhinn seo." An uairsin bha i a-muigh an doras. Nuair a bhuail an doras air cùl an fhorsa dh 'adhbhraich grunn de na cnàmhan a chaidh a neadachadh a-steach do na ballachan mun cuairt. B 'ann an uairsin a choimhead i air a h-athair agus chaidh i às a' bhogsa. "Saoilidh mi gun toir sinn do chridhe dhut nuair a choimheadas tu nas slàn."

"Tha do mhàthair a' dol gam mharbhadh airson leigeil leam coimhead mar seo. "

A 'cuideachadh e gu a chasan, rinn Nisha gàire nas motha rithe fhèin an uairsin. "No papa, cha dèan i, ach nì i cinnteach gum fuirich thu san leabaidh airson an ath dheich bliadhna."

Dhùin a shùilean gu aotrom. "Chan eil mi a' smaoineachadh gum bu mhath leam sin. Tha cus ri dhèanamh fhathast. "

Le osna dhomhainn, thuirt i, "Glè mhath. Cho luath 's a gheibh sinn thu ann an leabaidh chì sinn dè as urrainn dhomh a rèiteachadh agus dè a dh' fheumas a shlànachadh leis fhèin. "

Caibideil 38: Myrddin

Is gann gun do dh 'fheuch Myrddin ri leigeil le a shùilean a dhol am fosgladh. Cus oidhirp. Aon anail agus bha e airson a dhol seachad. Bha dìreach anail gu math pianail agus bha e cinnteach gu robh cuideam a chraicinn a 'dol a bhriseadh na bha air fhàgail de na cnàmhan aige. An uairsin bha e a 'faireachdainn rudeigin… Rud a' bualadh na bhroilleach. A chridhe? Ach… Chan e, cha b 'urrainn sin a bhith ceart. Am b 'urrainn dha?

Criomag de chuimhne. Bha cuimhne aige air boireannach òg… Nisha… na sheasamh roimhe. Cha mhòr gun robh cuimhne aice oirre a bhith ga thoirt a dh'àiteigin … rud a bha neònach oir cha b 'urrainn do neach sam bith iad fhèin a ghiùlain aig toil… agus cha robh gin … dha-rìribh cha b' urrainn do dhuine sam bith puirt a dhèanamh bho aon àite gu àite eile. Cha ghabhadh a dhèanamh…

… Ach… bha iad air siubhal bhon uaimh gu talla a chaidh a chruthachadh le cnàmhan.

"Furasta, a dhuine. Chan eil Nisha sgileil gu leòr airson do bhodhaig a shlànachadh gu tur. Co-dhiù chan eil fhathast. Tha i ag obair còmhla ri do phiuthar gus faighinn a-mach dè a dh'fheumas i. "

Bha e eòlach air an guth sin. "Addy?"

A 'coimhead thairis air gus nach fheumadh e gluasad thug i gàire ged a bha a shùilean fhathast dùinte gu h-aotrom. "Hmm. Nuair a thèid do shlànachadh gu tur bruidhnidh sinn air carson a chùm thu uimhir bhuam. "

Tharraing e a bhilean gu loidhne tana, a 'diùltadh dad a ràdh.

Gu mall, ghluais i air falbh bhon taobh aige. A-rithist na suidhe ri thaobh, thòisich i a 'bruidhinn a' cumail a guth fhathast aotrom gun a bhith fhathast ag iarraidh dragh a chuir air. Co-dhiù chan eil fhathast. "Tha Lilly ag ràdh gum feum thu ithe gus do neart fhaighinn air ais agus tha do phiuthar, Estare a' dèanamh rudeigin dhut airson òl. Tonic tha mi a 'smaoineachadh."

A-nis thug sin air smaoineachadh. Ann an iongnadh, gasped e. "Estare? A bheil an seo? Chan urrainn dhi a bhith. "

A 'dol seachad air, lean Addy," Mar a tha do phiuthar eile. Cò a tha ag iarraidh mìneachadh a thaobh mar a tha piuthar aice nach eil cuimhne aice. Agus, bidh sgòr de rudan eile a tha i ag ràdh a bheir air do chluasan blister a dhèanamh mus bi i deiseil a 'faighneachd a cuid cheistean. No mus tig thu gu crìch a 'freagairt nan ceistean sin gu mionaideach. Chan eil an dàrna cuid toilichte leat an-dràsta. "

Sìol. O, bha seo dona. Nas miosa nan robh an dithis pheathraichean a 'bruidhinn. "Cothrom sam bith as urrainn dhomh cadal?" No a thoirt seachad gun mhothachadh. Bhiodh, bhiodh sin eadhon nas fheàrr. Sgoinneil eadhon.

Guth bhon doras. "Chan ann gus an òl thu seo, a bhràthair mo ghràidh."

Estare. Daingead. Cha bu chòir dhi a bhith an seo. Ann an drochaid eadar an dùsgadh agus am bruadar gu cinnteach ... ach chan ann an seo. Carson nach do chuir Nisha air ais i às deidh dhaibh bruidhinn? Ifrinn, carson nach tug i air ais i fhèin ... an dèidh dhi sin a dhèanamh aon uair. "Piuthar?"

"Tha thu a' coimhead nas miosa na dh 'fhàg mi thu. A-nis deoch. " An uairsin gu Addy. "Chan eil fhios agam carson nach eil e marbh. Gu cinnteach tha e eòlach air geasag airson a bhith a 'mealladh bàs agus a' coimhead nas nochdte. "

A 'lùbadh air an doras, ghluais Nisha a-steach don t-seòmar," Gu fìrinneach, mar bhanrigh na Fo-

Rìoghachd bidh mi uaireannan a 'taghadh a bheil cuideigin airidh air bàs." Chàirich i gu socair. "Anns an aon chùis seo b' fheàrr leam e an seo na àite air choireigin far nach b 'urrainn do dhuine a cheasnachadh. A bharrachd air an sin, cha mhòr nach eil mi a 'tuigsinn mar a tha do eòlas-inntinn ag obair. Ach ma tha e cudromach tha cuid de na cumhaichean aige mar thoradh air a 'bhuaidh a bhith a' falach a 'bhogsa far an robh e."

Thionndaidh Estare gu Nisha agus chum i a sùilean gorm galaxy. "Tha thu gu bhith na thorn air mo thaobh."

"Hmm, uill bho nach d' fhuair thu cothrom eòlas a chur orm rè mo… dè a chanadh Aunt Celeste riutha… Ah tha, na bliadhnaichean eagallach agam ... tha mi a 'smaoineachadh gun urrainn dhut eòlas a chuir orm a-nis gu bheil sinn co-ionnan."

A 'tionndadh a cùl a-rithist air Nisha, theich Estare ann an cluais a bràthar," Is e seo a tha thu a 'dèanamh."

Ag òl an leaghan fionnar, leig e le a shùilean fosgladh gu h-iomlan agus a thoirt a-steach don t-seòmar. Chan e àite a bha cuimhne aige a bha neònach bho bha e air a bhith anns a h-uile seòmar de chaistealan nan dùthchannan Feyen gu lèir. "Càit a bheil sinn?"

"Aig an stìoball. Tha e tòrr nas freagarraiche na aon de na caistealan. Co-dhiù, fhad 's a tha an teaghlach gu lèir an seo." A 'dol a-null don leabaidh sheall Nisha sìos air," Am bu chòir dhomh feuchainn ri do leigheas a-nis? "

An stìopall? Carson a bhiodh sin na bu ghoireasaiche? Bha gin de na caistealan nas motha na an Spire, nach robh mòran a bharrachd air dachaigh saor-làithean airson teaghlach rìoghail Lite agus Darke. Gun a bhith a 'faighneachd na ceist sin, chuimhnich e air an rud eile. Bha Nisha air feuchainn. Dè bha i a 'ciallachadh a' feuchainn? Cha robh feuchainn ann; dh 'fhaodadh tu an dàrna cuid a dhèanamh no nach b' urrainn. Cha robh an taobh a-staigh. Dorchadas milis, an robh e gu bhith a 'teagasg dhi mar a chleachdadh e na tiodhlacan mìorbhuileach a bha aice a-nis? "A nighean tha mi teagmhach gum bi e comasach dhut."

"Chì sinn an uairsin." Gu socair dhùin i a sùilean agus leig i faireachdainn. A-rithist, thòisich i le cnàmh. Ged a bha e a 'faireachdainn eadar-dhealaichte ... Bha coltas eadar-dhealaichte air. Spurs fada is airgid de gheal. O, gluasad. Ach, chan e dìreach gluasad sam bith, fear a dh 'fhaodadh a bhith ag atharrachadh gu rud sam bith coltach rithe fhèin. Ùidh. An uairsin fèithean dearg le dualan de chan e airgead no geal ach sinew dubh. Neach-coiseachd teine   no Specter. Organan. Dà sheata de sgamhanan. Aon airson èadhar an uisge eile. Mu dheireadh an fheòil. Chan eil mòran ri dhèanamh ach a shìneadh thairis air na fèithean ùra. Ivory measgaichte le airgead. Uinneanan dubha. Puinnseanta ris an suathadh, ma roghnaich e an cleachdadh mar sin. Mu dheireadh, a sgiathan. Na fìor sgiathan aige, chan e an fheadhainn a bhiodh e a 'caitheamh airson daoine fhaicinn ach paidhir de sgiathan dràgon a bha cha mhòr coltach rithe fhèin. Ach, bha an fheadhainn aige dubh domhainn le molaidhean de easgannan a 'deàrrsadh timcheall na h-oirean.

Gu mall, dh'fhosgail i a sùilean agus rinn i gàire. "Tha, tha mi a' creidsinn gu bheil thu a 'coimhead tòrr nas fheàrr anns an fhìor chruth agad."

A 'coimhead air a chorragan, ghlaodh Myrddin," Ciamar? Tha seo do-dhèanta. Cha bu chòir dhut a bhith comasach air mo gheasaibh a bhriseadh. "

Chrath Nisha a ceann. "Tha thu airson a bhith a' coimhead àbhaisteach? " Shrug i. "Ma thogras tu tha thu nas comasaiche air cruth-atharrachadh. Tha carson a bhiodh tu ag iarraidh, nas fhaide na mise. "

A 'bualadh a nighean air a gualainn rinn Estare gàire. "Chan eil e airson gum bi fios aig na Star Cities gu bheil e beò."

"Ò. Uill, tha sin neònach cuideachd. Tha na cumhachdan aige fada ro làidir airson a bhith air am falach mura bi iad an-còmhnaidh air an cuairteachadh le cnàmhan nam marbh. Tha fios aca a-riamh gu robh e an seo. Gu dearbh, bha Primitiva mothachail dha nuair a thàinig e gu na Mystic Woods. "

"Primitiva?" Gasp cruinnichte.

A 'roiligeadh a sùilean thuirt Nisha," Tha. Tha i fhathast gu math beò fhios agad. Air a dhìon leam a-nis. Chan fhaod duine a cumhachdan no a comasan a chleachdadh gun mo chead. Agus, chan fhaigh duine a dh 'iarras an cead sin. Bhiodh e cus cunnartach leigeil le cuideigin nach eil air an trèanadh anns na tiodhlacan aice an cleachdadh gun chaisgireachd. "

Thàinig Estare gu cruaidh air an leabaidh. "Thathas ag ràdh gur e Primitiva ar sinnsear. Bha leanabh aice ann an dìomhaireachd mus do theich i. "

"O, is ann air sgàth sin a fhuair mi air a ceangal. Bha sinn càirdeach mu thràth. Cho inntinneach. Bu chòir dhomh innse dhi. Am bu chòir dhomh Grand'Mere mòr a ghairm oirre? Chan eil ... chan eil sin ceart. Smaoinichidh mi air rudeigin. Gu sìmplidh, chan eil e ceart a h-ainm a ghairm nuair a tha i tòrr a bharrachd. "

Sgrìob Myrddin aodann le a làmhan. "Is dòcha gum bu chòir dhuinn bruidhinn mu dheidhinn an oidhche sin. Tha, tha mi a 'smaoineachadh gur e còmhradh nach biodh cho duilich a bhiodh ann." Cha robh dad cho draghail na bhith a 'bruidhinn mu na Star Cities. An uairsin a-rithist, a 'bruidhinn mun fheadhainn a bha a' fuireach ann gu cinnteach bha nas lugha de shàrachadh na bhith a 'bruidhinn air Primitiva no na comasan aice.

Chaidh Addy thairis air a gàirdeanan. "Tha mi uile nan cluasan."

A 'suidhe gu socair ghabh e anail mhòr. "Bha fios againn le chèile mun ar-a-mach. Agus airson a 'mhòr-chuid, chaidh aire a thoirt dha taobh a-staigh mionaidean às deidh dhuinn ruighinn."

A 'togail cathair dh' fhaighnich Nisha, "An urrainn dhut innse dhomh dè thachair?"

Thionndaidh Addy gu a nighean agus thuirt i gu socair, "Thòisich na daoine a bha a' fuireach faisg air a 'chaisteal a' cur rudan na theine. An dà chuid nàdarra agus nach eil. Cha robh e a 'dèanamh ciall sam bith aig an àm."

Le nod, lean Myrddin, "Bha Edrich ag obair aig a' chaisteal aig an àm. Bha mi dìreach air tòiseachadh gu beagan làithean roimhe seo. Le bhith na leth-bhràthair Dae thug sinn an obair dha gus am faigheadh   e rudeigin nas freagarraiche dha fhèin. Chan eil e gu diofar a-nis, ach nuair a thill sinn don chaisteal bha e a 'feitheamh rinn anns an taigh-còmhnaidh a' coimhead air adhart mu neòinean mar a bha e an-còmhnaidh. Nuair a chaidh am biadh a thogail cha do smaoinich duine againn mòran mu dheidhinn. Cha mharbhadh puinnsean sinn. Mar sin, dh'ith sinn.

Chan eil mi buileach cinnteach dè thachras a-nis. Ach… nuair a thàinig mi chun chomhairle gu lèir ach a-mhàin gun robh fear anns na mèinnean as ìsle air a chrathadh ann an rudeigin a chùm sinn bho bhith a 'cleachdadh ar cumhachdan no ar comasan. Tha mi a 'smaoineachadh gun tàinig na geimhlean bho na Mystic Woods. Bha Galeron ri mo thaobh an uairsin.

Bha neart gu leòr aig an dithis againn faighinn a-mach às an t-suidheachadh ach bhon a bha thusa, cha robh mo bhean ghràdhaich faisg oirnn… agus cha b 'urrainn dhomh do lorg. Thuirt mi ris gun dad a dhèanamh. Bha e deatamach gum faigh sinn a-mach càite an robh thu fhèin agus Dae. Dh 'aontaich e agus chuir an dithis againn falach air na bannan pòsaidh againn. Is e an aon dòigh anns am faigh sinn lorg ort ma tha thu a 'cur ort na companaich." Dh'fhuirich e gus an do thuig i gu robh fios aige mu gheasaibh Dae. Nuair a nigh i lean e air?

"Thairis air na beagan làithean a tha romhainn ... mìosan chaidh buill na comhairle a thoirt bho na mèinnean. Chaidh am biathadh dha na trolls. Tha cuimhne agam na sgàinidhean a chaidh an ciùrradh nuair a chaidh an reubadh às a chèile agus an dèidh sin bhàsaich iad. " Stad e a 'feuchainn gu cruaidh gus a h-uile dad a chuimhneachadh. "Aig aon de na h-amannan nach robh ann ach Gale agus mi-fhìn, chuir mi incantation thairis air gus nach deidheadh   a mharbhadh. Hurt tha. Ach chan fhaigheadh   e bàs. Bha fios agam nach bàsaich mi, aon chuid, chan ann às deidh dha Nisha a bhreith. "

Thuirt Nisha, "Shrac thu do chridhe bhon bhroilleach agad agus dh' fhàg thu am bogsa dhomh. Còmhla ri cridhe Larna. " Stad i, agus thuirt i, "Chan eil mi cinnteach am bu chòir dhomh togail orm gun do rinn thu sin oir bha fios agad dè bha ri thighinn, no dragh ort nach robh thu den bheachd gum b' urrainn dhomh an dà chridhe a sgrios an àite dìreach aon. "

Chrath e aonta. "Bha fios agam nach fhaiceadh mi thu a' fàs a-steach don bhoireannach a tha romham. Dh 'fhaodainn stad a chuir air. Dh 'fhaodadh do mhàthair agus mise còmhla a bhith againn, ach cha bhiodh do nighean ach slige de cò thu. Thagh mi a h-uile dad a dh 'fheumadh tu a thoirt dhut. Agus cha ghabh mi mo leisgeul do dhuine sam bith airson a 'cho-dhùnadh sin a dhèanamh." A 'dèanamh cinnteach gun robh a bhean agus a phiuthar a' tuigsinn gum biodh e a 'sabaid an dithis aca thairis air a' cho-dhùnadh sin.

Ghlac Addy a làmh. "Agus cha bu chòir dhut. Chan eil mi ag aontachadh leis an dòigh-obrach agad ach a 'coimhead air an nighean againn chì mi an toradh. Agus tha mi taingeil. " An uairsin ghabh i sealladh nas doimhne, "Agus cha dèan thu sin a-rithist."

"A ghràidh chan eil againn ach an aon nighean. Tha mi teagmhach gum b 'urrainn dhomh dad a chumail bhuaipe." Gu fìrinneach, bha fios aige le cinnt nach b 'urrainn dha. Knew a 'coimhead a-steach do na sùilean aice uaireigin mus do dhùisg e gun robh fuil air a cheangal rithe gus dèanamh cinnteach às an sin. No co-dhiù dh 'fheuch e ri a cheangal rithe. Leis nach robh an ceangal coileanta, ach bhiodh e gu leòr far nach biodh e comasach dha dìomhaireachd a chumail bhuaipe. Agus cuideachd bha buannachd aig cuid eile nach b 'urrainn dha a làimhseachadh gu bhith a' dèanamh rudeigin a dh 'fhaodadh cron a dhèanamh oirre. Uill, i no iadsan a bha dha-rìribh ceangailte rithe.

"Uill math oir tha mi faisg air ceithir cheud bliadhna a dh'aois agus gheall thu barrachd air dìreach aon nighean dhomh. Agus gun a bhith nam banrigh tuilleadh, feumaidh mi rudeigin a dhèanamh leam fad na h-ùine. "

Rinn Nisha gàire, "Agus is e sin mo bheachd falbh. Um, Aunt Estare? Am bi thu a 'tighinn còmhla rium?"

"Tha, tha mi a' creidsinn gun dèan mi. Tha piuthar agam airson bruidhinn ris na chaill mi airson fada ro fhada. "

515

Caibideil 51:
Banrigh Nisha

Cha robh ach glè bheag de làithean seachad mus do ghairm Nisha chan e a-mhàin a pàrantan ach a teaghlach gu lèir gus a dhol còmhla rithe ann an seòmar mòr glacaidh anns nach robh ach aon bhòrd mòr agus grunn chathraichean air an cumail a-staigh. Bha an t-àite aice aig ceann a 'bhùird fhad' s a bha Ethan shuidh e gu sàmhach aig a 'chas a' coimhead mì-chinnteach carson a bha e ann.

Mar a bha an teaghlach aca a 'faidhleadh ann an Nisha rinn gàire air gach fear dhiubh. Rinn i gàire air a pàrantan a chaidh a ghlacadh grunn thursan ann an còmhraidhean domhainn mu dheidhinn rudan a bha fios aig a h-athair a-mach fada mus do phòs iad.

Rinn i gàire air na trì peathraichean aice. Dithis air an robh i eòlach aig àm breith agus aon nach robh i dìreach air coinneachadh.

Ach cha b 'e iadsan leis an do ghlas i sùilean. O chan e, b 'i màthair Ethan ris an do bhruidhinn i an toiseach. "A' Bhean Uasal Faerydae, mar a bhruidhinn mi ri m 'athair mu dheidhinn cuid de na tha fios aige. Tha e air tighinn gu m 'aire nach e esan an aon phàiste aig Star City a dh' fhàg an rionnag aca a-rithist agus a tha a 'roghnachadh fuireach an seo. Bu mhath leam mìneachadh. "

Choimhead Dae air a banrigh, a caraid agus dhùin e a sùilean. "Tha fios agam gun tigeadh an latha seo uaireigin. Ach mus bruidhinn mi air a h-uile càil a tha fios agam. Bhiodh e na b 'fheàrr nam biodh an neach-cruthachaidh Primitiva a' tighinn còmhla rinn. Mar a tha fios agam tha tòrr eòlais aice ann an cuid de na rudan ris am feum sinn bruidhinn. "

Aon uair 's gun robh Primitiva na suidhe aig a' bhòrd agus a 'coimhead nas fhaisge air fìor bhoireannach Feyen seach creutair a thagh i coltach ri chèile, chrath Nisha a-rithist ri Dae. "A-nis gu bheil sinn uile an làthair agus cunntas againn…"

Beag air bheag chruthaich ceò air a cùlaibh mar a sheas Gwydion ri a taobh. "Tha mi an dòchas nach eil cuimhne agad, a bhanrigh, ach bu mhath leam seo a chluinntinn."

"Glè mhath, ach chan eil mi airson gun tig daoine eile còmhla rinn."

Chrath Gwydion dìreach aon turas agus thug e ceum air ais. Bhiodh e fhathast na phàirt den chòmhradh seo ach cha robh e an sàs gu dìreach ann an rud sam bith a bha ri ràdh.

A 'glasadh a sùilean chan ann air Nisha ach air Primitiva, thòisich Faerydae a sgeulachd," Goirid mus tàinig Myrddin an seo, chuir m 'athair am Morair Magmas mi an seo. Chan ann air sgàth gu robh e den bheachd gum bithinn a 'sireadh Fey sam bith a dh' fhaodadh a bhith eòlach air an fhìrinn mu mar a thàinig sinn chun àite seo. Ach an àite sin, oir mar bhoireannach tha mi neo-airidh a bhith a 'riaghladh Pallas na àite.

"An dèidh dhomh co-dhiù cuid de eachdraidh an àite seo fhaicinn, ghabh mi na b' urrainn dhomh agus lorg mi an aon chàirdean a bha beò. Banrigh Alista. Às deidh dhi a bhith cinnteach nach robh dùil sam bith agam am fearann   aice a ghabhail thairis, rinn i boireannach dhomh anns a 'chùirt aice, eadhon ged nach robh mi a-rèir na h-inbhean an seo nas motha na leanabh."

A-nis thug i sùil air Myrddin. "Bha fios againn gun tigeadh an latha gum biodh tu a' sireadh a nighean no a nighean. Mar sin, a dh 'aindeoin cho duilich sa bha i aig an àm, bha fios aice cò thu agus cò às a thàinig thu. Bha fios againn le chèile nuair a ruigeadh tu toiseach a 'chogaidh dheireannaich."

Thog Primitiva a làmh beagan gus an aithnichear i. "A bheil earbsa agam nach bi Magnar a' fuireach taobh a-staigh gin de na Star Cities aithnichte? "

"Dh' fhalbh Magnar agus a bhean airson rionnag gun duine o chionn còrr is trì mìle bliadhna. Chan fhacas gin a-riamh. "

Bha Lilly a 'coimhead troimh-chèile troimh-chèile a' faighneachd gu modhail, "Um, gabh mo leisgeul ach cò a th' ann am Magnar? Agus carson a tha e cudromach? "

A 'suidhe air ais anns an t-cathair aice chlisg Primitiva, mì-chinnteach ciamar a mhìnicheadh tu dad. "B' e esan agus mise aig aon àm an aon luchd-cruthachaidh a bha beò. Am fear mu dheireadh den rèis Fey againn. Is e bean na bainnse mo nighean. Mus do dh 'fhalbh mi dh' iarr mi dìreach aon rud bhuaithe, b 'e sin a chumail beò mura fàs i cus trioblaideach. Bha fios againn le chèile gun tigeadh an latha nuair a dh 'fhàsadh cùisean taobh a-staigh na Star Cities luaineach a-rithist. Bha fios againn le chèile gum biodh cogadh mòr a 'grùdaireachd agus a' dùsgadh nan Silent Ones. Le bhith a 'faighinn eòlas air an seo, cho-dhùin an dithis againn o chionn fhada na dh' fheumamaid a dhèanamh gus dèanamh cinnteach gum biodh sinn an seo nuair a dhèanadh e.
"

Thog Nisha a ceann. "An urrainn dha dad stad a chuir air a' chogadh bho bhith a 'tòiseachadh a-riamh?"

"Chan eil, mo phàiste. Chan urrainnear na chaidh fhaicinn bho neach-cruthachaidh atharrachadh gu bràth. Is dòcha gun urrainn dhuinn a chumail bho bhith a 'tachairt airson latha no eadhon bliadhnaichean ach chan urrainn dhuinn stad a chuir air. Ach fios agad air seo, na cuir earbsa a-riamh anns an fheadhainn a tha a 'riaghladh na Star Cities. Chan eil gin nach eil fuil dhut. Canaidh gach fear gu bheil iad taobh riut. Bidh gach fear a 'sabaid agus eadhon a' bàsachadh gus an dìlseachd dhut a nochdadh.

Ach tha aon rud aca uile ann an cumantas. Tha iad uile ag iarraidh… crave… cumhachd Pallas. Agus cha stad iad aig dad gus fhaighinn. "

"Agus Magmas a tha a' riaghladh Pallas a-nis? Dè mu dheidhinn? "

A 'caolachadh a sùilean, leig Primitiva a-mach hiss ìosal tàirneanach. "Mus dèanar seo chì mi e marbh."

A 'coimhead timcheall an t-seòmair chrath Nisha. "Anns a' chùis sin, Galeron bu mhath leam gum biodh tu nad shuidhe mar an dàrna cathair air mo chomhairle agus a bhith nad chaiptean mo gheàrdan. Air neo, co-dhiù an fheadhainn a tha beò. Papa, feuch an gabh thu ri suidheachadh a 'chiad chathraiche agus gum bi mo cheangal eadar Lunaista agus mi-fhìn."

Bhiodh an dithis a 'tuigsinn gum biodh na bha ri thighinn fada na bu mhiosa na an Cogadh Mòr.

A 'leantainn, choimhead Nisha sìos air a' bhòrd. "Gwydion, tha mi airson gum bi thu nad shuidhe mar cheathramh cathair agus a' gabhail thairis uallach ghaisgich na Fo-Rìoghachd. Bidh feum air na sgilean aca sna làithean a thig. "

"Gu dearbh, mo bhanrigh. Am faod mi moladh iarraidh air Freya a dreuchd fhaighinn a-rithist mar chaiptean nan geàrdan elite? "

"Dèan mar a chì thu iomchaidh." An a cèile. "Ethan, suidhidh tu mar an treas cathair air a' chomhairle. Mar a tha traidisean air a bhith ann bho cho fad 's is urrainn dhomh cuimhneachadh."

Choimhead Primitiva air Nisha agus chum e a sùilean. "Tha fios agam mu dhaoine eile a bhiodh buannachdail dhut air do chomhairle. Bha iad earbsach dhomh an toiseach. Tha a h-uile duine ach aon fhathast beò. "

"Glè mhath. Tha e na dhleastanas orm an lorg gus an urrainn dhaibh mo chuideachadh a 'tuigsinn agus ag ullachadh airson a thighinn." A 'dol gu daingeann gu a casan dh' fhaighnich Nisha, "A-nis bhon a tha trì Star City Fey agam nan suidhe aig a' bhòrd seo an cuidicheadh   aon agaibh le bhith a 'tionndadh a' chrùin na fhear a bh 'ann roimhe?"

Airson dìreach mionaid thionndaidh sùilean Primitiva deòir soilleir. "Ari? An do lorg thu mo Ari? A bheil e sàbhailte às deidh na h-ùine seo? "

"Tha e. Agus chuirinn geall gum bu mhath leis a bhith na rudeigin a bharrachd air cathair. "

Epilogue

Chaidh Ethan suas timcheall air Nisha. A ghàirdean a 'fàs trom timcheall a meadhan. Co-dhiù, bha e a 'tòiseachadh a' fàs riaraichte le bhith a 'cadal chan ann a-mhàin ann an leabaidh ach ann an leabaidh far an robh i. A-riamh cho faiceallach ghluais i bho bhith fo a ghàirdean gun a bhith deiseil airson cadal. Gun a bhith deiseil fhathast airson cadal a dh 'aindeoin an uair a dh' fhalbh.

A 'sleamhnachadh a-mach airson an leabaidh agus a' breith air an trusgan taigh sìoda gorm aice, smaoinich i mu na bha air tachairt ann an ùine cho beag.

Airson a 'mhìos a chaidh seachad, bha i air a bhith a' feuchainn ri laghan chan e a-mhàin Darke ach Feyen cuideachd ionnsachadh. A 'feuchainn ri dèanamh a-mach dè na laghan a bh' ann airson adhbhar agus dè a dh 'fheumar a dhèanamh. A bharrachd air an sin bha i a 'feuchainn ri dhèanamh a-mach ciamar a chuireadh stad air cogadh far am biodh beatha gun àireamh air a chall.

Anail dhomhainn agus tharraing i còmhdach bog thairis air gualainn Ethan agus rinn i gàire. Co-dhiù, bha e na chadal gu dòigheil. Thairis air a 'mhìos a chaidh, bha e cuideachd air atharrachadh cho mòr. Bha a fhalt nach robh ach mar leud meòir nuair a choinnich iad an toiseach a-nis fada gu leòr airson a corragan a dhol troimhe. Bha a chraiceann ged a bha bainne bàn a 'tòiseachadh a' faighinn sradagan beaga de glitter gu sporadically air feadh a chorp. Ach b 'e a mhisneachd a b' e an t-atharrachadh a bu mhotha. Cha robh eagal air bruidhinn tuilleadh ... bha eagal air a bhith air a pheanasachadh airson rud beag sam bith. O chan e ... a-nis bhiodh e a 'toirt dùbhlan dha dìreach mu dheidhinn a h-uile dad mura biodh e air a thighinn am bàrr.

Dìreach mar a mhàthair. Boireannach a bha i cuideachd a 'tòiseachadh a' toirt urram agus barrachd ionnsachadh mu dheidhinn.

An uairsin a-rithist, bha Ethan ag ionnsachadh mura biodh i air co-dhùnadh sam bith a dhèanamh agus nach do dh 'iarr i comhairle cha robh feum air no cha robh e ag iarraidh. Bha athair, ge-tà, mar bhall den chùirt aice ... an dàrna cathair aice gu dearbh ... chan e a-mhàin gun toireadh e dùbhlan do rud sam bith, b 'e an obair aige a bh' ann agus ghabh e deagh thlachd ann. Eadar an triùir, bha i air faighinn a-mach dè bha i airson a dhèanamh leis na bha comasach gun eagal a chur air a h-uile duine. Chan e gun robh i toilichte mu dheidhinn sin.

A 'cromadh a-null chun deasg aice, ghluais i gu leisg fosgailte leabhar laghan eile. "Ciamar a dh' fhaodadh aon dùthaich a bhith beò fo uimhir de laghan gàire? " Rinn i magadh oirre fhèin nuair a leugh i tron   duilleag. Le leth an teampall a bhith a 'foillseachadh a' mhòr-chuid de na laghan àrsaidh, dhùin i an leabhar mus dèanadh i rudeigin a dh 'fheumadh a comhairle a dheasbad.

Chan e gum biodh mòran a 'deasbad dad ... chan ann nuair a b' e a h-athair a 'chiad chathraiche a bh' aice agus a bha a 'riaghladh air a' chomhairle… rudeigin a bhiodh aithreachas oirre uaireannan bho nach robh beachd neo-thruacanta aige mu rud sam bith. Agus, chan ann bho bha e a-nis cuideachd a 'cuideachadh a h-Aunt Estare gus an rìoghachd bheag aice fhèin ath-structaradh nach robh a' gabhail a-steach ach aon bhaile-mòr. O cha robh, cha robh i gu bhith a 'brùthadh air leis gur e an aon bhall den chomhairle nach robh dha-rìribh ceangailte rithe… agus cha bhiodh i a-riamh a' beachdachadh air. Gu ìre tha. Gu leòr airson dèanamh cinnteach nach robh e a 'cumail rudan bhuaipe… ach fhuair i a-mach às deidh dha a bhith air a leigheas nach b' urrainn dhi cuideigin a cheangal rithe a bha cho dlùth cheangailte rithe. B 'e sin cuideachd an adhbhar nach do dh' obraich an ceangal le Lilly ach cho math.

Gu dearbh, dh 'fhaodadh e a bhith air innse dhi mus do dh' fheuch i ri faicinn dè an ìre de na cumhachdan a bh 'ann. Air neo, air feuchainn ri ionnsachadh dè cho cumhachdach sa bhiodh na comasan aige. An àite sin, bha e air fàs oirre airson a bhith a 'feuchainn. An uairsin air falbh airson baile-mòr rionnag a h-antaidh a chumail bho bhith a 'toirt seachad òraid dhi bha e cinnteach gun dèanadh i dearmad air.

Agus gu fìrinneach, nam biodh e air feuchainn bhiodh i air a leigeil seachad gu tur ... dìreach air sgàth 's gum b' urrainn dhi.

"Nisha?" Guth sgìth air a ghairm bhon leabaidh.

A 'tighinn air ais thuige, shuidh Nisha air oir na leapa mhòir fhathast faisg gu leòr airson suathadh ris. "Bu chòir dhut a bhith nad chadal."

Cha robh a shùilean fhathast fosgailte. "Bha mi. Tha thu a 'smaoineachadh ro àrd."

"Bha mi..." Stad i agus bhrùth i a bilean còmhla. Atharrachadh eile a bha Ethan air a bhith a 'dol troimhe; bha na comasan no na cumhachdan aige a 'tòiseachadh gan sealltainn fhèin. Às aonais an trèanadh a bu chòir a bhith aige bho rugadh e, bha na comasan sin an dà chuid eagallach agus inntinneach. "Cha do thuig mi gu robh mi."

"Tha e nas fhasa gun a bhith a' cluinntinn nuair a tha mi nam dhùisg. Ach tha mi a 'miannachadh cadal a-nis."

Chrath i thairis agus phòg i an teampall aige, rudeigin a bha e a 'tòiseachadh a' leigeil leatha a dhèanamh gun flinching. "B' urrainn dhomh draoidheachd a dhèanamh gus am faigh thu smachd air fhad 's a bhios tu a' cadal? "

A-nis dh 'fhosgail a shùilean mar a rinn e sgrùdadh oirre. "B' fheàrr leam gun cadal thu fhad 's a nì mi."

"Tha uimhir ri dhèanamh… agus…"

"Nisha, tha grunn linntean agad airson a h-uile dad a tha thu ag iarraidh a dhèanamh fhaighinn … a bhith mar a tha thu ga iarraidh. Chan fheumar a dhèanamh a-nochd. Agus an dèidh dha còmhraidhean a dhèanamh le d 'athair nuair nach eil e an seo gus bruidhinn riutha gu ceart… cha chuidich e dad."

Bha e ceart. Bha fios aice air sin ach leis na Star Cities eile a 'dol thairis air … ge bith dè a bha iad a' brùthadh thairis. Bha a h-antaidh Estare ag ullachadh airson cogadh bhon a bha i cinnteach gun robh e a 'dol a bhriseadh a-mach mionaid sam bith… agus bha an Eostre trang a' feuchainn ris an t-sìobhaltachd aca ath-thogail taobh a-staigh na Mystic Woods fhad 's a bha iad fhathast a' frithealadh oirre … Cha robh dad cho sìmplidh 's a bha e a' nochdadh. "Tha fios agam. Tha mi a 'smaoineachadh gum bithinn a' faireachdainn nas fheàrr mura biodh m 'athair air co-dhùnadh tilleadh gu Lunaista an-dràsta." No a 'faireachdainn nas fheàrr mura biodh e air co-dhùnadh a dhol ann seach a bhith a' bruidhinn rithe.

"Tha do mhàthair an seo. Agus tha Galeron agad. "

"Faodaidh tu athair a ghairm dheth."

Chùm a shùilean sìos ann an sliotan beaga bìodach, "Bu chòir dha a bhith air mo chuir a-steach a dh' fhuireach do dh 'antaidh gus an deach ge b' e dè a mhothaicheadh   do mhàthair. "

"Ethan, cha b' e an roghainn aige. B 'e sin m' athair; air a bheil thu eòlach mu thràth. "

Gu mall shuidh e suas. Teine dubh a 'losgadh na shùilean. "Tha fios agam. Chan eil mi fhathast a 'smaoineachadh gu bheil e eòlach air na tha e ag ràdh."

A 'cur a làmh gu socair air a ghruaidh, thuirt i," Faodaidh tu sin a thoirt suas le m 'athair nuair a thilleas e."

"Carson, nuair a thionndaidheas e mi gu cathair?"

Doirbh a bhith ag aontachadh ris an sin às deidh dha faighinn a-mach gur e esan a thionndaidh fìorasan eile gun àireamh. Nas cruaidhe fhathast bha an fhìrinn gu robh a h-athair mu thràth air a thionndadh gu bhith na dreasair oir bha e a 'bruidhinn cus. Chan e, gun a bhith a 'bruidhinn ach a' faighneachd cheistean. "Cha tionndaidh e thu gu cathair. Bhruidhinn mi mu thràth nach eil cead aige sin a dhèanamh do dhuine sam bith san teaghlach. "

"An èist e?"

"Cuiridh mi no cuiridh mi e gu bhith a' deasbad rudan le Primitiva. " Agus b 'e sin rudeigin a b' urrainn dhi a dhèanamh. Gu dearbh, b 'e rudeigin a rinn i aon uair mu thràth. Cha robh Primitiva no a h-athair air a bhith toilichte mun choinneamh. Bha a h-athair nas lugha an dèidh dha faighinn a-mach nach b 'urrainn dha falbh mura biodh i… banrigh na Fo-Rìoghachd… mar sin ga lìonadh. Bha a màthair air an taobh eile den bheachd gur e fìor bheachd a bh 'ann a bhith ga fhàgail an sin gus an do dh' ionnsaich e gun a bhith a 'cumail dìomhaireachd ag atharrachadh beatha.

"Marbhaidh i e."

"Chan e, ach dhèanadh i miann nach leigeadh e a-riamh sùil oirre. Airson na h-adhbharan aice fhèin, lorg i a 'mhòr-chuid de na fir fodha. Ach an uairsin a-rithist seach gur e an aon fhear a dh 'fhaodadh i a bhith air a pòsadh mus do thuit an tè a bha ag iarraidh a cumhachdan dha fhèin ... tha mi a' smaoineachadh gu bheil adhbhar math aice. "

"Saoilidh mi gum fuirich mi air falbh bho na h-àiteachan aice." Laigh e sìos a 'dèanamh cinnteach gu robh a cheann na laighe air a h-uchd. "Bu chòir dhut a thighinn dhan leabaidh a-nis."

"O?"

"Hmmm. Bidh latha fada agad a-màireach ma tha sinn fhathast a 'dol a thadhal air baile-mòr Manticora. Agus faic dè as urrainn a chur gu còraichean agus dè a dh 'fheumas tu cuideachadh leis."

"Tha, tha mi a' creidsinn gu bheil thu ceart. Feumaidh mi mo neart gun fhios nach tig sinn a-null air luchd-còmhnaidh an uisge a tha air a bhith a 'toirt ionnsaigh air an fheadhainn a tha a' fuireach air an fhearann. "

Ethan yawned. "Dìreach cuimhnich nach eil iad a' toirt ionnsaigh ach air sgàth gu bheil luchd-còmhnaidh an fhearainn a 'truailleadh an loch."

Mus b 'urrainn dhi dad a ràdh, bha an seòmar air a lìonadh le solas soilleir dearg a bha a' dol a-steach do ghiùlan òir. An uairsin bha a h-antaidh ... ged nach robh i cruaidh ... na seasamh dìreach ron leabaidh. "Estare?"

Chaidh a sgiathan solais a-mach. Ann an guth a dh 'fhaodadh a bhith air a dhèanamh le uisge, thuirt Estare," Tha e air tòiseachadh. Cogadh mo shluaigh. Agus is dòcha am bàs agadsa. "

Mun ùghdar

Leis a 'chiad leabhar aice air ainmeachadh airson gach cuid Duais Ùghdar Boireann 2017 agus duais Leabhar Indie Samhraidh 2017, tha MLRuscsak air leantainn air an t-sreath aice le" The Fallen "agus tha i an-dràsta ag obair air an treas leabhar san t-sreath.

A 'fuireach ann an siorrachd Richland, Ohio tha i a' fuireach còmhla ri a nighean autistic. Seo oasis an sgrìobhadair aice.

Airson tuilleadh fiosrachaidh lean i aig
https://www.facebook.com/OfLiteAndDarke

no

Lorg fiosrachadh air leth mu shaoghal Lite agus Darke aig www.T.rientPress.com

Agus Coimhead airson

M.L.Ruscsak